H.E.L.P.

Entkommen

Jessica Westin

ISBN:
9781983130908

„Küsst du all eure Klienten?“, fragte sie leise.
„Nein“, antwortete er, ohne ihren Blick zu verlieren. „An den männlichen habe ich grundsätzlich kein Interesse.“ Seine Hand glitt an ihren Hinterkopf, während er auf dem Stuhl weiter nach vorne rückte und ergänzte: „An den weiblichen bisher auch nie.“

KAPITEL 1

Brutale Finger strafften die Haut ihres Oberarms, und eine kalte metallene Spitze setzte unterhalb ihrer Schulter auf. Automatisch spannte sie alle Muskeln an und wollte ihren Arm an sich ziehen, aber der Versuch war ebenso zwecklos wie die anderen zuvor. Bewegungsunfähig lag sie, an Händen und Füßen gefesselt, mit dem Rücken auf einer harten Fläche. Ihre Arme waren lang zu beiden Seiten in Schulterhöhe ausgestreckt und ihre Beine waren gegrätscht. Bis auf ihre Unterwäsche musste sie nackt sein.

Sie spürte, wie die Spitze zu ihrer Ellenbeuge hinunterfuhr und plötzlich setzte der Schmerz ein. Er war scharf und brennend.

Die Metallspitze gehört zu einem Messer, erkannte sie, während sie vor Schmerz laut die Luft durch die Zähne zog. Panisch zerrte sie an Händen und Füßen, doch der feste Draht um ihre Fesseln gab nicht nach. Er bohrte sich nur tiefer in ihr Fleisch.

Wenn sie wenigstens etwas sehen könnte, dachte sie. Wenn er ihr wenigstens nicht die Augen verbunden hätte! Wenn sie wenigstens wüsste, wo sie war! Oder wer er war!

Schnell und hart hämmerte ihr Herz gegen ihre Rippen. Dabei überschlugen sich die Schläge regelrecht. Sie zitterte innerlich und hatte das Gefühl, dass sich ihr Brustkorb immer enger zusammenzog. Das Blut rauschte in ihren Ohren und dazwischen hörte sie seinen Atem, der zur gleichen Zeit in ihre Nase stieg. Er roch nach Bier und Zigaretten. Sie hasste beides, doch sie versuchte sich alleine darauf zu konzentrieren, denn der Ekel lenkte ihre Aufmerksamkeit von der Angst ab.

„Was machen Sie? Was wollen Sie von mir?", wollte sie wissen.

Abermals bekam sie keine Antwort. Wie die vielen Male zuvor, schwieg er auf ihre Frage, doch sie gab nicht auf. Wenn es ihr gelang zu fliehen, wollte sie so viele Informationen wie möglich über ihn haben. Noch war sie nicht bereit, vom Schlimmsten auszugehen. Noch hoffte sie, dass sie entkommen konnte. Sie wollte noch nicht sterben. Sie war zu jung zum Sterben.

„Wer sind Sie?“, stieß sie mit zitternder Stimme aus.

„Es ist nicht wichtig, wer ich bin“, hörte sie plötzlich seine Stimme. Sie kam unverhofft und sie klang anders als sie erwartet hatte, wenngleich sie nicht hätte sagen können, womit sie gerechnet hatte.

Erleichtert und ermutigt, dass sie überhaupt eine Antwort bekommen hatte, auch wenn diese keinerlei Information beinhaltet hatte, stellte sie eine weitere Frage. „Was wollen Sie von mir?“

Leise lachte er auf. „Du fragst mich, was ich von dir will? Mariella, Mariella! Ich hätte euch Anwälte wirklich für schlauer gehalten.“

Erneut lief ein kalter Schauer durch ihren Körper, doch sie versuchte, ihre Angst beiseitezuschieben. Er hatte sie Mariella genannt. Er kannte ihren Namen. Woher? Kannte sie den Mann ebenfalls? Die Stimme kam ihr nicht bekannt vor, aber vielleicht, wenn sie sich besser auf sie konzentrierte ...

„Nein, wir kennen uns nicht“, beantwortete die Stimme ihre stumme Frage. „Zumindest kennst du mich nicht. Ich hingegen weiß eine Menge über dich.“

„Tatsächlich? Woher?“

„Du bist schön, schlau, reich. Trotzdem bin ich dir überlegen. Ich bestimme über dich.“

Reich?, wiederholte Mariella in Gedanken. Sie war ganz sicher nicht reich, aber verglichen mit dem Durchschnittsbürger war sie nicht unvermögend. Das war richtig. Nach dem Tod ihrer Eltern hatte ihr Bruder alle Immobilien geerbt, während ihr Vater ihr als Rechtsanwältin seine Kanzlei überschrieben hatte. Das Barvermögen sowie die Aktien waren zu gleichen Teilen unter ihnen aufgeteilt worden.

„Das ist es also, worum es geht. Sie wollen Lösegeld erpressen“, folgerte Mariella, wobei sie versuchte, das Zittern in ihrer Stimme zu unterdrücken.

Laut lachte der Mann auf. „Warum ist Geld nur immer das Erste, was den Menschen einfällt?“ Er machte eine kurze Pause und als er wieder sprach, hatte sich sein Ton geändert. Er klang kalt und hart. „Wieso konzentrieren wir uns nicht auf den Spaß, den wir haben werden?“

Nein!, schrie es in Mariella. *Nein! Nein! Nein!* „Was haben Sie vor?“, schrie sie panisch.

„Oh, nicht so ungeduldig. Du wirst es früh genug erfahren. Ich werde es dir zeigen.“

Seine Hände fuhren über ihren Körper. Sie waren dabei nicht zärtlich. Sie waren brutal, doch sie hatte keinen direkten Hautkontakt. Vielmehr fühlten sich seine Finger wie weicher, dünner Gummi an.

Er trägt Handschuhe, kombinierte Mariella. *Weil er keine Fingerabdrücke hinterlassen will.* Panisch zerrte sie abermals an den Fesseln. *Nein! Nein! Nein!* Ungerichtet bewegte sie ihre Hüften, um seine Hand abzuschütteln, aber natürlich beeindruckte ihn das nicht.

„Bleib endlich still liegen. Du tust dir nur selbst weh“, mahnte er verärgert.

„Fassen Sie mich nicht an!“, forderte sie, wobei sie erneut versuchte, ihre Hände und Füße zu befreien, aber er lachte nur höhnisch.

„Du hast es immer noch nicht verstanden, nicht wahr? Du gehörst jetzt mir! Ich kann mit dir machen, was ich will!“

„Sie sind ein widerlicher, perverser Feigling! Ein Versager! Ein armse...“

Sie fühlte, wie sich seine behandschuhten Hände um ihre Kehle legten und kraftvoll zudrückten. Intuitiv riss Mariella den Mund auf, doch weder ertönte ein Schrei noch konnte sie dadurch atmen. Ihr Herz raste noch schneller und kalter Angstschweiß lief an ihrem Rücken herunter. Ihre Füße versuchten, sich aufzustellen. Sie wollten Halt, doch sie fanden keinen. Sie ließen sich nicht bewegen. Plötzlich begann sich in Mariellas Kopf alles zu drehen, und die Dunkelheit um sie herum begann, sich aufzulösen. Alles in ihrem Kopf wurde weiß, das Rauschen in ihren Ohren wurde lauter und auf einmal fühlte sie sich federleicht.

Mariella traute der Idylle nicht, doch sie war gar zu verlockend. Gerade als sie sich entschieden hatte, sich dem weißen Nebel hinzugeben, verstärkte sich der Druck auf ihren Kehlkopf und riss sie damit zurück in das sie umgebende Grauen. Sie wollte schreien, doch es kam nur ein Röcheln über ihre Lippen. Im gleichen Moment lösten sich die Hände.

Mariella würgte und hustete. Noch immer bekam sie nicht genügend Luft. Dieses Mal war es jedoch die Angst, die sie daran hinderte, mehr Sauerstoff aufzunehmen. Ihr wurde übel.

„Sag das nicht noch einmal, du Schlampe! Du hast keine Ahnung, was ich sonst mit dir mache!“, flüsterte seine männliche Stimme.

Sein Kopf war ganz nah. Sie spürte seinen Atem an ihrer Wange, an ihrem Ohr. Mariella überlegte nicht. In einer blitzschnellen Bewegung drehte sie ihren Kopf und versuchte, ihn zu beißen, aber er war schneller.

„Du Miststück!“, rief er wütend aus, während seine Hand sie ohrfeigte.

Ihr Kopf schnellte zur Seite und sie spürte Blut aus ihrer aufgeplatzten Lippe laufen.

„Du verdammtes ...“ Ein weiterer Schlag. „... elendes ...“ Er ergriff einen Büschel ihrer dunkelbraunen Haare und zog ihren Kopf daran in die Höhe. „Miststück!“ Hart knallte er ihren Hinterkopf auf die Holzplatte zurück.

Für den Bruchteil einer Sekunde sah Mariella tausend Sternenfunken, dann verlor sie das Bewusstsein.

Sie erwachte von dem dumpfen Schmerz in ihrem Kopf. Oder war es die Übelkeit, die sie zurück in die Realität holte? Mariella wusste nicht, was schlimmer war und sie verstand nicht, was mit ihr passierte. Vor ihren Augen tanzten bunte Farben, obwohl sie wusste, dass eigentlich alles dunkel sein sollte, denn noch immer spürte sie das umgebundene Tuch, das ihr die Fähigkeit zu sehen nahm. In ihren Ohren schallten schrille Klänge, obwohl keine Musik spielte und sie wusste, dass sie sich konzentrieren sollte, doch es gelang ihr nicht. Ihr war so schlecht. Vor Schmerz, vor Angst. Sie konnte es nicht sagen.

Etwas glitt über ihren Körper. Etwas Weiches. Ein Schwamm. Kreisförmig fuhr er über ihren Hals, ihr Dekolleté, ihren Bauch. Die Bewegungen waren zielgerichtet. Sie hatten nichts Erotisches an sich. Es fühlte sich eher an, als riebe er sie mit etwas ein.

Leise schrie sie auf, als erneut eine Klinge durch die Haut ihres Armes schnitt. Etwas Warmes lief an ihren Fingern herab und im gleichen Moment fühlte sie, wie der Schwamm auf den Arm gepresst wurde, bevor er über ihre Beine massierte.

Mariellas Magen hob sich, als sie endlich begriff, welches Monster sie vor sich hatte. Er war der Mann, der innerhalb der letzten fünfzehn Monate fünf Frauen getötet hatte. Er war derjenige, den die Presse den Botoxmörder getauft hatte. Dieser

Verrückte rieb seine Opfer mit ihrem eigenen Blut ein und lähmte ihre Körper mit dem Nervengift Botulinumtoxin.

Die Vorstellung, dass sich ihr Blut gerade über ihre gesamte Haut verteilte, war für Mariella unerträglich. Es würgte sie, doch sie wollte sich nicht übergeben. Sie wusste, dass sie diesen Geruch nicht auch noch ertragen würde.

Er lachte höhnisch. „Es ist gleich vorbei, Mariella. Gleich wirst du dich entspannen. Und dann wirst du zum ersten Mal in deinem Leben guten Sex erfahren. Ich wette, du hast es noch nie mit einem richtigen Mann getrieben."

Mariella fühlte den ersten Einstich der Nadel in ihrem Unterarm. Den zweiten setzte er in ihren Oberarmmuskel. Eine Träne lief an ihrer Wange hinunter, als sie begriff, dass sie diesem Monster nicht entkommen würde. Sie würde tatsächlich sterben. Heute. Jetzt. Gleich. Dabei hatte sie noch so viele Träume gehabt.

In diesem Augenblick hätte Mariella nicht mehr sagen können, welche Ziele sie noch alle hatte erreichen wollen, doch sie wusste, dass sie welche hatte. Sie war erst neunundzwanzig Jahre alt. Sie musste Träume haben. Vielleicht hatte sie auch einen Freund. Unwillkürlich hielt Mariella in ihren Gedanken inne. Hatte sie einen Freund?

Wahrscheinlich nicht, sonst könnte ich mich erinnern, dachte sie. Aber wieso war sie sich dann nicht sicher, dass sie keinen Freund hatte? Oh, sie konnte sich nicht konzentrieren. Ihr Kopf schmerzte zu sehr. Frustriert ließ sie die Frage gehen.

„Ah", schrie sie leise auf. Die Spritzen taten weh. *Er muss das Gift direkt in den Muskel injizieren,* folgerte sie. Sie hatte sich noch nie Botox spritzen lassen, aber sie hatte einmal eine Klientin vertreten, die ihren Arzt wegen einer Fehlbehandlung verklagt hatte. Daher wusste sie, dass man das Gift kaum spürte, wenn es unter die Haut gespritzt wurde. Bei einer direkten Injektion in den Muskel hingegen war es eine schmerzhafte Prozedur. Dafür setzte jedoch auch die Wirkung sehr zeitnah ein. Verabreichte man Botox zur Faltenglättung, so dauerte es in der Regel einige Tage, bis sich die gewünschte Wirkung zeigte. Im Muskel hingegen entfaltete sich das Gift schnell, denn es konnte durch die im Muskel verlaufenden Nerven direkt den Neurotransmitter hemmen, der für die Anspannung des Muskels zuständig ist.

„Keine Sorge, bald wirst du ganz ruhig daliegen und ich zeige dir, was ein richtiger Mann draufhat", versprach er. „Dies hier sind auch nur die ersten Einstiche, um die Bewegung einzuschränken."

Sie fühlte seine tastende Hand kurz oberhalb ihrer linken Brust. Dann spürte sie, wie er die Haut auseinanderzog und die Nadel in den Muskel stieß. Eine erneute Übelkeitswelle durchschwemmte sie. Sie wollte seine Hände nicht länger spüren, seinen Atem nicht länger riechen und auch seine Stimme wollte sie nicht mehr hören. Sie wollte hier weg.

Dann tu was!, befahl ihr eine innere Stimme.

Und was?, gab Mariella stumm zurück. Mit Mühe unterdrückte sie ein verzweifelndes Schluchzen und zwang sich stattdessen dazu, ruhig zu atmen. Sie brauchte einen Plan. Aber sie hatte keinen Plan. Doch vielleicht war es eine gute Idee, ihn wenigstens am Reden zu halten.

„Wieso nehmen Sie mir nicht die Augenbinde ab?", schlug sie vor und registrierte, wie seine Finger kurz innehielten, als würde die Frage ihn erstaunen.

„Nein!", gab er schließlich zurück. Es klang vehement.

„Warum nicht?"

„Gleich werde ich dich von den Drahtfesseln befreien", überging er ihre Frage. „Ich muss gestehen, ich war noch nie ein Freund von Fesselspielchen. Bevor wir jedoch zum eigentlichen Hauptteil kommen können, muss ich dieses Mittel noch in deinen Rücken spritzen, damit sich auch deine Arme lähmen."

Ein Zittern lief durch Mariellas Körper.

„Du musst wirklich keine Angst haben. Ich weiß, was ich tue. Du wirst alles mitbekommen. Erst wenn wir mit allem fertig sind, spritze ich das Gift in deine Blutbahn, sodass die Atemlähmung einsetzt. Aber das wird dauern. Erst werde ich dich in allen Positionen nehmen." Er lachte leise. „Ich habe einen perfekten Plan. Vertrau mir!"

Mariella spürte weitere Einstiche an ihrem Körper, dann ließ sie ein leises Geräusch vermuten, dass er die Spritze weggelegt hatte. Kurz darauf knipste eine Zange den Draht an ihrem Handgelenk durch. Aufgeregt beschleunigte sich ihr Herzschlag. Ihre Muskeln fühlten sich nicht schlaff an. Ein wenig müde, ja. Aber definitiv nicht gelähmt. Konnte es sein, dass das Gift noch nicht seine volle Wirkung entfaltet hatte? Hatte er sie zu früh befreit? Sie traute sich kaum, daran zu glauben, aber die Hoffnung war stärker. Wenn ihre Muskeln noch arbeiteten, dann hatte sie eine Chance. Allerdings war es wahrscheinlich wirklich nur eine. Sie musste auf die

Wirkung des Überraschungsmoments zählen!

Bitte, lass ihn alle Fesseln durchschneiden, flehte Mariella innerlich, denn sie wusste, dass ihre Hände alleine nicht ausreichen würden, um gegen den Mann zu bestehen. Doch er knipste nur den Draht an ihren Handgelenken durch.

Mist! Sie würde mit ihrem Angriff noch warten müssen. Sie musste sich bewegungsunfähig stellen und beten, dass er sie von den Fußfesseln befreite, bevor die Wirkung des Gifts einsetzte, entschied Mariella.

Frustriert ließ sie ihn ihre Arme an ihren Körper legen und ihren Oberkörper von ihm aufrichten. Eine erneute Übelkeitswelle erfasste sie, doch Mariella ignorierte sie. Stattdessen konzentrierte sie sich darauf, ihre Ungeduld im Zaum zu halten und den perfekten Moment abzupassen. Sie zwang sich dazu, ihre Aufmerksamkeit auf seine Finger zu fokussieren, denn sie verrieten ihr, in welcher Position er sich zu ihr befand. Stand er rechts von ihr, links von ihr oder hinter ihr? Wenn ihr Moment kam, brauchte sie dieses Wissen. Sie würde es sich nicht leisten können, die Orientierung zu verlieren.

Am liebsten wollte Mariella schreien. Sie hasste seine Hände auf ihrem Körper. Sie wollte diesem Ungeheuer ihren Ellenbogen in den Magen rammen, ihre Faust in seine Nase schlagen, doch sie wusste, dass ihr all das nichts gebracht hätte. Es hätte diesem Monster nur verraten, dass das Botox sie noch nicht außer Gefecht gesetzt hatte. Nein, im Augenblick konnte sie nicht mehr tun als warten und beten, dass sie ihre Chance bekam, ehe das Gift ihren Körper tatsächlich lähmte.

„Schön sitzen bleiben", flüsterte er, während er die Nadel zuerst in ihren linken, dann in ihren rechten Rückenmuskel stach.

Was würde der Mann als Nächstes tun? Mariellas Ungeduld wuchs. Langsam musste sie handeln. Ihre Nervosität steigerte sich, als sie seine Hand an ihrem linken Fuß spürte.

Bitte, lass ihn diese Fesseln endlich ebenfalls lösen. Bitte! Bitte! Bitte! Wie ein Mantra wiederholte Mariella die Worte immer wieder in ihrem Kopf, bis sie plötzlich die Kälte eines Seitenschneiders an ihrer Haut spürte. Keine Sekunde später hörte sie, wie dieser den Draht durchknipste.

Mariellas Herzschlag galoppierte davon, während sich auch die Fessel um ihren rechten Fuß löste. Gleich war es so weit. Gleich konnte sie fliehen. Gleich war sie frei. Angestrengt horchte

Mariella, in welche Richtung sich der Mann bewegte. Glücklicherweise war er leicht zu orten, da er ihre Füße festhielt, als er auf der linken Seite zu ihr zurückkehrte. Somit baumelten ihre Beine nun nach unten, während sie aufrecht saß. Das war eine gute Ausgangsposition, doch worauf genau saß sie und vor allem, wie hoch saß sie?

Wahrscheinlich ist es ein Tisch, überlegte sie.

„Jetzt beginnt unser Spiel. Jetzt kannst du zeigen, welche Nutte in dir steckt", flüsterte der Mann und ein weiterer kalter Schauer lief ihren Rücken herunter.

Sie spürte, wie er dicht an sie herantrat. Seine Beine berührten ihren jeweiligen äußeren Oberschenkel, aber er presste ihre Knie nicht zusammen. Er rechnete nicht damit, dass sie den Spielraum für sich nutzen konnte.

Mariella fühlte, wie sich seine Hände um ihren Hals legten und sie wusste, dass der Zeitpunkt zum Agieren gekommen war. Mit aller Kraft, die sie in ihrem geschundenen Körper mobilisieren konnte, zog sie ihr linkes Knie in die Höhe. Sofort lockerte sich der Griff seiner Hände und der Mann stöhnte schmerzhaft auf.

Mariella nutzte die Sekunde der Überraschung. Sie riss sich die Binde von ihren Augen, während sich ihr Oberkörper bereits leicht nach hinten beugte und sie ihre Beine anzog, um den Mann anschließend mit einem kräftigen Tritt gegen seine Brust von sich wegzustoßen. Geschwächt von dem Kniehaken in seine Männlichkeit taumelte der Mann nach hinten, wo er schließlich auf seine Unterschenkel sank.

Mariellas Blick war versucht ihm zu folgen, doch sie wusste, dass sich der Kerl schnell wieder erholen würde. Ihr blieben nur wenige Sekunden zur Flucht, und davon sollte sie besser jeden Bruchteil nutzen. Sie stürzte auf die einzige Tür im Raum zu, riss sie auf und gleißendes Sonnenlicht traf auf ihre Augen. Ein stechender Blitz, der Mariella den Atem raubte, fuhr durch ihren Schädel. Unwillkürlich krallte sich ihre Hand an die Türklinke, um nicht zu Boden zu fallen.

Du musst weg! Renn! Los!, befahl ihr eine innere Stimme, doch erst das tiefe Stöhnen gepaart mit einem stolpernden Schritt hinter ihr, riss sie aus ihrer Starre. Bewusst zwang sie sich, ihre Umgebung aufzunehmen. Wo war sie? Wo sollte sie hin?

Auf einen Blick erkannte Mariella, dass sie sich in einem Waldgebiet befand. Vor ihr lag ein Waldweg, doch aus den

Augenwinkeln sah sie einen Pick-up-Truck. Sie drehte ihren Kopf, um ganz sicher zu gehen, dass sie sich nicht irrte. Dann flüchtete sie querfeldein. Der Weg mochte sie zwar zurück in die Zivilisation bringen, doch gegen den Wagen würde sie keine Chance haben. Nein, ihre einzige Möglichkeit war, im Schutz der Bäume zu verschwinden und zu hoffen, dass sie es irgendwie schaffen würde, rechtzeitig einen Weg aus dem Waldgebiet herauszufinden.

Die Blätter und Zweige der Farne schlugen gegen ihre nackten Arme und Beine, während Steine und getrocknete Äste auf dem Boden in ihre Füße stachen. Mariellas Herz raste, ihr Atem kam stoßweise. Was war nur aus ihrer Kondition geworden? Atemlos lehnte sie sich an einen Baumstamm. Sie war so müde. Ihre Beine waren so entsetzlich schwer.

„Mari-el-la?" Aus der Ferne drang seine wütende Stimme an ihr Ohr. Sie musste weiter. Sie durfte nicht stehenbleiben.

Ihr Magen hob sich und Mariella übergab sich. Sie konnte es nicht verhindern. Ihr Kopf sendete einen spitzen Schmerz und für einen Moment bewegten sich die Bäume um sie herum. Sie wurden unscharf, näherten sich, wichen vor ihr davon.

„Mariella? Gleich hab' ich dich. Ich kann dich schon sehen." Wieder seine Stimme.

Nein, nein, nein! Panisch drehte sie sich um, doch es war niemand hinter ihr. Er hatte geblufft. In Wahrheit hatte er keine Ahnung, wo sie war, aber sie musste weiter, sonst würde er sie tatsächlich finden. Gegen den Willen ihres Körpers zwang sie sich, weiterzulaufen. Der Wald musste irgendwann zu Ende sein. Irgendwann musste sie auf eine Straße treffen. Oder ein Haus. So lange sie lief, hatte sie eine Chance.

Mariella stolperte und fiel. Hart bohrten sich die kleinen Steine in ihre Knie, doch das Brennen war nichts im Vergleich zu dem Stechen in ihrem Kopf. Mit eisernem Willen stand sie wieder auf. Sie würde nicht aufgeben. Nicht jetzt, wo sie schon so weit gekommen war. Ihre Füße strauchelten, doch sie fand ihr Gleichgewicht wieder und setzte weiter einen Fuß vor den anderen. Dort vorne schien sich der Wald zu lichten. Nur noch ein paar Meter. Vielleicht hatte sie Glück und sie war der Zivilisation schon näher als sie gedacht hatte.

Neue Hoffnung durchströmte Mariella, während sie auf das Ende der Baumreihe zutaumelte. Tatsächlich hob sich hinter dem letzten Baum der Schatten des Waldes. Um gegen die plötzlich wieder gleißenden Sonnenstrahlen anzusehen, hob Mariella eine Hand über die Augen. Wo war sie? Gab es irgendwo ein Haus?

Verzweifelt sah sie sich um. Doch alles, was sie sah, war Grün. Allerdings war es ein gepflegtes Grün. Es war keine wilde Natur mehr. Diese Umgebung war von Menschenhand gepflegt. In der Ferne sah Mariella eine Fahne. Und zwei Männer, die sie erschrocken anstarrten. Während sie mit letzter Anstrengung auf sie zustolperte, begriff sie, dass sie sich auf einem Golfplatz befand.

Ich trage kein Poloshirt, schoss es Mariella durch den Kopf. Im selben Moment erkannte sie, wie absurd dieser Gedanke war, doch er war ebenso schnell verschwunden wie er gekommen war.

„Helfen Sie mir“, flehte sie, ehe sie auf dem Rasen zusammenbrach.

KAPITEL 2

Blake McGreys Schreibtischtelefon klingelte. Es war ein interner Anruf und ein Blick auf die Rufnummer im Display sagte ihm, dass es die Sekretärin des Chiefs war.

„Hi, Karen. Ich dachte, du wärst schon im Urlaub."

„Ich habe meine Reise um eine Woche verschoben. Mein Schreibtisch ist einfach zu voll."

„Du Arme!"

„Es ist kein Problem", winkte Karen ab. „Der Chief will dich und Rejyna sehen."

„Hast du eine Ahnung, was er will?"

„Leider nicht, aber er ist ziemlich schlecht drauf. Seitdem er vor einer halben Stunde von einem Meeting mit der Direktorin zurückgekommen ist, ist seine Stimmung im Keller."

„Na, wunderbar", seufzte Blake. Graham Hanson war im Grunde ein ganz passabler Chief. Er ließ seinen Leuten eine Menge Freiheiten, was hauptsächlich darauf zurückzuführen war, dass er versuchte seinen Job mit so wenig Arbeitsaufwand wie möglich durchzuführen. Am Anfang hatte dies in der Abteilung für Unwillen gesorgt, doch mittlerweile war es dem Großteil der Agenten egal. Sie genossen schlichtweg die Vorteile, weitestgehend selbstständig arbeiten zu können. Chief Hansons Launen hingegen waren legendär und jeder wusste, dass man ihm an schlechten Tagen besser aus dem Weg ging. Doch diese Möglichkeit hatte Blake in diesem Moment nicht. Daher fügte er sich in sein Schicksal.

„Wir sind in einer Minute da", versprach er Karen, ehe er sich an seine Partnerin wandte. „Der Chief ruft."

„Wie ist er drauf?", wollte Rejyna wissen, während sie sich bereits erhob.

Blake übermittelte die Antwort mit einem entsprechenden

Gesichtsausdruck.

Unbeeindruckt zuckte Rejyna mit der Schulter. „Dann lassen wir ihn besser nicht warten."

Zum wiederholten Male fragte sich Blake, ob Rejyna gegenüber den Launen des Chiefs wirklich immer so gelassen war, oder ob sie diesen Anschein nur nach außen hin aufsetzte. Sie arbeitete erst seit einem halben Jahr für das Büro, und sie war auch erst seit drei Monaten seine feste Partnerin.

Sie waren ein gutes Team, fand Blake, aber er musste zugeben, dass er und Rejyna sich immer noch in der Kennenlernphase befanden. Sie wussten zwar eine Menge voneinander, aber es wäre eine Lüge, wenn Blake behauptete, dass er ihre Gedanken und Reaktionen in allen Situationen vorhersagen könnte, wie es bei seinem vorhergehenden Partner der Fall gewesen war. Aber mit ihm hatte er auch fast acht Jahre zusammengearbeitet. Es brauchte einfach mehr als ein Vierteljahr, um einen anderen Menschen derart in- und auswendig zu kennen wie es ihm mit Roger ergangen war.

„Sie wollten uns sprechen, Sir?" Gemeinsam mit Rejyna Seymour betrat Blake das Büro seines Vorgesetzten und schloss die Tür hinter sich.

„Das ist richtig. Setzen Sie sich!" Hanson deutete auf die beiden Stühle vor seinem Schreibtisch.

Während Rejyna den linken und Blake den rechten Platz nahm, erhob sich Hanson und ging hinter seinem Tisch auf und ab. Verwundert sahen sich Blake und Rejyna an.

Schließlich blieb der Chief stehen. „Gibt es etwas Neues in Bezug auf den Botoxmörder?"

Blake widerstand dem Drang, die Stirn zu runzeln. Es war gerade einmal drei Stunden her, dass die sechsköpfige Taskforce, die sich mit dem Fall beschäftigte, Hanson Bericht erstattet hatte. Was erwartete der Mann?

„Seit heute Morgen nicht, Sir", antwortete er höflich, wobei er sich bemühte, keinerlei Emotion mitschwingen zu lassen.

„Das dachte ich mir", murmelte der Chief, wobei er sich mit einer Hand den Nacken rieb.

„Wir sind dabei, die Punkte, die Loyd heute früh aufgelistet hat ...", begann Blake zu erläutern, doch Hanson unterbrach ihn mit einer unwirschen Handbewegung.

„Vergessen Sie Northcrofts Plan!“

„Wie bitte?“ Irritiert sah Rejyna von ihrem Chef zu ihrem Partner und wieder zurück. Loyd Northcroft leitete die Gruppe, die seit neun Monaten auf den Serienmörder angesetzt war und Hanson hatte sein weiteres Vorgehen während der morgendlichen Besprechung offiziell abgesegnet.

„Die Taskforce wird aufgelöst“, verkündete Hanson.

Entgeistert rutschte Blake auf seinem Stuhl nach vorne. „Sie wird aufgelöst? Das ist nicht möglich. Wer wird den Fall dann bearbeiten?“

„Sie beide!“

„W...wir?“ Fragend sah Rejyna Hanson an. „Alleine?“

„Natürlich nicht alleine“, wies der Chief sie zurecht, wobei er murmelnd ergänzte: „Obwohl ... wahrscheinlich wären Sie alleine besser dran.“

Blake McGrey war seit sechs Monaten Teil der Taskforce, die den Botoxmörder jagte. Allerdings musste er eingestehen, dass sie dem Kerl in dieser Zeit keinen Schritt näher gekommen waren. Die Taskforce jedoch einfach aufzulösen, schien ihm nicht der richtige Weg zu sein. Er entschied jedoch, sich mit seiner Meinung zunächst zurückzuhalten und abzuwarten, worauf das Ganze hinauslief.

„Direktor Garner verlangt Ergebnisse. Nach mehr als einem Jahr und fünf toten Frauen will sie endlich eine Verhaftung sehen.“

Das will jeder von uns, dachte Blake zähneknirschend. Dabei war mangelnder Einsatz ganz bestimmt nicht die Ursache dafür, dass sie diesen Täter noch nicht gefasst hatten. Unzählige Nächte und Wochenenden hatten er und seine Kollegen bereits in die Ermittlungen investiert, doch dieser Kerl war schlau. An keinem Tatort hatte er Fingerabdrücke hinterlassen. Kein Haar hatten sie von diesem Irren gefunden und was noch schlimmer war, sie hatten nicht einmal die geringste Ahnung, wie er seine Opfer fand.

Alle fünf Frauen, wobei er eigentlich von sechs sprechen musste, korrigierte sich Blake selbst, kamen aus verschiedenen Kreisen und mit Ausnahme dessen, dass sie alle lange dunkle Haare hatten und sich in Größe und Statur glichen, gab es keine Gemeinsamkeit zwischen ihnen. Als ihm sein letztes Opfer vor sieben Tagen lebend entkommen war, hatte Blake gehofft, dass sie dem Mann nun endlich einen großen Schritt näherkommen würden, aber Mariella Anderson hatte sich bislang leider als keine große Hilfe erwiesen.

„... doch statt uns unsere Arbeit machen zu lassen, sollen wir mit diesen Laien zusammenarbeiten.“ Hanson redete sich langsam in Rage und Blake zuckte innerlich zusammen. Er sollte sich besser konzentrieren, mahnte er sich selbst.

„Ähm, Laien?“, fragte er dazwischen, denn er verstand nur Bahnhof.

Einen Moment lang sah der Chief ihn an, als wolle er ihn steinigen, dann nahm er seufzend in seinem breiten Ledersessel Platz. „Sagt Ihnen der Name H.E.L.P. etwas?“

„H.E.L.P?“, wiederholte Blake nachdenklich. „Ist das nicht dieses Psychounternehmen, das aufgrund irgendwelcher Fotos und Daten Profile erstellt?“

„Es ist eine Gruppe von vier Pseudowissenschaftlern, die einmal Glück gehabt haben“, stellte Hanson richtig. „Sie haben irgendein Computerprogramm entwickelt, dass die Kollegen in New York angeblich auf die richtige Spur des Fahrstuhlmörders gebracht hat. Direktor Garner hat mitbekommen, dass der Firmensitz der Gruppe hier in Boston ist und sie hat mich gefragt, warum das FBI in New York mit diesen Leuten arbeitet und wir nicht, zumal wir sie direkt vor der Haustür sitzen haben. Ich habe versucht, ihr zu erklären, dass wir nicht mit Laien arbeiten und dass solide Ermittlungsarbeit nichts mit Hokus-Pokus-Psychokram zu tun hat, aber – um es kurz zu machen – sie hat nichts davon hören wollen und verlangt, dass wir mit den Typen kooperieren. Ihre exakten Worte waren ‚Viel weniger als bislang kann schließlich nicht herauskommen, Chief Hanson!‘.“

„Wir sollen den Fall also mit den Jungs von H.E.L.P. besprechen?“, vergewisserte sich Blake.

„Sie sollen ihn nicht nur besprechen, Agent McGrey. Sie sollen ihn mit diesen Leuten lösen“, konkretisierte Chief Hanson. „Sobald Sie dieses Büro verlassen, sind Sie beide ausschließlich für den Botoxmörder zuständig. All ihre anderen offenen Fälle wird Karen an die Kollegen verteilen. Das Team von H.E.L.P. erwartet sie in einer Stunde in ihrem Büro.“ Der Chief schob ihm eine Visitenkarte der Firma über den Tisch. „Nehmen Sie alle Akten mit. Informieren Sie sie über alle Details, aber behalten Sie in Dreigottesnamen ihren Verstand. Das Ganze ist eine totale Zeitverschwendung.“

„Darf ich etwas fragen, Sir?“

Auffordernd sah Hanson Rejyna Seymour an, die bislang geschwiegen hatte.

„Wieso haben Sie Blake und mich für die Zusammenarbeit mit H.E.L.P. ausgewählt?"

„Dafür gab es zwei Gründe, Agent Seymour. Erstens, Sie sind lange genug mit dem Fall befasst, um alle Fakten zu kennen, aber noch nicht lange genug, um schon fallblind zu sein und zweitens ..." Er lächelte süffisant. „Bei Ihnen beiden weiß ich, dass Sie nicht um siebzehn Uhr den Griffel fallenlassen. Unabhängig von der Kooperation werden Sie die Spuren, die Agent Northcroft heute früh angesprochen hat, weiterverfolgen."

Mit anderen Worten, er erwartet, dass wir die doppelte Arbeit vollbringen, ohne die Überstunden aufzuschreiben, folgerte Blake frustriert, während er sich erhob.

„Halten Sie mich auf dem Laufenden!", verlangte Hanson.

„Selbstverständlich, Sir!", bestätigte Blake und hielt die Tür für seine Partnerin auf.

„Was hältst du davon?", fragte Rejyna, als sie sich wieder an ihrem gemeinsamen Schreibtisch gegenübersaßen.

Nachdenklich sah Blake sie an. „Um ehrlich zu sein, ich habe keine Ahnung. Ich weiß zu wenig über diese Jungs, um mir ein Urteil erlauben zu können."

„Es sind drei Männer und eine Frau", korrigierte Rejyna.

„Tatsächlich?"

„Ja. Der Firmenname setzt sich aus den Anfangsbuchstaben ihrer Vornamen zusammen. Hunter, Emily, Lucas und Parker, glaube ich."

„Interessant", fand Blake. „Was weißt du über die Gruppe?"

„Nicht viel. Ich habe nur im Zuge dieses Fahrstuhlmörderfalls ein paar Artikel über sie gelesen. Sie haben wohl alle in irgendeiner Form ein Psychologiestudium hinter sich. Allerdings hat jeder einen anderen Schwerpunkt und auch ein zweites Hauptfach. Gemeinsam haben sie eine Methode entwickelt, um Menschen lesen zu können."

„Du meinst, so wie Paul Ekman, der anhand von Mikroausdrücken im Gesicht erkennt, ob jemand lügt oder nicht?"

„Wenn ich es richtig verstanden habe, ist es umfangreicher. Mikroausdrücke spielen eine Rolle, aber es ist wohl nur ein Aspekt. Sie integrieren in ihr System nicht nur das, was sie vor sich sehen, sondern auch die Spuren, die der andere hinterlässt, beispielsweise im Netz. Sie haben in den letzten Jahren unendlich viele Profile erstellt und haben dann damit begonnen, vermisste Personen aufzuspüren. Jugendliche, die weggelaufen sind, Demenzkranke, die sich verirrt haben und auch flüchtige bekannte Straftäter. Dies war jedoch nur der Anfang ihrer Arbeit. Ihr eigentliches Ziel war es immer, ihre Methode so weit zu entwickeln, dass sie damit auch Unbekannte, sprich Serienmörder, identifizieren und anschließend entsprechend aufspüren können. So weit ich weiß war der Fahrstuhlmörder ihr erster Serientäterfall, auf den sie ihre Methode angewandt haben."

„Glaubst du an diese Psychogrammerstellung?"

„Ich weiß nicht, ob sie uns wirklich hilft, den Botoxmörder zu identifizieren, aber ich bin offen für jede Hilfe."

Bedächtig nickte Blake. „Tatsache ist jedenfalls, dass wir mit unseren bisherigen Methoden bei diesem Mistkerl nicht weiterkommen. Also, fahren wir mal zu diesen Leuten rüber und sehen, was sie so draufhaben."

KAPITEL 3

„Ich bin gespannt, wie die Zusammenarbeit mit dem FBI hier in Boston funktioniert", brummte Parker McNamara, als er das Büro seines Freundes Hunter Holmes betrat.

„Wie ich höre, bist du immer noch skeptisch", lachte Hunter.

„Ich bin realistisch", stellte Parker richtig. „Immerhin hat dieser Graham Hanson unsere Hilfe vor einigen Monaten rundheraus abgelehnt. Dabei hat er keinen Zweifel daran gelassen, was er von unserer Arbeit hält."

„Na und? Wir haben gewusst, dass nicht alle Menschen von Anfang an unserem Programm gegenüber aufgeschlossen sein würden. Wir müssen beweisen, dass es funktioniert."

„Wir haben es in New York bewiesen."

„Ein einmaliger Erfolg ist kein Beweis, aber New York hat uns die Chance eröffnet, zu zeigen, dass unser Treffer kein Zufall war, sondern das Ergebnis solider wissenschaftlicher Arbeit."

„Es wäre trotzdem einfacher, wenn wir nicht gegen die Leute arbeiten müssten, denen wir eigentlich helfen. Abgesehen davon ist es einer Sache in der Regel nicht sonderlich dienlich, wenn Menschen gezwungen werden, sie zu tun."

„Nun warte erst einmal ab, Parker. Dieser Hanson kommt schließlich nicht selbst."

„Und du glaubst, dass er uns Agenten schickt, die weniger skeptisch sind?" Sarkastisch zog er seinen linken Mundwinkel leicht nach oben. „Ich wette, dass er alles daran setzt, der FBI-Direktorin zu zeigen, wie falsch ihre Entscheidung war, uns ins Boot zu holen."

Hunter wurde ernst. „Du erwartest Offenheit von anderen, obwohl du selbst voreingenommen bist. Wie passt das zusammen, Parker?"

Seufzend fuhr sich Parker durch die Haare. „Du hast recht. Ich sollte aufgeschlossener sein."

Zufrieden klopfte Hunter dem Freund an die Schulter. „Das solltest du!"

„Bestimmt werden die beiden Agenten aus Hansons Team jung, blond, blauäugig, kurvig und langbeinig sein. Außerdem werden sie uns jedes Wort von den Lippen ablesen und uns rundheraus für unser Wissen bewundern", überlegte Parker, wobei er seiner Stimme einen verträumten Ton verlieh.

Lauthals musste Hunter lachen. „Ich glaube kaum, dass sich diese Vorstellung mit der Realität decken wird."

„Ah, warum so pessimistisch? Du musst offen sein, Hunter", gab Parker grinsend zurück.

„Oh, ich bin offen. Ich weiß nur nicht, ob ..."

Die Freisprecheinrichtung in Hunters Büro schaltete sich mit einem leisen harmonischen Dreiklang ein, und kurz darauf ertönte die Stimme von Yvaine Fraser, die sowohl als Sekretärin als auch als Empfangsdame für das kleine Unternehmen arbeitete. „Agent Blake McGrey und Agent Rejyna Seymour vom FBI sind da."

Hunter ging zu seinem Schreibtisch zurück und betätigte die Sprechtaste. „Danke, Yvaine. Führ Sie bitte in den Besprechungsraum und gib Emily und Lucas Bescheid."

„Mach ich", bestätigte Yvaine und beendete die Verbindung.

Verschwörerisch zwinkerte Hunter seinem Freund zu. „Zumindest hast du noch eine fünfzig Prozent Chance auf blond, blauäugig und langbeinig."

Rejyna Seymour war weder blond noch blauäugig, doch beides spielte für Parker plötzlich keine Rolle mehr, als er den Besprechungsraum betrat. Sein Schritt stockte für einen Moment als sein Blick auf die Frau traf. Sie war mit Abstand die faszinierendste Frau, die er jemals gesehen hatte. Ihre mandelförmigen dunkelbraunen Augen fügten sich in ein längliches Gesicht mit einer schmalen geraden Nase. Es wies einen natürlich dunklen Teint auf. Ihre vollen Lippen hatten einen perfekten Schwung, wie sie kein Maler der Welt hätte schöner zeichnen können. Ihr Äußeres wirkte orientalisch und Parker fragte sich automatisch, aus welchem Land ihre Vorfahren stammten.

„Herzlich Willkommen bei H.E.L.P. Ich bin Hunter Holmes und das ist Parker McNamara", stellte Hunter sie beide vor und reichte zuerst der Frau und anschließend dem Mann die Hand.

„Rejyna Seymour“, stellte sich die weibliche Agentin vor und auch Blake nannte seinen Namen. Interessiert musterten sich die vier Menschen gegenseitig.

Sie wirken beide offen, fand Hunter.

Das ist besser als erwartet, dachte Parker und beschloss, stärker an seinem Pessimismus zu arbeiten.

Ich hätte nicht gedacht, dass sie so jung sind, war Rejynas erster Gedanke.

Wieso sind sie nur zu zweit?, fragte sich Blake gerade, als sich die Tür ein weiteres Mal öffnete und ein dritter Mann in Begleitung einer Frau eintrat.

„Das sind Emily Reed und Lucas Lawrence“, stellte Hunter ihre beiden Kollegen vor und die FBI-Agenten nannten noch einmal ihre Namen.

„Bitte setzen Sie sich“, lud Parker den Besuch ein, am Tisch Platz zu nehmen. „Dürfen wir Ihnen etwas anbieten? Kaffee, Tee, Wasser, Saft?“

„Wasser ist fein für mich“, antwortete Rejyna.

„Für mich auch“, nickte Blake.

Parker öffnete die bereitstehenden kleinen Flaschen, während Lucas die Gläser verteilte und eine Dose mit Keksen auf den Tisch stellte.

„Ich hoffe, meine Offenheit erschreckt sie nicht, aber meiner Erfahrung nach ist eine ehrliche und direkte Kommunikation immer am einfachsten.“ Mit einem fragenden Blick sah sich Blake in der Runde um, wobei ihm alle Männer stumm ihre Zustimmung übermittelten und ihn aufforderten weiterzusprechen. Lediglich Emily Reed zeigte keine Reaktion.

Merkwürdig, fand Blake, doch sprach er ruhig weiter. „Weder Agent Seymour’ noch ich haben bislang mit externen Beratern gearbeitet, und wir haben auch erst vor einer Stunde von der Kooperation erfahren, die FBI-Direktorin Garner mit Ihnen für diesen Fall eingegangen ist.“

„Das heißt, Sie sind nicht ganz freiwillig hier“, stellte Lucas fest, wobei seine Augen amüsiert funkelten.

„Das ist richtig“, stellte Blake fest. „Aber das bedeutet nicht, dass wir nicht offen für jede Form der Zusammenarbeit sind. Es bedeutet lediglich, dass wir nicht genügend Zeit hatten, uns über Sie und Ihre Arbeit zu informieren.“

„Sie sind also bereit, gemeinsam mit uns ein Psychogramm des

Täters zu entwickeln und dessen Spuren zu folgen, auch wenn diese unter Umständen in eine andere Richtung weisen als die, die Sie bislang erarbeitet haben?", formulierte Hunter.

„Das sind wir, allerdings nicht blindlings", bestätigte Blake einschränkend. „Wir möchten verstehen, was Sie tun und wie Sie es tun."

„Fair", entschied Hunter, nach einer kurzen stummen Verständigung mit den anderen Mitgliedern seines Teams. „Dann schlage ich vor, wir stellen Ihnen kurz das Unternehmen vor und steigen anschließend direkt in den Fall ein. Da wir in den nächsten Tagen eng zusammenarbeiten werden, können Sie uns direkt beobachten. Wir werden dabei versuchen, so viel wie möglich zu erklären, aber wenn Sie zwischendurch Fragen haben, fragen Sie."

„Das klingt vernünftig", bestätigte Blake und Lucas übernahm das Wort.

„H.E.L.P. hat es sich zur Aufgabe gemacht, Menschen aufgrund eines psychologischen Profils aufzuspüren. Die Wissenschaft, den seelischen Zustand eines Menschen zu erfassen, ist so alt wie die klinische Psychologie selbst, denn ohne Krankheitsprofil wäre eine Diagnose und eine daraus resultierende Behandlung niemals möglich. Geändert haben sich lediglich die Methoden, die Genauigkeit der Ergebnisse sowie die Anwendungsgebiete. Im letzten Jahrhundert hat das psychologische Profiling zwei weitere große Gebiete erobert. So fand es beispielsweise einen neuen Einsatz in der Arbeitswelt. Stellenbewerber wurden auf einmal auf ihre Persönlichkeitszüge und ihre Belastbarkeit geprüft. Man wollte wissen, ob sie in das bestehende Team passen und den an sie gestellten Ansprüchen gerecht werden würden. Außerdem entdeckte man die Psychologie für das Marketing. Firmen begannen die Kundengruppen ihrer Marken zu analysieren, um daraus ein immer feineres und spezialisiertes Profil für ihre Produkte zu entwickeln. Vieles war jedoch Handarbeit und vieles blieb zwangsläufig Vermutung, denn man konnte jedem Menschen nur einen begrenzten Fragenkatalog vorlegen. Doch dann kam das Internet."

Lucas machte eine kurze Pause, ehe er fortfuhr. „Es kamen Facebook, youtube und all die anderen Kanäle, über die die Menschen auf einmal freiwillig Informationen über sich mitteilten. Nichts blieb mehr ein Geheimnis und die Wissenschaft des persönlichen Profiling, die bis dato erst in den Kinderschuhen steckte, konnte sich mit einem Schlag rasant entwickeln. Heute reichen dreißig bis fünfzig Likes, die ein Mensch jemals im Netz gesetzt hat, um ein komplettes psychologisches Profil von ihm zu erstellen und die Tendenz ist abnehmend."

Lucas sah die Überraschung in den Augen der beiden FBI-Agenten und gab ihnen einen Moment Zeit, die Information zu verdauen. „Einer der führenden Wissenschaftler auf dem Gebiet der Psychometrie oder Psychografie ist beispielsweise Michal Kosinski. Googeln Sie ihn und seine Arbeit, wenn Sie uns nicht glauben."

„Das ist erschreckend", urteilte Rejyna.

„Ja, das ist es", stimmte Parker zu. „Menschen werden damit manipulierbar, ohne dass sie es merken. Sie glauben, sie würden eine freie Entscheidung treffen, dabei werden sie unbewusst durch die Ergebnisse, die ihnen die Suchmaschinen präsentieren, in die entsprechende Richtung gelenkt."

„Sie benutzen die Psychometrie jedoch nicht zur Manipulation", vergewisserte sich Rejyna.

„Nein." Entschieden schüttelte Parker den Kopf. „Wir erstellen Psychogramme, um Menschen aufzuspüren. Anfangs haben wir dabei ausschließlich einen uns bekannten Menschen psychografiert, beispielsweise einen ausgerissenen Jugendlichen. Aber auch einen an Demenz erkrankten Menschen können wir auf diese Weise finden, denn sein Unterbewusstsein lenkt ihn zu einem Ort, der in seinem Psychogramm erfasst ist. Nach und nach haben wir unser Programm jedoch ausgebaut und jetzt sind wir so weit, dass wir auch das Profil eines unbekannten Serientäters erstellen können, indem wir Rückschlüsse aus der Wahl seiner Opfer, seiner Tatorte und der Art und Weise, wie er tötet, ziehen."

„Ist das nicht das, was kriminologische Profiler seit Jahren machen?", wunderte sich Rejyna.

„Das stimmt. Wir arbeiten jedoch detaillierter, umfangreicher und mit einer gänzlich anderen Datenstruktur, mit der wir alle sogenannten harten Fakten, wie wir sie nennen, in einen vollkommen neuen Zusammenhang bringen, der wesentlich aufschlussreicher ist", führte Lucas aus.

„Es ist allerdings keine einfache App, in die man ein paar Daten eingibt, auf ‚berechnen' klickt und fünf Sekunden später ein Ergebnis hat", klärte Hunter auf. „Es ist noch immer viel Handarbeit und Intuition erforderlich. Das Besichtigen eines

Tatorts, das Untersuchen der Leiche ist für uns immer noch aufschlussreicher als die bloßen Fakten in einem Bericht."

Blake und Rejyna warfen sich einen kurzen erstaunten Blick zu. Es war offensichtlich, dass sie damit nicht gerechnet hatten.

„Wenn Sie wissen wollen, was der Unterschied ist, können wir es Ihnen nicht sagen", erklärte Hunter ruhig. „Am besten lässt es sich mit einem Arzt vergleichen, der eine Ferndiagnose stellen soll. Es funktioniert einfach nicht bei einem komplizierten Krankheitsbild. Er muss einen Patienten selbst sehen. Er muss die Hautfarbe sehen, die Temperatur fühlen. Er muss den Patienten mit seinen Sinnen aufnehmen. So geht es uns auch."

Nachdenklich nickte Blake, ehe er Hunter direkt in die Augen blickte. „Wie viele Serientäter wurden bislang aufgrund Ihrer Psychografie gefasst?"

Es entstand eine lange Pause, in der Hunter den Blick des FBI-Agenten hielt.

Erstaunt stellte Blake fest, dass die Frage den Mann nicht aus der Ruhe brachte. Ebenso wenig änderte sich die Stimmung am Tisch. Dabei hatte er mit einer kleinen Welle von Gegenwehr, vielleicht sogar mit einem unterliegenden Hauch von Feindschaft gerechnet.

„Einer", antwortete Hunter schließlich. „Aber das wussten Sie bereits, Agent McGrey. Wir mögen es ebenfalls ehrlich und direkt, und wir haben nichts zu verbergen. Wir müssen auch nichts beschönigen. Wir arbeiten alle seit Jahren an der Entwicklung von H.E.L.P. Dafür haben wir alte Daten aus Quantico bekommen, die wir entsprechend untersucht, erforscht und in unser Programm eingebettet haben. Als wir schließlich so weit waren, das Projekt zum ersten Mal zur Analyse eines Serienkillers in Echtzeit anzuwenden, haben wir in New York die Chance dazu erhalten. Es hat funktioniert, aber das heißt nicht, dass unser Programm fehlerfrei ist. Wir stehen immer noch am Anfang."

„Warum New York?", wollte Rejyna wissen.

„Das ist einfach", übernahm Lucas das Wort. „Es gab einen alten Kontakt in das dortige Büro und nachdem es das FBI vor Ort, oder vielleicht sollte ich besser sagen, nachdem Chief Hanson es hier in Boston abgelehnt hat, mit uns zu arbeiten, haben wir die Beziehung genutzt."

„Ich verstehe. Aber wäre es dann nicht einfacher gewesen, weiterhin in New York zu arbeiten und das Büro dorthin zu verlegen?", hakte Rejyna nach.

„Wir stammen alle aus der Bostoner Gegend. Warum sollten wir da umziehen?“, antwortete Parker mit einer Gegenfrage. „Grundsätzlich kann H.E.L.P. ortsunabhängig eingesetzt werden und wir werden dorthin reisen, wo man uns braucht, aber unser Zuhause wird immer in Boston sein. Und eines Tages wird auch Chief Hanson von unserer Arbeit überzeugt sein.“

„An Selbstbewusstsein mangelt es Ihnen nicht“, stellte Rejyna fest.

„Warum sollte es?“, gab Parker zurück, wobei er von einem Ohr bis zum anderen grinste. „Das Programm ist gut. Es ist noch nicht perfekt, aber es ist definitiv auf dem Weg dorthin.“

Hunter hustete leicht, um sein Lächeln dahinter zu verstecken. Automatisch glitt Blakes Blick zurück zu dem Mann. Während des Dialogs zwischen Rejyna und Parker hatte er die Zeit genutzt, um die Frau in dem H.E.L.P.-Team genauer zu betrachten. Noch immer hatte sie kein Wort gesprochen und Blake wunderte sich über die Rolle, die sie in dieser Viererkonstellation spielte. Spontan entschied er, seiner Neugier zu folgen.

„Wie sieht Ihre Rollenverteilung aus?“, fragte er in die Runde, wobei er Emily Reed direkt ansah. Sie blickte ihm ebenfalls in die Augen, doch die Antwort kam von Hunter.

„Wir sind ein gleichberechtigtes Team, und als solches treffen wir alle Entscheidungen gemeinsam. Allerdings haben wir alle unterschiedliche Schwerpunkte.“

Blake wandte sich wieder Hunter zu, während sich seine Gedanken weiter um die unnahbare Miss Reed drehten.

„Parker McNamara hat Psychologie und Medizin studiert und sich dabei auf die Rechtsmedizin spezialisiert. Lucas Lawrence hat die Psychologie mit Soziologie kombiniert und Emily und ich haben Kriminologie als Nebenfach gewählt.“

„Welches sind Ihre Schwerpunkte in der Kriminologie?“ Interessiert sah Blake zwischen Hunter und Emily hin und her.

„Anthropologie und Soziologie“ Hunter grinste. „Keine Überraschung an der Stelle.“

Blake erwiderte das Lächeln. „Kaum.“

„Haben Sie Angestellte, die Zugang zu Ihren Akten haben?“, warf Rejyna ein.

„Im Augenblick haben wir zwei Mitarbeiter. Yvaine Fraser, Sie haben sie bereits kennengelernt, und Finnlay Dixon. Er ist unser Internetspezialist. Beide haben vollen Zugriff auf den

Firmenserver, und beide sind sicherheitsüberprüft“, stellte Lucas fest.

„Haben Sie ein Problem damit, wenn wir die Prüfung wiederholen?“, erkundigte sich Blake.

„Ja.“

Erstaunt drehte sich Blake um. Die Antwort war von Emily Reed gekommen. Blake wusste nicht genau, welche ersten Worte er von ihr erwartet hatte, aber es war ganz bestimmt kein einfaches ‚Ja' auf diese Frage gewesen, von der er eigentlich ausgegangen war, dass sie problemlos abgenickt werden würde. Herausfordernd blitzten seine Augen die Frau an, als er eben so einsilbig zurückfragte. „Warum?“

„Weil Ihr Büro einen Beratungsvertrag mit H.E.L.P. geschlossen hat. Damit obliegen all unsere Mitarbeiter unserer Verantwortung“, erklärte sie. Sie sprach ruhig und klar, doch zog sie unmissverständlich mit ihrem Ton eine unsichtbare Grenze.

Langsam nickte Blake. Dann lächelte er. „Ihr Punkt.“

Emilys Mimik änderte sich nicht, doch Blake glaubte ein anerkennendes Leuchten in ihren Pupillen gesehen zu haben. Zufrieden ließ er seinen Blick über die Männer schweifen. „Ich denke, wir werden uns verstehen. Ist die Anrede mit Vornamen für alle in Ordnung?“

Alle nickten und so schlug Blake den Deckel der mitgebrachten Akte auf. „Der Botoxmörder hat fünf Frauen auf dem Gewissen. Fünf Frauen, die außer ihrem Äußeren keine Gemeinsamkeit aufweisen. Er kidnappt sie, bringt sie an entlegene Orte, wo er ihren Körper mit ihrem Blut einreibt. Er injiziert Botulinumtoxin, kurz Botox, in ihre Muskeln, die daraufhin erschlaffen. Er vergewaltigt sie, wobei er ein Kondom benutzen muss, da bisher keinerlei Spermaspuren gefunden wurden. Wenn er fertig ist, spritzt er seinen Opfern das Gift in die Blutbahn, was die Herz- und Atemmuskulatur lähmt und dadurch zum Tod führt.“

„Der Mörder hat also medizinische Kenntnisse“, folgerte Parker.

„Auf jeden Fall. Das Gift in die großen Muskelgruppen zu spritzen, verlangt keine große Übung, aber der Täter trifft auch die Blutbahn beim ersten Versuch“, bejahte Rejyna.

„In welchen Zeitabständen mordet er?“, erkundigte sich Lucas.

„Ungefähr alle drei Monate, plus/minus eine Woche“, antwortete Rejyna. „Seinen letzten Versuch hat er allerdings zwei Wochen vor Fristablauf unternommen, aber da er keine festen

Daten hat, haben wir dies nicht als relevante Abweichung betrachtet."

Nachdenklich neigte Lucas seinen Kopf hin und her. „Kann sein, kann nicht sein."

„Auf jeden Fall ist dieser Versuch schiefgelaufen, und das Opfer hat überlebt", informierte Blake die Gruppe.

„Wir haben darüber gelesen. Allerdings haben die Medien keine näheren Informationen preisgegeben", sprach Parker.

„Ja, es grenzt an ein kleines Wunder, dass wir es geschafft haben, die Frau weitestgehend aus den Medien herauszuhalten. Ihr Name ist Mariella Anderson. Sie ist neunundzwanzig Jahre alt und verheiratet. Sie wurde am Abend ihrer Hochzeit von zu Hause entführt", klärte Blake auf.

„Am Abend ihrer Hochzeit?" Verwundert zog Hunter die Augenbrauen zusammen.

„Das nenne ich mal eine Brautentführung", murmelte Lucas.

„Das muss ja eine nette Gästeschar gewesen sein, wenn niemand etwas mitbekommen hat", überlegte Parker.

„Es gab keine Party. Die Eheschließung war wohl eher eine spontane Entscheidung, wenn man dem Ehemann glauben darf", erklärte Rejyna. „Vielleicht sollte ich noch kurz einfügen, dass die beiden nicht nur privat ein Paar sind, sondern auch zusammen arbeiten. An jenem Tag hatten sie einen Geschäftstermin in Las Vegas, der früher zu Ende war. Kurz entschlossen haben sie die Zeit bis zu ihrem Rückflug für eine schnelle Trauung genutzt."

„Sie klingen nicht begeistert", stellte Parker fest.

Gleichgültig zuckte Rejyna mit den Achseln. „Ich schätze, die Menschen sind einfach unterschiedlich. Ich habe allerdings noch nie eine Frau getroffen, die heiratet, weil ihr Flug Verspätung hatte."

„Jason Tanner, beziehungsweise Jason Anderson, der Mann hat bei der Trauung angegeben, den Namen seiner Frau anzunehmen", berichtete Blake weiter, „sagte aus, dass Mariella auf dem Weg vom Bostoner Flughafen nach Hause eingeschlafen sei. Er hatte daher beschlossen, zunächst die Koffer ins Haus zu bringen, um anschließend seine Frischangetraute über die Schwelle zu tragen und den Rest der Nacht seinen Lauf nehmen zu lassen. Als er jedoch zurückkam, sei Mariella verschwunden gewesen. Zunächst hatte er gedacht, sie sei aufgewacht und ihm ins Haus gefolgt, doch als er sie nirgendwo finden konnte, hat er die Polizei verständigt."

„Die natürlich zunächst nichts unternommen hat“, brummte Parker.

„Nein, natürlich nicht. Die Vorschriften ...“

„Schon gut“, unterbrach Parker den Agenten, der wusste, dass mindestens vierundzwanzig Stunden verstreichen mussten, bevor die Polizei in einem solchen Fall tätig wurde. „Ich kenne die Regeln. Sie gefallen mir nur nicht.“

Insgeheim gab Blake dem Mann recht. Sie gefielen ihm auch nicht, aber die Polizisten hatten vorschriftsmäßig gehandelt. „Wie dem auch sei, Mariella Anderson ist am nächsten Mittag auf dem Golfplatz von Lynn aufgetaucht“, fuhr er fort.

„Lynn liegt nordöstlich von Boston, richtig?“, hakte Lucas ein.

„Ungefähr fünfzehn Meilen“, bestätigte Blake. „Es war ihr Glück, dass zwei Senioren gerade Loch 14 spielten und sahen, wie eine Frau aus dem angrenzenden Naturschutzgebiet gerannt kam und auf dem Grün zusammenbrach.“

„Eines verstehe ich nicht“, unterbrach Lucas. „Hatte der Täter ihr das Botox noch nicht gespritzt?“

„Doch“, erwiderte Rejyna. „Mariella Anderson gehört jedoch zu den fünf Prozent aller Menschen, die auf das Gift gar nicht, beziehungsweise nur sehr leicht und zeitlich stark verzögert reagieren.“

„Tatsächlich?“ Fragend wandte sich Lucas an Parker, der bejahend nickte.

„Es gibt tatsächlich eine geringe Anzahl von Menschen, deren Blut Antikörper gegen das Gift enthält. Wie und wann sich diese gebildet haben, ist allerdings noch nicht erforscht und immer noch ein Rätsel für die Wissenschaft. Auf jeden Fall hat die Frau in diesem Fall mehr Glück gehabt als es braucht, um einen Sechser mit Zusatzzahl in der Lotterie zu haben.“

„In der Tat“, bestätigte Blake.

„Was hat die Frau über den Täter gesagt? Hat sie ihn beschreiben können?“, hakte Hunter nach.

Frustriert fuhr sich Blake über sein Kinn. „Tja, das ist leider das Problem. Mrs Anderson kann sich nicht erinnern.“

„Sie kann sich an gar nichts erinnern?“ Hunter wollte sichergehen, dass er diesen Punkt richtig verstanden hat.

„Bruchstücke sind da, aber nichts, was uns wirklich weiterhilft“, bestätigte Rejyna.

„Alles ist hilfreich. Der Teufel liegt im Detail“, widersprach

Emily.

„Das stimmt“, gab Parker ihr recht. „Was weiß Mrs Anderson noch? An was erinnert sie sich nicht mehr?“

„Sie erinnert sich an das Meeting in Vegas und an einige Fragmente des Rückflugs“, fasste Blake zusammen. „Das Nächste ist, dass sie gefesselt und bis auf die Unterwäsche ausgezogen in einem Raum aufgewacht ist, den sie später als Hütte erkannt hat. Laut ihren Angaben waren ihre Augen mit einem Tuch verbunden. Sie erinnert sich an Hände, die sie berühren und dann wird alles ein wenig wild. Sie hat bunte Farben gesehen sowie weißes Licht und dunkles Licht. Sie hat verschiedenartige Töne gehört und hat, kurz gesagt, keine Ahnung, wie sie auf diesen Golfplatz gekommen ist.“

„Was waren ihre Verletzungen?“, fragte Hunter nach.

„Tiefe Schnittwunden an Hand- und Fußgelenken.“ Blake entnahm der Akte einzelne Bilder, die zeigten, wie der Fesseldraht in die Haut geschnitten hatte. „Ausgeprägte Würgemale am Hals, zwei tiefe Schnittwunden am linken Oberarm, die von einem Messer herrühren und ansonsten jede Menge kleinere Wunden am gesamten Körper und den Füßen, die von ihrem Querfeldeinlauf durch den Wald stammen.“

„Sie ist barfuß geflüchtet?“, hakte Hunter nach.

„Diese Bilder wurden noch von den Rettungssanitätern auf dem Golfplatz gemacht“, erklärte Blake und schob zwei Bilder weiter in die Tischmitte. „Sie hat tatsächlich nur ihre Unterwäsche getragen. Ach ja, neben den bereits erwähnten Verletzungen hatte Mariella Anderson außerdem eine starke Gehirnerschütterung.“

„Die könnte die Ursache für die Farben und Töne gewesen sein“, überlegte Parker laut.

„Das haben die Ärzte in der Klinik ebenfalls gesagt. Das Problem ist nur, dass wir es nicht definitiv zuordnen können. Angeblich hat Mrs Anderson auf dem Rückflug auch eine Flasche Champagner getrunken, um ihre Hochzeit zu feiern. Ihr Mann hat sich zurückgehalten, da er noch fahren musste, doch er hat keinen Grund gesehen, seiner Frau die Freude nicht zu gönnen“, führte Rejyna aus.

„Ich schätze, jede Braut darf anlässlich ihrer Hochzeit ein Glas Champagner zu viel trinken“, meinte Hunter.

„Wie auch immer“, sprach Blake. „Es hilft uns jedenfalls nicht, dass sie den Killer nicht beschreiben kann.“

„Hat sie etwas Spezifisches über die Stimme des Mannes sagen können?“, erkundigte sich Lucas.

„Leider auch nicht“, antwortete Rejyna.

„Bedeutet das, dass die Stimme keine Besonderheiten aufwies oder dass sie sich auch daran nicht erinnern kann?“, hakte Lucas noch einmal nach.

„Letzteres“, konkretisierte Rejyna. „Der Arzt sagte, dass ihr Gehirn die Stimmerinnerung wahrscheinlich blockiert.“

Hunter folgte der Unterhaltung, während er noch immer ein Bild der Frau betrachtete. Im Laufe der letzten Jahre hatte er unzählige Opferfotos zu sehen bekommen und obwohl es lange gedauert hatte, war es ihm irgendwann gelungen, die Bilder mit einer emotionalen Neutralität zu betrachten. Der leere Blick in den Augen von Mariella Anderson rief jedoch eine Welle unvorhergesehener Gefühle hervor. Schmerz, Trauer und Wut erfüllten ihn gleichermaßen.

„Ich möchte mit ihr sprechen“, teilte er allen anderen am Tisch entschieden mit.

„Von mir aus“, stimmte Blake zu. „Meinetwegen können wir direkt zu ihr fahren.“

„Perfekt. Em, kommst du mit?“ Fragend wandte sich Hunter an Emily, die sich nickend erhob.

„Wenn ihr mich nicht braucht, würde ich mit Parker schon einmal die Vorgehensweise des Täters an Hand der anderen fünf Opferberichte analysieren“, informierte Lucas die anderen.

„Soll ich mit dir fahren, Blake?“, erkundigte sich Rejyna. „Ich meine, vielleicht wäre es sinnvoller, wenn ich Lucas und Parker unterstützen würde. Natürlich nur, wenn es ihnen recht ist.“

„Selbstverständlich. Es spart auf jeden Fall Zeit, wenn ich meine Fragen direkt stellen kann“, antwortete Lucas unmittelbar.

„Ich denke auch, dass das effizienter ist. Für das Gespräch mit Mrs Anderson genügt es, wenn einer von uns offiziell anwesend ist“, fand Blake.

„Prima. Dann sind wir schon organisiert“, stellte Hunter zufrieden fest. „Nehmen wir Ihr Auto, Blake, oder meines?“

„Ich fahre. Das ist einfacher. Außerdem zahlt das Büro den Sprit“, ergänzte er grinsend.

KAPITEL 4

„Was haben wir?“, erkundigte sich Detective John Gallagher, als er mit seinem Partner Dustin Vane den Obduktionsraum der Gerichtsmedizin in Miami betrat.

„Eine weibliche Leiche, ungefähr Mitte zwanzig“, informierte sie Simon Coulier, der Pathologe, während er zur Seite trat und den Blick auf ein Skelett freigab. „Sie ist heute früh reingekommen. Ein Tourguide ist am Morgen bei seiner Führung durch die Everglades auf sie gestoßen und hat die Polizei verständigt.“

„Wie lange ist sie schon tot?“, wollte Johns Partner, Dustin Vane, wissen.

„Mindestens eineinhalb Jahre, eher zwei“, meinte der Pathologe.

„Geht es vielleicht ein wenig genauer?“, hakte Dustin nach.

„Nicht im Moment“, verneinte der Pathologe. „Vielleicht kann ich morgen früh mehr sagen, wenn die ersten Laborergebnisse da sind.“

„Was war die Todesursache?“

„Das weiß ich ebenfalls noch nicht. Ehrlicherweise muss ich zugeben, dass ich im Augenblick noch nicht einmal sicher weiß, ob der Tod durch einen Unfall eingetreten oder zwanghaft herbeigeführt wurde.“

„Oh herrjeh, Simon. Was machen wir dann hier?“ Genervt hob Dustin seine Hände in den Himmel.

„Ich dachte, dass euch dies hier interessieren könnte.“ Von seinem Beistellwagen, auf dem eine Reihe medizinischer Instrumente lagen, nahm Simon eine Silberkette, an der eine leere Ampulle hing.

„Botulinumtoxin“, las John laut vor und hob überrascht eine Augenbraue. „Warum trägt jemand ein solches Gift um den Hals?“

„Das habe ich mich auch gefragt“, nickte Simon.

„Haben die nicht irgendwo im Norden diesen Verrückten, der

seine Opfer mit dem Gift lähmt?“, überlegte John.

„Ja, ich erinnere mich“, stimmte ihm sein Partner zu. „Ich glaube, es war Boston. Da kam irgendwann mal eine Information, mit der Bitte, ähnliche Todesfälle zu melden. Aber das ist mindestens sechs oder sieben Monate her, wenn nicht noch länger.“

„Kannst du feststellen, ob die Frau mit dem Gift getötet wurde?“, erkundigte sich John.

„Botulinumtoxin lässt sich nur im Blut, im Stuhl und in Nervenbahnen oder Muskeln nachweisen. Nichts von alledem ist nach solch langer Zeit im subtropischen Klima der südlichen Everglades mehr vorhanden. Aber vielleicht findet ihr mehr heraus, wenn wir unsere Jane Doe identifiziert haben. Ich werde ihre Knochenstruktur vermessen und die Daten in den Computer eingeben. Das Softwareprogramm sollte daraus eine recht gute Animation ihres Gesichts berechnen können.“

„Das wäre eine Hilfe“, bestätigte John.

„Es wird allerdings ein wenig dauern“, informierte der Gerichtsmediziner. „Und auch dann wird es ohne Augen- und Haarfarbe nicht ganz einfach sein, jemanden zu erkennen, aber eure schlaue Computerdatenbank vermag vielleicht einen Treffer unter den Vermisstenbildern zu erzielen.“

„Wir werden es auf jeden Fall versuchen“, entschied John. „Wenn wir etwas haben, besorgen wir ein Röntgenbild der Zähne und mit ein wenig Glück, kannst du sie dann eindeutig identifizieren.“

„Das sollte kein Problem sein!“

„Dann melde dich, sobald du mehr weißt“, bat Dustin.

„Mache ich“, versprach Simon. „Bis dann!“

„Ich schaue, ob ich diese Anfrage aus Boston noch finde“, informierte John seinen Partner auf dem Weg zurück in ihr Büro.

„Gute Idee, obwohl ich glaube, dass der Kerl nur in der Bostoner Gegend gemordet hat.“

„Vielleicht war dies hier sein erstes Opfer.“

„Möglich. Lass uns einfach sehen, was wir finden“, meinte Dustin. „Francis hat übrigens gefragt, ob du Samstag zum Football rüberkommst?“

„Klar. Du weißt doch, ein gutes Essen lasse ich mir nie entgehen“, feixte John.

„Prima. Ach ja, nur nebenbei: Ihre Schwester kommt auch.“

Verschwörerisch zwinkerte Dustin seinem Partner zu.

„Tatsächlich?“ Johns Augen begannen zu glänzen. „Noch ein Grund mehr für mich vorbeizukommen.“

Dustin grinste. „Du stehst auf sie.“

Gespielt gleichgültig zuckte John mit einer Schulter. „Sie ist nett.“

„Nett? Sie ist mehr als nett. Sie ist klasse.“

„Stimmt.“

„Sie hat eine Spitzenfigur.“

„Stimmt auch.“

„Sie hat einen guten Job, vernünftige Ansichten, ist solo und hat den perfekten Schwager. Worauf wartest du um alles in der Welt noch?“

„Auf nächsten Samstag, Dustin.“

„Wirklich?“ Die Augen des Detective begannen zu glänzen. „Mann, es wird aber auch wirklich Zeit, dass du sie endlich nach ihrer Nummer fragst.“

„Ja, da hast du recht. Allerdings bin ich mir in einem Punkt noch nicht ganz sicher.“

„Und welcher soll das sein?“

„Der Teil mit dem Schwager“, neckte John.

„Oh, Mann!“ Lachend schüttelte Dustin den Kopf. „Du bist unverbesserlich. Lass uns besser arbeiten, bevor ich dich für Samstag wieder auslade.“

KAPITEL 5

„Gehört das Haus Mrs Anderson oder ihrem Mann?“, erkundigte sich Hunter, als Blake in dem Wendehammer einer ruhigen Seitenstraße in die Einfahrt eines freistehenden Einfamilienhauses fuhr.

„Die Eigentümerin ist Mariella Anderson und bislang hat sie offiziell auch alleine hier gelebt. Wieso fragen Sie?“, wollte Blake wissen.

„Reine Neugier“, erwiderte Hunter, während er nachdenklich das dreistöckige Wohnhaus, dessen Architektur die typische Bauweise Neuenglands am Ende des 19. Jahrhunderts widerspiegelte, betrachtete. „Die Gegend ist eine ungewöhnliche Wahl für eine neunundzwanzigjährige, alleinlebende Frau. Finden Sie nicht?“

„Manche Menschen lieben die Ruhe und die familiäre Idylle von Jamaica Plain auch schon in jungen Jahren“, stellte Blake fest. „Mrs Andersons Großvater hat ihr das Haus zum Abschluss ihres Harvard Examens überschrieben. Der Bruder hat das Nachbarhaus erhalten, doch er hat es nach dem Tod des alten Mannes verkauft und gegen ein Apartment im Finanzviertel der Stadt eingetauscht.“

„Wie ist das Verhältnis der beiden Geschwister zueinander?“, erkundigte sich Emily, nachdem alle ausgestiegen waren.

„Schwer zu sagen“, überlegte Blake. „Wir haben nur einmal mit dem Bruder gesprochen und das auch nur sehr kurz. Er beschrieb die Beziehung als grundsätzlich gut, aber die Hochzeit hat ihn ziemlich überrascht und er schien wenig begeistert davon zu sein. Da Mark Anderson jedoch nichts zu unseren Ermittlungen beitragen konnte, haben wir an der Stelle nicht weitergeforscht. Interne Familienstrukturen sind bei der Suche nach einem Einzeltäter von Belang, bei der Jagd nach einem Serienmörder spielen sie hingegen keine Rolle.“ Nacheinander sah er Hunter und Emily an, doch keiner von beiden widersprach ihm.

„Wo hatte der Wagen geparkt, aus dem Mrs Anderson verschwunden ist?", wechselte Hunter das Thema.

„Dort drüben vor der Garage." Blake zeigte auf die links vom Haus liegende Einfahrt, die weitestgehend von zwei alten Eichen verdeckt wurde. „Es ist ein alteingewachsenes Viertel. Durch die dichten, hohen Bäume sind die einzelnen Grundstücke kaum einsehbar."

„Ich nehme an, dass auch keinem der Nachbarn ein fremdes Auto in der Straße aufgefallen ist?" Obwohl Hunter die Antwort auf die Frage ahnte, stellte er sie und hoffte, dass der FBI-Agent sich nicht sofort persönlich angegriffen fühlen würde.

„Nein. Es war bereits dunkel und die Nachbarn der angrenzenden Häuser hatten sich schon zum Essen oder Fernsehen in die hinteren Räume zurückgezogen."

Nichts an Blakes Antwort deutete darauf hin, dass er beleidigt war, dennoch entschuldigte sich Hunter. „Ich wollte nicht Ihre Fähigkeiten in Zweifel ziehen, Blake. Ich habe einfach nur gehofft ..." Er ließ den Rest des Satzes in der Luft hängen.

Verständnisvoll nickte Blake. „Sie haben gehofft, dass ich vergessen hätte, einen Zeugen zu erwähnen und Sie können mir glauben, dass ich wünschte, es wäre so." Er seufzte. „Ich mache diesen Job jetzt seit acht Jahren, aber noch nie hatte ich so wenige Anhaltspunkte. Dieser Kerl hinterlässt einfach nicht die geringste Spur. Als es hieß, dass sein letztes Opfer flüchten konnte, war ich mir sicher, dass wir endlich den heiß ersehnten Durchbruch erzielen würden. Doch Tatsache ist, dass wir nicht mehr haben als zuvor, nämlich Nichts."

Aufmerksam musterte Emily den Agenten. Mit einem Schlag schien Blake McGrey zehn Jahre älter auszusehen. All die Frustration der letzten Wochen und Monate, in denen er erfolglos gegen den Botoxmörder ermittelt hatte, zeigte sich in seinem Gesicht. All das Leid, das die Familien der Opfer erfahren hatten, spiegelte sich darin.

„Das ist nicht richtig", widersprach sie ruhig. Auf einmal verspürte sie den Drang, dem Mann etwas Aufmunterndes zu sagen. Geduldig wartete sie, bis er seinen Blick auf sie gerichtet hatte. „Sie haben eine Zeugin und ich bin mir sicher, dass Mariella Anderson mehr weiß, als sie Sie bislang hat wissen lassen."

„Sie meinen, sie hat Wissen zurückbehalten?" Ungläubig runzelte

Blake die Stirn.

„Nein, das wiederum glaube ich nicht. Zumindest hat sie es nicht absichtlich getan.“ Entschieden schüttelte Emily den Kopf. „Allerdings verfügt sie über Informationen, die sie jedoch offenbar nicht abrufen kann, denn das Gehirn nimmt grundsätzlich erst einmal alle Reize der Umwelt auf. Aufgrund seiner Funktionsweise kann es gar nicht anders. Es ist wie ein Schwamm. Wir wären allerdings mit der Flut an Daten vollkommen überfordert, wenn es diese ungefiltert in unseren Geist und unsere Psyche übertragen würde. Daher sortiert es diese zunächst vor und lässt nur die Dinge, die es für uns von Bedeutung hält, in unser Bewusstsein vordringen. In der Regel funktioniert das sehr gut, doch hin und wieder trifft unser Gehirn dabei auch schon einmal eine Fehlentscheidung.“

Emily schluckte kurz, bevor sie ein wenig leiser hinzufügte: „Und manchmal versucht es auch, uns vor Schlimmerem zu beschützen, indem es uns vergessen lässt.“ Lauter sprach sie weiter. „Was immer der Grund dafür ist, dass sich Mrs Anderson nicht erinnern kann, und dabei kann auch ihre Gehirnerschütterung eine Rolle spielen, ihr Gehirn hat auf jeden Fall mehr Kenntnisse über die Ereignisse in der Hütte abgespeichert als sie glaubt. Alles, was wir tun müssen, ist, diese hervorzuholen.“

„Wenn man Sie reden hört, klingt es ganz einfach“, urteilte Blake.

„Einfach ist es leider nicht.“ Traurig schüttelte Emily den Kopf.

„Aber wenn es einfach wäre, bräuchten Sie uns auch nicht“, stellte Hunter fest. „Also, beginnen wir mit der Arbeit und unterhalten uns mit Mariella Anderson.“

Zustimmend nickte Blake und klopfte an die Tür. Sofort waren rasche Schritte zu hören.

„Mari...“ Die Stimme stockte, als der Mann erkannte, dass nicht Mariella vor der Tür stand. Sein freudiger Blick wechselte zunächst zu einem fragenden, ehe sich Entsetzen in seinem Gesicht zeigte. Kopfschüttelnd starrte er Blake an und wich einen Schritt zurück. „Nein!“, flüsterte er.

Verständnislos sah ihn der Agent an. „Mr Anderson, ich bin sicher, Sie erinnern sich noch an mich. Mein Name ist Blake McGrey vom FBI in Boston.“

„Ich weiß, wer Sie sind. Sie ... Sie haben sie gefunden?“ Unsicher sah der Mann von Blake zu Emily und Hunter.

„Wen haben wir gefunden?“, erkundigte sich Blake irritiert.

„Mariella. Aber wenn Sie so fragen, dann haben Sie sie nicht ... Oh Gott! Ich dachte, Sie sind hier, um mir zu sagen, dass sie tot ist.“ Verzweifelt fuhr sich der Mann durch das Gesicht.

„Mr Anderson, warum sollte Ihre Frau tot sein?“, meldete sich Hunter zu Wort.

„Sie ... sie hat gestern Abend versucht, sich das Leben zu nehmen. Es ist alles so entsetzlich.“

„Dürfen wir hereinkommen, Mr Anderson?“, bat Blake.

„Natürlich, bitte! Wo habe ich nur meine Gedanken? Bitte treten Sie ein!“ Weit hielt der Mann die Tür auf und eine großzügige offene Wohnfläche offenbarte sich.

Überrascht sah sich Hunter um. Das Haus mochte alt sein, doch die Aufteilung der Innenräume war es definitiv nicht. Die frühe Abendsonne durchflutete die einhundertzwanzig Quadratmeter große Grundfläche durch bodentiefe Sprossenfenster und tauchte das Erdgeschoss, das nur zwei Wandscheiben in verschiedene Bereiche teilte, in einen warmen Ton. Das dunkle Parkett bildete einen starken Kontrast zu den weißen Möbeln der Küche und des Essbereichs sowie gegen die helle Sofalandschaft des Wohnzimmers.

Drei große moderne Gemälde desselben Künstlers zierten die Wände. Verschiedene Farbtöne liefen auf ihnen ineinander und riefen dadurch unterschiedliche Wirkungen hervor. Es waren Bilder, die Atmosphäre kreierten, aber der Fantasie des Betrachters freien Raum ließen.

„B...bitte, nehmen Sie Platz“, bot Jason Anderson an, wobei er auf den Esstisch deutete. „Kann ich Ihnen etwas anbieten?“

Fragend sah Blake zu Hunter und Emily, die beide den Kopf schüttelten. „Nein, vielen Dank“, lehnte er schließlich für sie alle ab. „Mr Anderson, das sind Hunter Holmes und Emily Reed, zwei Berater des FBI. Wir sind eigentlich gekommen, um noch einmal mit Ihrer Frau zu sprechen, aber ich habe verstanden, dass sie nicht zu Hause ist.“

Verlegen sah Jason auf seine Hände, die er auf dem Tisch umeinanderrieb. Es dauerte einen langen Moment, ehe er aufsah. „Wie ich schon sagte, Mariella hat gestern Abend versucht, sich umzubringen.“ Seine Stimme wurde höher und schneller, während er weitersprach. „Ich hätte es wissen müssen. Ich hätte sie nicht alleine lassen dürfen. Ich hätte ... für sie da sein müssen.“

„Mr Anderson, atmen Sie einmal tief durch und dann erzählen Sie uns, was genau passiert ist“, riet Emily.

Tatsächlich gehorchte der Mann. Er atmete tief ein, dann richtete er seinen Blick auf Emily. „Wir hatten gestern Nachmittag hier im Haus eine Besprechung mit Kollegen aus dem Büro. Die Ärzte wollten nicht, dass Mariella schon wieder arbeitete. Sie haben ihr zur Schonung geraten, aber Mariella wollte bei dieser Sitzung unbedingt dabei sein. Ich habe daher vorgeschlagen, dass wir uns alle hier treffen. So hat Mariella wenigstens den anstrengenden Weg ins Büro und zurück gespart. Außerdem hätte sie sich jederzeit zurückziehen können, wenn es ihr zu viel geworden wäre.“

„Aber das ist nicht nötig gewesen?“, hakte Emily nach, als Jason eine längere Pause einlegte.

„Nein. Sie war phantastisch drauf. Sie hat überhaupt keine Anzeichen von Müdigkeit verspürt und war ganz die Alte. Seit ... seit dieser ... dieser Verrückte sie entführt hat, habe ich sie nicht mehr so lebendig gesehen. Sie hat sogar gescherzt.“ Angestrengt schluckte er. „Am Ende hat Richard vorgeschlagen, dass wir noch etwas essen gehen, aber Mariella wollte nicht mitkommen. Ich habe ebenfalls abgelehnt, aber sie meinte, ich solle ruhig mitgehen. Ihr ginge es gut und sie würde die Zeit nutzen, um noch ein wenig für den Fall, den wir gerade besprochen hatten, zu recherchieren und dann würde sie früh ins Bett gehen. Ich schwöre, es gab keinerlei Anzeichen, dass sie sich etwas antun würde.“

„Wer war noch bei diesem Treffen anwesend?“, fragte Hunter.

„Richard Freeman, er ist einer der Seniorpartner in der Kanzlei, dann einer der Junioranwälte namens Bernd Leeman und ich. Ach ja, als wir fertig waren, kam Mark noch überraschend hereingeschneit. Wir haben gemeinsam ein Bier getrunken, dann sind wir alle zusammen aufgebrochen.“

„Mariellas Bruder ist mit Ihnen gegangen?“, vergewisserte sich Hunter.

„Ja. Richard arbeitet seit siebzehn Jahren für die Kanzlei. Ebenso lange kennt er auch Mariella und Mark. Er gehört praktisch zur Familie und so weit ich weiß spielen Mark und Richard auch häufiger zusammen Tennis. Es war nicht ungewöhnlich, dass er sich uns angeschlossen hat. Oh, wäre ich doch bloß zu Hause geblieben.“ Jason raufte sich die Haare. „Ich meine, ich hätte wissen müssen, dass Mariella suizidgefährdet ist. Erst vor ein paar Tagen hat sie versucht, eine Packung Beruhigungstabletten zu nehmen. Ich bin zufällig in die Küche gekommen, als sie die Tabletten in der einen und ein Glas Orangensaft in der anderen Hand hatte."

„Welche Tabletten waren es gewesen?", wollte Hunter wissen.

„Es waren Schlaftabletten, die ihr der Arzt verschrieben hat, denn Mariella konnte nicht mehr schlafen. Kaum hat sie die Augen zugemacht, wurde sie von Albträumen geplagt."

„Kennen Sie den Namen des Präparats?", hakte Hunter nach.

„Luni..., Luna... Irgendetwas mit Lu, glaube ich."

„Lunesta?", schlug Emily vor.

„Ja, ja, ich glaube, so hieß es. Sie hatte mindestens zehn von diesen kleinen blauen Pillen in der Hand. Es hat mich eine gefühlte Ewigkeit gekostet, bis ich sie davon überzeugen konnte, mir die Tabletten zu geben." Verzweifelt fuhr sich Jason mit beiden Händen durch das Gesicht.

„Und als Sie gestern beim Essen waren, hat Ihre Frau die Pillen geschluckt?" Wieder war es Hunter, der die Frage stellte.

„Nein. Ich hatte die Tabletten damals natürlich sofort weggesperrt und Mariella jeden Abend nur die verschriebene Menge zurechtgelegt. Allerdings habe ich im Traum nicht damit gerechnet, dass sie einen anderen Weg suchen würde. Wir hatten am nächsten Tag über den Suizidversuch gesprochen und sie hatte mir versichert, dass sie eine solche Dummheit nie wieder begehen würde. Es hat so überzeugend geklungen, als sie mir sagte, dass sie nicht wisse, was in sie gefahren war." Der Mann atmete tief durch.

„Sie hat also gestern keine Tabletten genommen", folgerte Emily.

Betrübt schüttelte Jason Anderson den Kopf. „Gestern hat Mariella versucht, sich die Pulsadern aufzuschneiden. Ich fand sie halbnackt auf dem Boden des Badezimmers sitzend. Sie hatte das Messer noch in der Hand, als ich hereinkam. Wenn ich nur fünf Minuten später gekommen wäre ..." Er schüttelte sich bei der Vorstellung, welches Ende dann auf ihn gewartet hätte.

„Was haben Sie getan?", erkundigte sich Blake.

Aggressiv sah Jason ihn an. „Ich habe den Notarzt gerufen. Was hätte ich sonst tun sollen?"

„Bitte entschuldigen Sie, Mr Anderson, aber wenn Ihre Frau in der Klinik ist, verstehe ich Ihre Reaktion nicht, als sie uns vor Ihrer Tür gesehen haben", erwiderte Blake ruhig.

„Das ist es ja. Sie ist nicht mehr in der Klinik. Sie ist geflüchtet."

Unwillkürlich runzelte Blake die Stirn.

Emily und Hunter waren äußerlich keine Reaktion anzumerken, doch Hunters Blick hatte sich unmerklich geschärft. Ohne dass er einen Grund hätte nennen können, war ihm der Mann vom ersten Augenblick an unsympathisch gewesen und mit jeder Antwort, die er gab, stellten sich Hunters Nackenhaare weiter auf.

Jason Anderson war mit seinen 1,80 Meter ein wenig kleiner als er. Sein Körperbau zeugte von regelmäßigem, aber nicht übertriebenem Sport. Eine gutsitzende dunkelblaue Anzugshose, auf der er ein maßgeschneidertes Hemd mit seinen neuen Initialen auf der Manschette trug, betonte seine Figur und die teure Rolex am Handgelenk vervollständigte das Image des erfolgreichen Anwalts.

Hunter ging jede Wette ein, dass der Mann seine blonden Haare am Morgen föhnte und dabei jede Strähne einzeln an seinen Platz legte. Dabei verbreitete der Kerl ein komplexes Duftgemisch aus Haarspray, After Shave und Deodorant, dass es einer Parfümerie Konkurrenz machte.

„Was meinen Sie mit, ‚Sie ist geflüchtet', Mr Anderson", hakte Blake nach.

Verzweifelt fuhr sich der Mann abermals mit den Händen durch das Gesicht. „Mariellas Psychiater hat ihr letzte Woche zu einer stationären Therapie geraten, doch sie hat eine Aufnahme in die Psychiatrie rundheraus abgelehnt", berichtete Jason. „Das hat sie auch heute Morgen getan und Dr Willcocks hat mich darüber aufgeklärt, dass ich Mariella als ihr Ehemann auch gegen ihren Willen einweisen lassen könne. Er meinte, es sei das Beste für sie. Allerdings ... konnte ich mich nicht dazu durchringen. Ich sagte ihm, ich brauche Zeit, um darüber nachzudenken. Dr Willcocks zeigte sich verständnisvoll und versicherte mir, dass er Mariella auf jeden Fall noch eine weitere Nacht auf der normalen Station behalten würde."

Unruhig stand Anderson auf und ging hinüber zum Fenster. Eine Weile starrte er hinaus in das Grün des Gartens, dann drehte er sich zurück zu seinen drei Besuchern. „Ich glaube, Mariella hat das Gespräch belauscht. Die Zimmertür war nicht ganz geschlossen und ... verdammt! Ich hätte die Einweisung sofort ablehnen sollen. Ich hätte ohnehin niemals gegen ihren Willen handeln können. Wenn ihr etwas passiert, ist es meine Schuld."

„Sie vermuten, dass Ihre Frau die Unterhaltung mit dem

Psychiater mitangehört hat und geflohen ist, nachdem Sie gegangen waren, um einer Zwangseinweisung zu entgehen“, fasste Blake noch einmal zusammen.

„Das ist die einzige Erklärung, die ich habe.“

„Hatte Ihre Frau Kleidung im Krankenzimmer?“, erkundigte sich Emily.

„Kleidung?“ Verdutzt sah Jason Anderson sie an.

„Ja. Sie sagten, dass Sie sie gestern halbnackt aufgefunden hätten. Haben Sie daran gedacht, Ihr etwas zum Anziehen mitzunehmen, als Sie sie am Morgen besucht haben?“

„J...ja, ich habe ihr eine Jogginghose, ein Shirt und eine Strickweste ins Krankenhaus gebracht.“

„Was ist mit Schuhen?“, hakte Emily nach.

„Turnschuhe“, nickte Jason. „Sie hat Turnschuhe.“

„Wie sieht es mit Geld aus? Oder Ausweispapieren?“, bohrte Emily weiter.

„Nein. Ich habe ihr nur etwas zum Anziehen mitgebracht.“

„Was ist mit ihrem Telefon?“, meldete sich Hunter zu Wort. „Hat sie nicht danach gefragt, als es ihr heute besser ging?“

„Doch, natürlich hat sie das. Aber die Ärzte haben mir verboten, es mitzubringen. Sie haben mich bereits gestern Abend darauf hingewiesen, dass es für Mariella im Augenblick am besten sei, wenn sie nur zu einem kleinen, ausgewählten Personenkreis Kontakt hat.“

„Haben Sie schon eine Vermisstenanzeige aufgegeben?“, erkundigte sich Blake.

„Ja, das habe ich. Da die Ärzte in der Klinik bestätigt haben, dass sie suizidgefährdet ist, wurde dieses Mal auch sofort eine Suche eingeleitet, aber bislang offensichtlich ohne Ergebnis. Ich weiß nicht, ob ich das als gutes oder als schlechtes Zeichen nehmen soll.“

„Erst einmal ist es ein gutes Zeichen“, stellte Blake mit überzeugendem Ton klar. Dann warf er Emily und Hunter einen fragenden Blick zu.

Beide verstanden ihn sofort und Hunter übernahm das Wort. „Mr Anderson, ist es Ihnen recht, wenn wir bei der Suche nach Ihrer Frau helfen?“

Verdutzt schob der Mann die Augenbrauen zusammen. „Was ist das für eine Frage? Natürlich ist es mir recht. Ich bin für jede Hilfe dankbar. Wir haben November und auch wenn es tagsüber in der

Sonne noch ganz angenehm ist, so kühlt es doch am Abend merklich ab. Für heute Nacht haben Sie nicht mehr als drei Grad gemeldet. Sie wird erfrieren mit dem Wenigen, das sie am Leib trägt. Allerdings weiß ich nicht, wie Sie sie finden wollen, wenn bereits die ganze Bostoner Polizei sie nicht finden kann."

„Wir können nichts versprechen", meinte Hunter, „aber wir haben auch nichts zu verlieren. Dürfen wir uns ein wenig im Haus umsehen?"

Argwöhnisch richtete sich Jason Anderson auf. „Warum?"

„Weil wir verstehen wollen, wie Ihre Frau denkt", erklärte Hunter.

„Was sind Sie? Hellseher? Gedankenleser?"

„Nichts von Alledem", gab Emily zurück. „Wir sind psychologische Profiler und haben uns darüber hinaus auch mit Victimologie befasst."

„Victimologie? Was ist das?" Jasons Stimme klang immer noch skeptisch.

„Hierbei werden die psychischen Folgen eines Verbrechens auf Seiten der Opfer untersucht. Eine Tat, wie sie Ihre Frau erlebt hat, führt zwangsläufig zu Verhaltensänderungen. Häufig versuchen Opfer zunächst in ihren Alltag zurückzufinden. Sie versuchen nahtlos an ihr Leben vor der Tat anzuknöpfen und so zu tun, als sei nichts passiert. Doch dies gelingt nicht, denn es ist etwas geschehen. Je einschneidender und brutaler das Ereignis war, je mehr Angst es hervorgerufen hat, desto stärker erschüttert es das bisherige Weltbild und verändert die Persönlichkeit. Sie können es mit einem Erdbeben vergleichen. Je höher der Wert auf der Richterskala, umso schlimmer das Ausmaß des Schadens", erklärte Hunter.

Jasons Augen weiteten sich. „Sie meinen, Mariella wird nie wieder die Alte sein? Egal wie viel Zeit vergeht?"

Bedächtig nickte Hunter, wobei er seine Mimik bewusst neutral hielt. „Ja, das meine ich, Jason. Das Wichtigste ist jedoch zunächst, dass wir sie finden und dafür müssen wir sie kennenlernen. Wir haben gehört, dass Sie erst letzte Woche geheiratet haben?"

„Das stimmt. Es war eine spontane Entscheidung. Wir wollten eigentlich nächstes Jahr im Frühjahr heiraten, aber dann haben wir gedacht: Warum sollen wir warten?"

„Haben Sie schon länger gemeinsam hier gewohnt?"

„Nein. Ich habe auch jetzt noch den Großteil meiner Sachen in meiner alten Wohnung. Durch all die Ereignisse bin ich noch nicht dazu gekommen, hier wirklich einzuziehen. Ich habe nur ein paar Kleider herübergebracht."

„Die gesamte Einrichtung ist also von ihrer Frau?", versicherte sich Hunter.

„Ja", bestätigte Jason.

„Ist es in Ordnung, wenn wir uns Ihr Schlafzimmer ansehen?", erkundigte sich Emily.

„Ich denke schon, ja. Es ist die erste Tür links, wenn sie die Treppe nach oben gehen. Auf der rechten Seite gibt es einen Raum, den sich Mariella als Büro eingerichtet hat und das Dachgeschoss ist als Gästezimmer ausgebaut." Jason stockte einen Moment, bevor er zögerlich hinzufügte. „In den letzten Tagen habe ich es benutzt. Mariella meinte, sie könne keine körperliche Nähe ertragen."

Eindringlich musterte Hunter den Mann. Der letzte Satz hatte fast ein wenig vorwurfsvoll geklungen. „Sie wissen, dass dies eine normale Reaktion ist?", fragte er vorsichtig nach. „Der Täter hat Ihre Frau höchstwahrscheinlich angefasst, er hat ..."

„Ich weiß", unterbrach Jason ihn mit einem schmerzhaften Gesichtsausdruck rabiat. „Dr Willcocks hat mir dies alles mehr als ausführlich erklärt. Ich brauche wahrlich keine Wiederholung."

Eine weitere lange Sekunde ließ Hunter seinen Blick auf Jason Anderson ruhen, dann erhob er sich. „Emily und ich würden nach oben gehen und uns dort ein wenig umsehen. Vielleicht können Sie, Blake, mit Jason noch einmal überlegen, wen Mariella kontaktiert haben könnte? Wenn wir parallel arbeiten, spart uns das eine Menge Zeit."

„Das mache ich", willigte der FBI-Agent sofort ein. Er verstand, dass Hunter und Emily die oberen Räume ohne die Anwesenheit des Mannes besichtigen wollten und es hätte ohnehin nichts gegeben, wobei er ihnen dort hätte helfen können.

Wortlos sahen sich Emily und Hunter in Mariellas Schlafzimmer um. Es war ein warmer Raum, der sich im Stil von der unteren Etage unterschied. Die Möbel waren ebenfalls weiß, doch die Wände waren in einem leichten Roséton gestrichen. Auch die Bettwäsche hatte den gleichen Hauch an Farbe. Auf dem Nachttisch stand eine alte Lampe, mit einem verspielten Lampenschirm, der ebenfalls in krassem Gegensatz zu den modernen Leuchten im Erdgeschoss stand. Auch hier oben gab es bodentiefe Fenster, doch waren sie mit leichten Chiffongardinen behängt. In einer Ecke lud ein alter Sessel zum Kuscheln ein. Er war mit Samt bezogen, der in einem kräftigen Altroséton gehalten war, und auf dem kleinen Beistelltisch lag ein Buch.

Interessiert nahm Hunter es in die Hand. ‚Merken oder Vergessen? - Die Funktion des menschlichen Gehirns', las er den Titel. Dann ließ er die Seiten über seinen Daumen gleiten, doch Mariella hatte nichts darin angestrichen. Hunter fühlte Emilys Blick auf sich ruhen und sah zu ihr hinüber.

„Du magst ihn nicht", stellte sie fest.

„Den Ehemann?"

Emily nickte.

„Stimmt. Er ist eingebildet, überheblich und unecht."

„Unecht?" Fragend hob sie eine Braue in die Höhe.

„Ja. Irgendwie passen die Dinge nicht zusammen. Welcher Mann hat Zeit, sich die Haare dermaßen ordentlich zu legen und sich mit After Shave einzusprühen, wenn die Frau, die er liebt, gerade versucht hat, sich das Leben zu nehmen?"

„Vielleicht geben ihm seine Gewohnheiten Halt? Vielleicht braucht Jason Anderson sein eigenes perfektes Äußeres, um nicht zusammenzubrechen?"

„Ich bitte dich, Em! Hast du seinen Blick gesehen, als wir über die Folgen des psychischen Traumas gesprochen haben? Kein normaler Mensch kann ernsthaft glauben, dass eine Nacht in den Händen eines Serienmörders an einer Frau einfach spurlos vorübergeht. Doch Jason Anderson schien ernsthaft davon auszugehen, dass ein paar Schlaftabletten und eine Handvoll Therapiesitzungen Mariellas Welt wieder richten würden. Der Mann leidet unter völliger Realitätsferne."

„Anderson ist mit der Situation ebenso überfordert wie seine Frau", erinnerte ihn Emily. „Nicht nur Mariella ist ein Opfer des Botoxmörders. Ihr Mann ist ebenfalls eines. Vergiss das nicht, Hunter."

Hunter seufzte. Vielleicht hatte Emily recht. Es gab erwachsene Menschen, die auf tragische Ereignisse in ihrem Leben in Kleinkinderart reagierten und vollkommen irrational hofften, sie könnten die Dinge alleine durch Nicht-Wahrhaben-Wollen ungeschehen machen. Dennoch gefiel ihm der Kerl nicht. In Hunters Augen schien Jason Anderson nicht zu der Frau zu passen, die Blake McGrey und Rejyna Seymour ihnen im Büro beschrieben hatten. Aber vielleicht hatte er sich auch nur ein Bild von Mariella Anderson zurechtgelegt, das seiner eigenen Subjektivität entsprungen war, denn Hunter konnte nicht leugnen, dass das Foto der Frau eine Emotion in ihm ausgelöst hatte, die er in dieser Form nicht kannte.

Verglichen mit ihren Verletzungsfotos, hatte Hunter bereits unzählige Polizeibilder gesehen, auf denen die Opfer körperlich schlimmer zugerichtet gewesen waren als Mariella Anderson. Dennoch hatten die tiefen Schnittwunden und vor allem die Würgemale an ihrem Hals sein Herz sich zusammenziehen lassen. Ein urmännlicher Beschützerinstinkt war auf einmal in ihm erwacht, von dem er nicht gewusst hatte, dass er ihn in dieser ausgeprägten Form überhaupt besaß. Hunter hatte zwar schon immer die Schwächeren beschützen wollen. Dies war schließlich einer der Hauptgründe für seine Berufswahl, aber das war bislang immer ein allgemeines, ein menschliches Gefühl gewesen. Als er Mariellas Bild hingegen betrachtet hatte, hatte sich zu seinem ohnehin ausgeprägten Beschützerinstinkt noch etwas anderes hinzugesellt, etwas Männliches.

Vielleicht habe ich in diesem Moment eine Ecke meiner Objektivität eingebüßt, gestand sich Hunter heimlich ein. Er würde innerlich einen Schritt zurücktreten müssen, wenn er sie wiedergewinnen wollte.

Nachdenklich nahm Hunter den Bilderrahmen auf, der auf dem Nachttisch neben der Lampe stand. Das Foto zeigte eine Familie. Mariellas Familie, wie Hunter vermutete. Die vier Menschen standen eng zusammen an einem langen Sandstrand. Der Wind wehte durch die langen dunklen Haare der beiden Frauen, von denen die eine wahrscheinlich Mariellas Großmutter war, denn für ihre Mutter wirkte sie zu alt. Die Männer mussten dementsprechend ihr Großvater und ihr Bruder sein. Obwohl es eine gestellte Aufnahme war, spiegelte sie die Unbeschwertheit des Momentes auf den Gesichtern. Unwillkürlich fragte sich Hunter, ob Mariellas Augen jemals wieder so leuchten würden.

„Mariella scheint ein sehr klar strukturierter Mensch zu sein", riss Emily ihn aus seinen Gedanken, nachdem sie einen Blick in den begehbaren Kleiderschrank der Frau geworfen hatte. „Alles hängt farblich sortiert nebeneinander. Businesskleidung ist getrennt von Freizeitkleidung. Auch im Bad ist alles aufgeräumt."

„Gibt es einen Hinweis, dass ihr Mann das Bad benutzt hat?" Hunter wusste nicht, was ihn zu der Frage veranlasst hatte. Sie war ihm einfach rausgerutscht.

Prüfend musterte ihn Emily. „Nein", antwortete sie schließlich. „Aber wenn du dich erinnerst, sagte er auch, dass er ins Gästezimmer gezogen sei. Mariella scheint zwei Seiten zu haben oder zumindest gibt es einen Teil ihrer Persönlichkeit, die sie nicht jeden sehen lässt."

„Du meinst, weil sich ihr privates Zimmer extrem von den Räumlichkeiten im Erdgeschoss unterscheidet?"

Emily nickte. „Kommst du zu einem anderen Schluss?"

„Nein. Sie hat einen weichen romantischen Kern, ist aber ansonsten sehr rational, analytisch gesteuert."

„Die Welle der Emotionen, die in den letzten Tagen über sie hereingebrochen ist, muss sie erschlagen haben. Eine Frau wie sie ist es mit Sicherheit nicht gewohnt, ihre Gefühle nicht steuern zu können. Es muss ein Albtraum für Mariella gewesen sein, als Angst und Furcht ihr die Kontrolle über ihre Gedanken genommen und dabei auch körperliche Reaktionen ausgelöst haben", überlegte Emily, während sie den Mülleimer, den sie aus dem Bad mitgebracht hatte, auf dem Boden ausleerte. „Oh, was haben wir denn hier?" Mit einem Stift schob sie die Watte, die Mariella zum Abschminken benutzt hatte zur Seite und legte damit den Blick auf vier blaue Pillen frei.

„Es sieht so aus, als hätte sie die Tabletten nicht genommen", schlussfolgerte Hunter.

„Lunesta wirkt schlafanstoßend und gleichzeitig angstauflösend. Wenn Mariella von Albträumen geplagt wurde, wie ihr Mann sagt, warum hat sie die Tabletten nicht genommen?", fragte Emily.

„Das Medikament hat eine ganze Reihe von Nebenwirkungen. Du fühlst dich ständig benommen, außerdem schwächt es deinen Kreislauf", fasste Hunter zusammen.

„Für jemanden, der es gewohnt ist, die Kontrolle über sein Leben zu haben, ist das nicht unbedingt ein angenehmer Zustand", überlegte Emily, nachdem sie mit ihrem Handy ein Bild des Müllhaufens gemacht hatte.

„Und die Kontrolle versucht Mrs Anderson mit allen Mitteln wiederzugewinnen." Hunter deutete auf das Buch vor ihm.

„Zumindest geht sie die Dinge direkt an."

„Das können nicht viele Opfer nach so kurzer Zeit", lobte

Hunter.

„Und doch haben die schwarzen Löcher sie in eine Depression gezogen“, erinnerte ihn Emily. „Eine Depression, die so schwer war, dass sie sogar bereit war, ihr Leben aufzugeben.“

„Du hältst sie für bipolar?“

Emily überlegte einen Moment, während sie den Müll wieder in den Abfallkorb fügte und sich anschließend gegen die Kommode im Raum lehnte. „Es wäre möglich. Erinnerst du dich, dass ihr Mann sagte, sie sei gestern Abend gut gelaunt gewesen. Das war höchstens eine Stunde, bevor sie sich die Pulsadern aufschneiden wollte. Solche extremen Stimmungsschwankungen deuten auf eine bipolare Störung hin.“

„Aber Affektstörungen zeigen sich normalerweise wesentlich früher in der Biografie, in der Regel bevor die Jugendzeit abgeschlossen ist.“

„Häufig werden sie aber erst wesentlich später erkannt und ein traumatisches Erlebnis könnte eine Veranlagung, die zuvor unbemerkt in einem Geist geschlummert hat, wecken.“

Grübelnd ging Hunter im Raum auf und ab, doch als er stehenblieb, schüttelte er energisch den Kopf. „Nichts deutet auf eine solche Psychose hin. Ich denke, diese Lösung wäre zu einfach.“

„Wahrscheinlich hast du recht“, gab Emily zu. „Eine Depression sollten wir dennoch nicht ausschließen.“

„Es muss ein Schock für Mariella gewesen sein, als sie gehört hat, dass sie auf eine geschlossene psychiatrische Station verlegt werden soll“, äußerte Hunter, ohne auf Emilys Bemerkung einzugehen.

„Wahrscheinlich hat sie sich auch von ihrem Mann verraten und betrogen gefühlt, als sie begriff, dass er diese Option tatsächlich in Erwägung zog. Sie hat die erstbeste Gelegenheit abgewartet, um sich selbst zu entlassen. Doch wo ist sie hingegangen? Sie erscheint mir nicht als der Typ, der einfach ziellos durch die Stadt streift.“

„Mir auch nicht. Ich bin mir sogar ziemlich sicher, dass sie ein Ziel hat. Doch das muss sie schon zuvor in ihrem Kopf gehabt haben. Mrs Anderson trifft keine unüberlegten Entscheidungen.“

„Außer wenn sie versucht, sich das Leben zu nehmen“, erinnerte ihn Emily.

Hunter wollte gerade etwas erwidern, als ihn ein lautes, rabiates Klopfen von unten erstaunt aufblicken ließ. Gemeinsam mit Emily trat er hinaus auf den Flur, wo er Jasons zittrige Stimme vernahm.

„Glauben Sie ..." Der Mann schluckte. „Glauben Sie, das ist die Polizei?"

„Nein!" Entschieden schüttelte Blake den Kopf. „So klopft kein Polizist. Soll ich die Tür für Sie öffnen?"

Hastig nickte Jason. „Ja, bitte."

Interessiert positionierte sich Hunter auf der Treppe, sodass er sowohl Jason als auch die Eingangstür im Auge hatte. Zunächst hielt er seinen Blick jedoch auf den Ehemann gerichtet.

„Agent McGrey, was machen Sie hier?", hörte Hunter eine verwunderte männliche Stimme aus dem Eingangsbereich, in der unterdrückte Wut mitschwang. „Haben Sie meine Schwester gefunden?"

Der Bruder, folgerte Hunter und beobachtete, wie sich Jason unbewusst stärker in seinem Stuhl aufrichtete, wobei sich seine Muskulatur anspannte. *Interessant,* fand Hunter. *Die beiden haben auf jeden Fall kein gutes Verhältnis.*

„Leider noch nicht", gestand Blake.

„Es ist die Schuld von diesem schleimigen Affen", prustete Mark Anderson heraus. „Wo ist er?" Mit ausholenden Schritten ging er auf den Essbereich zu.

Automatisch schob Jason seinen Stuhl nach hinten und erhob sich. Auch Emily und Hunter eilten nun die Treppe vollständig hinunter und folgten Blake zurück zum Tisch.

„Wo ist Mia?", verlangte Mark zu wissen, der eindeutig zu nah vor Jason stehengeblieben war. „Was hast du mit ihr gemacht?"

„Ich habe gar nichts gemacht", stellte Jason fest, wobei er einen Schritt nach hinten trat.

„Wieso ist sie dann aus der Klinik geflüchtet?" Mit seinem Zeigefinger stieß Mark in Jasons Brust. „Du wolltest sie einweisen lassen, richtig? Du hast sie für verrückt erklären lassen wollen."

„Ich habe nichts dergleichen getan. Beruhige dich."

„Ich soll mich beruhigen? Wegen dir ist Mariella verschwunden. Wer weiß, vielleicht hat sie sogar dieser Irre wieder in seinen Händen."

„Nein, das hat er nicht", widersprach Jason. „Es gibt eine Videoaufnahme aus dem Eingangsbereich des Krankenhauses. Darauf ist zu sehen, wie sie die Klinik verlässt. Alleine."

„Und warum hat sie das getan?" Wütend funkelten Marks Augen

seinen Schwager an. „Es ist deine Schuld."

„Ja, das ist es. Ich hätte auf Dr Willcocks hören sollen. Ich hätte ..."

„Was hättest du, Jason? Sie in die geschlossene Anstalt einliefern sollen?", unterbrach Mark scharf. „Aber was wundere ich mich überhaupt. Das wäre schließlich der einfachste Weg für dich gewesen, nicht wahr?"

Der Mann erbleichte. „Ich liebe Mariella ebenso wie du. Allerdings will ich das Beste für sie. Du bist schließlich nicht bei ihr gewesen, als sie in den letzten Tagen immer wieder zusammengebrochen ist. Du hast sie nicht an ihrem tiefsten Punkt gesehen. Wenn du sie besucht hast, hat sie dir immer etwas vorgespielt. So wie gestern Abend."

„Ah, und wenn du das wusstest, warum bist du dann mit uns essen gegangen? Wieso bist du nicht bei ihr geblieben?"

Jasons Schultern sackten zusammen. „Diesen Vorwurf muss ich mir machen. Ebenso wie den, dass ich nicht auf ihren Arzt gehört habe. Entgegen deiner Meinung habe ich meine Zustimmung zu der Einweisung nämlich nicht gegeben. Ich wollte zuerst eine Nacht darüber schlafen. Doch das ist ebenfalls ein Fehler gewesen."

„Du bist so ein Arschloch, Jason. Ich weiß wirklich nicht, wie du meine Schwester dazu bekommen hast, dich zu heiraten."

„Ich habe Mariella zu gar nichts bekommen. Dein Kontakt zu ihr ist schon lange nicht mehr so intensiv wie früher. Du kennst sie nicht mehr."

„Ich kenne sie. Und du tust ihr nicht gut. Sie wollte dich in den letzten Tagen nicht einmal in der Nähe haben."

„Aber dich hat sie angerufen?" Ironisch lachte Jason auf. „Nicht wirklich, oder?"

„Du hast keine Ahnung!" Mit beiden Händen stieß Mark den Mann nach hinten. Jason stolperte, doch dann griff er Mariellas Bruder selbst an.

„Stopp!", „Halt!", riefen Blake und Hunter gleichzeitig, während sie die beiden Streithähne auseinanderzogen. Nachdrücklich presste Hunter den Ehemann auf den Stuhl am Kopfende des Esstisches, während Blake den Bruder auf die andere Seite zog.

„Setzen Sie sich, Mark", befahl er und drückte dabei von oben auf die Schulter des Mannes. Wütend schüttelte Mark die Hand ab und nahm Platz.

Für einen Moment war nur die schwere Atmung der beiden Streithähne zu hören. Dann schien Mark zum ersten Mal Hunter und Emily wahrzunehmen. „Wer sind Sie überhaupt?"

„Das sind Miss Reed und Mr Holmes", stellte Blake seine Begleiter vor. „Sie beraten uns im Fall des Botoxmörders."

Die Antwort schien den Mann zufriedenzustellen, denn er nickte einfach, während er sich im Stuhl zurücklehnte und die Augen schloss. Als er sich wieder aufrichtete, wandte er sich an den FBI-Agenten. „Werden Sie Mia finden?"

„Das werden wir", versicherte er, wobei er stumm im Kopf hinzufügte: *Ich weiß allerdings nicht wann.*

„Hast du bei Mel angerufen?" Es war Mark anzusehen, wie widerwillig er die Frage an Jason stellte, doch die Sorge um seine Schwester war stärker.

„Habe ich", bestätigte dieser kurz.

Mark seufzte genervt. „Und?"

„Und was?", reagierte Jason ungehalten. „Sie weiß nicht, wo Mariella ist. Sonst hätte ich wohl kaum die Polizei verständigt."

„Vielleicht hat sie sich mittlerweile bei ihr gemeldet?", hielt Mark dagegen.

„Dann hätte sie mich angerufen."

„Mel ist wer?", hakte Hunter ein.

„Melanie Freeman. Sie ist die Frau von Richard Freeman und außerdem Mariellas beste Freundin. Sie kennen sich aus dem College. Sie haben beide Jura studiert", klärte Mark ihn auf.

„Mrs Freeman ist also auch Anwältin?", fragte Hunter nach.

„Sie hat ihren Abschluss nicht gemacht", erläuterte Jason. „Während eines Praktikums in unserer Kanzlei hat sie Richard kennengelernt und um es kurz zu machen: Statt für das Examen zu büffeln, ist sie auf Hochzeitsreise gegangen."

„Hatte Mariella ein Problem mit der Beziehung?", wollte Emily wissen.

„Nein. Was hätte sie auch dagegen haben sollen? Mia hat die beiden schließlich miteinander bekannt gemacht." Verdutzt sah Mark sie an.

„Nun, wenn es in dieser speziellen Konstellation zwischen zwei Parteien zu Meinungsverschiedenheiten kommt, kann es schwierig werden", gab Emily zur Antwort.

„In diesem Fall nicht", behauptete Mark.

Auch Jason nickte bestätigend.

„Gibt es sonst noch jemanden, den Ihre Frau angerufen haben könnte?“, mischte sich Blake wieder ein.

Frustriert schüttelte Jason den Kopf. „Nein. Das kann ich mir nicht vorstellen.“

„Was ist mit Familie?“, schlug Emily vor.

„Es gibt nur noch Mariella und mich“, informierte sie Mark.

„Was mit anderen Freunden, abgesehen von Mrs Freeman?“

„Mariella hat eine große Menge an Bekannten, aber niemanden mit dem sie verbundener ist als mit Mel“, meinte Mark.

„Ich habe dennoch herumtelefoniert“, ergänzte Jason, „aber niemand hat etwas von ihr gehört. Seitdem sie zurück ist, hat sie tausend Anrufe erhalten. Die ersten fünf oder zehn hat sie angenommen, danach hat sie es abgelehnt mit irgendjemandem außer uns zu sprechen.“

Innerlich nickte Hunter. Das passte zu dem Bild, das er sich von der Frau bislang gemacht hatte. Ein Gedanke schoss ihm durch den Kopf und er beschloss abzuklären, ob er richtig lag. „Hat sie mit der Kanzlei telefoniert?“

„Jeden Tag“, nickte Jason. „Mehrfach sogar, aber dabei ging es immer nur um Berufliches. Mariella hat ihr Privatleben grundsätzlich sauber von der Kanzlei getrennt.“

Außer mit dir, korrigierte Hunter stumm.

Als hätte Jason seinen Gedanken gehört, fügte er in die Ferne blickend hinzu: „Selbst unsere Beziehung hat sie die ganze Zeit geheim gehalten.“

„Hat Ihnen das nichts ausgemacht?“, hakte Emily sofort ein.

Jason zögerte einen Moment. „Um ehrlich zu sein, schon. Ich wollte schließlich keine Affäre für Mariella sein. Doch mit der Zeit habe ich unseren Gefühlen vertraut, und ich habe verstanden, wie wichtig die Privatsphäre für sie ist. Mir wurde klar, dass ich das respektieren musste.“

„Ich nehme an, dass in der Kanzlei alle überrascht waren, als sie von der Hochzeit erfahren haben“, überlegte Hunter.

„Das ist richtig.“ Ein leichtes Lächeln huschte über das Gesicht des Mannes.

„Nicht nur in der Kanzlei“, brummte Mark.

Mit einem gespielt verdutzten Ausdruck sah Hunter den Mann an. „Sie haben auch nichts von der Hochzeit gewusst? Ich meine, ich habe gehört, dass die Eheschließung eine spontane Entscheidung war, aber Sie waren doch sicherlich darüber informiert, dass die beiden im Frühjahr heiraten wollten."

„Wir hatten es noch nicht offiziell verkündet", warf Jason hastig ein und schlug ein Bein über das andere. „Wir dachten, Weihnachten wäre dafür ein passender Zeitpunkt."

„Sicher", murmelte Mark, wobei sein Ton sagte, dass er kein Wort glaubte.

„Mark, gibt es noch irgendwelche alten Bezugspersonen, die Mariella kontaktiert haben könnte", brachte Emily das Gespräch zurück auf den Ausgangspunkt. „Vielleicht ein ehemaliges Kindermädchen, eine Haushaltshilfe ...?"

Nachdenklich schüttelte der Mann den Kopf. „Nein, das kann ich mir nicht vorstellen."

„Mr Anderson", wandte sich Hunter noch einmal an den Ehemann, „ich würde gerne einen Blick auf den Laptop und das Telefon Ihrer Frau werfen. Können Sie mir den Entsperrungscode nennen?"

Überrascht registrierte Hunter, dass der Mann ein wenig blasser wurde und zu stottern begann. Unwillkürlich fragte er sich, wieso die Bitte Jason nervös machte?

„Ich ... ich weiß n...nicht, ob ich das tun sollte. Ich meine, Mariella hat vertrauliche Daten auf ihrem Computer. Daten von Man...danten und ..."

„All diese Dinge sind nicht relevant für uns. Ich versichere Ihnen, dass wir sie nicht ansehen werden. Wir interessieren uns nur für ihre Mails, ihren Facebookaccount ..."

„Mariella ist nicht bei Facebook", unterbrach ihn Jason.

„Die Kanzlei hat keine Facebookseite?", wunderte sich Emily.

„Doch, natürlich, aber sie wird von Richard verwaltet."

„Wie gesagt, uns geht es darum zu verstehen, wie Ihre Frau denkt", erklärte Hunter.

„Und das sehen Sie, indem Sie ihren Laptop ansehen? Ich weiß wirklich nicht, ob das in Mariellas Sinne ist", zweifelte Jason. „Wie gesagt, sie ist eine sehr private Person und sie betrachtet auch alle ihre Kontaktdaten als vertraulich."

Sarkastisch verzog Mark seine Lippen. „Sie hat dir den Code nicht gegeben."

Verärgert sah Jason seinen Schwager an. „Wir respektieren die Privatsphäre des anderen."

Ohne die Bemerkung weiter zu kommentieren, stand Mark auf und nahm einen Zettel und einen Stift aus der Schublade hinter sich. Er schrieb etwas darauf, dann reichte er das Papier Hunter. „Wenn Mia ihr Passwort nicht geändert hat, sollten Sie sich damit sowohl in den Computer als auch in ihr Handy einloggen können."

„Wo finden wir ihr Telefon?"

„Es liegt auf ihrem Schreibtisch neben dem Laptop", verkündete Jason tonlos.

„Danke!", nickte Hunter und ging die Treppe abermals, gefolgt von Emily, nach oben.

Die nächste Viertelstunde arbeiteten sie schweigend in Mariellas Büro. Emily klickte sich durch die Anwendungen des Handys, während Hunter sich den Computer vorgenommen hatte.

Seufzend legte Emily das Telefon schließlich zur Seite. „Hierauf ist nichts, was irgendwelche Rückschlüsse zulässt, wo sie sein könnte. Hast du irgendetwas Interessantes gefunden?"

„Nein, noch nicht, aber ich bin auch noch nicht ganz fer..." Er brach ab, während sich seine Augen weiteten. Aufgeregt richtete er sich auf und beugte sich ein wenig nach vorne. Dann sah er auf, wobei er von einem Ohr zum anderen grinste.

Automatisch übertrug sich seine Energie auch auf Emily. „Wenn du diesen Blick drauf hast, scheinst du das Rätsel geknackt zu haben. Wo ist sie?"

„Ich weiß nicht, wo sie ist, aber ich weiß, wo sie hingeht."

Unwillkürlich runzelte Emily die Stirn. „Was ist das für eine Aussage?"

„Komm rüber und sieh selbst." Einladend rutschte Hunter mit dem Stuhl zur Seite, während Emily kopfschüttelnd um den Tisch herumging und sich neben ihn stellte. Perplex starrte sie auf den Bildschirm.

„Interessant, nicht?", urteilte Hunter zufrieden mit sich selbst. „In den letzten vier Tagen war sie drei Mal auf unserer Website. Zweimal davon auf unserer Kontaktseite. Ich gehe jede Wette ein, dass sie uns einen Besuch abstattet, sobald Yvaine gegangen ist und die offiziellen Bürozeiten beendet sind."

Hastig warf Emily einen Blick auf ihre Armbanduhr. „Dann sollten wir zusehen, zurückzukommen. Eine halbe Stunde ist nicht viel im Feierabendverkehr."

„Dann los", gab Hunter das Kommando zum Aufbruch. „Wir verabschieden uns, dann geben wir Parker und Lucas Bescheid. Sie sollen bleiben, bis wir da sind, aber dann sollen auch sie zügig gehen. Zu viele Leute werden Mariella Anderson im Moment eher abschrecken."

„Was ist mit den beiden FBI-Agenten? Informieren wir sie?"

Nachdenklich blieb Hunter in der Tür stehen. „Nein, erst einmal nicht. Mariella Anderson kennt sowohl Blake als auch Rejyna, dennoch ist sie nicht zum FBI gegangen, sondern sucht den Kontakt zu uns. Ich will daher zuerst alleine mit der Frau sprechen. Ich werde Parker und Lucas bitten, die beiden Agenten aus dem Büro zu lotsen."

„Du weißt, dass wir keinen zweiten Auftrag vom Büro erhalten, wenn wir das hier in den Sand setzen, Hunter?"

„Das weiß ich. Ich will ihnen die Informationen auch nicht auf Dauer vorenthalten. Ich will nur zuerst hören, was die Frau zu sagen hat und warum sie damit zu uns kommt. Das ist alles."

Argwöhnisch musterte Emily ihren Freund und Kollegen. Schließlich nickte sie. „Okay. Aber du sprichst nicht alleine mit ihr."

„Bin ich wahnsinnig, Em? Würde ich so etwas jemals ohne dich tun?" Freundschaftlich lächelte Hunter sie an und reichte ihr die Hand. „Komm, lass uns schauen, dass wir hier wegkommen."

KAPITEL 6

Mariella stand im zweiten Stock eines Parkhauses und sah hinunter auf den Eingang des Bürohauses auf der anderen Straßenseite. Ihre Füße schmerzten von dem langen Weg, den sie vom Krankenhaus hierher gelaufen war, denn noch immer waren nicht alle Wunden, die sie sich auf der Flucht durch den Wald vor einer Woche zugezogen hatte, verheilt.

Sieben Meilen waren es von der Klinik aus gewesen, rekapitulierte Mariella im Kopf. Doch sie hatte es geschafft. Als sie das Bürogebäude endlich erreicht hatte, war sie zunächst daran vorbeigelaufen, um zu sehen, ob sie überhaupt richtig war. Sie hatte sich mit eigenen Augen versichern müssen, dass ihr Gedächtnis die Adresse korrekt abgespeichert hatte.

Es war schon interessant. Vor acht Tagen hätte sie niemals an sich gezweifelt, doch seit letztem Donnerstag war alles anders. Nichts war mehr so, wie sie es kannte und das Schlimmste war, dass sie nicht wusste, wem sie vertrauen konnte. Nicht einmal auf sich selbst konnte sie sich mehr verlassen. Doch zumindest was diese Adresse betraf, hatte ihr Kopf sie nicht im Stich gelassen.

Sauber und akkurat hatten die vier Buchstaben H, E, L, und P auf einem glänzenden Edelstahlschild geprangt. In einer Schrift ohne Serifen vermittelten sie ihre Botschaft. Auch die Website des Unternehmens war klar strukturiert und ohne jede Spielerei gewesen. Es war das, was Mariella in ihrer aktuellen Situation brauchte und sie konnte nur hoffen, dass die Menschen dort ebenso ordentlich und effizient arbeiteten wie sie sich durch ihren Außenauftritt präsentierten.

Sie hatte sich die Fotos der Mitarbeiter im Netz angesehen. Es gab vier Inhaber und zwei Angestellte. Sie würde warten, bis die meisten von ihnen gegangen waren. Im Grunde war es ihr egal, mit wem sie sprach. Sie wollte sich nur nicht mit zu vielen neuen

Gesichtern auf einmal auseinandersetzen müssen, denn schließlich musste sie jede Reaktion ihres Gegenübers mitbekommen. Sie musste rechtzeitig erkennen, ob sie ihr glaubten oder ob sie sie für verrückt hielten.

Ihr Vater hatte sie gelehrt, dass die meisten Leute für denjenigen arbeiteten, der sie bezahlte. Doch im Laufe der Jahre hatte sie erfahren, dass es auch Menschen gab, denen Prinzipien wichtiger waren als Geld. Es gab vielleicht nicht viele, die so dachten, aber Mariella hatte das Gefühl, dass es auf die Leute bei H.E.L.P. zutraf. Daher musste sie sie von sich überzeugen und sie konnte nur hoffen, dass ihr dies gelang, denn ansonsten hatte sie keine Ahnung, an wen sie sich wenden sollte.

Angestrengt blickte sie immer noch auf den Eingang des Gebäudes. Die sinkende Außentemperatur war ihr während des Laufens nicht aufgefallen, doch langsam wurde es kalt. Zitternd rieb sie sich über die Oberarme. Ein leises ‚Ping' verkündete ihr die Ankunft des Fahrstuhls auf dem Stockwerk, und Mariella ging schnell in die Hocke. Das entspannte Lachen eines Pärchens schallte durch die Parketage. Angespannt lauschte Mariella den näherkommenden Schritten.

„Ich kann es kaum erwarten, dich endlich für mich zu haben", hörte sie die Stimme des Mannes.

„Wir müssen erst noch bei meiner Mutter vorbei", erwiderte die Frau fröhlich.

„Muss das sein?"

„Du hast es ihr selbst versprochen."

Bitte lass sie weitergehen. Bitte!, flehte Mariella innerlich. Sie wollte nicht erklären müssen, was sie mit ihrer spärlichen Kleidung in einem Parkhaus machte, in dem sie nicht einmal ein Auto hatte.

Ich könnte sagen, dass ich mein Auto suche, überlegte sie fieberhaft, aber sie hatte nicht einmal eine Handtasche und auch keinen Schlüssel in der Hand. Nein, das würde ihr niemand abnehmen.

Bitte geht einfach weiter, flehte sie stumm. Doch die Schritte blieben vor dem Wagen stehen, hinter dem sie kauerte. Mariellas Herz begann zu rasen.

Mist! Mist! Mist! Wenn das Paar die Parkhausaufsicht rief, würden diese die Polizei verständigen und Mariella zweifelte nicht daran, dass diese sie bereits suchten. Jason hatte sie mit Sicherheit für vermisst erklärt, und dieser Psychiater hatte höchstwahrscheinlich die Dringlichkeit mit seiner abwegigen medizinischen Diagnose bestätigt. Wenn die Polizei sie fasste, würden sie sie zurück in die Klinik bringen, wo man sie abermals mit irgendwelchen Drogen vollpumpen würde, wie die Ärzte es letzte Woche getan hatten. Außerdem würde Jason sie in die psychiatrische Anstalt einweisen lassen. Nein, das durfte sie nicht zulassen. Automatisch kauerte sie sich noch ein wenig enger zusammen, doch dann straffte sie ihre Schultern. Eine rettende Idee war ihr plötzlich gekommen.

Wenn das Pärchen sie entdeckte, würde sie flüchten. Mit ein wenig Glück würden sie sie einfach für eine Bettlerin halten und die Sache vergessen. Und wenn sie dennoch die Parkaufsicht informierten, so war sie für diese erst einmal verschwunden. Ihr Ziel lag schließlich nur einige Meter von ihr entfernt. Sie musste nur die Straße überqueren und dann war sie zumindest schon einmal dort, wo sie hinwollte. Damit man sie nicht in die Psychiatrie brachte, würde sie die Leute von H.E.L.P. nur ein wenig schneller davon überzeugen müssen, für sie zu arbeiten, denn eines wusste Mariella genau: Sie war nicht verrückt.

„Wir müssen noch zwei Autos weiter, Liebling“, hörte sie die Frau plötzlich sagen. „Das hier ist nicht unser Auto.“

„Tatsächlich. Da siehst du wieder, dass ich nur Augen für dich habe.“

„Du spinnst“, lachte die Frau erneut auf.

„Nein, es ist wahr!“

Erleichtert atmete Mariella aus. Das war knapp gewesen, aber diese Gefahr war zumindest erst einmal vorüber und sie konnte zu ihrem ursprünglichen Plan zurückkehren. Es war ihr definitiv lieber, wenn die Zeit ihr nicht im Nacken saß. Ungeduldig wartete sie bis das Auto ausgeparkt hatte und die Rampe zum darunterliegenden Stockwerk hinuntergefahren war. Dann stand sie wieder auf und sah hinunter auf die Straße. Keinen Moment zu spät, erkannte sie, denn gerade verließen eine Frau und ein Mann das gegenüberliegende Gebäude.

Yvaine Fraser und Finnlay Dixon, identifizierte Mariella die beiden, deren Fotos sie auf der Website des Unternehmens gesehen hatte. Gleichzeitig bemerkte sie einen Wagen, der auf das Firmengelände einbog und auf einem der Besucherparkplätze parkte. Drei Leute stiegen aus und wechselten einige Worte mit Yvaine und Finnlay, bevor sie ins Gebäude eilten.

Irritiert sah Mariella ihnen nach. Einer von ihnen war Blake McGrey gewesen. Doch was hatte der FBI-Agent mit den Leuten von H.E.L.P. zu tun? Nachdenklich rieb sie sich die Schläfe. Hatte Jason ihn verständigt? Verdammt! Sie war davon ausgegangen, dass die Menschen dort drüben nichts von ihr wussten und dementsprechend unvoreingenommen ihr gegenüber waren. Doch wenn McGrey bei ihnen war, hatten sie bereits ein Bild von ihr im Kopf. Hatten sie sich auch schon eine Meinung gebildet?

Konzentriert versuchte sich Mariella ihre Begegnungen mit dem Agenten ins Gedächtnis zu rufen. Sie hatte McGrey als sympathischen Mann in Erinnerung. Er hatte eine angenehme Art gehabt, sie zu befragen und es war ihr definitiv leichter gefallen, mit ihm zu sprechen als mit seinen beiden anderen Kollegen, die zuerst bei ihr gewesen waren. Seine Augen hatten sie die ganze Zeit über verständnisvoll angesehen, auch wenn sie ihm nicht die Antworten hatte geben können, auf die er gehofft hatte. Überraschenderweise hatte der Agent keinen psychischen Druck auf sie ausgeübt und war die ganze Zeit ruhig geblieben. Er hatte ihr das Gefühl gegeben, dass es nicht ihre Schuld war, sich nicht erinnern zu können. Aber vielleicht hatte er auch seine Emotion nur besser unter Kontrolle gehabt als all ihre anderen Besucher.

Tief atmete Mariella durch. Dann entschied sie, an ihrem ursprünglichen Plan festzuhalten. Ihr fehlten einfach die Alternativen. Aber sie würde warten, bis Agent McGrey wieder gegangen war. Erst danach würde sie auf das Team von H.E.L.P zugehen.

„Habt ihr einen Ansatz, wo wir Mrs Anderson finden können?“, erkundigte sich Rejyna, als Hunter, Emily und Blake McGrey ins Büro zurückkehrten.

„Es gibt einige Punkte, an denen wir ansetzen können“, bejahte Hunter. Über den Chat, den er mit den Kollegen teilte, hatte er Parker und Lucas bereits aus dem Auto heraus über die neue Situation in Kenntnis gesetzt. Dementsprechend reagierte Parker auch wie vereinbart.

„Prima. Brauchst du uns für die Sortierung, sonst schlage ich vor, wir gehen etwas essen.“

„Nein, geht nur. Emily und ich bekommen das alleine hin. Wenn wir auf etwas Konkretes stoßen, melde ich mich.“

„Ich bleibe gerne“, verkündete Blake. „Es würde mich interessieren, wie Sie vorgehen.“

„Das ist in dieser Phase wenig interessant“, winkte Hunter ab.

„Gehen Sie lieber mit Parker und Lucas. Die beiden können all Ihre Fragen beantworten und außerdem hilft es der Teambildung. Wenn wir länger zusammenarbeiten, ist es immer gut, sich ein wenig besser zu kennen."

Abschätzend musterte Blake den Mann. Sein Instinkt sagte ihm, dass hinter Hunters leichtem Ton mehr steckte als er ihn wissen ließ. Ohne dass Blake es logisch erklären konnte, hatte er das Gefühl, dass der Psychologe ihn loswerden wollte.

„Hunter hat recht. Wenn wir hier nichts tun können, sollten wir die Zeit lieber für eine kleine Stärkung nutzen", sprach Rejyna, deren Magen bereits seit einer Stunde knurrte. Dann wandte sie sich direkt an Hunter. „Was denken Sie, wann Sie eine Spur haben, die sich lohnt zu verfolgen?"

„Schwer zu sagen. Vielleicht in zwei Stunden, vielleicht in vier, vielleicht aber auch erst morgen früh."

„Ich komme nach dem Essen noch einmal vorbei", erklärte Blake.

„Machen Sie das", erwiderte Hunter leichthin, obwohl er innerlich mit den Zähnen knirschte. Er wusste, dass Lucas und Parker das Essen so unauffällig wie möglich in die Länge ziehen würden, aber würde die Zeit reichen, um mit Mariella Anderson alleine zu sprechen? Im Augenblick konnte er nicht mehr tun als warten und hoffen, dass sie möglichst bald auftauchte.

Hunters Bedenken stellten sich allerdings ziemlich schnell als unnötig heraus. Kaum hatten Parker und Lucas das Büro mit den beiden FBI-Agenten verlassen, öffnete sich die Eingangstür.

Sofort sah Hunter von seinem Schreibtisch auf und blickte durch die offenstehende Bürotür hinaus in den Flur. Eine Welle der Erleichterung erfüllte ihn, als er die junge Frau im Empfangsbereich stehen sah. Zu ihr gesellte sich außerdem eine innere Wärme, die ihn für einen Moment irritierte. Doch er schob sie rasch zur Seite und erhob sich.

Mit ruhigen Schritten ging er auf Mariella zu. Sie war schmaler und kleiner als sie auf dem Foto gewirkt hatte. *Höchstens 1,70 Meter,* vermutete Hunter, *und sie wiegt nicht mehr als hundert Pfund.* Die letzten Tage hatten offensichtlich nicht nur emotional ihre Spuren hinterlassen, sie hatten sie auch Gewicht gekostet.

Sie hat ihre Haare abgeschnitten, registrierte Hunter, wobei er unauffällig schluckte. Keine Frau sollte ihren Typ aus den Gründen verändern müssen, die Mariellas Schritt zugrunde lagen. Kalter Hass erfüllte ihn, als er daran dachte, was sie nach der Tat bei dem Anblick ihres Spiegelbildes gefühlt haben musste, um ihr Äußeres derart drastisch zu verändern.

Aus ihren langen dunklen Haaren war eine wesentlich hellere Kurzhaarfrisur geworden, deren einzelne Strähnen in unterschiedlichen Blondtönen im künstlichen Licht der Halogenstrahler glänzten. Voluminös fielen die Haare über ihren runden Hinterkopf, während ein rechter Scheitel ihre Haare teilte. Das Deckhaar war stufig geschnitten, doch reichte die kürzeste Strähne immer noch bis zu ihrem Ohr. Es war eine durch und durch weibliche Frisur, die ihre feine Gesichtsstruktur deutlich hervorhob.

Die attraktive Frau hatte ein leicht herzförmiges Gesicht mit einer schmalen Nase, hohen Wangenknochen und großen kastanienbrauen Augen, die von schön geformten Augenbrauen und dichten Wimpern umrahmt wurden. Die Haut unter ihren Augen war leicht durchsichtig, was ein Zeichen von Stress gepaart mit zu wenig Schlaf war.

Unwillkürlich glitt Hunters Blick zu ihren Lippen. Sofort hatte er die Assoziation eines perfekten Kussmundes, obwohl er sich sicher war, dass sich diese Lippen auch zu einem bilderbuchreifen Schmollmund formen konnten.

Oh, Himmel, welche Gedanken hatte er plötzlich? Seit wann fantasierte er über die Lippen einer Frau? Und das auch noch im Büro. Bewusst zwang er sich zu einem freundlichen, aber unverbindlichen Lächeln. „Guten Abend! Kann ich Ihnen helfen?“

Der Mann, der auf sie zukam, war Hunter Holmes. Mariella hatte sein Foto von der Website in Erinnerung, doch darauf hatte er bei weitem nicht derart charismatisch gewirkt. Weich fiel ihm sein kurzgeschnittenes sandbraunes Haar ins Gesicht, das durch seine ausgeprägte Symmetrie auf den ersten Blick sympathisch wirkte. Seine Augenpartie zierten kleine Fältchen, die das Leben geschrieben hatte und die ihm Erfahrung unterstellten. Die senkrechte Falte an seinem Kinn durchbrach glücklicherweise die Perfektion, wodurch ihm die Glätte eines Models erspart geblieben war. So wirkte er weitaus menschlicher und greifbarer.

Mariella hatte jedoch die Vermutung, dass sich Hunter Holmes nicht greifen ließ, wenn er dies nicht ausdrücklich wollte. Mit den fast 1,90 Meter, über die sich sein sportlicher Körper erstreckte und der breiten Brust- und Schultermuskulatur machte er den Eindruck, als ob ihn nichts und niemand in eine Richtung bewegen konnte, in die er nicht gehen wollte. Dieser Mann strahlte eine innere und äußere Stärke aus, mit der sie nicht gerechnet hatte.

Normalerweise schätzte Mariella eine starke Persönlichkeit in ihrem Gegenüber, aber in diesem Augenblick fühlte sie sich von ihr überwältigt. Es war ein neues Gefühl. Eines, das sie bislang noch nicht gekannt hatte, doch das sollte sie eigentlich nicht wundern. In den letzten Tagen lernte sie schließlich ständig neue Emotionen in sich kennen und nicht jede davon gefiel ihr. Auch das aktuelle Gefühl mochte sie nicht, wusste sie doch im Moment nicht, wie sie mit einem Mann wie Hunter Holmes umgehen sollte. In ihrer aktuellen Verfassung war sie ihm haushoch unterlegen und das war das Letzte, was sie im Moment gebrauchen konnte. Sie brauchte das Gefühl, zumindest Teile ihres Lebens wieder selbst im Griff zu haben.

„Es tut mir leid, ich habe mich in der Etage geirrt“, presste sie heraus, während sie sich umdrehte und zurück auf die Tür zueilte.

„Mariella!“ Ohne seine Stimme zu erheben rief Hunter ihren Namen. Sein Herz klopfte dabei schneller als es hätte der Fall sein dürfen, doch in dieser Minute hatte er keine Zeit über die Bedeutung nachzudenken. Er hatte den Entschluss zur Flucht in den Augen der jungen Frau gesehen und hatte nur den Bruchteil einer Sekunde gehabt, um sich zu überlegen, wie er eben dies verhindern konnte.

Entgegen seinem inneren Drang, auf Mariella zuzuhasten, sie am Arm zu greifen und festzuhalten, blieb er bewegungslos im Flur stehen und wartete. Hunter beobachtete, wie die Frau in der Bewegung verharrte, dann betete er, dass sie die richtige Entscheidung treffen würde, denn er wusste, dass er sie nicht gehen lassen konnte. Es war ihm jedoch eindeutig lieber, wenn sie aus freien Stücken blieb. Dankbar atmete er unauffällig aus, als sie sich langsam umdrehte.

„Sie haben mich erkannt“, sprach sie leise. Ihre Stimme zitterte ein wenig unsicher, aber sie hatte einen hellen, klaren Klang, der Hunter im Inneren berührte.

Stumm nickte er.

„Agent McGrey hat Ihnen ein Bild gezeigt“, stellte sie fest und klang dabei resigniert.

Hunter erstaunte zunächst, doch dann zog er sofort die richtigen Schlüsse. „Sie haben uns gesehen, als wir zusammen vorgefahren sind.“

Dieses Mal war es Mariella, die nickte.

„Kommen Sie herein, Mariella“, bat Hunter, wobei er einladend auf sein Büro hinter ihm deutete. „Es sind nur noch ich und meine Kollegin Emily hier, aber das wissen Sie sicherlich.“

Abermals nickte sie. Im selben Moment ging jedoch die Tür hinter ihr auf und sie drehte sich erschrocken um.

„Pizzaservice“, rief der junge Mann fröhlich, als er den Empfangsbereich betrat. Im Gegensatz zu Hunter schien ihm die Panik, die Mariella ausstrahlte, zu entgehen.

„Ich mach das“, erklärte Emily, die plötzlich ebenfalls erschien.

„Kommen Sie“, wiederholte Hunter seine Einladung an Mariella gewandt, deren Fluchtweg mit Emily und dem Pizzaboten im Rücken auf einmal versperrt war. Ohne sie anzufassen, trat er neben sie und während ein ausgestreckter Arm auf seine offenstehende Bürotür wies, hielt er den anderen hinter ihren Rücken.

Die Geste hätte bedrohlich wirken können, da sie Mariellas Rückzug blockierte, doch zu ihrer eigenen Verwunderung empfand Mariella sie als Schutz, denn sie schaffte eine Barriere zwischen ihr, dem Pizzaboten und Emily Reed. Sie presste ihre Lippen aufeinander, dann traf sie ihre Entscheidung. Im Grunde hatte sie ohnehin keine Wahl gehabt.

„Bitte nehmen Sie Platz!“ Einladend führte Hunter sie in seinem Büro zu der kleinen Sitzecke mit vier cognacfarbenen Ledersesseln, die um einen niedrigen Tisch standen. „Kann ich Ihnen etwas zu trinken anbieten? Wasser oder Saft? Oder hätten Sie lieber gerne etwas Warmes? Obwohl ...“ Er überlegte kurz. „... zu Pizza passt das vielleicht nicht ganz so gut.“

Verwundert sah Mariella auf. „Die Pizza ist für mich?“

Hunter lachte leise. „Eine der Dreien. Ich habe Rucola mit Tomate für Sie bestellt, aber wenn Sie eher Lust auf Salami, Pilze und Schinken haben, bin ich gerne bereit zu tauschen.“

„Sie haben ...“ Perplex schüttelte sie leicht den Kopf. Dann änderte sie ihre Haltung und auch ihre Stimme klang mit einem Mal selbstbewusst. „Woher haben Sie gewusst, dass ich herkommen würde? Und woher wissen Sie, welches meine Lieblingspizza ist?“

„Ich fange mit der Antwort auf die zweite Frage an, denn diese ist einfach. Auf Ihrem Schreibtisch in Ihrem Haus lagen drei Quittungen eines Pizzaservice mit jeweils einer gelieferten Rucola-Tomaten-Pizza."

„Sie waren in meinem Haus?"

„Ja. Ich wollte mit Ihnen sprechen, aber es war nur Ihr Mann anwesend, der Agent McGrey, meine Kollegin und mich über die letzten Ereignisse informiert hat." Aufmerksam beobachte Hunter die Frau ihm gegenüber. Daher war ihm nicht entgangen, wie sie unwillkürlich mit ihrem Körper zurückgewichen war, als er ihren Mann erwähnt hatte.

Interessant, fand er und speicherte die Information für sich ab, während er Mariella Zeit ließ, alles aufzunehmen, denn er konnte sehen, wie sich die Gedanken in ihrem Kopf drehten.

Konzentriert versuchte Mariella all die Fragen, die sie beschäftigen zu sortieren. Schließlich entschied sie, zunächst ihre erste Frage zu wiederholen, deren Antwort noch immer offen war. „Woher haben Sie gewusst, dass ich herkommen würde?"

„Das wusste ich nicht, aber ich habe es vermutet. In Ihrem Browserverlauf habe ich gesehen, dass Sie unsere Seite gegoogelt haben."

„Sie haben sich in meinen Computer gehackt?"

„Nein. Ihr Bruder hat uns Ihren Code verraten", berichtigte Hunter.

„Mark hat was?" Sie war ehrlich geschockt. Offensichtlich wurde es Zeit, dass sie ihre Passwörter zurücksetzte. Das hatte sie längst vorgehabt, doch irgendwie hatte sie nie die Notwendigkeit dafür gesehen. Sie hatte allerdings auch nicht damit gerechnet, dass Ihr Bruder sich noch an ihren alten Code erinnerte.

„Sehen Sie es von der positiven Seite. Wenn er uns die Zugangsdaten nicht gegeben hätte, hätte ich niemals erraten, dass Sie auf dem Weg zu uns sind und Sie hätten nun mindestens dreißig Minuten auf die Pizza warten müssen. Ah, da kommt sie." Hunter stand auf und nahm seiner Kollegin die Kartons ab. „Das ist übrigens Emily Reed. Emily, das ist Mariella Anderson. Ist es in Ordnung, wenn wir Sie Mariella nennen?" Fragend sah er sie an, während Emily die Teller verteilte.

„Sicher", murmelte Mariella. Im Augenblick wusste sie noch nicht, was sie von der ganzen Sache halten sollte.

„Wunderbar. Ich bin übrigens Hunter Holmes, aber das wissen Sie sicherlich schon. Also, wie sieht es aus? Bleiben Sie bei Ihrer Pizza oder wollen Sie tauschen?"

„Nein, danke. Ich bleibe bei Rucola-Tomate."

„Wie Sie wollen", erwiderte Hunter achselzuckend, während er drei Gläser und jeweils eine Flasche Wasser und Apfelsaft aus einem in der Schrankwand eingebauten Kühlschrank holte. „Puh, ich muss gestehen, ich sterbe vor Hunger. Wie geht es dir, Em?"

„Ebenso. Wir haben ja auch den ganzen Tag noch nichts gegessen."

Während der nächsten zehn Minuten unterhielten sich hauptsächlich Hunter und Emily miteinander. Sie sprachen über hektische Zeiten, die ihnen kaum Zeit für eine vernünftige Nahrungsaufnahme ließen und überlegten, ob sie nicht eine kleine Küche auf der Etage einbauen lassen sollten. Hin und wieder fragte Hunter Mariella nach ihrer Meinung, doch weitestgehend gab er ihr Zeit, anzukommen.

Mariella verstand seine Intention, und sie war ihm dankbar dafür. Erst nachdem sie den ersten Bissen ihrer Pizza genommen hatte, hatte sie gemerkt wie hungrig sie war. Ein Gespräch war in diesem Moment das Letzte, worauf sie Lust hatte, denn zeitgleich spürte sie auch eine drückende Müdigkeit. Allerdings hatte sie für diese keine Zeit. Verzweifelt überlegte sie, wie sie vermeiden konnte, auf der Stelle einzuschlafen, als sie glücklich feststellte, dass die Kalorienaufnahme neue Energien in ihr freisetze.

Sie aß die Hälfte ihrer Pizza, dann beobachtete sie den Umgang des Mannes und der Frau ihr gegenüber. Waren die beiden ein Paar?, überlegte sie unwillkürlich. Sie wirkten recht vertraut miteinander. Aber was spielte das schon für eine Rolle für sie? Es konnte ihr egal sein. Entschieden schob sie den Gedanken beiseite.

„Seit wann arbeiten Sie mit Agent McGrey zusammen?", nutzte sie vielmehr die Gesprächspause für sich, die gerade zwischen den beiden entstanden war.

„Seit heute Nachmittag", antwortete Hunter, bevor er den letzten Bissen seiner Pizza in den Mund steckte.

„Warum?"

Gelassen rieb er sich die Finger an einer Serviette ab, legte diese anschließend in den leeren Pizzakarton, den er verschloss und auf dem Boden ablegte. Entspannt lehnte er sich in seinem Sessel zurück. „Das FBI hat uns um Hilfe bei der Suche nach dem

Botoxmörder gebeten. Da Sie sich über uns informiert haben, wissen Sie, dass wir uns darauf spezialisiert haben, Menschen anhand eines von uns erstellten Psychogramms aufzuspüren."

„Sie haben ein eigenes Programm entworfen."

„Das ist korrekt."

„Ist es erfolgreich?" Herausfordernd blickte Mariella ihn an.

„Nun, bei Ihnen hat es funktioniert", entgegnete Hunter ruhig.

„Um sich den Verlauf eines Internetbrowsers anzusehen, braucht es schwerlich ein Softwareprogramm. Was Sie getan haben, war solide Detektivarbeit, aber kein Beweis dafür, dass Sie herausragende Psychologen sind."

Interessiert musterte Hunter die Frau. Sie kombinierte schnell und sie fürchtete sich nicht, die Dinge direkt beim Namen zu nennen. Es waren zwei Eigenschaften, die ihm gefielen.

„Rein analytisch betrachtet, haben Sie recht", stimmte er zu. „Allerdings bezweifle ich, dass viele Detektive die richtigen Schlüsse gezogen hätten, vorausgesetzt sie hätten unsere Websiteadresse in Ihrem Verlauf überhaupt gesehen. Polizisten gehen bei der Suche nach vermissten Personen normalerweise anders vor. Sie sehen Kontakte durch und suchen nach Webseiten, die Rückschlüsse über Fortbewegungen geben, wie Zug- oder Busfahrpläne, Autovermietungen, Fluggesellschaften. Auch nach aufgerufenen Hotelseiten wird gezielt gesucht. Wir hingegen interessieren uns mehr für die Art und Weise, wie die Zielperson, in diesem Fall also Sie, denkt, um ihre Handlungen in bestimmten Situationen rekapitulieren, beziehungsweise vorhersehen zu können."

„Und wie denke ich, Mr Holmes?"

„Hunter!", korrigierte er.

Mariella ließ einige Sekunden vergehen, ehe sie seinen Vornamen wiederholte. „Hunter!"

„Em, möchtest du vielleicht Mariellas Frage beantworten?", gab er die Frage weiter.

„Gerne", übernahm Emily das Wort. „Sie sind sehr sortiert, Mariella. Bevor Sie handeln, versuchen Sie sich immer ein Gesamtbild zu verschaffen. Sie sammeln so viele Fakten wie möglich, die Sie nach allen Richtungen beleuchten. Erst danach treffen Sie eine Entscheidung. Die Flucht aus dem Krankenhaus ergab nur Sinn, wenn Sie ein Ziel hatten. Ein Ziel, das keinen Ihrer Familie, Freunde oder Bekannten beinhaltet hat. Daher sind wir davon ausgegangen, dass Sie bereits im Vorfeld Erkundigungen eingezogen haben mussten und wir haben uns Ihren Internetverlauf der letzten Tage angesehen."

„Und nachdem wir Ihnen nun eine ganze Reihe an Fragen beantwortet haben", übernahm Hunter wieder das Wort, „möchte ich Ihnen jetzt auch eine Frage stellen: Wieso haben Sie so viel über uns recherchiert?"

KAPITEL 7

Verlegen presste Mariella ihre Lippen aufeinander. Dabei spannte sie auch ihre gesamte Körpermuskulatur an, denn auf einmal fror sie entsetzlich. Es war jedoch keine Kälte, die sie innerlich erzittern ließ, sondern vielmehr die Nervosität vor dem, was folgte.

Würden ihr diese beiden Menschen helfen? Was würde passieren, wenn sie es ablehnten? Hatte sie noch andere Optionen? Im Augenblick fielen ihr keine ein, doch das hieß nicht, dass es nicht andere Mittel und Wege gab zu beweisen, dass sie weder verrückt noch suizidgefährdet war. Allerdings brauchte sie dann einen ruhigen Ort zum Nachdenken. Einen Ort für sich alleine. Automatisch glitt ihr Blick hinüber zur Tür. Würde sie das Büro verlassen können, bevor einer von ihnen McGrey, Jason Tanner oder ihren Bruder verständigte?

„Sie sind hier sicher, Mariella“, bekundete Hunter mit warmer, vertrauensvoller Stimme. „Ich verspreche Ihnen, dass Ihnen hier niemand etwas tun wird und nichts, was Sie uns sagen, wird diesen Raum verlassen, solange Sie es nicht wollen.“

„Aber Sie arbeiten für das FBI. Sind Sie nicht verpflichtet, Ihren Eindruck von mir weiterzugeben?“

„Wenn wir uns mit Ihnen im Rahmen unseres FBI-Beratervertrags unterhalten, ist das richtig. Heute Abend sind Sie allerdings zu uns gekommen und so wie ich Sie bislang verstanden habe, wussten Sie bis eben nicht einmal etwas von unserer Kooperation mit der Bundesbehörde. Sie haben uns also zunächst einmal als potenzielle Kundin aufgesucht. Als solche sind wir Ihnen gegenüber an die Schweigepflicht gebunden.“

Hunter spürte Emilys bohrenden Blick auf sich. Doch auch ohne ihn, wäre ihm bewusst gewesen, dass sie seine Argumentation nicht billigte. Er musste auch zugeben, dass er sich an dieser Stelle ziemlich weit aus dem Fenster lehnte. Rein rechtlich müsste er

Mariella darauf hinweisen, dass der ältere Vertrag Vorrang hatte. Rein rechtlich müsste er sie als Kundin rundheraus ablehnen, aber etwas hielt ihn zurück. Zumindest wollte er unter allen Umständen wissen, warum Mariella gekommen war und was sie von ihnen erwartete, denn er wollte dieser Frau helfen.

Rückversichernd sah Mariella zu Emily hinüber. Auch Hunter sah Emily nun an. Sein Blick war gelassen, doch unter dem Tisch stellte er seinen Fuß für einen kurzen Moment auf den seiner Kollegin und hoffte, dass sie ihn decken würde.

Mit einem gezwungenen Lächeln blickte Emily nickend zu Mariella. „Hunter hat recht." Erklärend fügte sie hinzu. „Wenn es einen Interessenkonflikt gibt, werden wir Sie unterbrechen, sodass Sie die Chance haben, sich zu entscheiden, ob Sie weitersprechen möchten oder nicht."

„Ich kann mir nicht vorstellen, dass es einen Konflikt gibt. Ich meine, ich habe vor dem FBI nichts zu verbergen, allerdings will ich Agent McGrey kein psychologisches Profil von mir überlassen. Das geht ihn nichts an und hilft ihm auch nicht bei seiner Suche nach dem Killer."

„Bei der Suche nicht", stimmte Emily zu. „Wenn es allerdings zu einer Verhaftung und damit zu einer späteren Gerichtsverhandlung kommt, spielt ihre mentale Verfassung durchaus eine Rolle. Der gegnerische Anwalt wird nichts unversucht lassen, Sie als unglaubwürdig darzustellen. Es ist nur verständlich, dass das FBI und die Staatsanwaltschaft zu Beginn wissen wollen, was auf sie zukommt."

„Warum erzählen Sie uns nicht, warum Sie gekommen sind?", mischte sich Hunter wieder ein, denn er spürte, wenn er Emily noch länger erklären ließ, würden sie Mariella verlieren.

Gedankenverloren nickte die junge Frau. Schließlich schlug sie resolut ihre Beine übereinander und hob ihren Blick. „Ich brauche Ihre Hilfe." Angestrengt schluckte sie. „Ich bin nicht verrückt."

Hunter wartete, doch als Mariella nicht weitersprach, hakte er vorsichtig nach. „Wer hat behauptet, dass Sie verrückt sind?"

„Es ist die Einschätzung von Dr Willcocks. Er ist der Psychiater im Krankenhaus, der mich während der letzten sieben Tage betreut hat. Er will mich auf seine geschlossene Station einweisen lassen."

„Davon haben wir gehört", gab Hunter zu.

„Ich bin weder geisteskrank noch suizidgefährdet", behauptete Mariella, woraufhin ein überraschtes Schweigen im Raum entstand.

Die ganze Zeit hatte die Anwältin absolut normal auf Hunter gewirkt, doch wenn sie die Tat, deren Spuren sie unter ihrer Weste tragen musste, derart resolut leugnete, würde er sein Urteil überdenken müssen. Unauffällig nahm er die Körpersprache der Frau auf. Interessanterweise widersprachen sich die Signale, die sie sendete.

Auf den ersten Blick schien sie von Ihrer Äußerung vollkommen überzeugt zu sein. Ihre Füße standen mittlerweile beide fest auf dem Boden, ihre Schultern waren gerade, ihre Hände lagen ruhig in ihrem Schoß. Ihr Blick hingegen irrte im unteren Raumdrittel umher, wobei ihre Lider ein klein wenig häufiger blinzelten als zuvor. Sie war also bei weitem nicht so selbstsicher, wie sie den Anschein erwecken wollte, urteilte Hunter für sich.

„Das heißt, Sie haben sich gestern nicht selbst geschnitten?" Hunters Ton war vollkommen wertfrei, wenngleich er innerlich erregt war. Erstaunt stellte er fest, dass er keine Anzeichen für eine psychische Krankheit bei Mariella Anderson diagnostizieren wollte. Er wollte, dass sie mental gesund war. Doch er durfte sich nicht von seinen Wünschen leiten lassen. Er musste objektiv sein, und das auch bleiben.

„Doch. Wahrscheinlich schon." Nervös veränderte sie ihre Sitzposition. Auch ihre Hände bewegten sich nun unruhig umeinander. Für einen kurzen Moment sah sie ihn an, bevor sie ihren Blick beschämt wieder senkte. „Ich meine, ich weiß es nicht. Ich kann mich nicht erinnern, aber allem Anschein nach muss ich es getan haben." Tränen traten in ihre Augen, doch sie drängte sie zurück.

„Was ist mit den Tabletten, die Sie letzte Woche nehmen wollten?", erkundigte sich Hunter vorsichtig.

Sofort schnellte ihr Kopf nach oben. Auch ihre Stimme klang auf einmal fest. „Ich wollte nie Tabletten nehmen. Ich weiß, dass Jason Tanner es behauptet, aber ich habe die Tabletten gehasst. Dr Willcocks hat mir eine halbe Apotheke mitgegeben, als er mich letzte Woche entlassen hat, doch ich habe keine einzige seiner Arzneimittel genommen. Während meines gesamten Klinikaufenthaltes war mir schlecht und alles drehte sich in meinem Kopf. Das Schlimmste war jedoch, dass ich mich ständig benommen fühlte. Unterschwellig spürte ich eine Reihe an Emotionen in mir brodeln, doch nichts konnte jemals die Oberfläche erreichen, egal wie sehr ich mich auch darauf konzentrierte. Ich habe Dr Willcocks gesagt, dass ich keine Betäubung will, aber er vertrat die Ansicht, dass es noch zu früh sei, um mich emotional mit dem Geschehenen in seinem ganzen Ausmaß auseinanderzusetzen. Ich bin jedoch jemand, der den Dingen lieber ins Auge sieht. Egal wie schrecklich etwas ist, es wird nicht besser, wenn man es aufschiebt."

„Jason Tanner ist Ihr Mann, Jason Anderson?", vergewisserte sich Emily.

Frustriert rieb sich Mariella mit dem Daumen und dem Mittelfinger ihrer rechten Hand über die Schläfen. Es dauerte einige Sekunden, bis sie Emilys Frage beantwortete. Dabei blickte sie ihr fest in die Augen. „Hören Sie, ich weiß, dass es verrückt klingt, aber ich habe Jason nicht geheiratet."

Überrascht hoben sich Hunters Augenbrauen. „Sie erinnern sich nicht, in Las Vegas gewesen zu sein?"

„Doch!", entgegnete Mariella ungeduldig. „Ich war dort. Ich erinnere mich an jede einzelne Minute der Besprechung mit der gegnerischen Anwaltspartei, aber ich erinnere mich an keine Hochzeit."

„Mr Anderson sagte ...", begann Hunter.

„Tanner. Er heißt Jason Tanner", unterbrach Mariella gereizt und Hunter beschloss, den ursprünglichen Namen des Mannes zunächst zu übernehmen.

„Mr Tanner sagte, Ihr ursprünglicher Plan sei es gewesen, im Frühjahr nächsten Jahres zu heiraten und die kurzfristige Änderung sei einer spontanen Laune geschuldet gewesen."

„Ich hatte niemals vor, Jason zu heiraten", erklärte Mariella, ohne jeden Zweifel in der Stimme.

„Wie erklären Sie sich dann die Heiratsurkunde?", erkundigte sich Hunter.

„Ich habe keine Ahnung", seufzte Mariella. Wieder wanderte ihr Blick nach unten.

„Was haben Sie in der Zeit zwischen dem Besprechungsende und Ihrem Rückflug von Vegas nach Boston gemacht?", lenkte Emily das Gespräch auf einen anderen Fokus.

„Das weiß ich nicht. Das Letzte, woran ich mich erinnere, ist das Mittagessen mit den Kollegen. Wir haben uns voneinander verabschiedet und dann sind Jason und ich mit dem Leihwagen in Richtung Flughafen aufgebrochen."

„Warum sind Sie so sicher, dass Sie in dieser Zeit nicht geheiratet haben?", wollte Emily wissen.

„Weil ich Jason Tanner nicht sonderlich mag. Er ist ein guter Anwalt, und ich schätze ihn als Kollegen, aber das war es auch schon. Er wollte in den letzten Wochen einige Male mit mir ausgehen, aber ich habe jedes Mal abgelehnt."

„An dieser Stelle sind Sie ganz sicher?", hakte Emily noch einmal nach. Herausfordernd sah sie Mariella in die Augen, die den Blick selbstbewusst hielt.

„Einhundert Prozent!" Mariella wartete einige Sekunden, ehe sie ergänzend hinzufügte: „Soweit es möglich ist, versuche ich Privates von Beruflichem zu trennen."

„Was heißt, ‚soweit es möglich ist'?", griff Emily die Einschränkung sofort auf.

„Nun, meine Freundin Melanie ist mit einem unserer Seniorpartner verheiratet. Dadurch lässt es sich nicht vermeiden, dass Richard und ich uns auch hin und wieder privat sehen."

„Erinnern Sie sich noch an den Rückflug von Las Vegas?", erkundigte sich Hunter.

„Bruchstückchenweise. Ich erinnere mich an ein Glas Champagner ..."

„Oder zwei?", forderte Emily sie heraus.

Verärgert funkelte Mariella sie an. „Ich erinnere mich an ein Glas Champagner", wiederholte sie, wobei sie das Wort ‚ein' betont hervorhob. „Ich erinnere mich auch daran, dass Jason und ich relativ lange durch den Bostoner Flughafen gelaufen sind, bis wir endlich das Auto in der Parkgarage erreicht haben. Ich weiß, dass Jason mich nach Hause gefahren hat und dass ich auf der Fahrt eingeschlafen sein muss. Es war ein langer, anstrengender Tag gewesen."

„Aber geheiratet haben Sie Jason Tanner nicht?", bohrte Emily noch einmal nach. Bevor Mariella jedoch reagieren konnte, fuhr sie fort, wobei sie ihr Handy umdrehte, auf dem das Bild einer lachenden Mariella in den Armen von Jason Tanner zu sehen war. ‚Just married!' stand in roten Buchstaben darunter. „Dieses Bild hat Ihr Mann noch aus dem Flugzeug auf seinen diversen Plattformen gepostet und von Ihrem Handy kam auch sofort eine Antwort." Mit ihrem Finger schob Emily das Bild nach oben. „Ich bin so glücklich! Ich liebe dich, Jason!", las sie laut vor.

Mariellas Schultern sackten zusammen, ihre Stimme wurde leiser, aber ihre Augen suchten erst Emilys, dann Hunters Blick. „Ich kenne den Post und ich habe keine Erklärung dafür. Alles, was ich weiß ist, dass ich Jason Tanner weder liebe, noch ihn jemals geliebt habe. Vielleicht habe ich schon im Flugzeug geschlafen, und er hat die Nachricht selbst von meinem Telefon aus geschickt."

„Ich enttäusche Sie nur ungern, Mariella", entgegnete Emily, „aber Jason kennt den Code für Ihr Handy nicht."

„Darf ich eine andere Frage stellen?", bat Hunter.

„Bitte!"

„Wenn wir einmal die Tatsache der Heiratsurkunde außer Acht lassen, warum sollte Jason Tanner eine Hochzeit vortäuschen?"

Lange schwieg Mariella, doch dann richtete sie sich auf und als sie sprach, klang Ihre Stimme wütend. „Ich habe keine Ahnung. Vielleicht hat er mein ‚Nein' ihm gegenüber nie akzeptiert. Vielleicht will er dadurch in der Kanzlei aufsteigen. Vielleicht ist er derjenige, der verrückt ist. Ich weiß es nicht, aber die gleiche Frage kann ich auch umdrehen: Warum sollte ich einen Mann heiraten, den ich nicht liebe? Sie behaupten, Menschen lesen zu können und Sie haben mir vorhin bereits erläutert, wie ich denke, also analysieren Sie mich noch ein Stück weiter und erklären Sie mir, ob Jason Tanner meine Wahl wäre. Außerdem bin ich gespannt, wie Sie eine aus einer Laune heraus entsprungene Hochzeit in Las Vegas in Ihr zuvor von mir beschriebenes Bild hineinbasteln, das mich als wenig spontane Frau beschrieben hat."

Wow!, dachte Hunter anerkennend. *Die Frau kann argumentieren.* Ein Blick hinüber zu Emily versicherte ihm, dass auch sie diese Linie nicht hatte kommen sehen.

Mariella wartete einen Moment, ehe sie mit fester Stimme fortfuhr. „Mit den kriminologischen, medizinischen und psychologischen Hintergründen, die Sie in Ihrem Unternehmen bündeln, sind Sie in meinen Augen der richtige Partner für mich. Es setzt allerdings voraus, dass Sie bereit sind, mir zu glauben."

„Entschuldigen Sie, Mariella", warf Emily ein, „aber was genau erwarten Sie von uns? Was glauben Sie, können wir Ihnen geben, was Ihnen das FBI nicht gibt?"

„Das FBI sucht einen Serienkiller und auch wenn ich zweifelsohne Ihre Hilfe brauche, um die Erinnerungen an die Zeit in der Hütte aus meinem Gedächtnis hervorzuholen, damit die Agenten McGrey und Seymour diesen endlich fassen können, brauche ich Ihre Hilfe viel mehr für mich selbst. Ich muss herauszufinden, warum Jason Tanner behauptet, mich geheiratet zu haben. Ich brauche Sie, um herauszufinden, wie er es angestellt hat, dass ich mich nicht mehr daran erinnere und nicht zuletzt muss ich wissen, wieso ich mich gestern mit einem Messer in der Hand in meinem Badezimmer wiedergefunden habe. Denn so sicher wie ich weiß, dass ich Jason Tanner nicht geheiratet habe, so sicher weiß ich, dass ich mein Leben niemals selbst beenden würde. Es ist kein Geheimnis, dass mein Leben gerade ein ziemliches Chaos ist, aber ich möchte behaupten, dass ich stärker bin. Ich sage nicht, dass ich keine dunklen Momente habe, aber ich habe definitiv keine Todeswünsche." Mariella schluckte. „Und ich bin auch nicht verrückt. Ich brauche nur ein wenig Hilfe, um die Dinge in meinem Gehirn aufzuräumen."

Mit einem Mal wich alle Kraft aus Mariellas Körper, doch sie hielt sich aufrecht. Mit einem flehenden Blick sah sie erst Hunter, dann Emily an. „Werden Sie mir helfen?"

Ein schneidender Schmerz durchfuhr Hunters Brustkorb, als ihn Mariellas Blick traf. Er glaubte, ihre Verzweiflung geradezu körperlich fühlen zu können. Seine Finger verkrampften sich schmerzhaft, während er versuchte dem Drang zu widerstehen, seine Hand auf den Arm der jungen Frau zu legen.

Während Mariella ihr Anliegen vorgetragen hatte, hatte er die erfolgreiche Anwältin in ihr gesehen, die sich vor jedem Gerichtshof der Welt behaupten konnte. Ungeachtet ihrer Kleidung hatte Mariella ein gesundes Selbstbewusstsein ausgestrahlt. Doch von einer Sekunde auf die andere war die selbstsichere Frau, die jederzeit wusste, was sie wollte, verschwunden. Stattdessen präsentierte sie das Bild eines unsicheren jungen Mädchens, das vollkommen verloren in dieser Welt wirkte.

Hunter wusste, dass der Anblick auch Emily berührte. Er kannte Em seit siebzehn Jahren, und es war erstaunlich, in wie vielen Situationen sie einander wortlos verstehen konnten. Er wusste allerdings auch, dass Emily ihren Gefühlen nicht einfach folgte. Vielmehr unterdrückte sie sie und war erst bereit, diese zu analysieren, wenn sie sich nicht länger unter der Oberfläche halten ließen.

„Mariella, geben Sie uns ein paar Minuten Zeit, um uns miteinander zu besprechen?", bat Hunter, obwohl er seine Entscheidung im Grunde bereits getroffen hatte. Niemals konnte er diese Frau zurück auf die Straße schicken. Sie brauchte Hilfe. Hilfe, für die H.E.L.P. durch eine einzigartige Kombination von Kompetenzen der beste Partner war. Allerdings durfte er die Entscheidung nicht alleine treffen. Er musste sie zumindest mit Emily diskutieren.

„Sicher", stimmte Mariella zu, wobei ihr Blick von der digitalen Uhr an der Wand hinüber zur Tür glitt. „Wie wäre es, wenn ich Sie morgen Vormittag anrufe?"

„Lassen Sie uns einen Deal machen", schlug Hunter ungeachtet ihrer Frage vor.

„Einen Deal?" Mariellas Blick war skeptisch. „Welchen?"

„Während Emily und ich uns besprechen, warten Sie hier. Wir brauchen nicht lange."

„Was ist Ihr Teil des Deals?", fragte Mariella.

Leise lachte Hunter. „Wir versprechen Ihnen, weder das FBI noch Jason Tanner oder Ihren Bruder ohne Ihr Wissen zu verständigen. Das ist es doch, was Sie fürchten, oder?"

„Ich gehe nicht zurück in die Klinik."

„Vertrauen Sie uns, Mariella. Sie sind aus freien Stücken zu uns gekommen und Sie können jederzeit wieder gehen. Wir halten Sie nicht auf."

Lüge, Lüge, Lüge, schrie es in Hunters Kopf, doch er ignorierte die Worte seiner inneren Stimme. Er hatte schließlich keine andere Wahl. „Warum wollen Sie also nicht hier im Warmen warten, bis wir zu einem Entschluss gekommen sind? Unter den vereinbarten Voraussetzungen haben Sie nichts zu verlieren."

Aufmerksam musterte Mariella den Mann. Seine Worte hatten aufrichtig geklungen und auch sein Blick wirkte vertrauenswürdig. Auf einer unbewussten Ebene fühlte sie eine unsichtbare Verbindung zwischen Hunter Holmes und sich. Sie glaubte, dass er ihr wirklich helfen wollte. Allerdings war es auch dieses Wissen, dass sie zurückhielt, denn sie ahnte, dass er ihr die Hilfe bieten würde, die sie in seinen Augen benötigte und wenn er zu der Meinung gelangte, dass sie medizinische Betreuung brauchte, um sich vor sich selbst zu schützen, dann würde er nicht zögern, die Klinik zu verständigen. Damit würde er am Ende nicht einmal sein Wort brechen, denn dafür brauchte er weder ihre Familie noch das FBI anzurufen.

„Geben Sie mir Ihre Hand darauf, dass Sie ohne meine Zustimmung auch keine medizinische Hilfe anfordern werden."

Herausfordernd hielt sie Hunter ihre Hand entgegen. Sie sah das Aufblitzen in seinen Augen, doch es wirkte eher belustigt als dass er sich ertappt fühlte.

Hunters Lippen formten sich zu einem amüsierten Lächeln, während er ihre Hand nahm. „Versprochen", sagte er, wobei er Mühe hatte, die letzte Silbe des Wortes deutlich auszusprechen, denn die Luft ging ihm inmitten der Buchstaben aus. Ein elektrischer Impuls von immenser Kraft raste seinen Arm hinauf, brannte sich durch seinen Brustkorb und durchschlug sein Herz.

Erstaunt riss Hunter die Augen auf. Hatte er sich die Reaktion seines Körpers nur eingebildet? Doch in Mariellas Pupillen erkannte er die gleiche Überraschung. Sie hatte es also auch gespürt. Aus unerklärlichen Gründen befriedigte Hunter dies. Er sah, wie sie schluckte, aber dann hatte sie sich wieder gefangen und hielt ihre Hand Emily entgegen, als sei nichts geschehen.

Sie sichert sich in alle Richtungen ab, erkannte Hunter, während er Emily auffordernd zunickte. *Komm schon, Em, lass mich jetzt nicht im Stich,* flehte er innerlich und atmete erleichtert auf, als Emily nach kurzem Zögern einschlug.

„Ich hoffe, ich bereue das nicht, Hunter", war das Erste, was Emily sagte, als sie mit Hunter den leeren Teambesprechungsraum betrat.

„Warum solltest du?", gab Hunter verwundert zurück, während er die Kamera in seinem Büro über den Computer vor ihm anschaltete. Sofort erschien der Raum auf dem Bildschirm. Noch immer saß Mariella in dem Sessel. Sie hatte allerdings ihre Schuhe ausgezogen und ihre Beine seitlich auf der Sitzfläche angezogen. Offensichtlich war sie bereit, ihren Teil des Deals einzuhalten.

„Das ist verrückt, Hunter", stellte Emily fest.

„Was genau meinst du?"

„Alles! Du hättest ihr niemals ein solches Versprechen geben dürfen. Genau genommen hätte McGrey während des Gesprächs anwesend sein müssen."

„Warum? Sie ist keine Verdächtige, Em. Sie ist das Opfer. Und wenn ich die Sache richtig sehe, dann sogar in mehr als nur in Hinsicht auf den Botoxmörder."

„Du sprichst von ihrer Eheschließung", versicherte sich Emily.

„Auch."

„Hunter, wir haben keine Ahnung, was in dem Kopf dieser Frau vorgeht. Selbst wenn wir die Tablettengeschichte von Jason

Anderson oder Tanner außen vor lassen, bleibt die Tatsache, dass sie vor weniger als vierundzwanzig Stunden versucht hat, sich das Leben zu nehmen."

„Macht sie auf dich den Eindruck, als würde sie die Tat in nächster Zeit wiederholen?"

„Du kannst Tatsachen nicht einfach leugnen, nur weil sie dir nicht gefallen", entgegnete Emily. „Ihr Verhalten kann von Psychopharmaka beeinflusst sein. Wir wissen nicht, ob sie heute Medikamente genommen hat. Sie kann uns erst einmal viel über ihre Einstellung zu den verschriebenen Medikamenten erzählen."

„Dann machen wir eine Blutuntersuchung."

Emily seufzte. „Ich bezweifle nicht, dass sie die Sachen glaubt, die sie uns gerade erzählt hat, Hunter. Aber du hast heute Nachmittag selbst gesagt, dass ein Trauma die Persönlichkeit ändert, ganz zu schweigen von der Schwere ihrer Gehirnerschütterung, deren Ausmaß vielleicht stärker ist als die Ärzte bislang angenommen haben."

„Das mag alles sein, Em. Dennoch gibt es eine Reihe von Dingen, die nicht zusammenpassen und wenn wir den Botoxmörder finden wollen, müssen wir wissen, welche ihrer Erinnerungen, sofern wir welche wecken können, real sind und welche nicht."

Nachdenklich erhob er sich und durchschritt den Raum. „Ob es uns gefällt oder nicht, diese Frau dort drüben ist die einzige Person, die diesen Serienmörder erlebt hat. Um ein Bild von ihm zu erstellen, müssen wir jedoch sichergehen, dass wir die richtigen Daten haben und dafür müssen wir wissen, was in Mariella Anderson vorgeht. Wir müssen wissen, warum sie sich nicht erinnert. Wenn wir ihr helfen herauszufinden, wie es zu dieser Hochzeit gekommen ist, dann haben wir damit vielleicht auch den Schlüssel zu dem Teil ihres Gehirns, in dem die Stunden in den Händen des Botoxmörders gespeichert sind."

„Ich widerspreche dir an dieser Stelle gar nicht, aber es wäre eine enorme Verantwortung, solange wir nicht wissen, was die Ursachen für die Gedächtnislücken und die Suizidversuche sind."

„Ich übernehme die Verantwortung."

„Hunter, das ist Wahnsinn. Du kannst nicht ausschließen, dass sich plötzlich ein Schalter in ihrem Kopf umlegt und sie sich etwas antut."

„Das wird nicht passieren", erklärte Hunter entschieden.

Kopfschüttelnd betrachtete Emily ihn. „Was macht dich so sicher?“

„Ganz einfach, ich werde ihr keine Gelegenheit dazu geben.“

Sowohl Hunters als auch Emilys Handy meldeten den Eingang einer Nachricht.

„Das ist Lucas. Sie sind auf dem Weg zurück zu uns“, las Emily.

„Prima. Dann können wir die Sache mit McGrey und seiner Partnerin besprechen, und Parker kann die Blutuntersuchung durchführen“, stellte Hunter zufrieden fest, während Emily missbilligend den Kopf schüttelte.

„Ich wusste, dass Sie etwas im Schilde führen“, wütete McGrey, nachdem Hunter ihn und die anderen in den Besprechungsraum geführt hatte.

„Scht! Seien Sie etwas leiser!“, bat Hunter und deutete auf den Bildschirm, der eine schlafende Mariella Anderson in seinem Büro zeigte. „Wenn sie aufwacht und Sie hört, ist jegliche Vertrauensbasis zerstört.“

„In Bezug auf unsere Vertrauensbasis war Ihnen das offensichtlich egal“, erklärte Blake immer noch verärgert, aber in gemäßigter Lautstärke.

„Wir hatten die starke Vermutung, dass Miss Anderson uns aufsuchen würde“, mischte sich Emily in einem neutralen Ton ein. „Allerdings vermuteten wir ebenfalls, dass sie erst nach den offiziellen Bürozeiten auftauchen würde und wie sich gezeigt hat, haben wir richtig gelegen. Sie hat gewartet, bis nur noch Hunter und ich hier waren und ob es Ihnen gefällt oder nicht, Mariella hätte dieses Gebäude nicht betreten, solange Sie anwesend gewesen wären.“

Sie machte eine kurze Pause, ehe sie weitersprach. „Ein Team zeichnet sich durch Aufgabenteilung und Vertrauen aus. Ich für meinen Teil verstehe daher Ihr Problem nicht. Miss Anderson ist schließlich noch hier und sie ist nicht nur bereit, mit uns zusammenzuarbeiten, sondern hat ausdrücklich um unsere Hilfe gebeten.“

„Mein Problem, Emily, ist“, begann Blake mit harter Stimme, wobei er registrierte, wie sich die Iris der Frau bei der Nennung ihres Namens dunkler färbte, „dass Sie mich nicht eingeweiht haben. Sie haben Ihre Kollegen benutzt, um Rejyna und mich aus dem Weg zu räumen und das ist für mich alles andere als offenes und faires Teamplay."

Intensiv starrten sich die beiden in die Augen. Blakes sprühten noch immer vor Ärger, wohingegen Emilys keinerlei Emotion preisgaben.

„Es ist meine Schuld", bekannte Hunter und zog Blakes Blick damit auf sich. „Da ich mir nicht sicher war, ob Sie uns genügend Vertrauen entgegenbringen würden, um uns die Situation alleine zu überlassen, habe ich entschieden, Sie zunächst nicht einzuweihen."

„Stattdessen haben Sie uns manipuliert", stellte Blake fest.

„'Manipuliert' halte ich in diesem Fall für ein zu starkes Wort. Aber ja, ich habe das Interesse, Mrs Anderson für die Nacht in der Sicherheit unserer Räume statt auf den Straßen Bostons zu wissen, vor eine direkte Kommunikation mit ungewissem Ausgang gestellt. Vertrauen kommt beidseitig, Blake, und es braucht Zeit, bis es sich aufbaut."

Blake schloss für einige Sekunden die Augen und fuhr sich durch die Haare. „In Ordnung. Ich kann Ihre Begründung nachvollziehen", gab er schließlich zu. „Dennoch wünsche ich mir für die Zukunft, dass wir ehrlich miteinander umgehen, auch wenn jeder von uns dafür einen Vertrauensvorschuss in die Waagschale werfen muss. Anders kann sich in meinen Augen jedoch niemals eine vernünftige Basis entwickeln. Ob es Ihnen gefällt oder nicht, wir müssen Hanson mehr oder weniger regelmäßig Bericht erstatten, und ich kann eine Zusammenarbeit nicht befürworten, wenn ich mich nicht darauf verlassen kann, dass Sie Ihr Wissen nicht offen mit uns teilen. Entscheidungen, die Rejyna und ich vertreten sollen, müssen wir mitgetroffen haben."

„Einverstanden." Versöhnlich streckte Hunter dem FBI-Agenten seine Hand entgegen, in die Blake ohne Zögern einschlug.

„Wie geht es jetzt weiter?", wollte Rejyna wissen.

„Parker, wir brauchen als Erstes eine Blutuntersuchung von Mariella. Check es auf Antidepressiva, Stimmungsstabilisierer und Hypnotika. Mariella sagt, dass sie nach Ihrer Entlassung die verschriebenen Medikamente ihres Arztes nicht genommen hat."

„Was ist mit Werten, die auf Alkoholmissbrauch oder Ähnliches hindeuten?", hakte Parker nach.

Ohne sich seine innere Abwehr anmerken zu lassen, nickte Hunter. „Das versteht sich von selbst." Mariellas Beschreibung von Farben und Tönen während ihrer Gefangenschaft waren höchstwahrscheinlich Auswirkungen der Gehirnerschütterung, doch sie waren auch typische Symptome einer Alkoholabhängigkeit, und da es eine erhebliche Diskrepanz zwischen der Menge Champagner gab, die Mariella angab, an Bord getrunken zu haben und der Menge, von der Jason Tanner berichtet hatte, musste er dem nachgehen. Alles andere wäre unprofessionell.

„Gut, das bekommen wir in ein paar Stunden hin“, attestierte Parker.

„Prima. Blake, sind Sie mit Mariella bereits zurück an den Tatort gefahren?“

„Sie meinen die Hütte, wo der Kerl sie gefangen gehalten hat?“, vergewisserte sich der FBI-Agent.

Stumm nickte Hunter.

„Nein. Dr Willcocks hat dringend davon abgeraten.“

Nachdenklich sah Hunter in die Runde. „Ich denke, es könnte durchaus interessant sein. Was meint ihr?“

„Es könnte ihren Erinnerungen helfen“, stimmte Parker zu. „Aber es könnte auch zu einer gefährlichen Reizüberflutung kommen, wenn ihr Gehirn bestimmte Dinge bewusst blockiert.“

„Intuitiv würde ich dir recht geben, Hunter“, äußerte sich Lucas. „Es ist sowohl eine Chance für die Ermittlungen als auch für sie selbst. Doch bevor wir eine endgültige Entscheidung treffen, sollten wir so viel wie möglich über Mariella Anderson in Erfahrung bringen, damit wir ihre Reaktion besser einschätzten können, denn Parker hat mit seinen Bedenken ebenfalls nicht unrecht.“

„Einverstanden“, meinte Hunter. „Blake, Rejyna, können Sie diesen Jason Tanner und die Heiratsurkunde überprüfen?“

„Die Urkunde ist echt“, informierte ihn Rejyna. „Das haben wir bereits gecheckt, um zeitlich bestimmen zu können, wann Mariellas Erinnerungslücken einsetzen. Laut Dr Willcocks ist bei schweren Gehirnerschütterungen eine - wie nannte er es? Retrograde Amnesie? - nicht außergewöhnlich.“

„Das ist richtig“, bestätigte Parker. „Es kann vorkommen, dass nicht nur der Zeitpunkt der Verletzung selbst im Gedächtnis fehlt, sondern der Zeitverlust schon wesentlich früher einsetzt.“

Grübelnd fuhr sich Hunter über sein Kinn.

„Worüber denken Sie nach?“, wollte Rejyna wissen.

„Ich bin gedanklich immer noch bei dieser Hochzeit. Irgendetwas erscheint mir da nicht schlüssig.“

„Ich gebe zu, dass der Typ auf den ersten Blick nicht zu Mariella passt“, begann Emily.

„Sie hat selbst gesagt, dass sie ihn als Mann nicht sympathisch findet und generelle Sympathien und Antipathien ändern sich weder durch eine Gehirnerschütterung noch durch eine Amnesie“, unterbrach Hunter. „Aber vergessen wir das einmal für den Moment. Mich stören vielmehr ein paar andere Kleinigkeiten.“

„Wie zum Beispiel?“, forderte Lucas ihn auf weiterzusprechen.

„Auf Jasons Aussage, dass Mariella die Beziehung zwischen ihnen hat geheimhalten wollen, fragte Em ihn, ob ihm das nichts ausgemacht habe. Seine Antwort war, dass er dies respektiert habe. Sein Blick war dabei jedoch unstet, sein Ausdruck monoton und sein Nasenflügel hat leicht gezittert. Im nächsten Satz hat er bestätigt, dass alle in der Kanzlei von der Hochzeit überrascht waren. Während der Aussage hat sein linker Musculus levator anguli oris den linken Mundwinkel um fünfzehn Grad nach oben gezogen. Er hat versucht das asynchrone Lächeln zu unterdrücken, aber es ist ihm nicht vollständig gelungen.“

„Entschuldigen Sie, können Sie das vielleicht für uns übersetzen?“, bat Blake.

„Der Musculus levator anguli oris ist der Heber des Mundwinkels“, erklärte Lucas. „Wenn nur der Muskel auf einer Gesichtshälfte arbeitet, entsteht ein Ausdruck, der als arrogant und überheblich interpretiert wird. In diesem Fall ist es ein Hinweis darauf, dass sich Jason Tanner als Sieger sieht, der alle im Büro getäuscht oder überlistet hat und sich nun darauf freut, dass jeder seine wahre Stellung im Unternehmen anerkennen muss.“

„Hast du diese Ausdrücke ebenfalls gesehen, Em?“, wollte Parker wissen.

„Den Sarkasmus, ja“, bestätigte sie. „Das Zittern des Nasenflügels ist mir entgangen.“

„Ich habe weder das eine noch das andere bemerkt“, gestand Blake.

„Machen Sie sich nichts daraus“, tröstete Lucas. „Mimikanalyse ist bereits mit moderner Computertechnik eine Herausforderung. Mit bloßem Auge schaffen es nur wenige. Es erfordert jahrelanges Training und ich würde sagen, dazu auch noch eine besondere visuelle Begabung.“

„Das Ganze ist unter den Umständen von heute Nachmittag also reine Spekulation?“, fragte Blake.

„Bei jedem normalen Menschen, ja. Bei Hunter, nein. Er ist der Beste auf dem Gebiet. Er nimmt mimische Muskelbewegungen wahr, die für die meisten anderen nur in Zeitlupentempo zu erkennen sind“, erklärte Parker.

„Was jedoch vor Gericht niemals standhalten würde“, bemerkte Rejyna.

„Wir sind allerdings nicht vor Gericht“, entgegnete Emily.

„Aber Sie haben diese eine Bewegung nicht wahrgenommen. Woher wollen Sie dann wissen, wer recht hat?“ Herausfordernd sah die Agentin sie an.

„Ganz einfach: Hunter irrt sich nicht“, erklärte Emily überzeugt. „Es ist möglich, dass ihm etwas entgeht, schließlich hat auch er nur ein menschliches Auge. Aber wenn er etwas gesehen hat, war es da. Punkt.“

Innerlich atmete Hunter auf. Einen kurzen Moment hatte er gezweifelt, ob Emily in dem Fall wirklich hinter ihm stehen würde, denn nicht selten führten sie ebensolche Diskussionen. Doch im Grunde hätte er wissen müssen, dass sie ihn nicht im Stich lassen würde. Es war eine Sache, die Dinge im Team hinter verschlossenen Türen zu debattieren, aber nach außen hin würden sie immer mit einer Stimme sprechen und Blake und Rejyna gehörten definitiv noch nicht zu ihrem inneren Kreis, wenn sie ihn überhaupt jemals erreichen würden.

„Ist diese Mimikanalyse wissenschaftlich belegt?“ Blake wirkte ehrlich interessiert.

„Es gibt das sogenannte FACS, das Facial Action Coding System“, erörterte Lucas. „Es ist weltweit anerkannt und umfasst alle Gesichtsausdrücke, die ihrerseits noch einmal in fünf Ausprägungsstärken gegliedert werden.“

„Unabhängig von dem mimischen Muskelspiel gibt es übrigens auch noch ein paar harte Fakten, die mich an Jason Tanner stören“, mischte sich Hunter wieder ein. „Beispielsweise, wieso gibt es kein Foto der Trauung? Ich bin zwar kein Hochzeitsprofi für Vegas, aber jedes Kind weiß, dass in jeder Kapelle ein teurer Fotograf Bilder schießt, die du automatisch mit deiner Gebühr bezahlst. Doch Jason postet keine Aufnahme des Ringtausches oder des ersten Kusses als Mann und Frau. Er postet ein Bild aus einem Flugzeug.“

„Hm, wenn Mariella eine private Person ist, wollte sie vielleicht kein Foto der Zeremonie senden“, machte Rejyna einen

Erklärungsversuch.

„Aber sie würde es zumindest auf ihrem Handy haben", gab Emily zu bedenken. „Es ist auf alle Fälle merkwürdig. Da hat Hunter recht."

„Was stört dich noch?", wollte Parker wissen.

„Ihr Bruder nennt sie Mia. Jason Tanner hingegen spricht immer nur von Mariella. Es ist nur eine Kleinigkeit, aber es schwingt jedes Mal eine unterliegende Distanz mit", erklärte Hunter.

„Du meinst, dass er sie nicht liebt?", warf Lucas ein. „Er wäre nicht der Erste, der seine Chefin aus einer anderen Motivation heraus heiratet."

„Nein, ich hatte schon das Gefühl, dass er sie liebt. Auch seine Sorge um sie schien echt zu sein", musste Hunter zugeben, wenngleich auch widerwillig. *Warum habe ich nur ein Problem damit, dass der Kerl sie liebt?,* fragte sich Hunter stumm. Wenn er es nicht besser wüsste, würde er die in ihm wallende Emotion als Eifersucht definieren. Aber das war ganz und gar unmöglich.

„Den Eindruck hatte ich auch", bestätigte Emily. „Er hat sich ehrliche Sorgen um Mariella gemacht und es hat ihm innerlich widerstrebt, Dr Willcocks Vorschlag einer klinischen Einweisung zu folgen."

„Es gibt noch einen weiteren Punkt, den ich befremdlich finde. Sind euch die Initialen auf der Manschette seines Hemdes aufgefallen?" Hunter warf einen fragenden Blick auf Blake und Emily.

„J. A.", erwiderte Blake. „Jason Anderson. Was ist damit?"

„Nun, die Hochzeit war eine spontane Entscheidung", begann Hunter. „Mariella wurde noch am gleichen Abend entführt und in all dem darauffolgenden Chaos hat der Mann Zeit, seine Hemden in eine Stickerei zu bringen, um seine Initialen zu korrigieren? Ich weiß ja nicht, wie es Ihnen geht, Blake, aber ein Buchstabe auf meinem Hemd wäre mit Sicherheit das Letzte, woran ich denken würde, wenn meine Frau ein solches Trauma erlebt hätte."

„Allerdings", stimmte Parker zu. „Vielleicht war die Hochzeit nur für Mariella eine spontane Entscheidung, wohingegen er die Eheschließung an jenem Tag bereits als Option ins Auge gefasst hatte. Möglicherweise hat er sich bereits im Vorfeld ein paar Hemden entsprechend aufbereiten lassen."

„Es sieht zumindest danach aus, als ob der Kerl es ziemlich eilig hatte, seinen Status als Mr Anderson zu demonstrieren", folgerte

Lucas.

„So interpretiere ich das auch. Die Frage ist nur, warum?“, überlegte Hunter. „Blake, Rejyna, können Sie sich ein wenig umhören, wie andere das Verhältnis zwischen Jason Tanner und Mariella beurteilen? Ich meine, wenn die beiden ein Paar waren, muss jemand in der Kanzlei etwas mitbekommen haben. Es ist nicht möglich, eine Liebe oder auch nur ein Verhältnis auf Dauer zu verheimlichen. Es gibt immer einen intimen Blick hier, eine kleine Berührung da, einen sanfteren Ton dort. Auch Mariellas Freundin Melanie müsste davon wissen.“

„Natürlich können wir nachhören, allerdings ist es unsere Aufgabe, einen Serienmörder zu fassen, nicht Mrs Andersons Privatleben zu klären“, äußerte Blake kritisch.

„Und das ist ein Schritt, sich ihm zu nähern“, gab Emily zurück. „Als Erstes müssen wir herausfinden, wie Mariellas Gehirn arbeitet. Erst dann können wir sie auch als Zeugin nutzen.“

„Ich bin nicht sicher, ob wir das Chief Hanson begreiflich machen können.“ Rejyna sah skeptisch aus.

„Das weiß ich auch nicht“, seufzte Blake. „Aber vielleicht haben wir Glück, und er hakt erst einmal nicht so genau nach.“

„Ich würde Sie in die Kanzlei begleiten, wenn Sie nichts dagegen haben“, bot sich Lucas an.

„Gerne. Treffen wir uns dort morgen früh um neun?“, schlug Blake vor.

„Einverstanden“, bestätigte Lucas. „Was passiert mit Mariella heute Nacht?“

„Ich würde dazu raten, sie erst morgen zu allen Ereignissen zu befragen“, warf Parker ein. „Auch wenn ich die Frau noch nicht persönlich gesehen habe, ist sie am Ende ihrer Kräfte, sonst würde sie nicht in dieser Position in dem Sessel in deinem Büro schlafen, Hunter. In meinen Augen kommt es auf ein paar Stunden mehr oder weniger zu diesem Zeitpunkt nicht an und es nützt uns nichts, wenn die Frau am Ende zusammenbricht.“

Hunter wartete, bis Blake seine Zustimmung gab, dann erhob er sich. „Gut, dann wecken wir sie, nehmen ihr Blut und dann fahre ich sie nach Hause.“

„Wir bräuchten auch noch Mariellas schriftliches Einverständnis, ihre Krankenakte einsehen zu dürfen“, erinnerte Parker.

„Das habe ich nicht vergessen“, meinte Hunter.

„Wenn wir die Papiere direkt in der Klinik abholen, wird es

schneller gehen. Erfahrungsgemäß kann eine solche Anfrage auf schriftlichem Weg schon einmal einige Tage dauern." Mit einem direkten Blick wandte sich Parker an die beiden FBI-Agenten.

„Ich fahre auf dem Nachhauseweg vorbei und bringe die Datei morgen mit", erklärte Rejyna bereitwillig.

„Ist es in Ordnung, wenn ich hinter Ihnen herfahre und mitkomme? Auf diese Weise kann ich mir die Papiere später ansehen, während ich auf die Ergebnisse der Blutuntersuchung warte."

„Ich kann die Akte auch holen und hier vorbeibringen", bot Rejyna an, doch das lehnte Parker ab.

„Es gibt keinen Grund, dass wir uns beide die Nacht um die Ohren schlagen müssen und so können Sie wenigstens direkt vom Krankenhaus aus nach Hause fahren."

„Em, wecken wir Miss Anderson?", schlug Hunter vor, wobei er seinen Stuhl bereits zurückschob. „Ich denke, es ist am besten, wenn wir zuerst mit ihr sprechen und sie darauf vorbereiten, dass sich das Büro ein wenig gefüllt hat."

KAPITEL 8

Er folgte ihr mit dem Auto zum Fitnessstudio und beobachtete, wie sie aus ihrem Wagen stieg und zum Kofferraum ging. Sie hatte herrlich lange Beine. Sie sollte wirklich keine Turnschuhe tragen. High Heels würden die Form ihrer Waden wesentlich besser zur Geltung bringen. Es war eine Schande, dass manche Frauen einfach nicht verstanden, sich in Szene zu setzen. Turnschuhe gehörten IN das Fitnessstudio, nicht auf den Weg dort hin. Aber was machte es für ihn schon für einen Unterschied. Sie würde ohnehin nicht mehr viel anhaben, wenn sie erst einmal ihm gehörte. Bald. Bald schon war sie sein.

Ihr schulterlanges dunkles Haar hatte sie zu einem Pferdeschwanz zusammengebunden, doch er wusste, wie es sich lebendig um ihr Gesicht schmiegte. Erst Samstagabend hatte er sie in der Diskothek beim Tanzen gesehen. Er schluckte. Nein, er hatte sie nicht nur gesehen, er hatte sogar neben ihr getanzt. Direkt neben ihr. Und sie hatte ihn angelächelt. Sie hatte ein bezauberndes Lächeln.

Er beobachtete, wie sie mit einem dumpfen Schlag den Kofferraum zuwarf und anschließend mit der Tasche in der Hand auf den Eingang des Sportstudios zuschritt. Ihre Beine waren ein himmlischer Traum. Alleine der Gedanken daran, wie seine Hände über diese wohlgeformten Waden gleiten würden, ließ ihn hart werden.

Noch zwei Stunden, sinnierte er träumend. *Noch zwei Stunden und du gehörst mir. Mir ganz allein.*

KAPITEL 9

Seitdem Hunter von der Schnellstraße abgebogen war, saß Mariella bewegungslos auf dem Beifahrersitz. Dennoch strahlte sie eine innere Unruhe aus.

„Gleich sind Sie zu Hause", sprach Hunter, um die Spannung zu lösen und zu erfahren, was Mariella beschäftigte.

„Ja", murmelte sie einsilbig.

„Freuen Sie sich nicht?"

„Sicher."

Leise lachte er. „Ich glaube Ihnen nicht."

„Wie bitte?" Erstaunt drehte sie ihren Kopf in seine Richtung.

„Ich glaube Ihnen nicht", wiederholte Hunter belustigt und warf ihr ein offenes Lächeln zu. Zufrieden stellte er dabei fest, dass sich die Anspannung ihrer Schultern löste. Auch Mariellas Lippen deuteten ein Lächeln an.

„Ertappt", gab sie zu.

„Möchten Sie darüber reden, was Sie beschäftigt?"

„Es ist nichts, wobei Sie mir helfen können."

„Manchmal genügt es schon, wenn jemand einfach nur zuhört."

Mariella seufzte. „Es geht um Jason. Ich ... ich möchte ihn nicht im Haus haben, aber die Klinik hat mich letzte Woche nur unter der Bedingung entlassen, dass ich nicht alleine bin. Sie wissen schon, von wegen Spätfolgen bei Kopfverletzungen und so weiter."

Verständnisvoll nickte Hunter.

„Offiziell ist Jason mein Mann und er hat im Krankenhaus unterschrieben, dass er in meiner Nähe bleibt. Wenn ich weiter darauf bestanden hätte, die Ehe nicht anzuerkennen, hätte Dr Willcocks mich bereits letzte Woche für psychisch krank erklärt und er hätte mich weiterhin mit diesen Tranquilizern ruhiggestellt."

„Sie haben die Medikamente nicht gemocht?" Hunter nutzte die

Gelegenheit, um das Thema, das sie bereits im Büro angeschnitten hatten, noch einmal zur Sprache zu bringen. Jemand der log, verriet sich bei wiederholtem Nachfragen, indem Kleinigkeiten plötzlich geändert wurden. Manchmal kam es sogar zu konkreten Widersprüchen.

„Nein, ich habe sie nicht gemocht. Durch sie habe ich die meiste Zeit nur geschlafen und wenn ich wach war, fühlte ich mich vollkommen benebelt. Es war ein schreckliches Gefühl, abgesehen von der ständigen Übelkeit. Ich habe jedoch einige Tage gebraucht, um herauszufinden, wieso ich nichts deutlich fühlen konnte. Erst nachdem ich von Infusionen auf Tabletten umgestellt worden bin, habe ich die Ursache erkannt.“

„Und von da an haben Sie das Nehmen der Pillen nur vorgetäuscht?“

„Ja. Die Stimmungsstabilisierer habe ich den Abfluss hinuntergespült, die Schlaftabletten habe ich in den Müll geworfen.“ Unsicher sah sie den Mann neben sich an, doch er zeigte keinerlei Wertung, daher fuhr sie fort. „Ich habe Jason gebeten, zunächst einmal in seine eigene Wohnung zurückzukehren, aber das hat er abgelehnt. Er meinte, ich solle daran denken, was die Leute über ihn reden würden, wenn er sich nicht um mich kümmern würde. Was sei er dann für ein Ehemann? Er hat mir das Bild aus dem Flugzeug gezeigt und mir gesagt, wie schwer das Ganze auch für ihn sei. In einem Moment wären wir das glücklichste Paar auf Erden gewesen und mit einem Schlag sei alles vorbei gewesen. Er verstand, dass sich für mich zunächst einmal alles geändert hatte, doch er bat mich, die Dinge auch aus seiner Perspektive zu sehen. Seine Gefühle für mich waren schließlich immer noch die Gleichen und das Mindeste, was ich tun könne oder das Einzige, was er erwartete war, ihm eine Chance zu geben. Ich war in jenem Moment vollkommen am Ende. Ich wusste nicht mehr, was ich fühlte, beziehungsweise was ich vorher gefühlt hatte, geschweige denn, was richtig und was falsch war. Am Ende haben wir uns darauf geeinigt, dass er bleibt, aber im Gästezimmer schläft.“

Hunter schwieg einen Moment, da er seiner Stimme nicht traute. Innerlich kochte er vor Wut. „Er hat Sie manipuliert, indem er Ihnen ein schlechtes Gewissen eingeredet hat. Es hätte ihm ebenso egal sein müssen, was andere Menschen denken, wie er seine eigenen Gefühle hätte hintenanstellen müssen. Sie sind im

Augenblick die einzige Person, die darüber entscheidet, was Ihnen guttut und was nicht."

„Ich habe das Gefühl, dass ich erst in den letzten zwei Tagen überhaupt begonnen habe, wieder richtig zu denken. Bis dahin war ich hauptsächlich von Angst und Scham besessen. Am Anfang habe ich diese Dinge nur in Bezug auf die Ereignisse in der Hütte gefühlt, irgendwann haben sie sich dann aber auf meine gesamte Persönlichkeit ausgeweitet. Wissen Sie, wie peinlich es ist, wenn die Leute sie mitleidsvoll ansehen, weil sie sich nicht an ihre eigene Hochzeit erinnern?"

„Sie haben an sich gezweifelt?"

„Die ersten Tage ja. Es war für alle eine Tatsache, dass Jason mein Mann war. Niemand hat dies auch nur im Geringsten infrage gestellt. Ich war einfach die arme Verrückte." Ihre Lippen zitterten leicht, aber Mariella presste sie fest aufeinander, während sie tief einatmete.

„Ihr Bruder schien überrascht zu sein", merkte Hunter an.

„Ja, überrascht waren alle. Andererseits sagen alle, es würde zu mir passen, selbst meine Hochzeit geheim zu halten. Merkwürdigerweise habe ich jedoch nicht das Gefühl, dass dieses Bild auf mich zutrifft."

„Sie hatten doch gewiss schon vor Jason Tanner Beziehungen." Es war eine Aussage, aber Hunter formulierte sie als Frage.

„Zwei oder drei, wenn man die erste Freundschaft am Ende der Highschoolzeit mitzählt."

„Wieso wollen Sie sie auslassen? Die erste Liebe ist doch normalerweise etwas Unvergessliches."

„Ich glaube, in meinem Fall war es eher Neugier als erste Liebe", gestand Mariella.

„Und wurde Ihre Neugier befriedigt?", erkundigte sich Hunter amüsiert, wobei er sich innerlich schalt. Was hatte ihn nur geritten, eine solch persönliche Frage zu stellen?

Mariella war jedoch nicht sauer. Allerdings errötete sie leicht. „Um ehrlich zu sein, eher nicht. In meinen Augen wurde das Ganze vollkommen überbewertet. Daher habe ich die ganze Sache erst einmal zur Seite geschoben."

„Aus Ihrem ‚erst einmal' schließe ich, dass Sie Ihre Meinung später revidiert haben."

„Ja, ich denke, das können wir so stehen lassen. Allerdings ganz bestimmt nicht mit Jason Tanner." Sie machte eine kurze Pause, wobei sie wieder ernst wurde. „Ich weiß nicht, was ich an jenem Nachmittag in Las Vegas getan habe, und das macht mir eine Heidenangst. Vielleicht habe ich Jason tatsächlich geheiratet." Sie schauderte. „Aber dann muss ich das rückgängig machen. Ich will keine Ehe mit diesem Mann, und ich will ihn auch nicht mehr in meinem Haus haben."

Sanft brachte Hunter den Wagen vor Mariellas Garage zum Stehen, dann drehte er seinen Körper im Sitz zu ihr. Tief sah er ihr in die Augen. „Dann kommunizieren Sie das gegenüber Jason."

Gedankenverloren nickte Mariella. „Kommen Sie noch mit rein?"

Aufmerksam musterte Hunter sie. Er glaubte, ein bittendes Flehen in ihren Augen erkannt zu haben, aber im schwachen Schein der Straßenlaterne konnte er das nicht sicher sagen. Sie hatte ihren Blick zu schnell maskiert.

„Ich mache noch mehr, Mariella. Ich werde heute Nacht hier bleiben."

Erstaunt weiteten sich ihre Pupillen. „Hier? Sie meinen, bei mir? In meinem Haus?"

„Ja. Ich mag mit Dr Willcocks Medikation nicht einverstanden sein, aber mit dem Punkt, dass Sie nicht alleine sein sollten, hat er recht. Normalerweise hätte ich Sie jetzt gefragt, ob Ihnen Emily als Frau lieber ist, aber sie hat einen Hund, den sie in der Regel jederzeit bei ihrer Nachbarin lassen kann, doch diese ist für ein paar Tage verreist und kommt erst morgen zurück." Hunter wich ein wenig zurück. „Ab morgen haben Sie also die Wahl, aber heute, fürchte ich, müssen Sie mit mir vorliebnehmen, wenn Sie Jason Tanner nach Hause schicken."

Es dauerte ungefähr zwei Sekunden bis sich Mariellas Ärger auf ihrem Gesicht zeigte, doch dann war er nicht nur deutlich zu sehen, sondern auch zu hören. „Sie denken, ich brauche einen Babysitter? Warum sagen Sie dann nicht gleich, dass Sie mir nicht trauen? Was glauben Sie, was ich tue? Haben Sie Angst, dass ich mich umbringe? Und was wollen Sie dagegen unternehmen? Wollen Sie neben mir schlafen? Oder mich in meinem Schlafzimmer einsperren? Wollen Sie vorher vielleicht noch alle Schubladen durchsuchen, um festzustellen, dass ich nicht irgendwo ein Messer oder eine Schere oder irgendwelche Tabletten versteckt habe?"

Besonnen wartete Hunter, bis ihr die Luft ausging. Dann grinste er spitzbübisch. „Eigentlich hatte ich an nichts von alledem gedacht, aber jetzt, wo Sie es erwähnen, sollte ich darüber nachdenken.“ Tief luftholend wurde er wieder ernst. „Wenn Sie meine Meinung hören wollen, so sage ich Ihnen, dass ich Sie im Augenblick nicht für suizidgefährdet halte.“

„Im Augenblick?“ Mariella war immer noch wütend, und Hunter wartete einige Sekunden, ehe er antwortete. Dabei hielt er ihren Blick.

„Wir können leider beide nicht leugnen, was gestern Abend passiert ist.“ Hunter machte eine weitere bedeutungsvolle Pause. „Ich wäre allerdings nicht hier, Mariella, wenn ich nicht davon überzeugt wäre, dass Sie sich im Grunde nichts antun wollen. Wenn ich auch nur den geringsten Zweifel an ihrer psychischen Verfassung hätte, hätte ich Sie zurück in die Klinik gebracht. Aber ich will ehrlich zu Ihnen sein, Mariella. Es besteht die Möglichkeit, dass die Erschütterung, die zu dem Schädel-Hirn-Trauma geführt hat, eine Schädigung Ihres Gehirns hervorgerufen hat, die erst nach dem Abklingen der Schwellung sichtbar wird, und die Ihr Verhalten in bestimmten Situationen, deren Auslöser wir ebenfalls noch nicht kennen, maßgeblich beeinflusst. Denn eines ist sicher, für Ihre gestrige Tat muss es einen Grund geben und so lange wir diesen nicht kennen, können weder Sie noch ich garantieren, dass sich die Dinge nicht wiederholen.“

Mariellas Augen füllten sich mit Tränen und sie drehte den Kopf zur Seite. Sie wusste, dass Hunter recht hatte, aber die Vorstellung, dass sie nicht Herr ihrer Sinne war, war grausam. Wie hatte ihr Leben nur derart außer Kontrolle geraten können?

Hunter wartete einen Moment, dann legte er jedoch einen Finger unter ihr Kinn und zwang sie sanft dazu, ihn wieder anzusehen. „Wir werden die Ursache herausfinden. Das verspreche ich Ihnen. Aber bis dahin möchte ich nicht, dass Sie alleine sind. Wir helfen Ihnen, aber Sie müssen uns ein wenig entgegenkommen. Sind Sie dazu bereit?“

Mariella schloss die Augen, um ihre Tränen zurückzudrängen. Sie wollte nicht weinen, nicht vor diesem Mann, dessen Blick so gütig und verständnisvoll war. Mit aller Selbstdisziplin, die sie aufbringen konnte, riss sie sich zusammen und nickte. Dabei hoffte sie inständig, dass sie keine weiteren Blackouts hatte. Auf keinen Fall wollte sie, dass Hunter Holmes sie in einer demütigenden Situation auffand. Unbewusst zog sie den linken Ärmel ihrer Weste am Bund nach unten. Noch waren die Schnitte verbunden, doch sie würden ihr für den Rest ihres Lebens als hässliche Narben erhalten bleiben.

Hunter nahm die Bewegung aus seinen Augenwinkeln wahr und interpretierte sie als das, was sie war. Eine Geste des Versteckens, des Verschleierns, des Maskierens. Es war eine Geste der Scham. Mariella Anderson würde lernen müssen, die Narben als einen Teil von sich zu akzeptieren. Es war keine Frage für Hunter, dass die junge Frau noch einen langen Heilungsweg vor sich hatte. Es würde kein einfacher Prozess werden, aber eine rationale Erklärung würde ihr bei der Verarbeitung helfen und er würde ihr diese liefern.

Aufmunternd lächelte er sie an. „Sie sind stark, Mariella. Sie werden diese dunkle Phase Ihres Lebens überstehen. Vergessen Sie auch nicht, dass Sie heute einen wichtigen Schritt gegangen sind, mit dem Sie sich einen Großteil Ihrer Selbstständigkeit zurückgeholt haben. Sie haben sich heute eigenständig Hilfe organisiert. Hilfe, die Sie für sich ausgewählt haben. Damit haben Sie nicht nur die passive Phase, in der andere für Sie und über Sie entschieden haben, endgültig hinter sich gelassen, sondern auch die Phase, in der Sie die Entscheidungen der anderen heimlich umgangen haben. Jetzt müssen Sie Ihre neue Selbstständigkeit nur noch nach außen kommunizieren."

Die Worte und die Wärme in Hunters Augen schenkten Mariella Zuversicht. Sie spürte, wie ihr Körper und ihr Geist von neuer Energie erfüllt wurden.

„Das habe ich", bestätigte sie, wobei der Glanz in ihre Augen zurückkehrte. „Kommen Sie, es wird Zeit für den nächsten Schritt." Kraftvoll lief sie durch ihren Vorgarten. Vor ihrer Tür zögerte sie kurz, dann klopfte sie. Nur kurze Zeit später wurde die Tür aufgerissen.

Einen Augenblick lang starrte Jason Tanner sie überrascht an, dann schloss er seine Frau in seine Arme. „Mariella!", rief er erfreut. „Gottseidank! Wo bist du gewesen? Ich habe mir solche Sorgen um dich gemacht. Wir alle haben uns Sorgen gemacht. Komm rein! Ich bin so froh, dass du wieder da bist!"

Er wollte ihre Hand ergreifen, doch Mariella entzog sich ihm. Fragend blickte sie über ihre Schulter zu Hunter, der die Szene am Auto lehnend beobachtet hatte. „Kommen Sie?"

Unwillkürlich verdunkelte sich Jasons Gesicht, doch er maskierte seine erste Reaktion rasch. „Mr Holmes, Sie haben Mariella tatsächlich gefunden. Bitte kommen Sie herein. Sie können sich nicht vorstellen, wie dankbar ich Ihnen bin.“

Hunter schob die giftige Emotion, die der Anblick der Umarmung in ihm ausgelöst hatte, beiseite und setzte einen bewusst neutralen Gesichtsausdruck auf, während er den beiden ins Haus folgte. Er würde seine ganze Professionalität brauchen, wenn er den Mann objektiv beurteilen wollte, denn seine von Anfang an vorhandene subjektive Abneigung gegenüber Jason Tanner war nicht weniger geworden.

„Mariella!“, rief eine helle Frauenstimme und eine schlanke blonde Frau kam auf den Eingang zugerannt. Sie umarmte Mariella zuerst, ehe sie sie von oben bis unten musterte. „Wie geht es dir? Wo bist du gewesen? Egal, das kannst du alles später erzählen. Komm erst einmal rein.“

„Hi Schwesterchen, du hast uns allen einen gehörigen Schrecken eingejagt.“ Auch Mariellas Bruder Mark schloss sie in seine Arme.

Ein wenig abseits stand ein weiterer Mann. Er war groß, schlank und sein dunkles Haar war von leichten grauen Strähnen durchzogen. Geduldig hatte er gewartet, doch jetzt stieß er sich von der Wand ab und gesellte sich zu der kleinen Gruppe.

„Hallo, Mariella!“, begrüßte er sie distanzierter als alle anderen mit einem Wangenkuss auf der rechten und auf der linken Seite.

„Richard!“, entgegnete Mariella, während sie die Menschen um sich herum überrascht anblickte. „Was macht ihr alle hier?“

„Wir haben zusammen gewartet“, erklärte Melanie. „Seitdem es dunkel geworden ist, sind wir alle vor Sorge umgekommen. Warum bist du aus der Klinik geflohen? Und wo bist du überhaupt gewesen?“

„Ich musste nachdenken“, erwiderte Mariella ausweichend.

„Nachdenken? Worüber?“, hakte Richard nach.

„Hättest du das nicht auch in der Klinik tun können?“ Verwirrt sah Melanie sie an. „Wieso bist du eigentlich nicht zu uns gekommen?“

„Oder zu mir?“, warf Mark ein.

„Oder nach Hause“, äußerte Jason mit deutlicher Betonung.

Es war Hunter nicht entgangen, dass Mariella jede einzelne Umarmung gehasst hatte. Ebenso wenig entging ihm nun, dass sie möglichst unauffällig versuchte, den Abstand zwischen sich und den Menschen im Raum zu vergrößern. Die Nähe und die Aufregung waren ihr zu viel.

„Ich glaube nicht, dass Vorwürfe an dieser Stelle angebracht sind. Miss Anderson geht es gut, und das ist das einzig Entscheidende“, warf Hunter ein und erzeugte damit ein kurzes entsetztes Schweigen, bevor sich die Stimmen erhitzt überschlugen.

„Es ist Mrs Anderson“, korrigierte Jason.

„Niemand macht ihr Vorwürfe. Wir haben lediglich mitgeteilt, dass wir für Mariella dagewesen wären, wenn sie uns gebraucht hätte“, entrüstete sich Melanie.

„Entscheidend ist, dass Mariella alles Mögliche hätte passieren können. Es war unverantwortlich, die Klinik einfach zu verlassen“, stellte Richard fest.

„Das ist wirklich das Letzte“, regte sich Melanie noch immer auf. „Wer sind Sie überhaupt?“

„Mein Name ist Hunter Holmes.“

„Er berät das FBI“, brummte Jason.

„Dann haben Sie ja die richtige Qualifikation, um Mrs Andersons Verfassung beurteilen zu können.“ Richards Stimme klang sarkastisch, doch sie nahm eine sanftere Färbung an, als er sich Mariella zuwandte. „Mariella, wir haben in den letzten Stunden viel darüber gesprochen, was das Beste für dich ist und wir sind alle der Meinung, dass du professionelle medizinische Unterstützung brauchst. Was du erlebt hast, war ...“

„Stopp!“, unterbrach Mariella plötzlich. Mit einem Schlag hatten sich sowohl ihre Haltung als auch ihr Ton geändert. Jede Unsicherheit war verflogen und ihre folgenden Worte ließen keinen Zweifel daran, dass Mariella wusste, was sie wollte. „Ich danke euch für eure angebotene Hilfe und es tut mir leid, wenn ihr euch Sorgen um mich gemacht habt. Ich weiß, dass ihr es alle gut meint, aber zunächst einmal muss ich einige Dinge alleine klären. Wenn ihr mir also helfen wollt, dann gebt mir ein wenig Zeit.“

„Hm, Mariella, ich glaube nicht, dass das der richtige Weg ist. Alleine kannst du das nicht bewältigen“, wandte Melanie zaghaft ein, wobei sie ihrem Mann einen hilfesuchenden Blick zuwarf.

„Mel hat recht“, sprang er seiner Frau auch sofort bei. „Du hast gestern gesehen, was passiert, wenn du alleine bist und das, obwohl du kurz zuvor noch guter Stimmung warst.“

Whoa!, durchfuhr es Hunter. Das nannte er einen Schlag unter die Gürtellinie. Rasch sah er zu Mariella hinüber, doch die Worte schienen an ihr abgeprallt zu sein oder sie ließ sich keine Reaktion anmerken, falls sie sie getroffen hatten.

„Ich werde nicht alleine sein“, informierte sie die anderen. „Mr Holmes wird mich psychologisch betreuen.“

Mit hochgezogenen Brauen wandte sich Richard um. „Ich dachte, Sie seien Berater des FBI?“

„Ich bin kriminalpsychologischer Berater“, konkretisierte Hunter.

„Nun, das ist natürlich ein neuer Aspekt“, gab der Anwalt zu. „Dennoch sind Sie kein Psychiater.“

„Das ist richtig, aber ich glaube auch nicht, dass Miss Anderson einen Psychiater braucht.“

„Es ist Mrs Anderson“, berichtigte Jason abermals verärgert.

„Miss Anderson hat darum gebeten, ihren Status im Augenblick als Nicht-Verheiratet zu betrachten. Es ist ein Wunsch, den ich aus psychologischer Sicht respektiere. Ich verstehe, dass Sie dies verletzt, Mr Tanner, aber da Sie Mariella lieben, werden Sie sie sicherlich in Allem unterstützen, was ihr hilft, ihre Gedächtnislücken zu schließen.“

„Und so zu tun, als hätte es unsere Hochzeit nicht gegeben, hilft dabei?“, stieß der Mann wütend aus.

„Alles, was entspannt und dadurch mit keinerlei Stress verbunden ist, unterstützt den Verarbeitungsprozess“, erklärte Hunter ruhig. „Wenn sich Mariella also mit der Anrede Miss Anderson wohler fühlt, dann lautet die Antwort: Ja, es hilft.“

„Richard, würdest du die Dinge im Büro noch ein wenig länger steuern?“, bat Mariella und begann damit gleichzeitig mit der Organisation der nächsten Tage.

„Selbstverständlich. Ich habe dir gesagt, dass ich dich so lange vertrete, wie es nötig ist.“

„Vielen Dank! Jason, übernimmst du den Fall, den wir gestern durchgegangen sind? Die Verhandlung ist bereits in drei Tagen. Es macht wenig Sinn, dass ich mich hier reinhänge, wenn ich nicht vor Gericht erscheinen kann.“

„Natürlich!“, brummte er missgestimmt.

„Wunderbar. Seid mir bitte nicht böse, aber es ist spät und ich bin müde. Ach, Jason, ich wäre dir wirklich dankbar, wenn du zurück in deine Wohnung ziehen würdest.“

Ungläubig starrte der Mann sie an. „Was?“, stammelte er.

Ironisch zog Mark einen Mundwinkel nach oben. „Endlich wirst du vernünftig, Schwesterchen! Ich denke, ich verabschiede mich. Wenn du etwas brauchst, ruf an.“ Er küsste Mariella auf die Wange und verschwand.

„Du wirfst mich raus?“ Jasons Blick war verständnislos.

Mariella seufzte. „Jason, ich wollte nie, dass du einziehst. Ich danke dir, dass du in den letzten Tagen für mich da gewesen bist, aber ich brauche etwas mehr Luft. Es tut mir leid, dass ich mich nicht an eine gemeinsame Zeit mit dir erinnere.“

„Wir haben uns geliebt, Mariella! Du hast mir gesagt, dass du mich liebst und ewig mit mir zusammensein willst.“

Unwillkürlich zuckte Mariella bei seinen Worten zusammen und wich zurück. „Es tut mir leid, Jason“, flüsterte sie.

„Geben Sie ihr ein wenig Zeit“, schlug Hunter vor.

„Zeit? Wie viel Zeit braucht sie? Eine Ehe besteht nicht nur aus guten Zeiten, doch normalerweise hilft man dann einander. Warum lässt du mich dir nicht helfen, Mariella? Warum stößt du mich zurück?“

Er ging zwei Schritte auf sie zu, dann stellte sich Hunter ihm in den Weg. „Jason, ich verstehe, dass es wehtut, aber Sie können Gefühle nicht erzwingen.“

„Das ist alles Ihre Schuld! Gehen Sie mir aus dem Weg! Sie ist meine Frau. Ich liebe sie!“

„Das verstehe ich“, wiederholte Hunter ruhig. „Und gerade weil sie Mariella lieben, müssen sie ihr ein wenig Freiraum geben.“

„Jason, Mr Holmes hat recht“, mischte sich Richard ein. „Sei vernünftig und geh erst einmal nach Hause.“

Schweratmend trat Jason zurück. „Kann ich dich morgen anrufen?“, fragte er Mariella.

„Ich weiß nicht. Ich ...“ Fragend sah sie zu Hunter hinüber.

„Es ist Ihre Entscheidung, Mariella“, sagte er ruhig.

„Dann rufe ich dich an, Jason.“

„Wirklich?“ Es klang argwöhnisch.

„Ich verspreche es. Aber es wird vielleicht nicht morgen sein und auch nicht übermorgen.“

Tief atmete der Mann ein. „Du bist meine Frau, Mariella. Schließ mich nicht aus.“

„Ich rufe dich an“, wiederholte Mariella.

„Kommt, lasst uns gehen!“ Richard griff die Hand seiner Frau und legte Jason eine Hand auf die Schulter, um ihn in Richtung Ausgang zu drehen.

„Ich rufe dich an", rief Melanie ihrer Freundin im Gehen zu.

„Melde dich, wenn ich helfen kann. Ich bin immer für dich da", wisperte Jason eindringlich, bevor er Richards Drängen folgte. Im Hinausgehen blieb er jedoch noch einmal vor Hunter stehen.

„Wenn ihr etwas passiert, mache ich Sie dafür verantwortlich", drohte er.

„Puh!" Erschöpft ließ sich Mariella auf einen Stuhl sinken.

„Sie haben sich tapfer geschlagen", lobte Hunter.

Langsam breitete sich ein Lächeln auf ihrem Gesicht aus. „Ich verrate Ihnen etwas. Es hat sich gut angefühlt."

Hunter erwiderte das Lachen. „Und fühlt es sich immer noch gut an?"

Mariella überlegte einen Moment. „Definitiv, aber ich bin eine schlechte Gastgeberin. Kann ich Ihnen etwas zu trinken anbieten? Ich muss gestehen, ich bin nicht sicher, was der Kühlschrank hergibt ..."

„Machen Sie sich keine Gedanken. Ich brauche nichts mehr. Außerdem sind wir beide müde und sollten die Zeit zum Schlafen nutzen. Morgen erwartet uns eine Menge Arbeit."

„Ich kann Ihnen das Bett im Gästezimmer frisch beziehen", überlegte Mariella, doch Hunter winkte ab.

„Nur keine Umstände. Ich nehme einfach die Couch."

„Sind Sie sicher? Das Bett ist bequemer."

„Ich bleibe lieber hier unten. Wenn Sie eine Wolldecke haben, ist es perfekt. Ich hole nur noch schnell meine Tasche aus dem Auto."

„Sind Sie immer auf eine Übernachtung vorbereitet?", fragte Mariella neugierig.

„Ich bin immer auf eine Runde Sport vorbereitet", erklärte Hunter lachend. „Und in meiner Sporttasche befinden sich auch ein kleiner Kulturbeutel und neue Unterwäsche."

Angestrengt lauschte Hunter in die Nacht. Warum war er aufgewacht? Er konnte noch nicht lange geschlafen haben. Sein Körper war bleischwer. Okay, die Couch war bei seiner Körpergröße vielleicht wirklich nicht der bequemste Platz zu nächtigen, aber die ersten Stunden hätte er dennoch durchschlafen müssen. Neugierig schaltete er den Bildschirm seiner Smartwatch ein. 02:53 Uhr. Definitiv mitten in der Nacht.

Seufzend ließ er sich zurücksinken und atmete tief ein.

Erschreckt fuhr er auf. Was war das? Noch einmal, dieses Mal bewusster, atmete er durch die Nase und schnüffelte. Das war Rauch. Ein lauter Krach, der im selben Moment durch das Haus knallte, ließ ihn zusammenfahren. Intuitiv griff er nach seinem Handy und seinem Schlüssel auf dem Couchtisch und sprang auf.

Mit großen Schritten eilte er zur Treppe, rannte die ersten Stufen hinauf und hielt entsetzt den Atem an. Das gesamte Dachgeschoss musste in Flammen stehen. Die obere Treppe war bereits in sich zusammengebrochen und das Feuer breitete sich nun im ersten Obergeschoss aus. Ein Löschen der Flammen war für Hunter ausgeschlossen. Dieses Ausmaß brauchte einen professionellen Löschzug und er bezweifelte, dass es selbst ausgebildeten Feuerwehrmännern gelingen würde, das Haus zu retten. Brandtechnisch gesehen waren diese alten Villen ein einziger Albtraum. Sie bestanden fast vollständig aus jahrhundertealtem, getrockneten Holz.

Hustend hielt sich Hunter seinen Unterarm vor Mund und Nase und legte die letzten Stufen nach oben zurück.

„Mariella!", rief er, als er die Tür zu ihrem Schlafzimmer aufriss.

„Mariella!", wiederholte er lauter und legte seine Hand auf ihren Oberarm.

„Hm?", murmelte sie und kuschelte sich in ihr Kissen.

„Mariella, wachen Sie auf!" Ein wenig fester schüttelte er ihre Schulter.

Hustend drehte sie sich um und schreckte auf, als sie Hunter neben ihrem Bett sah. Mit vor Entsetzen geweiteten Augen wich sie zurück.

„W...was machen Sie hier?", stammelte sie, wobei sie sich die Decke bis zum Hals nach oben zog.

Für den Bruchteil einer Sekunde spürte Hunter eine bleierne Schwere in seinem Brustkorb. Der Gedanke, dass sie sich vor ihm fürchtete, war unerträglich für ihn. Rasch richtete er sich auf und trat einen Schritt zurück. Auf dem Sessel sah er eine Jeans liegen. Er ergriff die Hose und warf sie Mariella sanft zu.

„Ziehen Sie sich an. Ihr Haus steht in Flammen."

„Was?" Die Angst in ihrem Gesicht wandelte sich in Irritation, doch plötzlich roch sie den Rauch und sah die züngelnden Flammen durch die halboffene Tür. „Oh Gott! Nein!", flüsterte sie.

„Wir müssen hier schnellstmöglich raus. Haben Sie Turnschuhe?"

„Im Schrank“, antwortete Mariella, während sie aus dem Bett sprang und die Jeans über ihre nackten Beine streifte.

Hunter reichte ihr die Schuhe und lief ins Bad, wo er zwei Handtücher durchnässte, von denen er ihr eines reichte. „Hier, halten Sie es sich vor Mund und Nase.“

Gemeinsam liefen sie aus dem Schlafzimmer in den Flur, der mittlerweile lichterloh brannte. Ein verräterisches Rumoren ließ Hunter nach oben blicken.

„Zurück!“, rief er und riss Mariella am Arm mit sich nach hinten. Im gleichen Augenblick ertönte ein lautes Knacken und Krachen und mit einem polternden Donnern brach die Decke über ihnen zusammen. Brennende Holzbalken fielen auf den Boden und rissen einen Teil des Bodens gleich weiter mit ins Erdgeschoss. Deckenhohe Flammen loderten, Funken sprühten und gleißende Hitze breitete sich aus.

„Ah!“, schrie Mariella hell auf, als einige Funken Löcher in den Verband ihres Arms fraßen und auf die darunterliegende Haut trafen.

Rasch fuhr Hunter mit seinem Unterarm darüber, um zu verhindern, dass sie den Stoff entzündeten. „Der Weg zur Treppe ist versperrt“, stellte er fest. Er hätte den alten Stufen allerdings ohnehin nicht mehr zugetraut, ihr Gewicht zu halten. Daher zog er Mariella zurück ins Schlafzimmer.

In ausholenden Schritten eilte er zum Fenster hinüber. „Wir müssen hier raus“, erklärte er, während er das Fenster öffnete. „Der Fenstervorsprung ist nicht sehr groß, aber ich denke, wir können sicher darauf stehen, ohne dass es sofort zu einem schwierigen Balanceakte wird.“ Geschäftig schob er den Sessel heran und reichte Mariella seine Hand, um ihr als Erstes hinaus zu helfen.

„Mein Handy“, rief sie erschrocken, als sie auf dem Sims stehend noch einmal in das Zimmer blickte und ihr Telefon auf der Kommode liegen sah.

„Ich hole es“, erklärte Hunter. In vier Schritten stand er vor dem Schrank und steckte das Handy zu seinem in die hintere Hosentasche. Im gleichen Moment kam auch die Decke in diesem Zimmer herunter.

„Hunter!“, schrie Mariella entsetzt.

„Argh!“, rief Hunter aus, während er ein brennendes Holzteil von seiner Schulter schüttelte. Er vergaß jedoch jeden Schmerz, als er sah, dass Mariella zurück ins Zimmer steigen wollte. „Es ist alles gut! Nichts passiert“, beruhigte er sie, während er über einen brennenden Balken sprang und ebenfalls hinaus auf den Fenstervorsprung stieg.

„Haben Sie sich verletzt?“, erkundigte sich Mariella sofort.

„Nicht der Rede wert. Wir sollten allerdings zusehen, dass wir von hier oben runterkommen. Das sind mindestens fünf Meter bis nach unten. Ich nehme nicht an, dass es eine Feuerleiter gibt?“

„Nein, aber auf der anderen Seite gibt es einen alten Ahornbaum“, informierte sie ihn. „Als Kind bin ich darin herumgeklettert.“

„Dann nichts wie hin.“

In der Ferne war die erste Sirene zu hören. Wahrscheinlich hatte einer der Nachbarn die Feuerwehr alarmiert.

Sehr gut, dachte Hunter, allerdings bezweifelte er, dass die Männer rechtzeitig kamen, um Mariella und ihm vom Dach herunterzuhelfen. Gemeinsam arbeiteten sie sich über den Mauervorsprung auf die Rückseite des Hauses. Tatsächlich stand dort ein verzweigter alter Baum, allerdings gab es keinen Ast, der sich auf ihrer Höhe befand. Skeptisch betrachtete Hunter den nächstgelegenen Ast unter ihnen. Würde er stark genug zu sein, um sie zu halten?

„Mariella! Um Himmelswillen!“, rief eine männliche Stimme zu ihnen herauf.

„David!“, grüßte Mariella, als der Nachbar durch ihren Garten gerannt kam.

„Von dort können Sie unmöglich auf den Baum steigen“, entschied der Mann. „Warten Sie, ich hole eine Leiter.“

„So lange wird das Dach nicht halten“, wandte Hunter ein. „Können Sie Mariella auffangen, wenn ich sie so weit wie möglich an ihren Händen herablasse?“

Nachdenklich sah der Mann nach oben, doch schließlich nickte er. „Ich halte sie.“

Vehement schüttelte Mariella ihren Kopf. „Wie kommen Sie dann herunter?“

„Machen Sie sich um mich keine Gedanken.“ Bäuchlings legte sich Hunter auf den Dachvorsprung, dann hielt er Mariella, die inzwischen neben ihm in die Hocke gegangen war, seine offenen Hände entgegen.

„Bereit?“, erkundigte er sich. Hunter sah die Furcht in ihren

Augen, doch er sah auch, dass ihr Wille stärker war. Daher wunderte ihn auch nicht die Sicherheit in ihrer Stimme.

„Ja“, antwortete sie und legte ihre Hände vertrauensvoll in seine. Mutig ließ Mariella zuerst das linke Bein, dann das rechte über die Dachkante hinab und presste hart ihre Zähne aufeinander, als ihre Muskeln und Sehnen in die Länge gezogen wurden.

„David? Sind Sie so weit?“, versicherte sich Hunter noch einmal. Mariellas Füße mussten ungefähr drei Meter über dem Boden schweben. Wenn ihr Nachbar seine Arme ausstreckte, hatte sie höchstens einen Meter freien Fall zu überbrücken. Dabei würde die auf sie wirkende Kraft ihr Gewicht nicht wesentlich vergrößern. Der Mann war zwar sicherlich bereits in den Sechzigern, aber er hatte auf Hunter einen gesunden und starken Eindruck gemacht. Er würde Mariella auffangen können.

„Ich stehe direkt unter ihr“, kam die Antwort des Nachbarn zurück.

„Achtung! Eins ... Zwei ... Drei.“ Hunter nickte Mariella noch einmal zu, dann löste er die Verbindung.

„Ich hab sie“, rief David nach oben, obwohl Hunter seine Augen keine Sekunde von Mariella genommen hatte. Ehe er antworten konnte, fiel jedoch das oberste zurückgesetzte Stockwerk in sich zusammen. Donnernd fiel ein Großteil der Baustoffe nach innen, doch wie in Zeitlupe sah Hunter den Fensterrahmen auf sich zukommen. Ohne zu überlegen, griff er nach der Dachrinne, ließ sich über die Kante gleiten und sprang hinunter.

Als seine Füße den Boden berührten, fühlte er den Aufprall durch seinen gesamten Körper bis in die Haarspitzen fahren. Er wusste, dass er sein Gleichgewicht nicht würde halten können und konzentrierte sich darauf, über die Schulter abzurollen, um größeren Verletzungen zu entgehen. Als Jugendlicher hatte er einmal eine Judoschule besucht. Glücklicherweise verhielt es sich damit wie Fahrradfahren. Bewegungsabläufe, die der Kopf einmal gespeichert hatte, vergaß er nicht mehr, auch wenn die Eleganz nicht mehr in höchster Form vorhanden war.

„Hunter?“ Besorgt stürzte Mariella auf ihn zu.

„Mir geht es gut“, erwiderte er beim Aufrichten, wobei er sich die schmerzende Schulter rieb.

„Wir sollten gehen. Das Haus wird jeden Moment einstürzen“, riet David.

„Ja, Sir, das sollten wir“, gab Hunter dem Mann recht. „Vielen

Dank für Ihre Hilfe.“

„Gern geschehen. Es war reiner Zufall, dass ich das Feuer entdeckt habe. Normalerweise schlafe ich um diese Uhrzeit schon tief und fest.“

„Da haben wir wohl Glück gehabt“, folgerte Hunter und ergriff Mariellas Hand, um sie mit sich fortzuziehen.

Zitternd blickte Mariella auf die lodernden Flammen. Nur langsam drang das gesamte Ausmaß der Katastrophe in ihr Bewusstsein. Hier brannte nicht einfach nur ein Haus nieder, hier brannte ihr Zuhause. Vor ihren Augen verlor sie gerade den Ort all ihrer glücklichen Erinnerungen.

Verzweifelt sah sie zu Hunter auf, der sie aufmerksam musterte. Analysierte er ihre Reaktion? Welche erwartete er? Welche war normal? Sie fühlte die Tränen auf ihren Wangen. Würde er sie jetzt für verrückt halten? Würde er sie als emotional instabil einstufen und sie zurück ins Krankenhaus bringen? Rasch versuchte sie die Tränen wegzuwischen, doch Hunter stoppte ihre Hand.

„Es ist in Ordnung zu weinen. Tränen sind gut“, versicherte er ihr mit sanfter Stimme. Dann zog er sie in seine Arme. Dankend nahm er dabei über Mariellas Kopf hinweg eine Decke an, die ihm eine Nachbarin reichte. Fürsorglich legte er sie um ihre Schultern und führte sie einige Meter von der schaulustigen Traube an Menschen weg, die sich mittlerweile auf der Straße gebildet hatte.

Er setzte sich auf eine niedrige Mauer und zog Mariella auf seinen Schoß. Dabei versuchte er, sich auf das Zittern ihres Körpers zu konzentrieren anstatt auf dessen weiblichen Rundungen. Er versuchte, Mariellas Kälte aufzunehmen, anstatt die Hitze in seinen eigenen Regionen zu registrieren und er versuchte, die Scham und die Schuldgefühle zu verdrängen, die begehrlich an die Oberfläche wollten.

Oh, verdammt! Er sollte sie nicht auf seinem Schoß haben, erinnerte sich Hunter. Er war nicht der Richtige, um diese Frau zu trösten. Doch obwohl sein Kopf dies wusste, signalisierte ihm sein Gefühl etwas anderes. Mariella in seinen Armen zu halten, fühlte sich gut an. Unendlich gut.

Insgeheim war Hunter froh, dass niemand außer ihm hier war, der sie halten konnte, doch sprach er diesen Gedanken nicht einmal für sich selbst in seinem Kopf aus. Vielmehr zwang er sich dazu, seine nächsten Schritte zu überlegen. Sie mussten auf einen

Krankenwagen warten. Mariella brauchte einen Arzt und wenn sie hier fertig waren, würden sie wahrscheinlich am besten direkt ins Büro fahren. Mit Sicherheit würde die Sonne dann bereits aufgehen.

Mariella schauderte und Hunter schloss seine Arme ein wenig fester um ihren Körper. Er wünschte, er könnte ihr die Verzweiflung abnehmen, die sie in diesem Augenblick fühlte. Seinen eigenen Gedanken nachhängend wartete er, bis Mariellas Tränen versiegten.

„Es war das Haus meiner Großeltern. Eigentlich hat es mein Urgroßvater gebaut, aber als meine Mum auf die Welt kam, hat er es meinem Großvater vermacht. Ich habe hier all meine Ferien und viele Wochenenden verbracht. Für mich ist es immer mein wahres Zuhause gewesen“, erklärte Mariella leise.

„Was ist mit deinem Elternhaus gewesen? Hast du dich dort nicht wohl gefühlt?“ Intuitiv wechselte Hunter zu dem persönlicheren Du.

„Nicht so wie hier. Die Atmosphäre bei uns zu Hause war irgendwie immer sehr angespannt. Mein Vater war grundsätzlich sehr streng zu uns. Außerdem sind Mark und er immer aneinandergeraten. Von Anfang an hatten die beiden kein sehr gutes Verhältnis. Ich weiß nicht, woran es gelegen hat. Vielleicht waren sie sich zu ähnlich. Auf jeden Fall war ich immer froh, wenn wir hier sein durften.“

„Hast du das Haus deshalb behalten?“

„Ja. Hier habe ich mich immer wohl gefühlt. Egal, was in meinem Leben passiert ist, hier war ich einfach Zuhause. Es war mein Ruhepol.“

„Hat Mark das auch so empfunden?“

„Nein. Mark ist vollkommen anders als ich. Für ihn ist ein Haus oder eine Wohnung nur ein Ort zum Schlafen. Er bevorzugt daher eine Wohnung in der Stadt mit kurzem Weg in sein Büro.“

„Habt ihr ein gutes Verhältnis zueinander?“

„Ja“, erwiderte Mariella sofort, überlegte dann aber einen Moment. „Wir sind nur ein Jahr auseinander, aber wir haben nie denselben Freundeskreis gehabt. Wir haben auch nicht die gleichen Hobbys, aber wir haben uns immer verstanden. Er war auch jetzt für mich da. Als er von der Entführung gehört hat, hat er sofort alles stehen und liegen lassen und ist ins Krankenhaus geeilt.“

Ein Sanitäter tauchte neben ihnen auf. „Die Feuerwehr hat uns alarmiert. Sind Sie verletzt? Können Sie zum Krankenwagen laufen oder soll ich eine Trage holen?“

Panisch richtete sich Mariella auf. „Ich möchte nicht ins Krankenhaus.“

„Das musst du auch nicht“, beruhigte Hunter sie. „Allerdings brauchst du einen neuen Verband.“ Mit seinem Blick deutete er kurz auf ihren Arm, ehe er sich dem Sanitäter zuwandte. „Keiner von uns hat größere Verletzungen, aber wenn Sie die kleinen Brandwunden versorgen könnten, wäre das hilfreich.“

„Klar, kein Problem. Kommen Sie mit. Was ist mit Ihrer Schulter?“

„Nur geprellt von dem Aufprall“, winkte Hunter ab. Doch plötzlich spürte er auch einen weiteren heißen Schmerz. „Vielleicht ist die Haut auch ein wenig verbrannt.“

„Mein Kollege kann einen Blick darauf werfen, während ich den Arm versorge.“

Als Hunter im Krankenwagen sein T-Shirt auszog, biss er die Zähne zusammen. Die Bewegung seiner Schulter tat höllisch weh.

„Das ist eine ordentliche Brandwunde“, kommentierte der zweite Sanitäter kurz darauf. „Ich kann sie versorgen, aber die nächsten drei Tage müssen Sie das Pflaster täglich wechseln.“

„Kein Problem“, presste Hunter hervor, während der Mann die Wunde desinfizierte.

„Haben Sie jemanden, der das für Sie erledigen kann? Sonst müssen Sie einen Arzt aufsuchen.“

„Kein Problem“, wiederholte Hunter, wobei er die Augen schloss, um zu verhindern, dass er das Bewusstsein verlor. „Was schütten Sie da drüber? Es fühlt sich wie ätzende Säure an.“

Leise lachte der Mann. „Ja, es ist ein Teufelszeug, aber glauben Sie mir, es hilft.“

Um sich abzulenken, wandte Hunter seine Aufmerksamkeit Mariella zu. Inständig betete er, dass die Funken ihre Haut nicht so stark verletzt hatten. Auf keinen Fall wollte er, dass sie diese Tinktur ertragen musste. Hunter registrierte die kleinen Veränderungen auf dem Gesicht des Sanitäters, nachdem er Mariellas alten Verband vollständig abgewickelt und die darunterliegenden Wunden freigelegt hatte. Er musste dem Mann allerdings zugutehalten, dass er seine Reaktion gut kaschierte. Wenn er nicht auf Mikroausdrücke spezialisiert wäre, hätte er nichts gemerkt. So jedoch entging Hunter auch die kleine Positionsveränderung eines Gesichtsmuskels nicht. Ebenso wenig verpasste er den prüfenden Blick in Mariellas Ellenbeuge. Nach was suchte der Mann?

Unruhig rutschte Mariella auf dem Sitz im Krankenwagen hin und her. Die Wunden waren ihr peinlich. Der Sanitäter ging jedoch lediglich auf die Brandwunden ein.

„Es sind nur kleinere Verbrennungen. Sie sollten in zwei Tagen abgeklungen sein. Mit dieser Wundsalbe sollten sie schnell abheilen und damit sollte auch der Schmerz vorbei sein."

Mariella nickte und ließ die Behandlung stoisch über sich ergehen. Gerade als der Sanitäter ihren Verband erneuert hatte, trat der Brandmeister an die offenen Türen des Krankenwagens.

„Miss Anderson, ich hätte noch einige Fragen zum Haus. Würde es Ihnen etwas ausmachen, wenn wir sie kurz gemeinsam durchgingen?"

„Keineswegs, ich bin hier ohnehin fertig." Fragend sah sie zu Hunter hinüber. „Ist es okay, wenn ich draußen warte?"

„Sicher, geh nur", nickte Hunter und beobachtete, wie ihr der Feuerwehrmann aus dem Wagen half. Nur wenige Meter weiter blieben die beiden stehen. Aus einem unbestimmten Gefühl heraus war Hunter froh, dass Mariella immer noch in seiner Sichtachse stand.

„Haben Sie noch weitere Verletzungen", erkundigte sich der Sanitäter, der zuvor Mariella behandelt hatte.

„Nein. Mit Ausnahme meiner Schulter bin ich unversehrt. Es war übrigens sehr nett und einfühlsam von Ihnen, dass Sie Miss Andersons' Wunden nicht erwähnt haben. Ein Suizidversuch ist emotional kompliziert. Vielen Dank!"

„Es war ein Suizidversuch?" Verwundert sah ihn der Mann an, was wiederum Hunter irritierte.

„Welche Ursache haben Sie den Verletzungen zugrunde gelegt?", hakte er neugierig nach.

„Nun ..." Das Thema war dem Mann sichtbar unangenehm.

„Sagen Sie es ruhig frei heraus."

„Ich habe einige Jahre in einer Drogenklinik gearbeitet. Die Schnitte sahen für mich wie die Auswirkungen einer Kokainpsychose aus."

„Einer Kokainpsychose?"

Der Mann nickte. „Koks kann zu paranoid wahnhaften

Wahrnehmungsstörungen im akustischen, optischen, aber auch taktilen Bereich führen. Eine typische Vorstellung ist die Überzeugung, dass Insekten unter der eigenen Haut krabbeln. Um diese loszuwerden, greift der User zum Messer und schneidet sich. Miss Andersons Arme weisen allerdings keine Einstichstellen auf, was natürlich nicht bedeutet, dass sie das Zeugs nicht auf andere Weise konsumiert. Es kann schließlich auch geschnupft oder aufgelöst in einem Getränk zu sich genommen werden. Letzteres ist zwar eher selten der Fall, weil es länger dauert, bis die Wirkung einsetzt, aber es wird hin und wieder praktiziert, vor allem von Usern aus höheren Bildungsschichten, die keine sichtbaren Spuren an ihrem Körper hinterlassen wollen."

Nachdenklich ließ Hunter die Worte in sein Bewusstsein dringen. War es möglich, dass Mariella Drogen nahm? Es war nicht zu leugnen, dass sie recht jung war für die Verantwortung, die sie mit der Führung der Kanzlei trug. Mit Sicherheit hatte sie beruflich eine Menge Druck auszuhalten. Dennoch konnte er sich nicht vorstellen, dass Mariella Zuflucht in Drogen suchte. Entschieden schüttelte er den Kopf. Nein, das war unmöglich. Es passte nicht in ihr Profil.

„Wie gesagt, es war nur ein erster Gedanke aufgrund meines Erfahrungshintergrunds", reagierte der Sanitäter entschuldigend.

„Das ist vollkommen in Ordnung", winkte Hunter ab. „In Bezug auf Miss Anderson kann ich das jedoch absolut ausschließen."

„Das ist gut. Dieses Zeugs ist einfach grauenvoll. Früher oder später bringt es die Meisten um."

„Leider wahr", nickte Hunter. „Haben Sie vielen Dank für Ihre Hilfe."

„Gern geschehen. Vergessen Sie nicht, den Verband zu wechseln. Glauben Sie mir, Sie wollen nicht, dass sich die Wunde entzündet."

„Nein. Ich werde vernünftig sein", versprach Hunter, sprang aus dem Wagen und lief hinüber zu Mariella, die sich gerade von dem Brandmeister verabschiedete.

„Alles in Ordnung?", erkundigte sich Hunter, nachdem er mit ihr alleine war.

Achselzuckend sah sie ihn an. „So weit. Hier gibt es jedenfalls nichts mehr zu retten. Ich habe zum Glück eine Feuerversicherung, aber das ersetzt nicht den emotionalen Verlust."

Nein, das tat es nicht, dachte Hunter.

„Offensichtlich ist es Zeit für einen kompletten Neuanfang in meinem Leben“, urteilte Mariella leise. Der Schock stand ihr immer noch im Gesicht.

„Du kannst ein neues Haus auf das Grundstück setzen“, schlug Hunter vor, doch Mariella schüttelte den Kopf.

„Das Haus war für mich das Entscheidende, nicht die Umgebung. Allerdings habe ich keine Ahnung, wo ich stattdessen leben möchte.“

„Das musst du im Moment auch nicht entscheiden“, erwiderte Hunter aufmunternd.

„Nein, das muss ich nicht, aber es gibt eine Menge zu organisieren, angefangen von einem Anruf bei der Versicherung bis hin zu einem ausgiebigen Shoppingtag.“

„Ich schätze, darüber würden sich die meisten Frauen freuen.“

„Wahrscheinlich“, stimmte Mariella zu, ohne preiszugeben, wie sie darüber dachte.

„Es ist kurz nach halb sechs. Was hältst du davon, wenn wir zunächst zu uns ins Büro fahren, um dort in Ruhe die nächsten Schritte zu planen?“, schlug Hunter vor.

„Einverstanden.“

„Dann komm, wir nehmen meinen Wagen.“

„Hast du die Schlüssel?“

Stolz hielt Hunter sie in die Höhe. „Es hat seine Vorteile, auf einer fremden Couch zu schlafen und alles neben sich abgelegt zu haben.“

KAPITEL 10

Mit sanften Bewegungen ließ er den weichen Schwamm über ihren nackten Körper gleiten. Es war ein schöner, wohlproportionierter Frauenkörper und er entsprach der Vorstellung, die er sich von ihm gemacht hatte. Allerdings war er nicht perfekt. Die Brüste hätten ein klein wenig praller sein können, die Bauchdecke ein wenig straffer, die Oberschenkel hätten etwas mehr Kontur haben können. Aber die Natur war selten perfekt.

Stumme Tränen liefen an ihren Wangen hinunter. Behutsam wischte er sie mit einem Stofftaschentuch ab. Sie weinten alle. Es war erstaunlich, wie sehr sich die Reaktionen seiner Opfer glichen. Er kannte ihren Namen nicht. Er hätte in ihrem Führerschein nachsehen können, doch es spielte keine Rolle für ihn, wie sie hieß.

Ohne großen Kraftaufwand drehte er ihren Körper auf den Bauch. Zu den Klängen Chopins rieb er den mit ihrem eigenen Blut getränkten Schwamm über ihren Rücken, ihre Arme, ihre Beine und beobachtete, wie sich ihre makellos weiße Haut rot färbte. Er fühlte die Energie, die von diesem Ritual ausging und ließ sich von ihr in Besitz nehmen. Als sein Herzschlag sich auf eine erhöhte Frequenz beschleunigt hatte, legte er den Schwamm zur Seite. Er schloss die Augen und legte beide Hände auf ihre Pobacken. Tief einatmend krallte er seine Finger in ihr Fleisch und begann zu kneten. Sie hatte einen wohlgeformten Po. Erregt zog er seine Hosen aus, streifte sich ein Kondom über und zog sie näher zu sich.

Seine Hand griff in ihr langes dunkles Haar, dessen Glanz ihn an chinesische Seide erinnerte. Er wollte, er könnte es mit seinen Fingern fühlen. Doch das war zu gefährlich. Er durfte nicht ohne Handschuhe arbeiten.

Chopins Sonate schwoll dramatisch an und auf dem musikalischen Höhepunkt drang er hart in sie ein. Jede Vorsicht, jede Behutsamkeit, jede Zärtlichkeit mit der er sie zuvor behandelt hatte, war verschwunden. Für die nächsten zwei Minuten und einunddreißig Sekunden regierte nur noch brutale Gewalt. Am Ende verschwand er schweratmend in einem Nebenraum.

Als er schließlich zu ihr zurückkehrte, war er wieder die Ruhe selbst. Achtsam, als wolle er ihr nicht wehtun, drehte er sie wieder auf den Rücken. Abermals wischte er ihr die Tränen von den Wangen. Dann griff er nach einer bereitliegenden Spritze.

„Ich weiß, dass du Schmerzen hattest, aber alles wird jetzt gut", versprach er. Er sah den kleinen Hoffnungsfunken in ihren Augen und aufmunternd lächelnd spritzte er ihr das Gift in die Vene der Ellenbeuge. Er hielt ihren Blick, beobachtete, wie sich ihr Mund versuchte weiter zu öffnen, um nach Luft zu schnappen, beobachtete den verzweifelten Todeskampf in ihrem Gesicht und lächelte milde, als der Tod schließlich den Sieg davontrug.

Er nahm den Knebel aus ihrem Mund und verbrannte den Stoff über einer Metallschale. Es wurde Zeit, aufzuräumen.

KAPITEL 11

„Wie geht es ihr?“, fragte Parker mit einem Blick durch das Laborfenster hinüber in Hunters Büro, wo Mariella am Schreibtisch saß und telefonierte.

„Sie versucht, sich nichts anmerken zu lassen“, entgegnete Hunter nachdenklich, „aber in Wahrheit befindet sie sich weit außerhalb ihrer Komfortzone. Ein Trauma jagt das nächste und ihr Leben besteht derzeit hauptsächlich aus Fragezeichen. “

Gedankenverloren nickte Parker. „Wir müssen dieses Schwein fassen. Es macht das Geschehene nicht rückgängig, aber es hilft bei der Verarbeitung.“

„Ich weiß“, nickte Hunter, während sein Blick ausdruckslos auf der Frau ruhte.

„Und wie geht es dir?“ Prüfend musterte Parker den Freund von der Seite.

Herausfordernd zog Hunter eine Augenbraue in die Höhe, doch Parker ließ sich davon nicht beeindrucken.

„Der Fetisch des Killers, seine Opfer mit Blut einzureiben, kann nicht spurlos an dir vorübergehen. Diese Nummer muss dich beschäftigen“, stellte Parker fest.

Langsam drehte sich Hunter vollständig zu ihm um. „Du hast recht“, seufzte er, wobei er die Hände automatisch über seine Oberarme rieb. Als ihm die Bewegung bewusst wurde, öffnete er die Kreuzung seiner Arme wieder und steckte die Hände in die Taschen seiner Jeans. Dabei warf er Parker ein trauriges Lächeln zu.

Verständnisvoll zuckte der Mediziner mit einer Schulter. „Wir sind auch nur Menschen. Selbst wenn wir die genetisch programmierte Körpersprache weitestgehend dechiffriert haben, können wir sie nicht vollständig bei uns unterdrücken. Wenn wir sie nicht bewusst aussetzen, nutzen wir sie ebenso automatisch wie

jeder andere Mensch."
„Offensichtlich", stimmte Hunter ihm zu.
„Also?"
„Also, was?"
„Wie geht es dir?"
Nervös fuhr sich Hunter durch die Haare. „Ich weiß es nicht, Parker. Bis heute Morgen dachte ich, ich hätte die Sache gut im Griff. Ehrlich gesagt habe ich mich sogar selbst ein wenig gewundert, dass mich dieser Punkt so wenig berührt hat."
Parker wartete, doch als Hunter nicht weitersprach, hakte er nach. „Was ist heute früh passiert, dass sich die Situation für dich geändert hat?"
Hunter sah wieder durch die Scheibe. „Nachdem wir den Flammen entkommen waren, starrte Mariella auf ihr brennendes Haus. In jenem Moment hat sie erst vollkommen verstanden, was gerade passierte und die Emotionen haben sie überkommen."
„Eine normale Reaktion", urteilte Parker.
„Ja. Sie brauchte einen menschlichen Kontakt", berichtete Hunter in einem Tatsachenton.
„Du hast sie also in die Arme geschlossen."
Nickend drehte Hunter der Glasscheibe den Rücken zu. „Ich weiß nicht, was in jenem Moment geschehen ist, aber vor meinem geistigen Auge erschienen die Fotos von ihrem blutverschmierten Körper und ich habe den Schwamm in meiner Hand fühlen können. Es war, als wäre ich auf einmal wieder fünf Jahre alt gewesen. Die Angst, die Abscheu, das Gefühl der Ohnmacht - alles war auf einmal wieder da." Hunter schüttelte kurz seinen Kopf. „Ich bin der Letzte, der sie jemals berühren sollte. Doch was hätte ich tun sollen, Parker? In jenem Augenblick war niemand anderer da."
Unwillkürlich runzelte der Freund die Stirn. „Warum solltest du sie nicht berühren, wenn sie Trost brauchte?"
„Was denkst du, was sie empfunden hätte, wenn sie wüsste, was ich getan habe?"
„Hunter, du bist ein Kind gewesen. Nichts, was damals geschehen ist, war deine Schuld. Du musst diese Gefühle überwinden."
„Weil das ja so einfach ist", entgegnete Hunter sarkastisch.
„Es ist alles andere als einfach", widersprach Parker fest. „Aber das heißt nicht, dass wir aufhören dürfen, an uns zu arbeiten. Du

weißt, dass das alles ist, was Will je von uns verlangt hat. Er wollte immer nur, dass wir nicht aufgeben.“

Einige Male atmete Hunter ein und aus. „Du hast recht. In der aktuellen Situation ist es nur nicht einfach, die Erinnerungen zu verbannen.“

Nachdenklich neigte Parker seinen Kopf zu einer Schulter. „Du magst Mariella Anderson.“

Argwöhnisch sah Hunter seinen Freund an, während sein Herz begann, schneller zu schlagen. „Sicher mag ich sie. Sie ist eine sympathische Frau, aber ganz abgesehen davon sollte niemand das durchmachen müssen, was sie gerade erlebt“, antwortete er vorsichtig.

„Das ist alles richtig, doch du empfindest eine andere Art der Verbundenheit. Fühlst du dich ihr gegenüber verpflichtet, Hunter?“

„Ich weiß nicht, was ich empfinde, Parker“, gab er zu. „Aber ich weiß, dass ich ihr helfen muss.“

„Dann machen wir uns besser an die Arbeit.“ Mit einem breiten Grinsen löste Parker die ernste Atmosphäre auf. „Die Ergebnisse der Blutuntersuchung sind übrigens da. Außerdem bin ich heute Nacht noch die Kopie ihrer Krankenakte durchgegangen.“

„Und?“ Gespannt folgte Hunter seinem Freund zu dessen Schreibtisch.

„Der gute Dr Willcocks hat ihr Lithium verschrieben“, offenbarte Parker mit einem ausdrucksstarken Blick.

„Lithium? Bist du sicher“, reagierte Hunter skeptisch.

„So steht es hier.“ Mit seiner rechten Hand drehte Parker die Akte auf dem Tisch herum und schob sie seinem Freund zu. Die entsprechende Passage war gelb markiert.

„Sind Gedächtnisstörungen nicht eine häufige Nebenwirkung einer solchen Therapie?“

„Allerdings!“, bestätigte Parker. „Einer Patientin, die sich an die letzten Tage erinnern soll, Lithium zu verschreiben, halte ich für daher für ziemlich kontraproduktiv.“

„Vielleicht hielt er das Trauma für zu stark und wollte den Zeitpunkt der Erinnerung hinauszögern. Mariella hat erwähnt, dass Willcocks so etwas in der Art zu ihr gesagt hat“, überlegte Hunter laut, nur um sein Argument im nächsten Atemzug zu widerlegen. „Allerdings konnte er eine solche Entscheidung am Anfang noch gar nicht treffen. Schließlich hat er nicht wissen können, wie

Mariellas Persönlichkeit auf das Erlebte reagieren würde."

„So ist es", stimmte ihm Parker zu.

„Hat sie das Lithium vertragen? Was sagen ihre Blutwerte?"

„Ich habe nur eine ganz geringe Menge Lithiumsalze gefunden. Sie hat also die Wahrheit gesagt, als sie meinte, die Medikamente zu Hause nicht mehr genommen zu haben."

„Wie lange muss man die Tabletten genommen haben, damit der Körper Absetzsymptome entwickelt?", wollte Hunter wissen.

„Normalerweise mindestens einige Wochen, allerdings dürfen wir nicht vergessen, dass Mariella nicht immer schulbuchkonform reagiert. Erinnere dich beispielsweise an die Botoxgeschichte. Wenn einige Mittel keine Wirkung zeigen, ist es durchaus möglich, dass die Reaktion auf andere Medikamente entsprechend stärker ausfällt. Das plötzliche Ausbleiben der Lithiumsalzdosis könnte also eine labile psychische Verfassung mit Angstzuständen hervorgerufen haben, die zu ihrem Suizidversuch geführt hat."

„Hm ..." Nachdenklich lehnte sich Hunter in seinem Stuhl zurück.

„Was beschäftigt dich?", wollte Parker wissen.

„Einer der Sanitäter von heute früh hat Mariellas Verband am Arm erneuert, und wir haben uns im Nachhinein noch kurz darüber alleine unterhalten. Interessanterweise hat er überhaupt nicht an Selbstmord gedacht, als er die Wunden gesehen hat."

„Sondern? Was war seine Vermutung?"

„Eine Kokainpsychose."

„Das können wir ausschließen", erwiderte Parker sofort. „Laut ihrer Akte ist ihr Blut bei ihrer ersten Einlieferung in die Klinik sowohl auf Alkohol als auch auf Drogen untersucht worden. Zur Sicherheit habe ich ihre Werte aber auch noch einmal überprüft. Alle Ergebnisse waren negativ. Eine Abhängigkeit ist also ausgeschlossen."

Nachdenklich rieb sich Hunter das Kinn. „Um ehrlich zu sein, habe ich dies in meiner ersten Reaktion, auch ohne ein Testergebnis zu haben, sofort zurückgewiesen. Allerdings hat mir die Sache dann doch keine Ruhe gelassen, und ich habe ein wenig nachgeforscht, denn sowohl Jason Tanner als auch Mariellas Bruder haben ihre Laune an jenem Abend des Suizidversuchs als ungewöhnlich heiter bezeichnet."

„Ich erinnere mich. Aber du weißt, dass sowohl manische und depressive Phasen mit einem Wimpernschlag wechseln können als auch dass Menschen, wenn sie sich erst einmal in der dritten Suizidphase befinden, ihre Umwelt extrem gut über ihre wahre Stimmung täuschen können“, meinte Parker, der ahnte, worauf Hunter hinauswollte.

„Das weiß ich alles, dennoch glaube ich weder, dass dieser Serienkiller Mariella in eine manische Depression gestürzt hat, noch dass sie sich wirklich umbringen wollte. Steht irgendetwas in ihrer Akte von einem präsuizidalen Syndrom?“

„Nein“, musste Parker zugeben.

„Ihr Verhalten weist auch jetzt keine psychischen Indikatoren auf, die auf selbstmörderische Gedanken schließen lassen. Der Konsum von Kokain hingegen passt in das Bild, das Jason und Mark von ihr gezeichnet haben. Kokain führt zu einem sanften Rausch, der langsam ansteigt. Ihre Laune hätte sich also im Laufe dieses Meetings nach und nach gesteigert, sodass es niemandem als unpassend oder unnatürlich aufgefallen wäre. Vorhin hast du selbst gesagt, dass Mariellas Körper unter Umständen recht sensibel auf bestimmte Stoffe reagiert. Was ist, wenn er das auch in Bezug auf Koks getan hätte und sie eine taktile Wahrnehmungsstörung entwickelt hätte?“

„Wenn sie konsumiert, hätten es ihre Laborwerte gezeigt.“

„Nicht, wenn sie es vorgestern zum ersten Mal genommen hat“, widersprach Hunter. „Hat die Klinik den Drogentest gestern wiederholt?“

„Nein. Der vorhergehende Test war ja erst wenige Tage alt.“

„Bei einmaligem Gebrauch ist die Droge nur 6-24 Stunden im Blut nachweisbar. Dementsprechend hättest du gestern Abend keine Spuren mehr davon finden können. Anders sieht die Sache allerdings aus, wenn du gezielt nach den Abbauprodukten von Kokain suchst. Diese sind im Blut noch zwei bis drei Tage später nachweisbar. Ich nehme nicht an, dass du automatisch auf diese Werte getestet hast?“

„Nein, das habe ich nicht.“ Prüfend sah Parker den Freund einen kurzen Moment lang an, dann stand er auf. „Okay. Ich hole es nach. Es wird allerdings einige Stunden dauern, bis wir das Ergebnis haben und ich verspreche mir auch nicht allzu viel davon, aber ich kenne diesen Blick von dir. Die Sache wird dir einfach keine Ruhe lassen, wenn wir sie nicht zu Ende bringen.“

Langsam breitete sich ein Schmunzeln auf Hunters Gesicht auf. „Wie recht du hast, Parker!“

„Eine Frage noch!“

Erwartungsvoll sah Hunter den Freund an.

„Was passiert, wenn der Befund positiv ist?“

„Dann müssen wir denjenigen finden, der ihr die Drogen verabreicht hat.“

Prüfend musterte Parker ihn. „Was macht dich so sicher, dass sie die Drogen nicht selbst und in vollem Bewusstsein genommen hat?“

„Komm schon! Die Medikamente, die dieser Dr Willcocks ihr verschrieben hat, hätten Mariella vollkommen legal auf eine Reise ins rosarote Traumland geschickt. Wieso hätte sie diese Pillen ablehnen sollen, nur um anschließend zum ersten Mal Kokain zu nehmen? Das ergibt keinen Sinn.“

„Nein, das tut es nicht. Aber ich wollte sichergehen, dass du für das FBI die richtigen Antworten parat hast, denn ich bin überzeugt davon, dass die Frage kommen wird.“

Das laute Aufstoßen der Eingangstür sowie eine laute männliche Stimme drangen vom Flur aus herein. Überrascht eilten Hunter und Parker nach draußen.

„Entschuldigen Sie, Sir“, war Yvaines Stimme zu hören. „Wie kann ich Ihnen helfen?“

Wild gestikulierte ein aufgebrachter Jason Tanner mit Händen und Armen vor der jungen Frau. „Wo ist sie?“, verlangte er wütend zu wissen.

„Wo ist wer, Sir?“, erkundigte sich Yvaine, wobei sie Hunter und Parker einen hilfesuchenden Blick zuwarf.

„Jason“, grüßte Hunter den Mann auch sogleich und stellte sich zwischen ihn und seine Angestellte. „Sie möchten sicherlich wissen, wie es Mariella geht.“

„Wo ist sie? Ist ihr etwas passiert?“ Sein Blick glitt den Flur entlang zu Hunters Bürotür, in der Mariella mit einem Mal aufgetaucht war.

„Mariella!“, rief er aus und wollte auf sie zueilen, doch Parker trat ihm in den Weg.

„Was soll das?“, erzürnte sich Jason. „Lassen Sie mich zu meiner Frau.“

„Beruhigen Sie sich, Jason“, bat Hunter. „Sie machen den Frauen Angst.“

Unter sichtbarer Anstrengung versuchte der Anwalt seinen Atem unter Kontrolle zu bringen und an Parker vorbeizusehen. „Mariella, ich bin beim Haus gewesen. Es ist furchtbar. Geht es dir gut?"

Bedächtig trat Parker einen Schritt zur Seite, signalisierte jedoch deutlich, dass er Jason aufhalten würde, wenn er versuchte, sich Mariella weiter zu nähern.

„Mir ist nichts passiert", bestätigte Mariella. „Aber warum bist du überhaupt zu mir rausgefahren?"

„Ich wollte sehen, dass es dir gutgeht. Ich habe Brötchen gekauft und wollte mit dir frühstücken."

„Jason, ich hatte dir gesagt, dass ich dich anrufen werde", erinnerte ihn Mariella.

„Ja, ich weiß. Aber du bist durcheinander gewesen. Nachts sehen die Dinge immer anders aus als am Tag. Du hast unsere gemeinsamen Frühstücke immer geliebt."

Unwillkürlich runzelte Mariella ihre Stirn. Hatte sie das? „Jason, es ist sehr nett, dass du gekommen bist. Ich weiß deine Sorge zu schätzen, aber ..."

Einer plötzlichen Eingebung folgend trat Hunter auf den Mann zu. „Es muss ein ganz schöner Schreck gewesen sein, als Sie heute Morgen die abgebrannten Reste des Hauses gesehen haben."

„J...ja", stotterte Jason, verwirrt von dem ungewöhnlich freundlichen Ton des Psychologen.

„Kommen Sie, lassen Sie uns einen Kaffee trinken. Yvaine, würdest du so nett sein und eine Kanne ins Vistatorium bringen? Vielleicht auch Orangensaft und Wasser?"

„Selbstverständlich", antwortete die junge Frau.

„Und gib bitte Finn Bescheid!", bat Hunter.

„Mache ich", bestätigte Yvaine nickend, während sie bereits den Gang zum Büro des Technikers hinunterlief.

Mariella wollte etwas einwenden, doch Hunter ließ sie nicht zu Wort kommen. „Parker, gehst du schon einmal mit Mr Tanner voraus. Miss Anderson und ich sind sofort da." Damit nahm er Mariellas Arm und zog sie in sein Büro zurück.

„Was soll das?", reagierte sie wütend. „Ich will nicht mit ihm Kaffee trinken."

„Ich weiß!"

„Und was soll das dann?"

„Ich hoffe, dass wir auf diese Weise etwas mehr von ihm erfahren. Hier im Büro haben wir ganz andere Möglichkeiten, ihn zu analysieren."

„Ihn zu analysieren?"

„Ja, sieh her!" Auf seinem Computer schaltete Hunter die Aufnahmen von achtzehn Kamerabildern frei. Alle zeigten, wie Jason Tanner auf einem Stuhl an einem Konferenztisch Platz nahm.

„Was ist das?" Interessiert betrachtete Mariella nun den Bildschirm.

„Das ist unser Vistatorium. Es handelt sich dabei um einen Raum, der mit mehreren hochauflösenden Spezialkameras ausgestattet ist, die jede kleinste Regung der Gesichts- und Körpermuskulatur aufnehmen. Darüber hinaus gibt es drei Mikrofone, die die Sprache auf drei Tonspuren aufzeichnen."

„Auf diese Weise willst du herausfinden, ob er lügt", kombinierte Mariella.

„Richtig. Ich denke, wenn er schon einmal hier ist, sollten wir die Gelegenheit nutzen."

Langsam nickte Mariella. In ihren Augen erkannte Hunter allerdings, dass sie noch etwas beschäftigte.

„Du weißt, dass du mich alles fragen kannst", erinnerte er sie einladend.

Es dauerte eine weitere lange Sekunde, dann sah sie ihm fest in die Augen. „Ist es normal, dass ich mich nicht an gemeinsame Frühstücke mit Jason erinnern kann? Ich meine, ich weiß noch alles andere von der Zeit vor meiner Hochzeit. Nur die Beziehung mit Jason ist irgendwie gelöscht."

„Das menschliche Gehirn ist noch nicht vollständig erforscht", antwortete Hunter vorsichtig.

„Oh, bitte! Ich will keine wissenschaftliche Diagnose. Ich will deine Meinung."

Hunter seufzte. „Nein, es ist eher ungewöhnlich."

„Es wäre also möglich, dass Jason eine Beziehung mit mir nur erfunden hat?" Hoffnung war sowohl in Mariellas Stimme zu hören als auch in ihren Augen zu sehen.

„Es ist eine Möglichkeit", gab er bedächtig zu. „Allerdings existiert eine Heiratsurkunde von eurer Hochzeit."

Nachdenklich musterte sie Hunter. „Du verschweigst mir noch etwas."

„Es gibt tatsächlich noch eine andere denkbare Variante."

„Welche?" Herausfordernd blitzten ihre Augen ihn an.

„Selektive Gedächtnislücken werden beispielsweise durch extrem traumatische Erlebnisse ausgelöst“, formulierte Hunter vorsichtig.

Mariella atmete entsetzt ein. „Du meinst, Jason könnte ... der Botoxmörder sein?“

„Es wäre möglich, dass du seine Stimme erkannt hast und der Schock darüber alles Vergangene ausgelöscht hat.“

„Nein!“ Entgeistert wich Mariella zurück.

„So lange du dich nicht erinnern kannst, ist es für ihn kein Problem ...“

„... weshalb er mich in seiner Nähe braucht“, fuhr Mariella gedankenverloren fort.

„Wie gesagt, es ist nur eine Möglichkeit. Die andere ist, dass er einfach nur besessen von dir ist.“ Bewusst verlieh Hunter seiner Stimme einen leichten Ton. „Lass uns zu ihm hinübergehen und hören, was er zu sagen hat.“

KAPITEL 12

„Sie haben Jason Tanner verhört?“ Ungläubig sah Blake zwischen Parker und Hunter hin und her. Es klang jedoch mehr erstaunt als verärgert.

„Wir haben uns nur mit ihm unterhalten“, schwächte Hunter grinsend ab.

„Aber Sie haben ihn aufgenommen.“

Hunter zuckte mit einer Schulter. „Die Kameras liefen rein zufällig. Jemand muss vergessen haben, sie auszuschalten.“

„Kommt das öfter vor?“

„Nicht öfter, aber es passiert. Wir sind alle nur Menschen.“

Fassungslos fuhr sich Blake durch die Haare. Dabei spürte er Emilys direkten Blick auf sich und urplötzlich hatte er das Gefühl, auf einem Prüfstand zu stehen. Er erwiderte ihren Blick, während er überlegte, wie er mit der Situation umgehen sollte. Hunters Worte waren reinster Bullshit. Niemand hatte vergessen, die Kameras auszuschalten. Allerdings wusste Blake auch, dass man im Leben manchmal etwas riskieren musste. Schließlich entschied er sich dazu, das Spiel mitzuspielen.

„Ich schätze, wir sind alle nicht perfekt“, äußerte er in einem bedauernden Ton. „Wie lange dauert es, bis Sie die Daten ausgewertet haben?“

„Vierundzwanzig Stunden“, schätzte Parker. „Und dann haben wir auch nur eine Einschätzung seines Charakters. Schließlich konnten wir ihm keine direkten Fragen stellen.“

„Sie meinen, es ginge schneller, wenn wir ihn fragen, ob er der Botoxmörder ist?“, hakte Rejyna ein.

„Direkte Fragen erhalten direkte Antworten“, erklärte Lucas. „Aber da wir keine Marke haben und für die Situation heute Morgen auch keine direkte Anweisung erhalten hatten ...“ Er machte eine kurze Pause. „... und auch nicht wussten, dass die

Unterhaltung aufgezeichnet wurde ..."

„Ich verstehe schon", winkte Rejyna ab.

„Ich schätze, unter diesen Umständen sollten wir unsere Verhöre zukünftig bei Ihnen abhalten", scherzte Blake.

„Sie sind herzlich eingeladen", bot Parker an.

„Ich vermute nur, die Rechnung wird das Büro nicht zahlen können."

„Der Fall wird mit einer Pauschale abgerechnet", führte Lucas aus. „Aber Spaß beiseite: Es macht keinen Sinn, Unmengen an Daten anzuhäufen, die aufgrund ihrer Fülle niemand mehr auswerten kann. Wir sollten das Vistatorium daher nur gezielt einsetzen."

„Leider ist es auch so, dass wir niemanden dazu zwingen können, sich der digitalen Welt zu offenbaren. Wie bei einem Lügendetektortest, ist die Teilnahme freiwillig", erörterte Hunter.

„Warum sollte jemand, der nichts zu verbergen hat, sich der Untersuchung entziehen?", überlegte Rejyna.

„Das ist der Punkt", bestätigte Emily. „Daher werden auch die meisten Schuldigen eine Unterhaltung im Vistatorium nicht ablehnen. Sie glauben ohnehin, dass sie schlauer sind als alle anderen und sind überzeugt davon, auch unsere Kameras überlisten zu können, wenn sie sich nur hart genug konzentrieren."

„Und können sie es?", hakte Blake nach.

„Makrobewegungen können willentlich unterdrückt oder auch im Gegenzug bewusst eingesetzt werden. Dies umfasst beispielsweise die Kopf- und Körperhaltung sowie die Bewegung der Hände, Arme und Beine. Mikroausdrücke hingegen sind sehr viel schwerer zu steuern. Natürlich kann ich bewusst traurig, fröhlich oder sarkastisch wirken. Allerdings unterscheidet sich ein echtes Lächeln immer von einem falschen und im Laufe eines Interviews gerät das bewusste Einsetzen der mimischen Muskeln in Vergessenheit, denn Sie dürfen nicht vergessen, dass der Verhörte sich in einer Stresssituation befindet, die um so größer für denjenigen ist, der lügt."

„Lügen erfordert höchste Konzentration", ergänzte Lucas. „Für das Gehirn ist es viel schwieriger sich an Gesagtes zu erinnern als an Erlebtes. Daher verstricken sich Menschen, die etwas zu verschleiern haben, leicht in Widersprüche. Wenn sich der Kopf nun nicht mehr nur an jedes erzählte Detail erinnern soll, sondern darüber hinaus auch noch Gesten und Mimik effizient abrufen muss, so gelingt dies nur für eine kurze Zeitspanne."

„Ich würde gerne noch einmal auf Jason Tanner zu sprechen kommen", lenkte Blake das Gespräch zurück auf den Anfang. „Sie müssen schließlich eine Intuition nach Ihrer sogenannten Unterhaltung haben. Hat sich Ihr Verdacht von gestern bestätigt?"

Überrascht sah Hunter ihn an. „Sie wollen eine inoffizielle Einschätzung?"

„Ja. Nur so kann ich am Ende sehen, ob Ihre Kollegen gestern die Wahrheit gesagt haben oder ob sie übertrieben haben, als sie Ihre Fähigkeiten in den Himmel gehoben haben."

„Wir haben nicht übertrieben", rechtfertigte sich Emily.

„Dann ist es ja kein Problem, Ihre Gedanken mit mir zu teilen, oder?" Herausfordernd sah er ihr in die Augen.

„Nein, das ist es nicht", bestätigte Hunter. „Es steht außer Frage, dass Jason Tanner ehrliche Gefühle für Miss Anderson hegt. Im Augenblick werden diese nicht erwidert und er hat ein ernsthaftes Problem damit, dies zu akzeptieren. Ich würde sogar so weit gehen, zu sagen, dass er seine Rolle als Ehemann mit einem Übereifer ausfüllt, die durchaus die krankhafte Grenze erreicht, wenn nicht sogar überschreitet. Wenn wir einmal unterstellen, dass Miss Anderson ihn auch in der Vergangenheit als Mann abgewiesen hat, kann er durchaus eine krankhafte Besessenheit entwickelt haben. Einzuschätzen, in welcher Weise sich diese auswirkt, wäre zum jetzigen Zeitpunkt jedoch reine Spekulation."

„Dann bringen wir in Erfahrung, wie die Außenwelt Jason Tanner und Mariella Anderson wahrgenommen hat", entschied Blake. „Lucas und ich fahren in die Kanzlei. Für heute Mittag um halb drei habe ich eine Videokonferenz mit dem Reverend vereinbart, der die Trauung in Las Vegas durchgeführt hat. Vielleicht erinnert sich Miss Anderson wieder an die Zeremonie, wenn sie den Mann sieht."

„Gute Idee", lobte Hunter. „Wann können wir die Hütte besichtigen, in der Mariella festgehalten worden ist?"

„Wie wäre es mit heute Nachmittag, im Anschluss an den Telefontermin?", schlug Blake vor.

„Einverstanden. Es sollten allerdings nicht zu viele Leute anwesend sein", gab Hunter zu bedenken.

„Rejyna und ich können draußen warten."

„Parker? Würdest du ebenfalls mitkommen? Und würdest du für alle Fälle ein Sedativum einstecken?"

Der Mann nickte.

„Gut, dann sehen wir uns später.“ Blake und Lucas verabschiedeten sich gerade, als Mariella den Raum betrat.

„Mel hat mich angerufen. Sie hat von dem Feuer gehört und gefragt, ob wir uns zum Frühstücken treffen können. Ist es in Ordnung, wenn ich zu ihr fahre? Ich kann ein Taxi nehmen.“

„Ich fahre dich“, erklärte Hunter. „Ich würde ohnehin gerne ein paar Sätze mit Melanie Freeman sprechen, wenn es dir nichts ausmacht. Ich werde auch nicht die ganze Zeit bleiben, versprochen! Schließlich will ich euer Mädelstreffen nicht stören.“

„Du störst nicht. Warum willst du mit ihr reden?“

„Reine Neugier. Sie gehört zu deinem engsten Kreis und wenn ich sie einsortieren kann, kann ich auch dich besser verstehen. Du kennst doch den Spruch: ‚Sag mir, wer deine Freunde sind und ich sage dir, wer du bist'.“

„Stimmt das?“ Neugierig sah Rejyna ihn an.

„Ja, im Großen und Ganzen trifft es zu.“

„Ich würde Sie ebenfalls gerne begleiten“, offenbarte Rejyna wieder an Mariella gewandt. „Wenn Blake sich im Büro nach Ihrer Beziehung zu Jason Tanner umhört, ist es mit Sicherheit auch interessant zu erfahren, wie Ihre Freundin die Geschichte beurteilt.“

„Dann machen wir einen Gruppenausflug“, entschied Mariella. „Davor muss ich allerdings noch einen kurzen Abstecher in eine Boutique machen. Ich kann unmöglich den ganzen Tag in Jeans, Turnschuhen und einem T-Shirt rumlaufen.“

Warum nicht?, durchfuhr es Hunter. In seinen Augen sah Mariella Anderson absolut zauberhaft aus. Der lässige Look des weiten Shirts auf der schmalgeschnittenen Jeans war unendlich sexy. Doch er verkniff sich die Frage in letzter Minute.

„Ich habe auch schon in der Bank angerufen“, unterbrach Mariella seine Gedanken. „Sie haben mir eine neue Kreditkarte fertiggemacht. Ich muss sie nur abholen.“

„Dann machen wir uns auf den Weg.“

Gemeinsam mit den beiden Frauen verließ Hunter fünf Minuten später das Büro. Mit dem Fahrstuhl fuhren sie die acht Stockwerke hinunter und liefen durch das große Foyer des Erdgeschosses. Galant öffnete Hunter die Eingangstür und ließ Rejyna und Mariella den Vortritt, ehe er ihnen hinaus ins Freie folgte. Der

Himmel war wolkenbehangen, doch vereinzelt schafften es einige Sonnenstrahlen, sich durch die Wolkendecke zu bohren. Im Gegensatz zum Vortag war die Temperatur jedoch merklich abgekühlt.

„Nimm meine Jacke!“ Aufmerksam blieb Hunter stehen und zog sein Jackett aus. Für alle Fälle hatte er immer einen Anzug im Büro hängen, was sich heute wieder einmal als gute Idee herausgestellt hatte.

„Danke!“, entgegnete Mariella, während sie mit den Armen hineinschlüpfte.

„Achtung!“, schrie Rejyna im selben Augenblick und gab Mariella einen starken Schubs nach rechts.

Automatisch tat auch Hunter einen Ausfallschritt in die gleiche Richtung und griff nach Mariellas Schultern, um sie vor einem Sturz zu bewahren. Noch während er sich über Rejynas Aktion wunderte, donnerte ein lauter Knall über die Straße, der von den umliegenden Häusern widerhallte.

„Ah!“, schrie Rejyna auf und ging zu Boden. Im Fallen zog sie jedoch ihre Waffe. Wie aus weiter Ferne hörte sie die panischen Schreie der Menschen auf dem Bürgersteig und sie wusste, dass sie selbst nicht schießen konnte. Es war zu gefährlich.

„Gehen Sie zurück ins Haus!“, wies sie an, während sie versuchte aufzustehen. Ein zweiter Schuss hallte jedoch durch die Luft. Instinktiv rollte sich Rejyna zur Seite. Spritzend schlug die Kugel neben ihrem Körper ein. Atemlos starrte sie auf das Loch in dem Stein.

„Kommen Sie!“ Starke Hände griffen sie an ihren Schultern und zogen sie zurück.

„Er ist in dem Parkhaus. Ich muss ihn kriegen“, wehrte sich Rejyna.

„Sie sind verletzt“, erklärte Hunter, ohne seinen Griff zu lockern.

„Was? Nein, ich muss ...“

Ein dritter Schuss landete in der Haustür hinter ihnen. Das Glas zersplitterte und verteilte sich in einem fünf-Meter-Umkreis. Erschrocken drehte sich Hunter um.

„Mariella?“, schrie er von Panik erfüllt.

„Mir geht es gut!“, antwortete sie. „Die Kugel ist in der Fahrstuhltür gelandet.“

„Geh in Deckung!“, befahl Hunter, während er Rejyna auf die

Arme nahm und ins Haus flüchtete. „Ruf die Polizei! Und einen Krankenwagen!"

„Lassen Sie mich runter. Ich ... muss die Verfolgung aufnehmen", verlangte Rejyna und versuchte sofort sich aufzurichten, als Hunter sie endlich auf dem Boden hinter einem Sofa, dass im Foyer des Gebäudes stand, herabließ. Mit den Händen stützte sie sich auf den Granitfliesen ab, doch mit einem Mal fühlte Rejyna einen brennenden Schmerz in ihrer Seite. Verwirrt sah sie an sich herab und auf einmal wurde ihr schlecht. War das ihr Blut, das aus ihrer Seite floss? Mit großen Augen sah sie auf und blickte in Parker McNamaras Gesicht. Wo kam der Mann plötzlich her? Und wieso war ihr auf einmal so entsetzlich kalt?

„Legen Sie sich hin, Rejyna." McNamaras Stimme war sanft, aber bestimmt. Auf einmal wollte sie auch nicht mehr aufstehen. Was hatte sie überhaupt gewollt?

Wieder hörte sie Parkers angenehme Stimme. „Es wird alles gut. Atmen Sie ruhig. Ja, so ist es gut." Zärtliche Hände strichen ihr die Haare aus dem Gesicht.

„Wir brauchen einen Verbandkasten", hörte sie die Stimme des Mannes, doch sie wurde immer leiser.

„Neben der Tür zum Untergeschoss", wies Hunter Mariella an, nachdem er sich vergewissert hatte, dass sie tatsächlich unverletzt war.

„Hier!" Hunter reichte Parker sein Hemd und sein T-Shirt, die er beide mittlerweile ausgezogen hatte. „Für den Anfang ist es besser als nichts. Wir müssen die Blutung stoppen. Ich rufe einen Krankenwagen."

„Das hat Yvaine gemacht, als wir die Schüsse gehört haben", berichtete Parker. „Die Polizei sollte auch gleich hier sein."

„Aah!", stöhnte Rejyna, als Parker den Stoff auf die Wunde in ihrer Seite presste.

„Ich weiß, es tut weh!" Verständnisvoll erklang Parkers Stimme erneut. „Es tut mir wirklich leid, aber es muss sein!"

Rejyna wollte nicken, doch die Übelkeit wurde schlimmer und sie musste ihre Kraft einteilen. „Mariella?", fragte sie daher einfach.

„Ihr geht es gut", versicherte Hunter, der nach ihrem Handgelenk griff.

„Und Ihnen?", presste Rejyna mühsam hervor.

„Mir auch. Sie haben uns beiden das Leben gerettet."

Rejynas Mundwinkel zuckten, doch sie konnte sie nicht zu einem Lächeln heben. Es war zu anstrengend. Ihre Pupillen begannen sich zu drehen.

„Verdammt!", fluchte Parker. „Rejyna, kommen Sie, bleiben Sie bei uns! Sie sind im Dienst! Da können Sie nicht einfach schlafen."

Sie war im Dienst? Richtig! Angestrengt riss sie ihre Augen wieder auf.

„Gut! Sehen Sie mich an!", befahl Parker.

„Ihr Puls ist zu schwach!", bekannte Hunter leise.

„Sie verliert zu viel Blut. Ich glaube nicht, dass die Kugel ein lebenswichtiges Organ getroffen hat, aber wenn wir die Blutung nicht stoppen ..."

Mariella hielt Hunter den geöffneten Erste-Hilfe-Kasten entgegen. „Was braucht ihr?"

„Gibt es ein blutstillendes Pulver darin? Quickclot oder Haemocer?"

„Quickclot", verkündete Mariella und riss die Packung auf.

Hunter warf Parker einen abstimmenden Blick zu. „Bereit?"

Parker nickte und warf das mittlerweile blutgetränkte Hemd zur Seite. Rasch legte Hunter den Verband auf die Wunde und verstärkte den Druck mit dem T-Shirt von oben. Erneut stöhnte Rejyna.

„Tapfer", lobte Parker, während er ihr abermals die Haare aus dem Gesicht strich. Aus der Ferne waren jetzt auch näherkommende Sirenen zu hören. „Gleich haben Sie es geschafft, Rejyna. Sie machen das sehr gut."

„Es ist ... so kalt", gestand sie zitternd.

„Gleich wird es Ihnen warm." Lächelnd nahm Parker ihre Hand in seine Hände. „Ich verspreche es."

Ein Krankenwagen hielt an der Straße und Mariella wollte zur Tür laufen, um sie für die herbeieilenden Sanitäter zu öffnen.

„Nein, warte!", hielt Hunter sie zurück. „Der Schütze kann noch immer irgendwo dort draußen stecken. Lass die Polizisten das von außen machen." Er deutete auf die drei gleichzeitig ankommenden Polizeiwagen.

Es dauerte einige Sekunden, doch dann stand der Rettungsdienst im Gebäude. In wenigen Worten erklärte Parker, was passiert war und welche Maßnahmen sie ergriffen hatten, dann übernahm der Notarzt das Kommando.

„Fährt jemand von Ihnen mit?", erkundigte er sich drei Minuten später, als Rejyna auf der Trage lag.

„Ich komme mit", entschied Parker spontan, woraufhin Hunter lediglich nickte und sagte: „Ich informiere Blake."

Ungläubig starrte Mariella den Sanitätern nach, die über den Zufahrtsweg auf den Krankenwagen zueilten. Nur langsam erfasste ihr Verstand das Erlebte.

„Alles in Ordnung?", erkundigte sich Hunter besorgt.

Langsam drehte sie sich zu ihm um. „J...ja, ich denke schon. Es ist nur so unfassbar. Warum schießt jemand auf uns?" Fragend wollte sie zu ihm aufsehen, doch ihr Blick blieb an Hunters nacktem Oberkörper hängen.

Wow!, durchfuhr es Mariella und sie musste automatisch schlucken. Ihr Hals war auf einmal vollkommen trocken. Nie zuvor hatte sie in der Realität einen solch trainierten männlichen Körper gesehen. Die breiten Schultern und die schmale Taille hatte man erahnen können, aber die darunterliegenden Muskeln hatte Hunters Kleidung verborgen. Wenn sie gewusst hätte ... Nein, es hätte keinen Unterschied gemacht. Allerdings schluckte Mariella noch einmal. Wieso war nur ihr Kehle plötzlich so trocken?

Urplötzlich begann ihr Herz zu rasen und sie bekam nicht mehr genügend Luft. Sie fühlte, wie die Dunkelheit sie ergriff, obwohl sie Hunter gleichzeitig vor sich stehen sah. Es war, als würde sie sich in zwei Welten gleichzeitig befinden und in der einen lag sie, unfähig sich zu bewegen, auf einem harten Holztisch. Sie hörte Schritte. Sie spürte seine Hand ihren Arm hinaufgleiten.

„Nein!", schrie sie und fuhr sich mit der rechten Hand über ihren linken Arm.

„Mariella!", Hunters fordernde Stimme holte sie zurück in die Gegenwart. Oder waren es seine Hände an ihren Schultern, die sie zurückbrachten?

Verwirrt sah sie zu ihm auf und auf einmal wollte sie die Stärke dieses Mannes fühlen. Sie brauchte die Sicherheit, die er ausstrahlte. Schluchzend schlang sie ihre Arme um seinen Körper und atmete erleichtert auf, als er die Umarmung erwiderte und sie eng an sich heranzog.

Mit Mühe hielt Hunter seinen eigenen Atem ruhig. Ihm war die Leidenschaft, die anfangs in Mariellas Augen gestanden hatte, nicht entgangen, doch er hatte ebenso mitbekommen, als sich in ihrem Kopf ein Schalter umgelegt hatte. Etwas hatte Erinnerungen in ihr ausgelöst und er wusste, dass die Zuflucht in seine Arme einer Angst entsprungen war, die jede sexuelle Anziehungskraft abgelöst hatte.

Seine Gefühle hingegen waren eindeutig anderer Natur. Er spürte Mariellas unwiderstehliche Kurven, seine Nase nahm den leicht rauchigen Aprikosenduft auf, der in ihrem Haar hing, und er fühlte ihren warmen Atem an seiner Brust, die nichts anderes wollte, als ihre Lippen auf sich zu spüren. Er registrierte, wie sich sein Geschlechtsteil regte und konzentrierte seinen gesamten Willen darauf, die Regung zu unterbinden. Er fühlte sich in höchstem Maße unprofessionell.

Glücklicherweise bewegte sich Mariella in diesem Moment und Hunter konnte die Gelegenheit nutzen, ein wenig Abstand zwischen sie beide zu bringen. Allerdings nicht so viel, dass er sie loslassen musste. Er wollte nur sicherstellen, dass sie seine körperliche Erregung nicht spüren konnte und er wollte ihr in die Augen sehen.

„Hast du dich an etwas erinnert?“, fragte er vorsichtig.

„Ja, ich ... ich habe seine Schritte gehört und er hat mich angefasst.“

„Angefasst?“ Kalte Wut breitete sich in Hunters Körper aus. „Wo?“

„Am Arm. Und am Dekolleté“, flüsterte Mariella.

„Sonst noch irgendwo?“ Hunter musste sich zwingen, die Frage auszusprechen.

„Ich glaube nicht, zumindest nicht in dem Fragment, das sich gerade in meinem Kopf abgespielt hat.“

„Was hat die Erinnerung ausgelöst?“

„Ich konnte nicht schlucken“, gestand sie.

Irritiert starrte er sie an. „Du konntest nicht schlucken? Warum nicht?“

„Ich weiß nicht. Meine Kehle war so trocken.“ Nachdenklich rief sie sich ihre Gedanken zurück. Plötzlich errötete sie.

Auffordernd hob Hunter eine Augenbraue in die Höhe.

„Ich ... ich habe deinen Sixpack bewundert.“

Selbstbewusst grinste Hunter. „Ah! Ich hoffe, er hat dir gefallen?“

„Die Interpretation überlasse ich dir!“, erwiderte sie grinsend, ehe sie wieder ernst wurde. „Es ist merkwürdig, aber seit der Entführung hasse ich es, wenn mich jemand berührt. Doch du hast mich schon zweimal festgehalten und ... es hat sich gut angefühlt. Ich habe mich sicher und geborgen gefühlt, wohingegen es mich bei jedem anderen nur schaudert.“

„Das freut mich zu hören“, erwiderte Hunter.

„Ich hoffe, du fühltest dich nicht belästigt.“ Mariellas Blick wurde ein wenig unsicher.

„Belästigt? Im Gegenteil!“ Intensiv sah Hunter ihr in die Augen und die Atmosphäre zwischen ihnen veränderte sich. Sie wurde persönlicher und der Wunsch nach einer intimen Berührung verstärkte sich in ihm. Seine Fingerspitzen prickelten und seine Zunge stieß gegen seine Lippen. Angestrengt versuchte Hunter seine Gesichtsmuskulatur unter Kontrolle zu halten. Am Ende presste Hunter einen Kuss auf Mariellas Haar und trat einen Schritt zurück. „Lass uns zurück ins Büro gehen. Ich brauche definitiv erst einmal ein neues Hemd.“

„Wohnst du in deinem Büro?“

„Nein, aber ein Anzug und zwei Hemden finden sich immer in meinem Garderobenschrank. Man kann schließlich nie wissen.“

„Rejyna hat uns das Leben gerettet“, beendete Hunter seinen Bericht am Telefon. Er konnte durch die Leitung spüren, wie erregt Blake McGrey war und versuchte der ehrlichen Besorgnis des Agenten mit Sachlichkeit und Ruhe entgegenzuwirken. „Ja, Parker ist mit in die Klinik gefahren ... nein, kann ich nicht sagen, aber das Hauptproblem war der hohe Blutverlust ... ich bin sicher, dass Parker sich meldet, sobald er mehr weiß ... ja, ich bringe Mariella auf jeden Fall um halb drei ins FBI-Büro ... bis dann, Blake.“ Erschöpft lehnte sich Hunter in seinem Schreibtischstuhl zurück.

„Geht es dir gut?“, erkundigte sich Mariella.

„Ja, nach der ganzen Aufregung setzt nun allerdings eine körperliche Schwere ein. Es ist das erste Mal, das ich einen richtigen Schusswechsel erlebt habe.“

„Eure Arbeit mit dem FBI bringt offenbar einige Gefahren mit sich.“

„Das sieht ganz so aus.“

Nachdenklich sah Mariella aus dem Fenster. „Glaubst du, der Schütze hatte es auf Rejyna abgesehen? Ich meine, FBI-Agenten haben Feinde, nicht wahr?“

Aufmerksam musterte Hunter sie. Er wusste, dass mehr die Hoffnung aus Mariella sprach als dass sie wirklich an ein solches Szenario glaubte. Er wusste auch, was sie gerne als Antwort gehört hätte, doch er hielt nicht viel von taktischen Lügen. „Nein, ich denke die erste Kugel ist auf jeden Fall für dich bestimmt gewesen. Wenn Rejyna die Waffe nicht rechtzeitig im Sonnenlicht hätte aufblitzen sehen und wenn sie nicht so schnell reagiert hätte ..." Hunter konnte den Satz nicht zu Ende denken. Die Vorstellung, dass Mariella von dem Schuss tödlich getroffen worden wäre, war einfach zu grausam.

„Denkst du, der Botoxmörder steckt dahinter?"

„Es ist eine Möglichkeit", antwortete Hunter ausweichend. Sein Bauchgefühl sagte ihm, dass eine Feuerwaffe nicht zu dem Mann passte, aber bislang wusste er zu wenig über diesen Täter, als dass er diese Option mit Sicherheit ausschließen konnte. Bislang hatte er noch nicht einmal alle Akten seiner Opfer analysiert, und er hatte auch noch keinen einzigen Tatort besucht. Vielleicht würde er mehr wissen, wenn er die Hütte gesehen hatte.

„Möchtest du noch zu Melanie fahren?", wechselte er das Thema.

„Wenn ich ehrlich bin, habe ich keine große Lust mehr. Ich möchte nicht alles noch einmal erzählen und ebenso wenig möchte ich mich über belanglose Nichtigkeiten unterhalten." Traurig zog sie ihre Mundwinkel leicht nach unten.

„Beides ist verständlich." Nachdenklich musterte Hunter sie und Mariella strich sich verlegen die Haare aus dem Gesicht.

„Liest du mich jetzt anhand meines Gesichtsausdrucks?", fragte sie unsicher. „Ich muss gestehen, es ist ein wenig unheimlich, zu wissen, dass du meine Gedanken lesen kannst."

Unwillkürlich lächelte Hunter. „Ich kann keine Gedanken lesen", korrigierte er sanft. „Ich kann lediglich Emotionen erkennen. Um allerdings zu sehen, dass sich deine Beziehung zu Melanie in der letzten Zeit geändert hat, du aber diese Veränderung für dich noch nicht vollständig beurteilt und dementsprechend auch noch nicht entschieden hast, wie du damit umgehen möchtest, braucht es keine besonderen Fähigkeiten." Er machte eine kurze Pause. „Seit wann fühlst du, dass sich euer Verhältnis gewandelt hat?"

Mariella überlegte einen Moment. „Ehrlicherweise kann ich das nicht genau sagen. Ich meine, es gab kein bestimmtes Ereignis oder so etwas. Aber seit einigen Monaten haben wir nicht mehr die gleichen Interessen. Im College waren wir unzertrennlich. Jeder hat uns nur die siamesischen Zwillinge genannt."

„Ihr habt eure Leben miteinander geteilt", folgerte Hunter. „Ihr habt zusammen gelernt, zusammen gefeiert, ihr kanntet die gleichen Leute und hattet die gleichen Ziele. Nun stehst du jedoch mit beiden Beinen im Berufsleben und trägst die Verantwortung für sechsundzwanzig Mitarbeiter, während Melanie Ehefrau spielt."

Bestätigend nickte Mariella. „Mels Tage sind gefüllt mit Shopping, Kosmetik, einer Runde Golf und einem Mittagessen mit anderen Frauen, deren Männer sich in der Bostoner Gesellschaft bewegen. Versteh mich nicht falsch, ich gehe auch gerne einkaufen oder genieße eine schöne Massage, aber nicht ausschließlich."

Massage? Wie ein Kuckucksei nistete sich das Wort in Hunters Kopf ein, obwohl es dort definitiv nicht hingehörte. Allerdings konnte er die Bilder, die sein Gedächtnis plötzlich mit dem Begriff assoziierte, auch nicht mehr einfach löschen. Auf einmal sah er eine nackte Mariella bäuchlings auf einem weißen Handtuch liegen. Ihr leichtgebräunter Körper glänzte von dem duftenden Aromaöl, das seine Hände in sanften, kreisrunden Bewegungen auf ihren Schultern und ihrem Rücken verteilten. Hunter fühlte die feinen Schweißperlen an seinem Rücken und schlug unwillkürlich ein Bein über das andere. Er musste damit aufhören. Diese Fantasie geriet zu schnell außer Kontrolle. Abgesehen davon war Mariella am Sprechen. Er sollte besser zuhören.

„... früher haben wir davon geredet, gemeinsam zu arbeiten, aber langsam habe ich den Verdacht, dass Mel nie vorhatte, wirklich als Anwältin tätig zu sein. Sie liebt die Rolle als Richards Frau. Es genügt ihr."

„Vermutlich habt ihr euch in letzter Zeit nicht mehr so häufig gesehen wie früher."

„Stimmt. Die Abstände zwischen unseren Treffen sind größer geworden, und häufig ist auch Richard dabei gewesen. Ich hatte tagsüber keine Zeit und am Abend wollte sie ihren Mann nicht alleine lassen."

„Also gab es keine Frauengespräche mehr." Verschwörerisch zwinkerte er ihr zu.

„Nein", entgegnete Mariella traurig.

Hunter wartete einen kurzen Moment, ehe er das Gespräch fortsetzte. „Ich frage mich, ob du ihr von deiner Beziehung zu Jason erzählt hättest, wenn du ein Verhältnis mit ihm gehabt hättest."

„Früher hätte ich ihr sofort davon berichtet. Wir hatten keine Geheimnisse voreinander. Aber heute? Vermutlich hätte ich nichts gesagt, wenn es eine Affäre gewesen wäre, doch wie gesagt, ich habe eigentlich keine Kurzzeitliebschaften und schon überhaupt nicht am Arbeitsplatz."

Die Ansicht gefiel Hunter, obwohl es ihm im Grunde egal sein konnte, ob Mariella Anderson auf oberflächlichen Sex stand oder nicht.

„Wenn wir jedoch ernsthaft über eine Hochzeit nachgedacht hätten", hörte er sie weitersprechen, „kann ich mir nicht vorstellen, Mel nicht eingeweiht zu haben." Sie sah an sich herab. „Würde es dir etwas ausmachen, wenn wir direkt zur Bank und zum Einkaufen fahren? Ich brauche bestimmt nicht lange, aber ich muss etwas anderes zum anziehen haben. Es ist vielleicht schwer nachzuvollziehen, dass ich angesichts Rejynas Verletzung an Kleidung denke, aber ..." Sie stockte.

„Ich verstehe schon", half Hunter ihr mit einem aufmunternden Lächeln weiter. „Kleidung hat nicht nur eine Wirkung nach außen. Sie wirkt auch nach innen und hilft uns, in eine bestimmte Rolle hineinzufinden. An einem normalen Tag ist sie ein Spiegel unserer Seele. In einer Zeit, in der das Leben aus den Fugen geraten ist, gibt sie uns jedoch innere Sicherheit. Bevor wir allerdings einkaufen fahren, musst du etwas essen."

Mariella wollte widersprechen, doch Hunter ließ sie nicht zu Wort kommen. „Dein Körper braucht Energie. Auf dem Weg zur Bank liegt eine kleine, aber sehr gute Obstbar. Dort werden wir reinspringen, frühstücken und dann alles Weitere erledigen. Einverstanden?"

Leise seufzend stimmte Mariella zu. Sie wusste, dass Hunter recht hatte und auch wenn Essen das Letzte war, woran sie denken konnte, klang Obst zumindest erträglich.

Hunter wollte sich gerade erheben, als sein Telefon auf dem Schreibtisch klingelte. „Hallo, Yvaine, was gibt es?"

„Agent Blake McGrey ist in der Leitung. Er will dich sprechen", informierte ihn die Sekretärin.

„Stell ihn durch." Hunter wartete, bis er das typische Klicken hörte, dann meldete er sich. „Hallo, Blake!"

„Wir haben ein neues Opfer!", kam die Stimme des Mannes durch den Hörer. „Spaziergänger haben die Leiche einer jungen

Frau heute Morgen im Danehy Park gefunden. Ich dachte, Sie möchten vielleicht mitkommen."

„Auf jeden Fall", bejahte Hunter. „Am besten treffen wir uns dort."

„Nehmen Sie den Eingang von der Sherman Street aus."

„Haben Sie schon etwas von Rejyna gehört?", erkundigte sich Hunter, ehe Blake auflegen konnte.

„Nein. Mein letzter Stand ist, dass sie operiert wird. Ich war gerade auf dem Weg zu ihr, als der Anruf kam." Der innere Zwiespalt war Blake anzuhören, aber er war zu sehr Profi, als dass er ihn aussprach. Im Augenblick musste seine Priorität bei dem Opfer liegen. Daran gab es nichts zu rütteln und anders hätte es Rejyna auch nicht gewollt. Dennoch sollte sich nach einer Operation niemand alleine in einem kalten Krankenhauszimmer wiederfinden. Wer wusste das besser als er? „Rejyna hat keine Familie und sie ist erst vor einigen Monaten nach Boston gezogen", seufzte er.

„Parker wird bei ihr sein, wenn sie aufwacht", versicherte Hunter, der verstand, worauf Blake hinauswollte.

„Ja, das sagte er mir. Wir sehen uns dann gleich."

„Ich beeile mich."

Fragend sah Mariella ihn an, nachdem Hunter das Telefon zurück auf die Ladeschale gestellt hatte. „Was ist passiert?"

„Der Botoxmörder hat ein neues Opfer gefunden."

Unwillkürlich erbleichte Mariella. „Was?", hauchte sie. „Ich dachte, er ... er macht längere Pausen. Aber ja ... er hat ja nicht ... Oh Gott, es ist meine Schuld. Wenn ich nicht geflohen wäre, dann hätte er sich jetzt kein neues Opfer ..."

„Stopp!" Bestimmt unterbrach Hunter sie. Er kam um den Schreibtisch herum und ging vor Mariella in die Hocke, während er ihre Hände in seine nahm. „Es war absolut richtig, dass du geflohen bist. Es ist auch völlig normal, dass du angesichts dieser neuen Tragödie in einer ersten Reaktion Schuldgefühle hast, aber genau hier müssen sie auch enden. Nichts an dieser Situation ist deine Schuld. Das musst du begreifen. Du hast diese junge Frau nicht getötet, und du bist auch nicht für seine Handlung verantwortlich."

Ihre Lippen zitterten. „Wer ist sie?"

„Das weiß ich noch nicht." Fest drückte er ihre Hände. „Ich fürchte, unsere Shoppingtour muss ausfallen. Ich werde zu Blake fahren.“

„Sicher“, nickte Mariella murmelnd, ehe sie ihm in die Augen blickte. „Ich komme mit.“

„Das ist keine gute Idee“, widersprach Hunter.

„Vielleicht erinnere ich mich an etwas, wenn ich sie sehe. Also, ich meine, wenn ich ihren Körper sehe.“ Ein kalter Schauer lief ihren Rücken herunter, während sich ihre Schultern automatisch zusammenzogen.

„Abgesehen davon, dass das FBI grundsätzlich keine Zivilisten an einen solchen Schauplatz führt, halte ich es für hilfreicher, wenn du zuerst an deinen eigenen Tatort zurückkehrst. Ich will nicht, dass sich Eindrücke vermischen können. Verstehst du das?“

Tief atmete Mariella durch. „Ja, ich denke schon. Ich fühle mich nur so hilflos. Ich möchte etwas tun, um dieses Monster zu fangen.“

„Das wirst du auch. Heute Mittag fahren wir gemeinsam raus nach Lynn Woods und glaube mir, das wird dir eine große Leistung abverlangen. Sammle bis dahin deine Kräfte. Ich werde Emily bitten, dich zur Bank und in die Boutique zu begleiten. Wahrscheinlich ist sie dafür ohnehin die bessere Gesellschaft.“

Das glaubte Mariella zwar nicht, aber sie war dennoch froh, wenn sie endlich die Sachen an ihrem Leib loswerden konnte, die in ihrem Kopf immer noch nach ekligem, kaltem Rauch rochen.

KAPITEL 13

Konzentriert kniete Hunter neben der Leiche nieder. Es handelte sich um eine junge weiße Frau, Mitte Zwanzig. Sie war ungefähr 1,65 Meter groß, schlank, hatte schulterlanges kastanienbraunes Haar und war vollkommen nackt. Mit Ausnahme ihres Gesichts war ihr Körper mit ihrem eigenen Blut einbalsamiert worden. Wie alle Opfer vor ihr wies auch ihr linker Arm einen langen, tiefen Schnitt auf.

„Sie hatte panische Angst.“ Hunter sprach leise, aber Blake hatte ihn gehört.

„Woher wissen Sie das? Ich meine, es liegt auf der Hand, dass sie Angst gehabt haben wird, aber woher nehmen sie die Gewissheit?“

Hunter deutete auf ihre Augenpartie. „Der untere Teil ihrer Augenlider ist gespannt, während der obere Part nach oben gezogen ist. Ein weiteres Indiz ist der geöffnete Mund bei gleichzeitig strammen Lippen.“

„Für mich sieht es eher danach aus, dass sie Schmerzen gehabt hat“, gab Blake zu.

„Das hat sie ganz sicherlich auch. Der Musculus corrugator supercilii, das ist ein kleiner Muskel in der Lidspalte, der auf extremen Schmerz reagiert, ist über einen langen Zeitraum sehr aktiv gewesen. Aber als sie starb, war Angst die in ihr am stärksten wirkende Kraft und hier meine ich eine Furcht, die den Körper so stark belastet, dass sie zum Herzstillstand führen kann.“

„Das sehen Sie alles, wenn Sie in ihr Gesicht schauen?“ Der Pathologe warf ihm einen bewundernden Blick zu.

„Ja. Wenn jemand Schmerz fühlt, presst er die Zähne zusammen. Auch seine Nasenlöcher sind aufgebläht. Wie gesagt, die Frau hatte Schmerzen. Das steht außer Frage, aber Panik war das Letzte, was sie gefühlt hat.“

„Sie hat also nicht aufgegeben“, folgerte Blake. „Sobald der Punkt erreicht ist, an dem die Opfer erkennen, dass sie einer Situation hilflos ausgeliefert sind, ergeben sie sich in der Regel in ihr Schicksal."

„Nicht diese Frau. Sie hat bis zum Schluss gehofft."

„Eines verstehe ich trotzdem nicht", gestand ein junger Polizist, der die Unterhaltung mitbekommen hatte. „Wie kann sie Schmerzen gehabt haben, wenn ihr Körper mit Botox vollgepumpt war?"

„Botox lähmt die Muskelbewegung", erklärte ihm der Mediziner, „aber es unterbindet nicht das Fühlen."

Blakes Handy vermeldete den Eingang einer Nachricht. „Wir haben einen Namen", verkündete er. „Sie heißt Patricia James und ist vierundzwanzig Jahre alt. Ihre Freundin hat sie heute früh vermisst gemeldet, nachdem Patricia am Morgen nicht zu einer wichtigen Prüfung in der Uni aufgetaucht ist und sie weder zu Hause noch telefonisch erreichbar war. Sie sagte, dass Patricia gestern zu ihrer Spinningstunde ins Fitnessstudio wollte, aber mehr wusste sie nicht. Die Frau hat wohl alleine gelebt."

Nachdenklich sah sich Hunter um. „Das hier ist nicht der Tatort, korrekt?"

„Richtig", bestätigte der Pathologe. „Der Mörder muss sie hier nach dem Tod abgelegt haben. Den Todeszeitpunkt würde ich grob um Mitternacht schätzen."

„Mitternacht", wiederholte Hunter murmelnd. „Können Sie herausfinden, seit wann Patricia hier draußen liegt?"

„Wenn wir einen Tatort hätten, ja. Dann könnte ich anhand der abgesunkenen Körpertemperatur den Zeitpunkt einkreisen."

Blake wandte sich an den Leiter der Spurensicherung. „Habt ihr irgendwas gefunden?"

„Negativ", antwortete ihm der Mann. „Die Erde ist zu trocken, als dass der Typ Fußabdrücke hinterlassen hätte, aber aufgrund der abgeknickten Zweige können wir davon ausgehen, dass er die Frau getragen hat."

„Er ist nur wenige Meter in den Wald gegangen und hat sich auch vom Parkplatz nicht weit entfernt", sprach Blake seine Gedanken laut aus. „Vermutlich wollte er, dass sie schnell gefunden wird. Miss Andersons Flucht wertet er als Versagen, und er hat das Bedürfnis der Welt zu zeigen, dass er uns immer noch überlegen ist." Fragend sah er Hunter an.

„Möglich", entgegnete dieser gedankenverloren.

„Sie sind nicht überzeugt?", wunderte sich Blake.

Sich nicht festlegen wollend bewegte Hunter seinen Kopf in

einer alles- und nichtssagenden Bewegung.

„Kann ich die Leiche mitnehmen?“, erkundigte sich der Pathologe.

„Ja, klar“, nickte Blake. „Ruf mich an, sobald du etwas hast.“

„Selbstverständlich“, versprach der Gerichtsmediziner.

Während der nächsten Stunde suchten Hunter und Blake nach verwertbaren Spuren am Fundort und auch auf dem Parkplatz. Frustriert mussten sie jedoch feststellen, dass der Täter nicht das Geringste hinterlassen hatte.

In Gedanken versunken folgte Hunter in seinem Auto Blake ins FBI-Büro. Immer wieder verglich er die Leiche von Patricia James mit den Bildern in seinem Kopf, die von Mariella in der Klinik gemacht worden waren und er wusste, dass er dieses letzte Opfer noch einmal sehen musste. Sein Bedürfnis, die Pathologie aufzusuchen, hielt sich allerdings in Grenzen, denn er wusste, dass als erste Handlung, Patricias Körper von dem an ihr klebenden Blut gereinigt werden würde, um auch nicht die kleinste darunterliegende Wunde zu übersehen.

Als Hunter seinen Wagen neben den von Blake auf dem Parkplatz des FBI abstellte, schloss er für einen Moment die Augen. Sie mussten diesen Mörder fassen. Es durften ihm nicht noch mehr Frauen zum Opfer fallen. Wenn der Kerl seine gewohnten Pausenzeiten einhielt, blieben ihnen drei Monate, doch Hunter hatte nicht vor, so lange zu brauchen. Er wollte den Fall in den nächsten Tagen abschließen. Letztlich stand für das Team von H.E.L.P. nicht weniger als ihre berufliche Zukunft auf dem Spiel. Hunter bündelte noch einmal mental all seine Kraft, dann stieg er aus.

„Ich hatte gehofft, dass der Typ nicht so schnell ein neues Opfer wählen würde“, seufzte Blake auf dem Weg ins Gebäude.

„Offensichtlich war es für ihn wichtig, dass er vollendet, was ihm bei Mariella nicht gelungen ist.“

„Ich habe noch nie so lange an einem Fall gearbeitet“, gestand Blake. „Es ist frustrierend.“

„In wie vielen Fällen haben Sie die Akte ungelöst schließen müssen?“

„In zweien und sie verfolgen mich heute noch.

„Das ist eine ziemlich hohe Erfolgsquote“, lobte Hunter anerkennend.

„Nicht hoch genug“, gab Blake zurück. „Ausgeschlossen, dass ich diesen Fall zu den anderen beiden addieren muss.“

„Das werden Sie nicht“, versprach Hunter, als er die Tür für Blake aufhielt.

„McGrey, gut, dass ich Sie treffe.“ Chief Hanson, der ihren Weg mit einem zweiten Mann an seiner Seite im Flur kreuzte, blieb vor ihnen stehen und musterte Hunter offen, als müsse er sich an den Namen erinnern. „Mr Holmes“, grüßte er schließlich.

„Chief Hanson, es freut mich, Sie wiederzusehen“, erwiderte Hunter höflich.

„Wie weit sind Sie im Fall des Botoxmörders?“

„Wir sind dabei, ein Profil des Mannes zu erstellen“, antwortete Hunter.

„Wie ich gehört habe, binden Sie die Kapazitäten meiner Leute dazu, herauszufinden, was es mit Miss Andersons Privatleben auf sich hat. Ich kann nicht behaupten, dass mir das gefällt, Mr Holmes. Sie werden dafür bezahlt, einen Serienmörder zu fassen und nicht die Wirrungen des Liebeslebens einer Zeugin zu sondieren.“

Nach außen hin ließ sich Hunter keine Reaktion anmerken, innerlich hingegen kochte er vor Wut. Dieser Mann war nicht nur ignorant allem Neuen gegenüber, er war dazu auch noch unverschämt. Er setzte gerade zu einer Antwort an, als Blake das Wort ergriff.

„Der Telefontermin mit Las Vegas ist meine Entscheidung gewesen, nachdem mich Mr Holmes darüber aufgeklärt hat, dass es für die Ermittlungen notwendig ist zu wissen, wann der Realitätsverlust bei Miss Anderson einsetzt. Das Team von H.E.L.P. braucht diese Informationen, um ihre Erinnerungen, die wir hoffen durch einen Besuch des Tatorts wecken zu können, korrekt einsortieren zu können.“

„Ich verstehe“, antwortete der Chief. „Dennoch hoffe ich, dass das Ganze nicht allzu lange dauert. Wir brauchen eine Festnahme. Wenn Sie also keine hilfreichen Ergebnisse liefern können, die eine Identifizierung und Verhaftung des Täters beschleunigen, werde ich der Direktorin leider davon berichten müssen.“

„Bei allem Respekt, Sir“, entgegnete Hunter, „wir sind noch nicht einmal vierundzwanzig Stunden mit dem Fall betraut.“

„Schon gut“, winkte Hanson ab. „Machen Sie Ihre Arbeit, aber seien Sie sich im Klaren darüber, dass ich Ergebnisse sehen will."

„Das wollen wir ebenfalls", versicherte Hunter, wobei er die Antwort, die er dem Mann am liebsten entgegnet hätte, runterschluckte. Geschäftig wandte er sich an Blake. „Macht es Ihnen etwas aus, wenn ich einen zweiten Blick auf Patricia James werfe? Ich würde auch gerne noch einmal mit dem Pathologen sprechen."

„Nein, gehen Sie nur runter. Die Pathologie befindet sich im zweiten Untergeschoss. Ich rufe durch, wenn Miss Anderson eingetroffen ist."

Mit einem wortlosen Nicken verabschiedete sich Hunter und verschwand im Aufzug, der gerade seine Türen öffnete. Blake hingegen schüttelte innerlich den Kopf über seinen Vorgesetzten. Er konnte es Hunter nicht übelnehmen, dass er keine Lust hatte, sich weiter mit Hanson auseinanderzusetzen.

„Das hier ist übrigens Detective John Gallagher. Er ist vom Miami Police Department", unterbrach Hanson seine Gedanken und Blake reichte dem Mann zur Begrüßung die Hand.

„Was bringt Sie nach Massachusetts?", erkundigte sich Blake.

„Der Botoxmörder", antwortete der Kollege aus Florida.

„Gehen wir in mein Büro", schlug Hanson vor. „Da können wir uns ungestörter unterhalten."

„Der Botoxmörder?", hakte Blake kurz darauf nach. „Bislang sind wir davon ausgegangen, dass der Mann nur in der Bostoner Gegend mordet."

„Nun, noch sind wir nicht sicher, dass es sich tatsächlich um den gleichen Täter handelt. Daher bin ich hergeflogen, um mich mit Ihnen auszutauschen."

„Ich vermute, Sie haben ein Opfer, das die Handschrift des Botoxmörders trägt", folgerte Blake, während er den Mann musterte. Er war Mitte bis Ende dreißig, hatte schütteres dunkelblondes Haar und wog schätzungsweise um die fünfundsiebzig Kilo. Sein schwarzer Anzug saß wie maßgeschneidert.

„Um ehrlich zu sein, passt es nicht zu hundert Prozent. Deshalb bin ich auch hier. Bislang haben wir das Opfer noch nicht identifiziert, aber wir können sagen, dass die Frau vor ungefähr zwanzig Monaten starb. An einer Kette um den Hals trug sie eine leere Botulinumtoxinampulle. Wir vermuten, dass das Gift die

Todesursache war. Allerdings lässt sich dies nicht mehr nachweisen. Ebenso wenig können wir sagen, ob ihr Körper mit Blut eingerieben war."

„Wie alt war die Frau?", wollte Blake wissen

„Mitte Zwanzig", antwortete Gallagher seufzend. „Es könnte natürlich einen ganz anderen Grund für die Ampulle geben, aber die wahrscheinlichste Erklärung ist, dass der Mörder sie als Symbol hinterlassen hat."

„Sie vermuten, dass Ihre Jane Doe das erste Opfer unseres Killers sein könnte", folgerte Blake nachdenklich. „Haben Sie eine Gesichtsrekonstruktion veranlasst?"

„Haben wir, aber das Ergebnis kommt frühestens heute Abend. Mein Partner schickt mir das Bild, sobald er es auf den Schreibtisch bekommt." Er seufzte. „Wir wären im Süden wirklich dankbar, wenn wir ein paar Anhaltspunkte hätten. Vielleicht können Sie mit mir einige Dinge durchsprechen?"

„Selbstverständlich wird Agent McGrey das machen", antwortete Chief Hanson. „Eigentlich hatten wir gehofft, den Kerl längst identifiziert zu haben, nachdem sein letztes, nein, mittlerweile ist sie leider schon sein vorletztes Opfer, fliehen konnte, aber bedauerlicherweise kann sich die Frau nur an Fragmente erinnern."

„Mit etwas Glück weckt der Besuch des Orts, an dem der Täter sie gefangen gehalten hat, heute Nachmittag einige hilfreiche Erinnerungen", äußerte Blake zuversichtlich.

„Sie sind mit ihr noch nicht dorthin zurückgekehrt?", wunderte sich Gallagher. „Wieso haben Sie das nicht schon längst gemacht? Ist das Ganze nicht schon eine Woche her?"

„Heute sind es acht Tage", konkretisierte Blake. „Bislang hat ihr Psychiater uns aber davon abgeraten. Er hielt es für zu gefährlich."

„Und jetzt hat er zugestimmt?", warf Chief Hanson skeptisch ein.

„Es war die Entscheidung des H.E.L.P.-Teams", gestand Blake.

„Und Sie haben das ohne Rückfrage genehmigt?"

Automatisch runzelte Blake die Stirn. Die Frage seines Chefs irritierte ihn. Noch vor einer Woche hatte er selbst in einer Teamsitzung nach Wegen gesucht, das Attest von Dr Willcocks zu umgehen. Es war eindeutig gewesen, dass Hanson bereit gewesen war, die Gesundheit von Miss Anderson den Ermittlungen unterzuordnen. Bevor Blake jedoch reagieren konnte, fragte Gallagher:

„Wer oder was ist H.E.L.P.?"

„Ein Unternehmen, das sich auf ein spezielles Profiling- und Identifikationsprogramm spezialisiert hat", fasste Blake kurz zusammen. „Sie können anhand von Stimmen- und Mimikanalysen Grundemotionen erkennen, woraus sich beispielsweise Lügen ableiten lassen."

Argwöhnisch blickte Gallagher von Blake zu Hanson. „Sie glauben an so einen Quatsch?"

„Es ist kein Quatsch, sondern basiert auf wissenschaftlichen Forschungsergebnissen", verteidigte Blake das Team.

„Unsere Direktorin hier in Boston ist ein Fan dieser Leute und besteht darauf, dass wir mit ihnen zusammenarbeiten, nachdem der Kerl fünf Frauen auf dem Gewissen hat."

„Sechs", korrigierte Blake.

„Na ja, wahrscheinlich kann es nicht schaden, auch einmal neue Wege auszuprobieren", überlegte der Kollege aus Florida.

„Warum begleiten Sie Agent McGrey und Mr Holmes heute Mittag nicht zu dieser Hütte in Lynn Woods?", schlug Hanson vor.

Sofort wollte Blake Einspruch erheben, denn er erinnerte sich nur zu gut an Hunters Einwurf, dass nicht zu viele Leute anwesend sein sollten, aber Gallagher winkte von selbst ab.

„Wahrscheinlich ist es besser, wenn so wenig Menschen wie möglich, Miss Anderson begleiten. Die Situation ist auch ohne Fremde bereits stressig genug für sie. Es dürfte angenehmer für sie sein, wenn ich mich hier mit ihr unterhalte."

„Das ist eine gute Idee", stimmte ihm Blake mit einem Blick auf seine Armbanduhr zu. „Ich bin mir nur nicht sicher, ob wir es heute Nachmittag noch hinbekommen. Ich habe in zehn Minuten einen Videokonferenztermin und anschließend sollten wir zügig aufbrechen. Der Besuch des Tatorts sollte abgeschlossen sein, bevor es dunkel wird."

„Kein Problem. Ich habe ohnehin eine Nacht hier in Boston eingeplant und da wir noch nicht einmal einen Namen für unsere Jane Doe haben, kommt es für mich nicht auf ein paar Stunden an. Wir können uns morgen früh in Ruhe zusammensetzen und falls wir in Florida tatsächlich auf sein allererstes Opfer gestoßen sind, ist das sicherlich auch für Sie interessant."

„Auf jeden Fall. Wenn Sie möchten, können Sie sich, während ich den Telefontermin mit Mariella Anderson wahrnehme, auch mit Hunter Holmes unterhalten", bot Blake an. „Er ist einer der

Leute von H.E.L.P. Sie haben ihn eben im Flur mit mir gesehen."

„Ah, wissen Sie, Agent McGrey, ich bin zwar noch nicht steinalt, aber was die Ermittlungsarbeit angeht, bin ich doch eher konservativ orientiert. Das, was Sie mir eben beschrieben haben, ist in meinen Augen eher Zeitverschwendung. Ich nutze die Stunden lieber, um mir die Akten Ihres Botoxmörders anzusehen. Vielleicht finde ich darin einen Hinweis, den ich zu uns ins Büro weiterleiten kann, damit er dort verfolgt werden kann."

„Sicher!" Blakes Stimme klang auf einmal kalt. Es war schon verrückt, wie schnell er eine emotionale Partnerschaft zu Hunter, Emily, Lucas und Parker entwickelt hatte. Es war noch zu früh, um von einer Freundschaft zu sprechen, doch die vier Menschen waren ihm von Anfang an sympathisch gewesen. In ihren Augen hatte er die gleiche Leidenschaft für ihre Sache gesehen, die er selbst für seinen Beruf empfand und es war diese Hingabe, die ihm Respekt und Hochachtung einflößten, denn er wusste, dass dies grundsätzlich mit hohem persönlichen Einsatz verbunden war, der automatisch mit Schmerzen und Verlust einherging.

Mit Hansons Meinung hatte er sich abgefunden, sie war schließlich nichts Neues für ihn. Der Mann gehörte einer anderen Generation an. Aber in Hinblick auf Gallaghers ablehnende Haltung fühlte er mit einem Mal ein Band zwischen ihm und diesen vier Menschen und Blake wollte, dass sie mit ihrem Programm Erfolg hatten.

„Wenn Sie mich entschuldigen, ich muss die Videoschaltung vorbereiten", verabschiedete er sich, wobei er dem Kollegen die Hand reichte. „Chief Hansons Sekretärin kann Ihnen die Akten raussuchen."

„Vielen Dank, wir sehen uns dann morgen", verabschiedete sich Gallagher, woraufhin Blake lediglich nickte.

KAPITEL 14

„Vielen Dank, Doktor!“ Erleichtert atmete Parker aus, als er hörte, dass Rejyna die Operation gut überstanden hatte. „Wann kann ich sie sehen?“

„Wir beobachten Sie noch etwa eine halbe Stunde im Aufwachraum, dann bringen wir sie zurück auf die Station. Im Zimmer können Sie dann gerne zu ihr.“

Eine halbe Stunde, wiederholte Parker in Gedanken und überlegte, wie er die Zeit sinnvoll nutzen konnte, als ihm einfiel, dass auch Dr Gabriel Willcocks in dieser Klinik praktizierte. Kurz entschlossen entschied er sich, dem Mann einen Besuch abzustatten. Sicher würde ihm der Psychiater erklären können, warum er Mariella ein Antipsychotikum verabreicht hatte.

„Vielen Dank, dass Sie sich die Zeit für mich nehmen“, grüßte Parker, als er kurz darauf das Büro des Arztes betrat.

„Selbstverständlich, Dr McNamara. Meine Sekretärin sagte, Sie wollten mich bezüglich einer Patientin sprechen?“

„Das ist richtig. Es geht um Mariella Anderson. Ich habe einige Fragen zu ihrer Therapie.“

Verwundert runzelte der Mann die Stirn. „Sie wissen doch sicher, dass ich Ihnen ohne Freigabe keine Auskunft zu meinen Patienten geben darf?“

„Miss Anderson hat Sie Ihrer Schweigepflicht mir gegenüber entbunden.“ Ruhig schob Parker dem Arzt die unterzeichnete Erklärung über den Schreibtisch und lobte sich insgeheim dafür, dass er das Dokument von gestern Abend noch immer in der Tasche hatte.

Bedächtig nahm Willcocks das Papier in die Hand und studierte es ausgiebig, ehe er es wieder zur Seite legte und Parker ansah. „Was kann ich für Sie tun?“

„Miss Anderson wurde vor sieben Tagen auf Ihrer Station

eingeliefert. In welchem Zustand hat sie sich befunden?"

„Körperlich hatte sie eine schwere Gehirnerschütterung, diverse Schnittwunden und sie befand sich in einem Schockzustand. Darüber hinaus war sie traumatisiert. Wir haben sie zunächst mit Sedativa ruhiggestellt."

„Wann haben Sie Gedächtnislücken bei Miss Anderson festgestellt?"

„Diese haben sich sehr schnell gezeigt. Anfangs hatten wir den Verdacht, dass die Ursache in einer Kopfverletzung liegt, doch nach einer Computertomographie hat sich herausgestellt, dass ihr Unterbewusstsein das Erinnerungsvermögen blockiert."

„Dennoch haben Sie ihr Lithium verabreicht. Warum?"

Einen langen Moment starrte Willcocks ihn an, wobei sich seine Lippen zu einer schmalen Linie formten. „Zweifeln Sie an meiner Diagnose, Dr McNamara?"

„Keineswegs", gab Parker unumwunden zurück. „Ich würde nur gerne verstehen, warum Sie einer Patientin mit retrograder Amnesie ein Medikament mit ohnehin zweifelhaftem Ruf verschreiben, dessen Nebenwirkung unter anderem darin bestehen, Erinnerungen zurückzudrängen."

„Ich kenne die Bedenken gegen Lithium, dennoch haben wir in dieser Klinik ausschließlich positive Erfahrungen damit gemacht und was Miss Anderson betrifft, so hielt ich es zunächst für das Beste ..." Die rechte Augenbraue des Mannes zuckte. „... sie zur Ruhe kommen zu lassen. Es hat in der Regel einen Grund, wenn das Gehirn Erinnerungen blockiert."

„So wie es einen Grund hat, wenn es diese wieder freigibt", fügte Parker ergänzend hinzu. „Nur haben Sie Miss Andersons Gehirn die Möglichkeit genommen, diesen Zeitpunkt selbst zu bestimmen."

„Die Natur regelt vieles von selbst, doch leider nicht immer zu ihrem Besten", gab Willcocks zurück, wobei sich der rechte Daumen seiner gefalteten Finger tief in den Handballen der linken Hand presste. „Im Übrigen vertrete ich bei allem kollegialen Respekt, Dr McNamara, die Ansicht, dass Miss Anderson in ihrer derzeitigen Verfassung besser in den Händen eines Psychiaters aufgehoben ist als in denen eines Psychologen."

„Weil Sie sie für suizidgefährdet halten?"

„Weil sie zwei Selbstmordversuche innerhalb einer Woche unternommen hat", stellte Willcocks unmissverständlich dar.

Seine Augen funkelten, doch Parker sah, dass hinter der Wut noch eine andere Emotion schlummerte. Hatte der Mann Angst? Doch wovor? Plötzlich kam ihm ein Gedanke.

„Hat Miss Andersons Ehemann Sie darum gebeten, seiner Frau Lithium zu verschreiben?“, erkundigte er sich argwöhnisch.

Willcocks erhob sich resolut. „Ich bin Ihnen keine Rechenschaft darüber schuldig, wie ich therapiere, aber nein, Mr Anderson hat mich nicht darum gebeten. Und jetzt entschuldigen Sie mich bitte. Meine Patienten warten.“

Als Parker sich daraufhin erhob und ihm die Hand zur Verabschiedung über den Schreibtisch reichte, registrierte er die spontane Erleichterung des Mannes, auch wenn dieser sich Mühe gab, sie sich nicht anmerken zu lassen. Doch Parker wusste fürs Erste, was er wissen wollte. Dieser Mann hatte definitiv etwas zu verbergen und es wurde Zeit, dass er Blake darüber unterrichtete.

KAPITEL 15

Kopfüber hing Hunter in der Toilettenschüssel. Seit drei Minuten hob und senkte sich sein Magen ohne Unterbrechung, auch wenn schon lange nichts mehr aus ihm herauskam. Er konnte sich nicht erinnern, wann er sich das letzte Mal derart heftig übergeben hatte. Langsam hob er seinen Kopf und wartete.

Argh! Schon wieder! Rasch beugte Hunter sich wieder nach unten. Wahrscheinlich war es ein Glück, dass er weder gefrühstückt, noch zu Mittag gegessen hatte. Er spürte die feinen Schweißperlen, die sich auf seiner Stirn bildeten und er spürte die plötzliche Kälte in seinen Händen. Verdammt, sein Kreislauf durfte ihn jetzt nicht im Stich lassen. Doch vor seinen Augen begannen Sterne zu flackern und Hunter wusste, er musste etwas unternehmen, wenn er nicht gleich hart auf dem Boden landen wollte.

Vorsichtig wechselte er die Position und setze sich quer in das kleine Toilettenhäuschen. So schräg wie möglich lehnte er seinen Rücken in einer halbliegenden Stellung an die Seitenwand und brachte seine Füße in eine höhere Position. Abermals krampfte sein Magen, doch Hunter ignorierte ihn. Er wusste, dass nichts mehr aus ihm herauskommen würde. Erschöpft schloss er seine Augen und wartete, dass die Übelkeit vorbeigehen würde.

Er hätte niemals in die Pathologie gehen sollen, oder zumindest hätte er warten müssen, bis Patricia James gesäubert war. Er hätte es wissen müssen. Warum war er nur so unvernünftig gewesen?

Du hast dich überschätzt, sagte ihm eine innere Stimme. *Du hast gedacht, siebenundzwanzig Jahre seien genug. Aber du hast dich geirrt. Es ist nie lange genug.*

Vor seinem geistigen Auge erschien Will Johnson. Sein Blick war voller Verständnis, aber auch Stolz fand sich darin.

Du hast alles richtig gemacht!, hörte Hunter die angenehme Stimme des Psychologen, der mehr Vaterfigur für ihn gewesen war als es sein eigentlicher Erzeuger war. *Du bist zu streng mit dir, Hunter! Du darfst deine Gefühle nicht ignorieren. Du musst sie zulassen. Du darfst sie nur nicht deine Handlungen bestimmen lassen und ebendies hast du nicht getan. Ich bin stolz auf dich, Junge!*

Tief atmete Hunter ein und öffnete dabei auch wieder seine Augen. Sein Herzschlag hatte sich normalisiert und auch sein Magen hatte sich endlich beruhigt. Sich an der Türklinke festhaltend stand Hunter auf. Mit noch ein wenig wackeligen Beinen ging er hinüber zum Waschbecken, wo er seinen Mund ausspülte. Ein Blick in den Spiegel zeigte ihm, dass seine Haut immer noch leicht gräulich wirkte und auch seine Lippen waren noch reichlich blass. Doch bald schon würde die Farbe zurückkehren. Seine Hände sortierten seine Haare in die richtige Richtung, dann straffte Hunter seine Schultern. Es wurde Zeit, dass er in den Autopsiesaal zurückkehrte.

Der Pathologe, Carter Ayres, sah kurz von der Leiche auf, als Hunter an die gegenüberliegende Seite des Obduktionstisches trat, ehe er sich wieder Patricia James widmete. Hunter rechnete es dem Mann hoch an, dass er weder sein Verschwinden noch sein Aussehen kommentierte.

„Bislang gibt es keinerlei Auffälligkeiten. Alles ist genau wie bei seinen anderen Opfern. Er hat Patricia das Botox in die Muskeln gespritzt, dann hat er ihren Körper mit Blut eingerieben. Nachdem dieses getrocknet war, hatte er Geschlechtsverkehr."

„Ich nehme an, dass er auch dieses Mal keine DNA hinterlassen hat", vermutete Hunter, denn die Hoffnung starb immer zuletzt.

„Leider nein." Bedauernd schüttelte der Arzt seinen Kopf. „Er scheint auch die ganze Zeit über Handschuhe zu tragen."

„Können Sie sagen, wann die Würgemale am Hals entstanden sind?"

„Den Hämatomen nach würde ich sagen, ungefähr zwanzig bis dreißig Minuten vor Todeseintritt."

„Bleiben Sie bei Mitternacht als Todeszeitpunkt?", vergewisserte sich Hunter.

„Ja." Traurig sah der Mediziner hinunter auf die Frau auf seinem Tisch. „Es ist eine Schande. Sie hatte das ganze Leben noch vor sich. Es wird Zeit, dass dieser Kerl endlich gefasst wird." Er hob seinen Kopf wieder und sah Hunter interessiert über den Tisch hinweg an. „Ich muss zugeben, dass ich eine Menge über Sie gelesen habe. Ihre Studien sind absolut faszinierend. Denken Sie, Sie kriegen dieses Monster?"

Einen kurzen Moment horchte Hunter in sich hinein. Dann nickte er. „Ja, wir werden ihn mit unserer Methode identifizieren. Dies hier wird die letzte junge Frau gewesen sein, deren Leben er genommen hat." Sowohl seine Stimme als auch seine Haltung spiegelten seine innere Überzeugung wieder. H.E.L.P. war so weit. In New York hatten sie bewiesen, dass ihr Programm funktionierte und nun würden sie beweisen, dass es kein Glück gewesen war.

Das Telefon an der Wand klingelte, und Carter Ayres ging hinüber, um das Gespräch anzunehmen. „Ja, er ist hier ... Ist gut, ich sag's ihm ... Bis dann!" Noch während er den Hörer zurück in die Halterung hing, sah er hinüber zu Hunter. „Das war Blake. Ich soll Ihnen ausrichten, dass Miss Anderson oben bei ihm ist und dass die beiden in Besprechungsraum Vier auf Sie warten."

„Dann beeile ich mich besser. Vielen Dank!"

„Keine Ursache und falls Sie noch Fragen haben, melden Sie sich."

„Das mache ich." Zielstrebig schritt Hunter auf den Aufzug am Ende des Flurs zu. Mariella war hier. Allein der Gedanke, sie gleich wiederzusehen, ließ sein Herz schneller schlagen, aber wahrscheinlich hing dies nur mit dem bevorstehenden Telefonat zusammen. Mariella war derart davon überzeugt, Jason Tanner nicht geheiratet zu haben, dass ihm alleine der Gedanke, die Hochzeit bestätigt zu bekommen, den Brustkorb zusammenschnürte. Er konnte sich nur vage vorstellen, welche Wirkung eine solche Erkenntnis auf Mariella haben würde.

Auf Mia, repetierte Hunter stumm den Kosenamen, den ihr Bruder Mark neulich benutzt hatte. Er gefiel ihm. In seinen Augen passte er perfekt zu Mariella. *Mia!* Sie war die anziehendste Frau, die ihm je begegnet war. Zweifellos war sie hübsch, doch das traf auf viele Frauen zu, sagte er sich grübelnd. Dennoch hatte diese Frau vom ersten Augenblick an einen Teil seines Herzens berührt. Er fühlte sich als Mann zu ihr hingezogen, gleichzeitig war er aber auch als Mensch von ihr fasziniert. Es war mehr als eine rein sexuelle Kraft, die auf ihn wirkte und zum ersten Mal verspürte er den Wunsch, einem anderen Menschen als Emily, Lucas oder Parker zu vertrauen. Hunter wusste, dass es ein Risiko war. Er wusste, dass er unter Umständen einen hohen Preis zahlen würde, wenn es schiefging, aber zum ersten Mal war er bereit, alles zu riskieren.

Du bist ein Dummkopf, sagte er zu sich selbst, *und außerdem ein Egoist. Die Frau hat ein furchtbares Trauma erlebt. Ihr Leben steht Kopf und du denkst nur daran, wie du sie in dein Bett bekommst.*

Darum geht es nicht, widersprach sich Hunter selbst, aber er schränkte fairerweise ein: *oder zumindest nicht ausschließlich.* Entschieden schüttelte er seinen Kopf. Er musste aufhören mit diesen Gedanken. Er hatte zu arbeiten und der Nachmittag würde nicht einfach werden.

Das letzte Mal, als er eine Patientin in die Vergangenheit geführt hatte, lag einige Jahre zurück. Zwar war das Zurückbringen von Erinnerungen einer seiner Schwerpunkte während des Studiums gewesen, doch die letzten zwei Jahre hatte er hauptsächlich in den Aufbau des H.E.L.P.-Programms investiert und auch wenn Hunter nicht an seinen Fähigkeiten zweifelte, so war ihm doch klar, dass ihm die Routine fehlte und er all seine Konzentration benötigen würde. Mariella vertraute ihm. Entschlossen, dieses Vertrauen nicht zu enttäuschen, trat Hunter aus dem Aufzug.

Besprechungsraum Vier, hatte der Pathologe gesagt. Suchend blickte er sich um, bis er den Raum schließlich in der hinteren linken Ecke ausfindig machte.

„Ist alles in Ordnung?“, erkundigte sich Mariella, als Hunter durch die Tür trat.

„Sicher“, erwiderte er, während er im neunzig Grad Winkel neben ihr am Tisch Platz nahm.

„Richtig gut sehen Sie wirklich nicht aus“, meinte auch Blake mit einem kritischen Blick. „Aber wenn es Sie tröstet: Das geht vielen so. Die Pathologie ist nicht für jeden.“

„Das ist wohl wahr, aber heute liegt es eher daran, dass mein Magen noch immer nichts Essbares hatte und mittlerweile ist es fast halb drei. Hast du etwas gegessen, Mariella?“

„Emily hat mich in diese Obstbar geführt, so wie du es wolltest.“

„Und hast du etwas gegessen?“ Zweifelnd musterte er sie.

„Ein Joghurt mit frischen Beeren.“

Zufrieden nickte Hunter. „Wie ich sehe, bist du auch zum Einkaufen gekommen. Das neue Outfit steht dir ausgezeichnet.“

„Danke!“ Mariella errötete leicht. Sie hatte immer noch ein schlechtes Gewissen, dass es ihr so wichtig gewesen war, sich umzuziehen, aber tatsächlich hatte ihr die Kleidung geholfen, sich besser zu fühlen.

„Bist du nervös?“, erkundigte sich Hunter fürsorglich.

„Ein wenig“, gab Mariella zu. „Der Mann wird mich für verrückt halten, wenn er erfährt, dass ich mich nicht mehr daran erinnere, geheiratet zu haben.“

„Mach dir keine Gedanken darüber“, winkte Hunter ab. „Ich bin sicher, er hat schon ganz andere Storys gehört. Fertig, Blake?“

„Ja. Wenn es allen recht ist, werde ich den Anfang des Gesprächs übernehmen.“

„Bitte“, stimmte Hunter zu und auch Mariella nickte.

Laut erklang die Tonfolge der gewählten Nummer durch den Lautsprecher. Bereits beim zweiten Klingeln erschien ein sympathisch wirkender älterer Herr auf dem Bildschirm an der Wand. Er trug einen schwarzen Anzug mit einem weißen Hemd und einer schwarzen Krawatte. In der oberen linken Ecke des Bildes war Blake zu sehen.

„Erkennst du den Mann“, erkundigte sich Hunter leise, während er Mariella intensiv musterte.

„Nein!“ Ihre Lippen zitterten ein wenig und Hunter legte beruhigend seine Hand auf ihre Hände, die sie zusammengefaltet vor sich auf dem Tisch liegen hatte.

„Guten Tag, Mr Alvarado. Ich bin Agent Blake McGrey vom FBI in Boston. Mit mir im Raum sind Miss Mariella Anderson und Mr Hunter Holmes. Wir hatten einen Telefontermin für diese Uhrzeit vereinbart.“

„Richtig. Sie sagten, es handele sich um die Anderson-Trauung vor acht Tagen. Gibt es ein Problem damit?“

„Miss Anderson hatte an jenem Abend einen Unfall, der leider eine Kopfverletzung zufolge hatte.“

„Das tut mir leid. Ich hoffe, es geht ihr wieder gut?“ Der Mann klang erschüttert.

„Ja, das tut es“, antwortete Blake. „Allerdings hat sie noch immer einige Gedächtnislücken, unter anderem ihre Hochzeit betreffend. Wir hoffen, dass ein Gespräch mit Ihnen ein wenig Licht bringt.“

„Ich helfe natürlich gerne, wenn ich kann. Sie und ihr Mann waren ein sehr sympathisches Paar. Sie konnten es gar nicht abwarten, bis die Zeremonie zu Ende war. Ich kann mich erinnern, dass insbesondere ihr Mann sehr aufgeregt war.“

„Wie wirkte Miss Anderson auf Sie?“, wollte Blake wissen.

„Sie machte auf mich den Eindruck einer glücklichen Braut.“

„Sie war nicht angetrunken oder wirkte in irgendeiner anderen Form ... benommen?“, hakte Blake noch einmal nach.

„Nein“, entgegnete der Mann und fügte bestimmt hinzu: „In einem solchen Fall hätte ich die Trauung auch ablehnen müssen.“

Hunter spürte, wie die Hoffnung aus Mariella wich und er drückte ihre Hände zärtlich ein wenig fester, bevor er Blake signalisierte, den Aufnahmewinkel der Kamera zu verändern, sodass nun auch Mariella und Hunter im Bild erschienen.

„Mr Alvarado, ich bin Hunter Holmes, wie Agent McGrey bereits am Anfang erwähnte. Miss Anderson kennen Sie ja bereits.“ Er deutete auf Mariella neben sich. „Können Sie mir beschreiben, wie ...“

„Das ist nicht Mrs Anderson“, unterbrach ihn der Reverend.

Verwirrt hielt Hunter inne. „Das hier ist Mariella Anderson“, bestätigte er noch einmal. „Vielleicht haben Sie sie anders in Erinnerung. Sie trägt eine neue Frisur. Ihre Haare sind jetzt kürzer und die Farbe ist heller als noch letzte Woche.“

„Nein!“ Überzeugt von seiner Meinung, schüttelte der Mann den Kopf. „Diese Frau habe ich noch nie gesehen. Es tut mir leid, Miss.“

Irritiert sahen sich Blake, Hunter und Mariella gegenseitig an.

„Sie sagen aber, dass sie eine Mariella Anderson und einen Jason Tanner getraut haben“, wollte Blake noch einmal bestätigt haben.

„Ja, so stand es in den Papieren und so wurde auch die Hochzeitsurkunde ausgefüllt.“

„Müssen die Paare keinen Ausweis zur Identifizierung vorlegen?“, erkundigte sich Blake stirnrunzelnd.

„Nicht mehr in der Kapelle, nein. Die gesamte Bürokratie wird im Vorfeld auf dem sogenannten Hochzeitsbüro in der Dunster Avenue erledigt. Dort muss sich jedes Paar anmelden und dort wird auch die Heiratserlaubnis ausgestellt. Diese ist für mich rechtsgültig.“

„Wie lange dauert die Ausstellung dieser Lizenz?“, fragte Blake.

„Normalerweise ist es in einer Stunde erledigt, aber wenn man die Wartezeit verkürzen will, kann man den Antrag online ausfüllen. Dann muss das Papier nur noch abgeholt werden. Man zeigt seinen Ausweis vor und fertig.“

„Und Sie sind sicher, dass ich nicht bei Ihnen gewesen bin?“ Es war Mariella, die nun zum ersten Mal sprach.

„Ganz sicher. Die Frau, die hier war, hatte ein breiteres Gesicht und ihre Augen hatten eine vollkommen andere Form. Sie war auch mindestens zehn Jahre älter."

„Erkennen Sie diesen Mann, Mr Alvarado?" Hunter hielt ein Bild von Jason Tanner, das er auf seinem Handy aufgerufen hatte, in die Kamera.

„Das ist Mr Tanner, beziehungsweise Mr Anderson", kam die sofortige Antwort.

„Haben Sie vielleicht noch Fotos der Trauung?", wollte Blake wissen.

„Das Paar hat alle Aufnahmen gekauft, aber zur Sicherheit heben wir dennoch alle Bilder für sechs Monate auf. Das hier ist nicht das erste Mal, dass sich dieses System bewährt hat. Warten Sie, ich suche die Bilder auf dem Server heraus." Es dauerte nur wenige Sekunden, bis das Foto eines Paares erschien. Der Mann war zweifelsfrei Jason Tanner, die Frau hingegen war definitiv nicht Mariella Anderson.

„Haben Sie ein Duplikat der Hochzeitsurkunde?", forschte Hunter nach.

„Nein, ein Exemplar erhält das Brautpaar, das Zweite leiten wir in das Hochzeitsbüro weiter", erklärte Alvarado.

„Vielen Dank! Sie haben uns wirklich sehr geholfen. Ich werde jemanden vorbeischicken, der die Bilder abholt. Vielleicht können Sie diese schon einmal auf eine CD brennen?"

„Das mache ich. Allerdings brauche ich ein entsprechendes offizielles Dokument, das die Herausgabe rechtens macht."

„Kein Problem. Das besorge ich", knurrte Blake, bevor er das Gespräch beendete.

„Ich habe also recht gehabt. Ich habe Jason Tanner nicht geheiratet", flüsterte Mariella.

„Das haben Sie", bejahte Blake. „Um das Ganze jedoch im Detail aufzuklären und auch um die Unterschriftenfälschung nachzuweisen, müssen Sie Anzeige erstatten."

„Das werde ich. Können Sie diese gleich aufnehmen?"

„Das kann ich, aber die Ermittlungen werden wir an die Polizei übergeben müssen."

„Wir können Jason Tanner jedoch dazu befragen, oder?", vergewisserte sich Hunter. „Er muss Mariella auf irgendeine Weise außer Gefecht gesetzt haben und wir müssen wissen, was er ihr gegeben hat."

„Wir können ihn zu allem befragen, was für unseren Fall

Relevanz hat“, klärte Blake ihn auf. „Fairerweise sollten wir allerdings dem ermittelnden Detective die Chance geben, bei diesem Interview dabeizusein. Wollen Sie dieses Gespräch in Ihrem Vistatorium führen?“

Hunter überlegte einen Moment. „Das müssen wir nicht. Ich glaube nicht, dass Tanner die Tat lange leugnen wird, wenn er mit den Tatsachen konfrontiert wird. Außerdem kann sowohl ich als auch jeder andere von H.E.L.P. eine einfache Mimikanalyse während des Verhörs durchführen, die vor Gericht standhält.“

„Warum hat er das getan?“ Fassungslos starrte Mariella Hunter an. „Ich meine, was er hat er von der ganzen Sache?“

„Ich denke, das Ganze läuft bei ihm auf zwei Ebenen ab. Auf der einen Seite ist er besessen von dir. Er glaubt, dich zu lieben.“

„Er glaubt?“, hakte Mariella nach.

„Ja, er glaubt es, denn eigentlich geht es ihm weniger um dich als Menschen als darum, wofür du stehst. Du verkörperst all das, was er erreichen möchte. Du bist die geschäftsführende Anwältin einer alteingesessenen Kanzlei, du wirst geachtet und respektiert von Mitarbeitern, Kollegen, Staatsanwälten und du besitzt ein kleines Vermögen. In seiner Vorstellung steigt sein Ansehen mit der Eheschließung automatisch auf die gleiche Ebene. Er braucht deinen Namen, Mariella, um zu glänzen. Daher hat er deinen Namen angenommen und darum hatte er auch bereits die Initialen auf seiner Hemdmanschette geändert, ehe er überhaupt mit dir nach Las Vegas geflogen ist. Und bei all seiner Planung hat er sich so sehr in seine Gefühle hineingesteigert, dass aus einer anfänglichen Sympathie und Attraktivität, für ihn etwas entstanden ist, was er als Liebe interpretiert.“

„Aber wenn ich nicht entführt worden wäre, hätte ich bereits viel früher diese Ehe angezweifelt“, gab Mariella zu bedenken.

„Ich bin mir sicher, dass Jason geplant hatte, dich mit Alkohol und wahrscheinlich auch einer weiteren Droge für den Abend auszuknocken. Ein ordentlicher Kater am nächsten Tag hätte dich davon überzeugen sollen, dass du etwas getan hast, woran du dich einfach nicht mehr erinnern kannst. Für alles Weitere kann ich nur Vermutungen anstellen. Entweder hat er darauf spekuliert, dass du dieser Ehe eine Chance gibst, weil du nicht vor aller Welt würdest zugeben wollen, einen kompletten Blackout gehabt zu haben, oder aber er hat die Scheidung einkalkuliert. Da es keinen Ehevertrag gibt, hättest du ihm eine Abfindung zahlen müssen und selbst dann wäre er anschließend noch immer Mr Anderson gewesen.“ Hunter machte eine kurze Pause.

„Das ist krank“, murmelte Mariella.

„Das ist es“, pflichtete Hunter ihr bei. „Aber zumindest hast du schon einmal die Bestätigung, dass nicht du diejenige bist, die verrückt ist.“

„Womöglich sollte ich am Ende noch froh darüber sein, dass mich der Botoxmörder entführt hat“, äußerte Mariella ironisch. „Wer weiß, was Jason an jenem Abend mit mir vorhatte, ohne dass ich es mitbekommen hätte.“

„Ich bin nicht sicher, ob ich dir in diesem Punkt zustimmen kann“, entgegnete Hunter lächelnd. „Bist du bereit für den nächsten Schritt?“

Mariella wusste, dass Hunter von dem Besuch der Hütte sprach und alles in ihr widerstrebte sich, noch einmal an diesen Tatort zurückzukehren, doch wenn sie helfen wollte, dieses Monster zu fassen, hatte sie keine Wahl.

„Ja. Ich gehe nur noch einmal schnell zur Toilette, wenn es in Ordnung ist“, antwortete sie daher.

„Sicher. Wir warten auf Sie“, versprach Blake, der mit ihr und Hunter aus dem kleinen Besprechungsraum hinaus in die Großraumbüroetage trat.

Hunters Blick folgte Mariella, bis sich die Tür der Damentoilette hinter ihr geschlossen hatte, dann wandte er sich an Blake. „Ich habe noch einmal intensiv über die Schüsse von heute Morgen nachgedacht. Sie fallen definitiv aus dem Verhaltensmuster des Botoxmörders heraus.“

„Was wollen Sie damit sagen, Holmes? Wollen Sie etwa andeuten, dass nicht dieser wahnhaft Kranke auf Mariella geschossen hat?“

„Ich denke, wir sollten dies zumindest nicht als einzige Möglichkeit betrachten. Der Mann hat sich gestern Nacht ein weiteres Opfer genommen. Normalerweise befinden sich Serientäter danach in einer Art Rausch, den sie genießen. Sie schießen nicht zehn Stunden später durch die Stadt.“

„Allerdings muss der Kerl verhindern, dass sich Mariella an Dinge erinnert, die uns auf seine Spur führen.“

„Das ist richtig. Dennoch sagt mir mein Bauchgefühl, dass ein Gewehr nicht die Waffe seiner Wahl ist. Und mit den neuen Erkenntnissen, die wir gerade gewonnen haben, gibt es noch eine andere Person, die von Mariellas Tod profitieren würde."

Nachdenklich musterte Blake ihn. „Sie meinen Jason Tanner."

„Richtig. Wenn wir die Situation aus seiner Sicht betrachten, könnte ihm im Grunde genommen nichts Besseres als Mariellas Tod passieren. Er hat eine Heiratsurkunde, die niemand anzweifelt, wenn sie stirbt, und der Botoxmörder gibt gerade einen perfekten Täter für ihn ab, meinen Sie nicht?"

„Hm!", überlegte Blake. „Das ist ein neuer Aspekt, aber Ihr Argument ist nicht von der Hand zu weisen."

„Mariella bestreitet auch, sich jemals mit Tabletten umgebracht haben zu wollen", überlegte Hunter weiter. „Was ist, wenn Jason diese Geschichte nur erfunden hat, um einen späteren Suizid glaubwürdiger erscheinen zu lassen?"

„Allerdings hat sie sich die Adern aufgeschnitten und zu diesem Zeitpunkt ist sie alleine im Haus gewesen", merkte Blake an.

„Ich habe hierzu meine eigene Theorie, aber bevor ich Ihnen davon berichte, brauche ich noch ein Untersuchungsergebnis." Die letzten Worte flüsterte Hunter, denn Mariella kehrte zu ihnen beiden zurück und im Augenblick wollte er sie nicht weiter beunruhigen. Die vor ihr liegende Aufgabe lastete schwer genug auf ihren Schultern.

Diskret wechselte Blake das Thema. „Parker hat mich übrigens vorhin angerufen. Rejyna hat die Operation gut überstanden."

„Ich weiß. Er hat uns anderen eine SMS geschickt", berichtete Hunter. „Glücklicherweise waren wohl tatsächlich keine lebenswichtigen Organe verletzt. Ich bin froh, dass sie wahrscheinlich schon übermorgen früh entlassen werden kann. Wenn sie nicht gewesen wäre, hätte die Kugel Mariella getroffen."

„Rejyna ist noch jung, aber sie ist definitiv gut", bestätigte Blake.

„Wie lange arbeiten Sie schon zusammen?", wollte Mariella wissen.

„Drei Monate. Mein früherer Partner ist zurück nach Oregon gegangen. Wir haben acht Jahre zusammengearbeitet. Da war man natürlich ein eingespieltes Team, aber ich bin mir sicher, dass Rejyna und ich eine ebenso gute Partnerschaft hinbekommen. Die Basis stimmt und der Rest kommt mit der Zeit. Ich soll Ihnen von Parker übrigens noch ausrichten, dass er uns draußen in Lynn Woods trifft."

KAPITEL 16

Hunter parkte seinen Wagen zwischen Parkers und Blakes mit Sicht auf die Hütte. In seinem Sitz drehte er sich Mariella zu. Bleich blickte sie starr geradeaus.

„Erinnerst du dich, schon einmal hier gewesen zu sein“, fragte er leise.

Stumm nickte sie. Es dauerte eine ganze Weile, bis sie sprach. „Die Sonne hat mich geblendet und ein scharfer, stechender Schmerz ist durch meine Schädeldecke gefahren.“

„Lichtempfindlichkeit ist ein typisches Symptom einer Gehirnerschütterung.“

„Ich weiß.“ Ihre Hand glitt an ihren Mund und ihre Atmung beschleunigte sich.

Sofort legte Hunter seine Hand auf ihren Oberschenkel. „Alles ist gut. Dir kann nichts passieren. Es ist nur die Erinnerung an den Schmerz, der die Übelkeit hervorruft. Ist dir damals auch schlecht gewesen?“

Wieder nickte Mariella. Dabei schloss sie die Augen.

„Wir haben alle Zeit der Welt. Niemand hetzt dich und wenn du dich dazu entschließt, die Hütte doch nicht betreten zu wollen, dann ist das ebenso in Ordnung“, versicherte Hunter.

„Nein, wir gehen dort hinein. Du kommst doch mit, oder?“ Mit großen Augen sah sie ihn an.

„Selbstverständlich.“

„Kommen Parker und Blake ebenfalls mit hinein?“

„Das ist allein deine Entscheidung. Sie können uns begleiten oder wir gehen alleine, ganz wie du willst.“

Wieder dauerte es einen Moment, bis Mariella antwortete. Doch ihre Stimme klang sicherer als zuvor. „Dann mache ich es lieber nur mit dir.“

„Okay!“ Aufmunternd lächelte Hunter ihr zu, während er

innerlich erleichtert aufatmete. Aus irgendeinem Grund wollte auch er lieber mit ihr alleine sein. „Wollen wir anfangen?“

„Ja!“ Entschlossen öffnete Mariella die Tür auf ihrer Seite und stieg aus. Auch Parker und Blake kamen aus ihren Wagen.

„Wir gehen rein. Falls wir etwas brauchen sollten, gebe ich Bescheid“, verkündete Hunter, woraufhin die beiden Männer nickten.

Blake brach das Siegel, das die Spurensicherung an der Tür angebracht hatte, und reichte Hunter anschließend den Schlüssel für das neu installierte Schloss. Noch einmal versicherte sich Hunter mit einem Blick, dass Mariella bereit war, dann öffnete er die Tür und schaltete das Licht in der Hütte an.

Interessiert sah sich Mariella um, während Hunter die Tür hinten ihnen schloss. Links von ihr stand ein Tisch mit vier Stühlen, auf der rechten Seite gab es ein altes Sofa, an einer Wand hingen ausgestopfte Tierköpfe. „Was ist das hier?“

„Es ist eine alte Jägerhütte, die vor achtzig Jahren als Schutz vor Regen diente. Damals gab es noch keinen Golfplatz und das Waldgebiet war fast doppelt so groß. Heute wird die Hütte so gut wie gar nicht mehr genutzt. Kaum jemand weiß überhaupt von ihr.“

Langsam ging Mariella zu dem Tisch hinüber. Bedächtig ließ sie ihre Hand darüber gleiten. Dann fiel ihr Blick auf den Boden. Vor dem Tisch gab es einige dunkle Flecken.

„Ist das Blut?“, wollte sie wissen.

„Ja“, antwortete Hunter wahrheitsgemäß.

„Mein Blut“, flüsterte Mariella.

Hunter nickte. „Erkennst du den Ort wieder?“

Lange überlegte sie, während sie sich umsah. „Nein! Das Einzige, woran ich mich erinnere, ist das grelle Sonnenlicht, das mich geblendet hat, als ich die Tür aufgerissen habe.“

Hunter gab ihr ein wenig Zeit, bevor er weiterfragte. „Riecht es hier heute anders?“

„Es riecht nach Bleichmittel.“

„Das hat die Spurensicherung hinterlassen“, erklärte Hunter. „Vielleicht kannst du herausfinden, wie es im Unterschied dazu damals gerochen hat?“

Mariella überlegte, doch schließlich schüttelte sie den Kopf. „Ich habe keinen besonderen Geruch in Erinnerung.“ Frustriert sah sie Hunter an. „Ich bin keine große Hilfe, habe ich recht?“

„Es ist noch viel zu früh, um ein Resümee zu ziehen. Gib deinem Gehirn ein wenig Zeit“, beruhigte er sie sanft. „Beschreib mir, was du fühlst.“

Betrübt hob sie ihre Hände. „Ich fühle gar nichts. Vorhin im Auto war mir schlecht. Ich habe Verzweiflung gespürt. Und Angst.“

„Wovor hattest du Angst?“

„Dass ich nicht wegkomme“, antwortete sie sofort. „Ich habe mich davor gefürchtet, dass er mich einholt.“

„Ist er dir gefolgt?“

„Ja“, erwiderte sie, doch dann runzelte sie unsicher die Stirn. „Also, das glaube ich zumindest.“

„Du bist nicht sicher?“

„N...nein. Ich dachte, ich hätte ihn gehört, aber vielleicht habe ich mir das auch nur eingebildet.“

„Lass uns gedanklich noch einmal einen Schritt zurückgehen. Wie hast du es geschafft, dich von den Fesseln zu befreien?“

Mariella überlegte. Schließlich gab sie auf. „Ich weiß es nicht.“

Kurz entschlossen wechselte Hunter das Thema. „Wieso nennt dich dein Bruder Mia?“

Verwundert blinzelte Mariella. „Wie kommst du plötzlich darauf?“

Scheinbar gleichgültig zuckte Hunter mit einer Schulter. „Ich wollte dir die Frage eigentlich schon die ganze Zeit stellen, doch irgendwie habe ich es dann wieder vergessen. Haben deine Eltern dich so gerufen?“

„Meine Großeltern“, gestand Mariella. „Nur meine Großeltern und Mark haben mich jemals Mia genannt.“ Sie zögerte kurz, dann fügte sie hinzu: „Und Mel während des Studiums. Seit sie jedoch mit Richard verheiratet ist, benutzt sie nur noch Mariella.“

„Magst du die Abkürzung?“

Mit einem entrückten Lächeln auf den Lippen lächelte Mariella. „Ja.“

„Womit verbindest du sie?“

„Ich weiß nicht. Er ist irgendwie ein kleiner geheimer Teil von mir. Meine Großeltern und Mark sind die einzigen Menschen, bei denen ich mich jemals verstanden gefühlt habe. Ich sagte ja schon mal, dass Mark und ich grundverschieden sind, aber dadurch, dass meine Eltern uns nie wirklich in ihr Leben eingebunden oder vielleicht sollte ich besser sagen ‚in ihr Herz’ geschlossen haben, gehörten wir zusammen. Wir bildeten eine Einheit. Heute ruft Mark mich ebenfalls in der Regel mit ‚Mariella'. Nur wenn wir alleine sind oder in emotionalen Momenten benutzt er noch den Kosenamen."

„Wann war beispielsweise ein solch persönlicher Moment?"

„Bei meiner Graduierung, zum Beispiel, und auch nach der Beerdigung unseres Vaters."

„Hast du etwas dagegen, wenn ich dich ‚Mia' nenne?" Hunters Herz klopfte so laut wie ein Presslufthammer. Er redete sich ein, dass er die wärmende, vertraute Assoziation des Namens nutzen wollte, um Mariella sicher durch die nächste halbe Stunde zu führen. Doch wenn er ehrlich zu sich selbst war, so wusste er, dass mehr für ihn dahintersteckte.

Überrascht sah Mariella ihn an. Dann begann sie in sich hineinzufühlen. Ihr Herz verlangsamte seinen Schlag und in ihrem Brustkorb breitete sich eine angenehme Wärme aus, die die Enge vertrieb. Auf einmal konnte sie wieder frei atmen. Ja, sie würde es mögen, wenn Hunter sie Mia nannte.

Als sie Hunter das erste Mal gesehen hatte, hatte sie seine starke Ausstrahlung gefürchtet. Mittlerweile gab sie Mariella jedoch Sicherheit. Sobald Hunter sie berührte, schien seine Aura sie wie eine warme Decke zu umschließen und eine angenehme Ruhe breitete sich in ihr aus, die ihr signalisierte, dass alles wieder gut werden würde. Sie wusste, dass er ihr helfen würde, das Chaos in ihrem Leben zu lichten. Dabei hatte sie zum ersten Mal das Gefühl, sich nicht gegenüber einem Mann beweisen zu müssen.

Von klein auf hatte ihr Vater sie darauf getrimmt, sich in einer männlichen Welt behaupten zu können und genau das war es, was sie seit Jahren tat. Schon während ihres Studiums hatte sie doppelt so hart arbeiten müssen, um die Professoren davon zu überzeugen, dass sie ebenso gut war wie ihre männlichen Kommilitonen, und wenn sie gedacht hatte, dass sich dies ändern würde, nachdem sie in die Kanzlei ihres Vaters eingetreten war, so hatte sie erkennen müssen, dass es ab jenem Moment nur noch schlimmer wurde.

Sie hatte sich den Respekt von Kollegen, Richtern, aber auch von langjährigen Kunden verdienen müssen. Nicht selten war sie anfangs von der gegnerischen Partei vor Gericht belächelt worden. Eine weibliche Juristin, die sich nicht ausschließlich mit Scheidungsrecht beschäftigte, war leider auch heutzutage noch immer eine Seltenheit. Am meisten hatte sie jedoch die unterschwellige Missstimmung ihrer Kollegen in der eigenen Kanzlei getroffen. Offenbar hatte jeder damit gerechnet, dass sie nach dem Tod ihres Vaters den Vorsitz der Geschäftsführung ablehnen und an Richard übertragen würde. Mariella wusste jedoch, dass ihr Vater das nicht gewollt hätte. Im Gegenteil. Er wäre maßlos von ihr enttäuscht gewesen, wenn sie allein aufgrund ihres Alters die Herausforderung nicht angenommen hätte, und da Mariella ihr ganzes Leben lang um die Anerkennung ihres Vaters gekämpft hatte, war ihr gar nichts anderes übriggeblieben, als die Position zu besetzen.

Das Wissen, dass jeder ihrer Schritte beobachtet wurde und jede falsche Entscheidung als dramatische Niederlage gezählt werden würde, die jeder andere natürlich vorausgesehen hätte, hatte dazu geführt, dass sie für die Juristin Mariella Anderson in eine Rolle schlüpfte, die sich von der Privatperson unterschied. Da sie jedoch die meiste Zeit arbeitete, gab es die persönliche Mariella nur, wenn sie alleine zu Hause war. Selbst gegenüber Melanie und Mark hatte sie in der letzten Zeit immer häufiger das Gefühl gehabt, sich für Entscheidungen verteidigen zu müssen. Hunter hingegen schien sie zu akzeptieren, wie sie war. Das war eine komplett neue Erfahrung.

Bevor sie ihm zum ersten Mal begegnet war, hatte sie sich einen Plan zurechtgelegt, der auch ihr Auftreten bei H.E.L.P. betraf. Sie hatte überlegt, wie sie nach außen hin wirken musste, damit das Team ihr glaubte und half. Durch seine vertrauenserweckende Art hatte Hunter ihre Schutzmauer jedoch sehr schnell durchbrochen. Vielleicht war es auch die Erkenntnis, dass er ihr wahres Ich ohnehin sehen konnte, die sie ihre Maske nach und nach hatte fallenlassen.

Anfangs war es ein eher irritierendes Gefühl gewesen, doch in der Zwischenzeit genoss es Mariella, nicht über jede Formulierung nachdenken zu müssen und jede Geste bewusst einzusetzen. Es war überraschend, wie viel entspannter das Leben auf diese Weise war. Unbewusst lächelte sie und automatisch wanderte ihr Blick zu Hunter. Erschrocken realisierte sie, dass er noch immer auf eine Antwort wartete. Doch dann glätteten sich ihre Gesichtsmuskeln. Sie musste sich nicht für ihre Gedanken entschuldigen. Es spielte für Hunter keine Rolle, wie lange sie für eine Antwort brauchte. Er würde es nicht als Schwäche auslegen.

„Ich würde mich freuen, wenn du mich ‚Mia' nennst", gestand

sie schließlich.

„Schön!“ Hunter reagierte erfreut. Er zögerte einen kurzen Moment, doch dann trat er auf Mariella zu und nahm ihre Hände in seine. Tief sah er ihr in die Augen. „Vertraust du mir, Mia?“

Mariella schluckte. Mit einem Schlag hatte sich die Atmosphäre geändert. Hunter wirkte auf einmal unnatürlich ernst, und sie hatte die ungute Vorahnung, dass sie etwas tun sollte, was sie lieber nicht tun würde.

Hunter spürte ihre Unsicherheit und er führte ihre Hände an sein Herz. „Es wird nicht einfach, aber ich verspreche, dass dir nichts passieren wird.“

„Was soll ich tun?“ Mariella sprach so leise, dass ihre Stimme kaum zu verstehen war.

„Ich möchte, dass du dich auf diesen Tisch legst.“

Entsetzt weiteten sich ihre Augen, ehe sie zu dem Möbelstück hinübersah. „Ich soll mich auf den Tisch legen?“, wiederholte sie. Alles in ihr widerstrebte sich, der Bitte zu folgen. Allein die Vorstellung erweckte kaltes Grauen.

„Ja, und zwar in der gleichen Position wie du letzten Donnerstag darauf gelegen hast.“ Noch immer hielt Hunter ihren Blick.

Mariellas Kehlkopf bewegte sich sichtbar. „Ich weiß nicht, ob ich das kann.“

„Du kannst das!“ Vollkommene Überzeugung stand in Hunters Augen. „Ich würde dich nicht darum bitten, wenn es anders wäre.“

Noch einmal schluckte Mariella angestrengt, dann nickte sie. „Okay, ich mache es.“

Aufmunternd lächelte Hunter und führte sie die wenigen Schritten zu dem Tisch. Er hielt ihre Hand, während sie sich daraufsetzte. Dann wartete er, bis sie sich schließlich auf den Rücken legte. Langsam streckte sie ihre Arme in Schulterhöhe aus und spreizte die Beine. Ihr Mund öffnete sich leicht, als wolle sie schreien.

„Es ist alles gut, Mia. Hier sind immer noch nur wir beide“, versicherte ihr Hunter ruhig.

Mariella nickte hastig, während ihr Herzschlag sich rasant beschleunigte.

„Sieh mich an, Mia“, bat Hunter und er wartete, bis sich ihre Blicke begegneten. „Ich möchte, dass du gleich die Augen schließt. Ich werde sie dir nicht verbinden. Du kannst sie also jederzeit wieder öffnen und dich versichern, dass er nicht hier ist.“

„Was wirst du tun?“ Ihre Stimme zitterte.

„Ich werde versuchen, gemeinsam mit dir herauszufinden, was passiert ist, indem ich dir verschiedene Situationen vorgebe. Du musst nichts weiter machen, als dich auf meine Worte zu konzentrieren. Wenn du etwas sagen möchtest, kannst du das jederzeit tun, aber es ist nicht notwendig. Ich werde dich auch so verstehen.“

„Aber wie willst du wissen, was richtig und was falsch ist, wenn ich nicht rede?“

„Deine Mimik wird es mir verraten. Wir können jederzeit abbrechen, aber je länger du deine Augen geschlossen hältst und je länger du meine Worte in deinem Kopf spielen lässt, ohne etwas willentlich erzwingen zu wollen, desto mehr Erinnerungen werden wir hervorholen können. Einverstanden?“

„Habe ich eine Wahl?“

„Selbstverständlich“, stellte Hunter entschieden fest. „Niemand zwingt dich zu etwas. Du musst nur ‚Nein’ sagen, und wir verlassen diesen Ort auf der Stelle.“

Seufzend schüttelte Mariella den Kopf. „Ich habe keine Wahl, Hunter. Das hier ist die beste Chance, etwas über dieses Monster in Erfahrung zu bringen. Wie könnte ich das jemals ablehnen?“

Bewundernd blitzten Hunters Augen auf. „Du bist eine starke Frau, Mia. Du kannst wirklich stolz auf dich sein.“

„Noch habe ich nichts getan. Der Wille allein reicht vielleicht nicht“, wandte Mariella ein, doch innerlich freute sie sich über das Kompliment, denn es war ihr wichtig, was Hunter von ihr dachte.

„Fangen wir an“, entschied sie und schloss die Augen. Fest kniff sie sie zusammen.

Leise atmete Hunter tief durch. Es schmerzte ihn, Mariella in dieser hilflosen Position zu sehen. Er konnte nur erahnen, was sie empfunden hatte, blind und bewegungsunfähig auf diesem Tisch aufgewacht zu sein. Kalte Wut durchfuhr ihn, als er an die Bilder der Wunden dachte, die die Fesseln an den Gelenken hinterlassen hatten und die Wut begann in ihm zu schäumen, als er daran dachte, wie der Kerl Mariellas Körper mit ihrem eigenen Blut eingerieben hatte. Mit äußerster Willenskraft vertrieb Hunter diese Gedanken. Stattdessen richtete er seinen Blick auf Mariellas Gesicht.

„Wie fühlst du dich, Mia?“, erkundigte er sich. „Ist so weit alles in Ordnung?“

„Ja“, erwiderte sie, ohne die Augen zu öffnen. Ihre Lippen bebten, doch ihre Stimme klang erstaunlich fest und auch ihre Lider hatten sich gelockert.

„Okay, dann fangen wir an.“ Hunter sprach leise und sanft. „Stell dir vor, du hast geschlafen und bist gerade aufgewacht.“

Mariellas Schultern hoben sich unmerklich.

„Dir ist kalt“, reagierte Hunter auf die Bewegung der Muskeln. „Du willst die Decke über dich ziehen, doch du kannst dich nicht bewegen.“

Angestrengt versuchte Mariella ihre Lider geschlossen zu halten.

„Du willst die Augen öffnen, aber es bleibt dunkel“, fuhr Hunter fort, dem die Bewegung der Lider nicht entgangen war. „Irgendwann merkst du, dass du nicht allein bist. Du kannst ihn nicht sehen, aber du kannst ihn hören. Du hörst, wie er zu dir kommt.“ Dies war reine Spekulation, aber Mariellas kleiner Jochbeinmuskel zuckte. Er lag also richtig. „Sein Schritt ist leicht.“ Hunter wartete einen Moment, dann wählte er das Gegenteil. „Sein Schritt ist schwer.“

Schwer, speicherte Hunter. „Du hörst wie seine Schuhe auf die Dielen treten. Sie quietschen. Sie knacksen. Sie klackern. Sie verursachen dumpfe Geräusche.“

Dumpf. Er hat also Schuhe mit flachen Absätzen getragen, folgerte Hunter, während er sah, wie sich Mariellas Stresslevel erhöhte. Ihre ventrale Halsmuskulatur arbeitete, ihre Schultern zogen sich zusammen.

„Er hat dich angefasst.“

Ihr Mund öffnete sich, ihr Nasenmuskel zitterte.

„Er hat dir die Hände um den Hals gelegt.“

„Ich habe keine Luft mehr bekommen“, flüsterte Mariella. „Ich habe versucht mich zu wehren. Das hat ihn wütend gemacht und er hat mich geschlagen. Dann hat er meine Haare gegriffen.“

„Er hat deinen Kopf auf die Tischplatte geschlagen?“, hakte Hunter nach, als sie nicht weitersprach.

„Ja.“ Sie schluckte. „Ich habe einen Blitz gesehen, und mehr weiß ich nicht mehr.“

„Du hast das Bewusstsein verloren. Doch irgendwann bist du wieder zu dir gekommen. Dir ist furchtbar schlecht gewesen. Hast du seine Stimme gehört?“

Ihr Augenbrauensenker reagierte minimalst. Also, ja.

„Konzentrier dich auf sie. Es war eine männliche Stimme. Sie war dunkel." *Nein, nicht dunkel.* „Sie war heller als meine, aber nicht außergewöhnlich hoch. Sie bewegte sich also in einer mittleren Tonlage. Hatte sie einen Akzent? Er sprach ein gebildetes Englisch." Leicht runzelte Hunter seine Stirn. Er hätte an dieser Stelle ein Ja erwartet. „Seine Wortwahl war einfach. Er hat dich beruhigt. Er hat dich beschimpft. Du hattest Angst."

Aufmerksam musterte Hunter ihr Gesicht. Es war minimal asynchron und ihre Oberlippe war ein klein wenig hochgezogen. Einem Laien wäre die Regung entgangen, doch nicht Hunter, der darauf spezialisiert war. Wovor ekelte sich Mariella? Es war deutlich für ihn erkennbar, dass sich ihr Körper innerlich wehrte.

„Du konntest ihn nicht sehen, aber du hast seinen Geruch aufgenommen." Der Ausdruck von Ekel verstärkte sich. „Hat er nach Schweiß gerochen? Nach Knoblauch? Alkohol?" Hunter überlegte. Was roch noch widerlich? *Tabak,* durchfuhr es ihn. „Hat sein Atem nach Zigaretten gerochen?" *Ja, definitiv Zigaretten.* Doch das war nicht die einzige Ursache ihres Ekels.

„Er fasst dich an", kombinierte er fortfahrend. „Ein Schwamm gleitet über deine Haut. Er ist rau. Nein, er ist weich. Er fährt über deine Arme, deine Beine, deinen Körper." Mariella würgte und Hunter brach die Beschreibung ab. „Es ist alles in Ordnung, Mia. All das liegt in der Vergangenheit. Du bist ihm entkommen. Es sind nur Erinnerungen."

Mariella nickte und ihre Atemfrequenz normalisierte sich. Die Anspannung blieb jedoch deutlich sichtbar.

„Er hat dir das Botox gespritzt", fuhr Hunter ruhig fort, „und als er geglaubt hat, dass es deine Muskeln lähmt, hat er dir die Fesseln durchgeschnitten." Einen Moment überlegte Hunter. Was konnte passiert sein? „Du hast gewartet, bis er sich von dir abgewandt hat. Vielleicht hat er etwas von der anderen Seite des Raumes geholt", fantasierte er ins Blaue. *Nein, das war nicht richtig.* „Er ist nach draußen gegangen." *Ebenso falsch.* Mit einem Mal sah Hunter, wie ihr linker Musculus levator anuli oris zuckte. Was konnte das zu bedeuten haben? Scharf dachte er nach, dann grinste er leicht. „Du hast seine Kronjuwelen erschüttert."

Hunter fand die Bestätigung in ihrem Musculus risoris und fuhr fort. „Während er sich vor Schmerz gekrümmt hat, bist du hinausgerannt, wo das Sonnenlicht dich unerwartet getroffen hat." Er vermutete, dass sie für einen Moment stehengeblieben war und gab ihr auch jetzt einige Sekunden Zeit, den Szenenwechsel zu verarbeiten.

„Vor dem Haus muss ein Wagen gestanden haben“, sprach er schließlich weiter. „Es war ein großer Wagen. Ein Jeep. Eine Limousine. Ein SUV.“ *Ein SUV.* „Er hatte einen dunklen Farbton. Schwarz. Blau. Grün.“ *Schwarz oder dunkelblau,* hielt Hunter fest. „Das Nummernschild war weiß , die Aufschrift war rot. Es war ein Schild aus Massachusetts. Die erste Ziffer war eine Eins. Eine Zwei ...“ Hunter ging alle Zahlen durch, doch offenbar hatte Mariellas Gehirn nicht darauf geachtet, denn sie zeigte keinerlei Erkennungsreaktion. Womit war ihr Sehnerv dann beschäftigt gewesen? „Du hast die Augen geschlossen, weil das Licht geschmerzt hat. Dann hast du den Weg gesehen und dich dafür entschieden, querfeldein zu laufen. Du wusstest, dass du ansonsten keine Chance gegen den SUV haben würdest.“ *Ja, der SUV war definitiv richtig.* „Du bist gerannt.“

Wieder erhöhte sich Mariellas Atemfrequenz.

„Damals bist du gerannt, doch jetzt bist du in Sicherheit. Nimm deine Arme an deinen Körper, Mia. Du kannst dich bewegen.“

Sofort kreuzte Mariella ihre Arme auf ihrem Oberkörper und sie stellte ihre Beine auf. Ihr Kinn zuckte und ihr Kopf bewegte sich leicht.

„Er folgt dir. Du hörst ihn deinen Namen rufen. Er holt dich fast ein ...“

„Neiiin!“, schrie Mariella, und sie krümmte sich zur Seite. Zusammengefaltet wie ein Päckchen hatte sie ihre Arme um ihre Beine geschlungen.

„Scht!“ Beruhigend fuhr Hunter über ihr Haar. „Du hast es geschafft, Mia. Du bist ihm entkommen. Du bist stärker gewesen als er.“

Mia!, wiederholte Mariella wieder und wieder in ihrem Kopf. Sie fühlte sich so hilflos wie ein kleines Kind, aber der Name in Kombination mit der sanften, wohltuenden Stimme vermittelte Schutz und Geborgenheit. Sie musste nicht stark sein. Sie konnte das Ganze einmal jemand anderem überlassen. Aber es war kalt hier und auf einmal wollte sie nur noch fort von diesem entsetzlichen Ort. Ungelenk setzte sie sich auf.

„Können wir gehen?“, fragte sie mit zitternder Stimme.

„Wir können alles machen, was du willst. Niemand hält dich fest.“ Hunter reichte ihr seine Hand und half ihr damit vom Tisch.

Automatisch schlossen sich Mariellas Augen.

„Ich bin vom Tisch gesprungen“, erinnerte sie sich, wobei sich ihre Gesichtsmuskulatur verschob.

„Du hattest Schmerzen“, erkannte Hunter, während er seinen Daumen auf ihrer Handoberfläche kreisen ließ.

„Ja, nie zuvor hatte ich solche Kopfschmerzen. Nie zuvor ist mir so schlecht gewesen, und nie zuvor hatte ich solche Angst.“

„Es ist vorbei!“ Hunters Stimme klang rau und intuitiv zog er Mariellas Kopf an seine Schulter. Er wollte nicht, dass sie sah, welche Wirkung ihre Aussage auf ihn gehabt hatte. Wenn es nach ihm ginge, würde Mariella in ihrem Leben nur noch glückliche unbeschwerte Stunden erleben. Wenn es nach ihm ging, hätte sie ein solches Grauen niemals erfahren dürfen.

Hunter wünschte, er könnte ihre Erinnerungen auslöschen. Seine Hand glitt unter ihr Haar. Es war so herrlich weich. Die neue Frisur stand ihr ausgezeichnet, dennoch fragte sich Hunter, wie sich ihr Haar angefühlt hatte, als es länger gewesen war. Er war versucht, eine einzelne Strähne um seinen Finger zu wickeln, doch dies wäre eine zu intime Geste gewesen. Schweren Herzens trat er einen Schritt zurück. Dabei fragte er sich automatisch, warum es ihm nur so schwerfiel, Abstand zu dieser Frau zu halten.

„Gehen wir“, schlug er innerlich seufzend vor.

Betrübt darüber, dass Hunter den Kontakt abgebrochen hatte, folgte Mariella ihm nach draußen. Erwartungsvoll sahen Parker und Blake ihnen entgegen.

„Mariella hat sich an einige Details erinnert“, berichtete Hunter. „Beispielsweise fährt unser Täter einen schwarzen oder dunkelblauen SUV, der in Massachusetts zugelassen ist. Außerdem hat er Schuhe mit flachen Absätzen getragen, vermutlich ähnlich eines Kampfstiefels.“

„Das ist fantastisch. Die Spurensicherung hat einige Fußabdrücke gesichert. Bislang konnten wir jedoch nicht sicher sein, ob sie dem Botoxmörder zugerechnet werden können. Mit dieser Information jedoch, können sie die Abdrücke noch einmal untersuchen. Mit etwas Glück erhalten wir eine Schuhgröße und mit noch mehr Glück sogar eine ungefähre Gewichtsangabe.“

„Prima. Wie lange wird es dauern, bis Sie ein Ergebnis haben?“, erkundigte sich Hunter.

„Schwer zu sagen, aber wenn ich ein wenig Druck mache, vielleicht schon morgen.“

„Das klingt gut. Ich würde heute Abend noch alles Weitere schriftlich zusammenfassen. Dann können wir es morgen über Lucas Profilanalyse legen."

„Bis dahin haben wir auch alle anderen Blutergebnisse", ergänzte Parker.

„Apropos, Blake!" Hunter wandte sich nochmals an den FBI-Agenten. „Morgen früh wollten wir gemeinsam Jason Tanner vernehmen."

„Das habe ich nicht vergessen. Ich habe bereits mit den Kollegen im Polizeidezernat gesprochen. Sie haben nichts dagegen, wenn wir das Verhör bei uns führen. Sie würden lediglich gerne durch das angrenzende Zimmer mithören."

„Kein Problem. Geben Sie mir eine Uhrzeit und wir sind da."

„Passt Ihnen zehn?"

„Wunderbar!"

„Dann fahre ich jetzt bei Rejyna vorbei. Ich bin mir sicher, sie wartet schon ganz ungeduldig darauf, unsere Neuigkeiten zu erfahren. Miss Anderson, wo kann ich Sie erreichen, falls es notwendig wäre?"

Verdutzt sah sich Mariella um. Richtig, sie hatte ja kein Haus mehr. Das hatte sie in der ganzen Aufregung des Tages vollkommen vergessen. „Hm, ich werde ..." *in ein Hotel gehen,* hatte sie sagen wollen, doch Hunter kam ihr zuvor.

„Mariella wird bei mir übernachten."

Parkers Pupillen weiteten sich, doch er sagte nichts. Agent Blake McGrey musterte ihn aufmerksam, dann nickte er bedächtig. „Das scheint mir unter den Umständen eine gute Lösung zu sein. Wenn Sie Hilfe brauchen, rufen Sie mich an."

„Das mache ich. Vielen Dank, Blake."

„Nichts zu danken", winkte er ab, stieg in sein Auto und fuhr davon.

Auch Hunter hielt die Beifahrertür seines Wagens für Mariella offen. Erschöpft ließ sie sich in den Sitz fallen und Hunter schloss leise die Tür. Ehe er selbst einstieg, wandte er sich Parker zu.

„Sie ist fertig. Das war in der Hütte purer emotionaler Stress für sie", führte er leise aus.

„Keine Frage. Allerdings nicht nur für sie."

Dunkel blitzten Hunters Augen auf, doch Parker wehrte jede Erwiderung sofort mit seinen Händen ab. „Diese Reisen sind niemals einfach. Niemand weiß, was passieren wird und das Ganze hätte auch sehr schnell anders ausgehen können. Ich für meinen Teil bin jedenfalls heilfroh, dass du mich nicht gebraucht hast. Ich hätte ihr nur ungern ein Beruhigungsmittel gespritzt."

„Ja, darüber bin ich auch erleichtert." Verzweifelt fuhr sich Hunter mit der Hand durch sein Gesicht. „Das Schwein hat sie mit ausgebreiteten Armen und gespreizten Beinen quasi auf dem Tisch festgenagelt. Du siehst noch die Löcher, in denen die Nägel festgesteckt haben, an denen er die Fesseln befestigt hatte. Ich werde nie verstehen, wie ein Mensch so etwas einem anderen antun kann."

„Es ist das alte Spiel der Macht."

„Verbunden mit der Symbolik des Mit-offenen-Armen-empfangen-Werdens", ergänzte Hunter.

„Es erinnert an das Bild der Kreuzigung, wenn man von der Position der Beine absieht."

„Für eine Vergewaltigung braucht er die offene Pose", bemerkte Hunter, wobei ihm ein Schauer über den Rücken lief. Es war ein Glück, dass Mariella wenigstens das erspart geblieben war. Nachdenklich blickte er zu ihr hinüber.

„Bring sie nach Hause, Hunter, und vergiss nicht, auf dem Weg etwas Essbares mitzunehmen. Mariella ist nicht die Einzige, die feste Nahrung braucht."

„Keine Sorge, das mache ich. Ich sehe dich morgen früh?"

„Verlass dich drauf." Freundschaftlich klopfte Parker ihm auf die Schulter. Er hatte die Hand bereits an dem Türgriff seines Wagens liegen, als das Zerspringen von Glas beide Männer aufschreckte. Sie drehten sich auf dem Absatz um und starrten eine lange Schocksekunde auf das explosive Feuer, dass sich hinter Hunters Auto entzündet hatte und dessen Flammen sich rasch unter den Kofferraum des Wagens schoben. Scharfer Benzingeruch stieg in die Nase der Männer, während sie die Hitze des Feuers bereits auf ihrer Haut spürten.

„Das ist ein Brandwurfgeschoss", erkannte Hunter fassungslos.

Aus seinen Augenwinkeln sah Parker eine schwarze Figur hinter der Hütte verschwinden. „Hol Mariella aus dem Auto", rief er, dann sprintete er dem Mann hinterher.

„Mia!", schrie Hunter, der plötzlich aus seiner Schockstarre erwachte und entsetzt feststellte, dass sie noch immer mit geschlossenen Augen auf dem Beifahrersitz saß. Sie musste eingeschlafen sein, was kein Wunder war, nach den wenigen

Stunden Schlaf, die sie in der letzten Nacht bekommen hatte, und dem anstrengenden Rückblick in die Vergangenheit, den sie gerade hinter sich gebracht hatte. Doch sie musste aussteigen. Jetzt. Sofort. Es war nur eine Frage der Zeit, bis sich das Benzin im Tank entzündete und den Flammen neues Futter gab. Der Wagen würde wahrscheinlich jeden Moment explodieren. In großen Schritten hastete Hunter auf die Beifahrerseite zu und riss die Tür auf.

„Mia!“, rief er erneut, während er sie an den Schultern fasste. „Wach auf!“ Hunter spürte die Hitze der ihn umgebenden Luft, fühlte die Wärme des Bodens unter seinen Schuhsohlen.

„W...was?“ Verwirrt blinzelte Mariella ihn an.

„Komm!“ Ohne weitere Erklärung, griff er ihre Hand und zerrte sie aus dem Auto.

Sie hatten sich gerade einige Schritte entfernt, als der Wagen in die Luft ging. Es gab nur einen lauten dunklen Knall, doch die Flammen stiegen meterhoch in den Himmel und anschließend regnete es in einem großen Umkreis brennend heiße Metallteile. Mit einem großen Satz sprang Hunter hinter Parkers Auto, wo er sich auf dem Boden drehte, um Mariella unter seinem Körper zu begraben. Fest biss er die Zähne aufeinander, als seine Schulter zum zweiten Mal innerhalb eines Tages hart auf dem Boden aufschlug. Mehrfach atmete er tief ein, um den Schmerz zu verdrängen. Dann spürte er, wie sich Mariella unter ihm rührte und richtete sich langsam neben ihr auf.

Auch Mariella setzte sich auf. „Was ist passiert?“, fragte sie verwirrt, während sie auf den brennenden Wagen sah.

„Jemand hat einen Molotowcocktail geworfen“, erklärte Hunter kurzangebunden.

„Es war eine Brandflasche?“

„Ja!“

„Aber wieso?“

„Ich vermute, es ist der gleiche Grund wie der, warum heute Morgen jemand auf dich geschossen hat.“

„Du bist wütend“, stellte Mariella fest und fügte leiser hinzu, wobei sie seinem Blick auswich: „Das kann ich verstehen. Jetzt hast du nicht einmal mehr deinen Wagen. Es ist meine Schuld. Ich ...“

Sanft legte Hunter seinen Zeigefinger unter ihr Kinn, aber mit nachdrücklicher Bestimmtheit sorgte er dafür, dass sie ihn wieder ansah. „Das Auto ist mir vollkommen egal, Mia“, erklärte er ernst. „Ich bin wütend, weil dieser Mistkerl ein weiteres Mal zu dicht an dich herangekommen ist. Wären wir nur zwei Sekunden langsamer gewesen ... Ich darf den Gedanken gar nicht zu Ende denken. Es war unser Fehler. Keiner von uns hat die Umgebung im Auge behalten."

„Weil niemand damit gerechnet hat, dass er uns hier auflauert", sprach Mariella mit fester Stimme. „Du hast keinen Grund, dir Vorwürfe zu machen, Hunter. Ohne dich wäre ich in diesem Auto verbrannt." Intensiv sah sie ihm in die Augen. Dann beugte sie sich nach vorne und gab ihm einen zarten Kuss auf die Wange. „Danke!", flüsterte sie.

Nur mit äußerster Disziplin gelang es Hunter, seine Hand nicht zu der Stelle in seinem Gesicht zu führen, die Mariellas Lippen soeben berührt hatte. Dabei prickelten seine Nervenenden immer stärker. In konzentrischen Kreisen breitete es sich über seine Wange aus, erfasste seine Lippen, seinen Hals.

Oh, wie sehr wünschte Hunter, ihren Mund auf seiner Halsschlagader spüren zu können! Wie sehr wünschte er, ihren Hals mit seinen Lippen berühren zu dürfen! Wie sehr wünschte er, sie in seine Arme schließen zu können, ihre weichen Rundungen zu spüren und ihren Duft einzuatmen!

Mit einem Mal schien die Hitze nicht mehr nur von außen zu kommen. Vielmehr schien Hunters gesamter Körper zu brennen. Er registrierte, wie sich Mariellas Musculus depressor supercilii bewegte und die Haut über ihrer Nasenwurzel fast unmerklich zusammenzog. Automatisch wusste Hunter, dass sich das leidenschaftliche Fieber in seinen Augen spiegelte. Sofort zog er sich innerlich zurück, wobei er gleichzeitig den Abstand zu Mariella vergrößern wollte.

Unbewusst reagierte jedoch Mariellas Körper auf die Veränderung. Zuerst zeigte sich Erstaunen, dann Verständnis und dann Nicht-Gefallen. Kein normaler Mensch wäre in der Lage gewesen, all diese Mikroexpressionen, die sich im Bruchteil einer Sekunde abgespielt hatten, zu sehen, doch Hunter hielt in seiner Bewegung inne. Im gleichen Moment spürte er, wie Mariellas Hand nach seiner griff.

Nein, sie wollte nicht, dass er sich zurückzog, erkannte Hunter. Seine Leidenschaft für sie hatte Mariella vielleicht überrascht, aber sie war ihr nicht unangenehm.

Mariella sah, wie Hunter den Abstand zwischen ihnen vergrößern wollte, doch sie konnte den Kontakt noch nicht beenden. In ihr herrschte Chaos. Angst vermischte sich mit Spannung, Aufregung verschmolz mit dem dringenden Bedürfnis nach Sicherheit und Erregung mit Müdigkeit. Sie wusste nicht, was sie wollte, aber sie wollte die Nähe zu diesem Mann nicht verlieren. Ihr Körper reagierte, ehe ihr Kopf eine Entscheidung getroffen hatte. Sie griff nach seiner Hand. Doch dann verließ sie die Courage. Unsicher sah sie zu ihm auf, und Hunter lächelte sie verständnisvoll an. Er schien zu verstehen, was in ihr vorging.

„Wir werden diesen Kerl finden, Mia“, versprach er. „Und dann kannst du dein gewohntes Leben wieder aufnehmen.“

Stumm nickte Mariella. Heimlich fragte sie sich jedoch, ob sie das wirklich wollte. Ihr Leben bestand hauptsächlich aus Arbeit, und diese Arbeit war ein einziger Kampf. Ständig musste sie sich beweisen. Wäre das Leben nicht wesentlich schöner, wenn sie nicht ständig eine Rolle spielen müsste, in der sie stark und selbstbewusst wirkte und niemals irgendwelche Zweifel oder Unsicherheiten verspürte?

Allerdings wollte sie ihren Beruf nicht aufgeben, erkannte sie. Ihre Tätigkeit machte ihr Spaß, auch wenn sie anstrengend war. Das Einzige, was ihr fehlte, war ein Ausgleich dazu. Ein Partner, mit dem sie ihr Leben teilen konnte. Jemanden, der sich mit ihr freute, wenn sie erfolgreich vor Gericht für einen Mandanten gestritten hatte. Jemanden, der sie auffing, wenn die Dinge einmal nicht optimal liefen und vor allem jemanden, bei dem sie sein konnte, wie sie war und zeigen konnte, wie sie sich wirklich fühlte.

Innerlich schüttelte sie den Kopf über sich. Keine zehn Meter von ihr entfernt brannte ein Auto. Sie, Hunter und Parker hätten bei dieser Explosion lebensgefährlich verletzt werden können und sie dachte über einen Mann in ihrem Leben nach. Das war verrückt.

„Hey!“ Sanft holte Hunter sie zurück in die Gegenwart. „Ich weiß zwar nicht, was gerade in deinem Kopf vorgeht, aber du musst nicht alle Entscheidungen in diesem Augenblick treffen. Es ist normal, dass traumatische Erlebnisse zu Veränderungen führen. Sie stoßen eine intensive Reflektion des bisherigen Lebens an, sie verschieben die Sicht auf Dinge und führen nicht selten zu einer Neuorganisation. Es ist jedoch wichtig, dass du dir für diesen Prozess Zeit lässt. Direkt im Anschluss an ein Trauma setzt die Schockphase ein, die alle Gefühle zu betäuben scheint. Darauf folgt die erste Phase der Verarbeitung. Sie ist geprägt von einer emotionalen Achterbahnfahrt. Am besten übersteht man sie, wenn man sich der Bewegung nicht entgegensetzt, sondern sich den Kurven entgegenlehnt. Akzeptiere, was du fühlst, was du denkst und tue nur das, wobei du dich gut fühlst. Irgendwann wirst du von selbst anfangen, all diese Dinge zu sortieren, zu analysieren und in Relation zu setzten. Und dann ist der ideale Zeitpunkt gekommen, um über die Zukunft nachzudenken und Entscheidungen zu treffen."

Bedächtig nickte Mariella, und Hunter schenkte ihr ein verständnisvolles Lächeln. Zärtlich ließ er seinen Daumen über ihren Wangenknochen gleiten. „Ich weiß, dass es in der Theorie sehr viel einfacher ist, aber du bist stark und du bist nicht alleine. Das solltest du nie vergessen."

Sichtbar schluckte Mariella. Hunters liebevoller Blick traf sie mitten ins Herz. Er beschleunigte ihren Puls, erzeugte ein flaues Gefühl in ihrer Magengrube und ein intensives Bedürfnis, geküsst zu werden. Ihre Lippen zitterten und intuitiv öffneten sie sich leicht.

Obwohl Hunters Blick alleine auf Mariellas Augen gerichtet war, registrierte er die Veränderung in ihr. Er spürte, dass sie die gleiche gegenseitige Anziehungskraft empfand wie er und obwohl er wusste, dass sie nicht den gleichen Ursprung hatte, denn Mariella befand sich nicht in einer Situation, in der sie emotional frei war, spürte er, dass er der Versuchung auch nicht mehr länger widerstehen konnte. Noch einmal kämpfte er gegen sich selbst, doch dann beruhigte er sein Gewissen damit, dass er Mariella lediglich das gab, was ihr Körper im Augenblick brauchte. Es hatte keine tiefe Bedeutung.

Die leise Stimme, die ihn im Hinterkopf als Lügner bezeichnete, schaltete er aus, als er sich Mariella langsam entgegenbeugte, seine Hand an ihre Wange legte und seine Lippen federleicht auf ihre setzte. Auf der Stelle entfachte sich ein Feuerwerk tausend kleiner Sterne. Wie kleine lautlose Raketen stiegen sie senkrecht in die Höhe.

Die Explosion traf Hunter überraschend. Sein Herz setzte für einen Schlag aus und er verharrte regungslos in seiner Position. Dann wurde er von einer enormen Welle erfasst, die seine Lippen fest auf Mariellas pressten. Seine Zunge drängte in ihren Mund und begann ein jahrtausendealtes Spiel.

Mariella hielt die Luft an, als sie sah, wie Hunters Gesicht sich ihr entgegenbeugte. Aufgeregt flatterte ihr Zwerchfell im Magen. Nie zuvor hatte sie eine solch innerliche Ungeduld verspürt, wie sie sie im Moment empfand. Sie rechnete damit, dass sich das spannende Prickeln beruhigen, die Gänsehaut auflösen und die starke Sehnsucht nach einer intimen Berührung verschwinden würde. Nicht gerechnet hatte sie jedoch damit, dass ihr Hunters Lippen den Atem raubten. Erstaunt öffnete sie den Mund.

Für einen kurzen Moment verspürte sie eine innerliche Panik. Was sollte sie tun? Schnell und hart klopfte ihr Herz in ihrem Hals, doch dann erinnerte sie sich daran, was Hunter über die Achterbahnfahrt gesagt hatte. *Lehn dich in die Kurven.* Und auf einmal war alles ganz klar für Mariella. Der Sturm in ihr legte sich zwar nicht, doch er bekam einen anderen Charakter. Es war nicht mehr die Angst, die ihn antrieb, sondern die Neugier.

Fieberhaft folgte sie dem Kuss, bis sie so weit war, selbst die Führung zu übernehmen. Sie spürte, wie Hunter den Wechsel akzeptierte. Automatisch lehnte sie sich ihm ein wenig mehr entgegen. Hunters Hand wanderte unter ihr Haar an ihren Hinterkopf, was ein warmes Gefühl in ihrem Bauch erzeugte. Hier wollte sie bleiben. Das fühlte sich gut an. Unwillkürlich nahm Mariella das Tempo aus dem Kuss. Ihre gemeinsamen Bewegungen verlangsamten sich, wurden aber dafür nicht nur intensiver, sondern auch vertrauter. Es war wie das Konzert eines Duetts, das keinen Dirigenten mehr benötigte.

Als der Kuss endete, ließ er sowohl Hunter als auch Mariella atemlos zurück. Um ein wenig Zeit zu gewinnen, legte Hunter seine Stirn an Mariellas und schloss die Augen. Noch immer umschloss seine Hand ihren Kopf. Was sollte er sagen? Er wusste, dass der Kuss eigentlich keine gute Idee gewesen war. Er hatte eine Grenze überschritten. Sollte er sich dafür entschuldigen? Alles in ihm wehrte sich dagegen. Zum einen tat es ihm nicht leid. Es war der beste Kuss seines Lebens gewesen. Zum anderen sagte ihm sein Bauchgefühl, dass er Mariella mit einer solchen Äußerung verletzten würde und das war das Letzte, was er wollte.

Schließlich entschied er sich dafür, Mariella einen leichten Kuss auf die Stirn zu geben und den Abstand zwischen ihnen zu vergrößern. „Alles in Ordnung?“

Hastig nickte sie. Sie traute ihrer Stimme nicht, denn noch immer war sie vollkommen überwältigt von den Gefühlen, die in ihr tobten.

Prüfend musterte Hunter sie, doch ehe er noch etwas sagen konnte, hörte er Parker zurückkommen. Rasch stand er auf und zog Mariella mit sich in die Höhe.

„Der Kerl ist entkommen“, fluchte Parker wütend. „Ich habe die Polizei verständigt, in der Hoffnung, dass die umliegenden Straßen vielleicht abgesperrt werden könnten, aber der Polizist in Lynn Woods meinte, dass dies wahrscheinlich wenig erfolgversprechend sei. Sie würden zwar die Hauptzugangswege kontrollieren, aber es gibt so viele Schleichwege in dieser ländlichen Gegend, dass er keine große Hoffnung hatte, dieses Schwein zu fassen.“ Frustriert blickte Parker auf den brennenden Wagen, ehe er Hunter und Mariella genauer unter die Lupe nahm. „Seid ihr okay?“

„Uns ist nichts passiert“, brummte Hunter. Seine Stimme klang noch immer rau und auf keinen Fall wollte er, dass sein Freund den wahren Grund dafür herausfand.

„Hast du Blake schon verständigt?“, wollte Parker wissen.

„Das wollte ich gerade machen“, log Hunter. In Wahrheit war der FBI-Agent in seinen Gedanken alles andere als präsent gewesen, doch auch das musste Parker nicht wissen. Ehe er noch mehr Fragen beantworten musste, zog Hunter lieber sein Handy aus seiner Hosentasche und wählte McGreys Nummer.

Es dauerte eine weitere dreiviertel Stunde, bis er und Mariella mit Parker den Ort im Wald endlich verlassen konnten und weitere vierzig Minuten bis Parker sie vor Hunters Wohnung absetzte.

KAPITEL 17

Wütend lief er in seinem Wohnzimmer auf und ab. Seitdem man am späten Vormittag sein sechstes Opfer gefunden hatte, berichtete der lokale Nachrichtensender unaufhörlich über ihn. Dabei erstaunte es ihn immer wieder, mit wie wenig Informationen manche Menschen stundenlange Sendezeit füllen konnten. Fassungslos schüttelte er den Kopf über die inhaltslosen Aussagen, die am unteren Bildschirmrand durch den Ticker liefen.

Bislang waren ihm diese Berichterstattungen vollkommen egal gewesen. Er hatte sie sich nicht einmal angesehen, denn ihm ging es nicht darum, im Mittelpunkt zu stehen oder Aufmerksamkeit erregen zu müssen. Er mordete nicht, um zu beweisen, dass er intelligenter war als das FBI. Er mordete allein für sich und seine Genugtuung.

Patricia James war offensichtlich der Name der Frau, die er in der Nacht auf seinem Tisch gehabt hatte. Er ließ den Namen einige Male in seinem Mundraum kreisen, ehe er ihn verwarf. Vor- und Nachname passten zusammen, dennoch gefiel ihm der Klang nicht. Er war ihm zu hart. Im Gegensatz zu dem Namen Mariella Anderson. Er war wohlklingend. Außerdem gehörte er der Frau, der sein Hauptinteresse im Augenblick galt. Offensichtlich hatte sie mehr Leben als eine Katze.

Für einen weiteren Moment hörte er dem Reporter zu, der das FBI scharf angriff. Seit über einem Jahr vergriff sich der Botoxmörder an unschuldigen Bostoner Frauen, echauffierte sich der Berichterstatter, ohne dass die Behörde auch nur den geringsten Verdacht hätte. Als steuerzahlender Bürger musste man sich an dieser Stelle fragen, wofür die Agenten am Ende des Monats ihr Gehalt bekamen, warf er vor.

Unwillkürlich musste er grinsen, obwohl es sich der Reporter seiner Ansicht nach an dieser Stelle etwas zu einfach machte. Die

Ermittler gaben sich wirklich die allergrößte Mühe, doch wenn er keine Spuren hinterließ, wie sollten sie ihn dann finden? Es war nicht ihre Schuld.

Allerdings hatte er mittlerweile auch erfahren, dass sich das FBI mit H.E.L.P. externe Hilfe besorgt hatte. Zuerst war er darüber erschrocken gewesen, denn die Medien waren voll des Lobes über das junge Unternehmen, das vor einigen Wochen in New York den maßgeblichen Beitrag zur Ergreifung eines lange gesuchten Serienkillers geleistet hatte. Doch dann hatte er selbst recherchiert und dabei war seine Selbstsicherheit zurückgekehrt. Diese Leute stellten keine Gefahr für ihn dar. Trotzdem konnte es nicht schaden, sie im Auge zu behalten.

Er schaltete den Fernseher aus und griff nach seinen Autoschlüsseln sowie der Baseballkappe, die direkt daneben lag. Es wurde Zeit für einen weiteren Ausflug, auch wenn er den Abend viel lieber mit einem guten Glas Rotwein und in Erinnerungen an die vorhergehende Nacht mit Patricia James auf seiner Couch verbracht hätte.

KAPITEL 18

Verwundert betrachtete Mariella die Wände des Aufzugs, die eine Malerin mit Leben versehen hatte. Bekannte Bostoner Gebäude, Plätze, Stadien und Parks waren darauf abgebildet, während Hunderte von Menschen, Hunden, Katzen und Vögeln miteinander oder auch unabhängig voneinander agierten.

„Es ist wirklich faszinierend", äußerte Hunter. „Ich lebe schon seit sechs Jahren hier und jedes Mal, wenn ich in diesem Fahrstuhl fahre, entdecke ich etwas Neues."

„Wie lange mag die Künstlerin wohl daran gemalt haben?", überlegte Mariella laut.

„Drei Monate. Die Information lag dem Wohnungsexposé bei. Wahrscheinlich dachte der Makler, damit den Preis noch ein wenig in die Höhe treiben zu können."

Hunter lebte in Longwood südlich des Charles River. Es war ein akademisches Viertel, in dem Forschungsinstitute, Universitäten und Museen ansässig waren. Ebenso lag aber auch das Baseballstadion der Bostoner Red Sox dort. Das Apartmenthaus war ein neues Gebäude, das der Form einer gläsernen Welle entsprach. Dementsprechend modern waren auch die Wohnungen geschnitten, wie Mariella erkannte, als sich die Türen des Lifts öffneten und den Blick auf einen großen Essbereich freigaben, hinter dem sich eine bequeme Sofalandschaft anschloss, die vor einer bodentiefen Glasfront stand.

Beeindruckt trat Mariella in die Wohnung, während sie sich umsah. Links neben dem Esstisch schloss sich eine U-förmige Theke an, hinter der sich die Küche verbarg. Alle Möbel waren in einem warmen Eierschalenton gehalten, der sich gegenüber dem dunklen Parkett abhob. Die Wände waren in unterschiedlichen Tönen gestrichen. Manche hielten einen warmen Weißton, andere ein mittleres Braun und die Wand hinter der Küche strahlte in einem warmen Orange. Den gleichen Farbton hielt auch der schmale Rückwandstreifen der aus der Thekenfront herausgeschnittenen, beleuchteten Nische.

„Du wohnst sehr modern“, stellte sie fest.

„So wie du“, erwiderte Hunter, wobei er feststellte, dass er vor Aufregung die Luft angehalten hatte. Nie zuvor war ihm die Meinung eines Besuchers so wichtig gewesen wie die Mariellas.

„Du hast mehr Farbe an den Wänden, dadurch wirkt es wärmer.“ Es klang, als spräche sie ihre Gedanken laut aus. „Es ist schön.“

„Danke! Ich mag einfache Strukturen. Sie haben eine beruhigende Wirkung auf mich.“

„Wohnst du hier alleine?“ Mit klopfendem Herzen sah sie Hunter an. Es war schon merkwürdig. Bisher war ihr nie der Gedanke gekommen, dass Hunter vergeben sein konnte. Wahrscheinlich lag es an der Chemie, die von Anfang zwischen ihnen zu spüren gewesen war. Allerdings gab es genügend Männer, die eine Beziehung nicht davon abhielt mit einer anderen Frau zu flirten. *Oder sie zu küssen,* ergänzte Mariella in Gedanken.

Leicht irritiert neigte Hunter seinen Kopf zu einer Schulter, wobei sich seine Augenbrauen über der Nase zusammenzogen. „Ja, ich lebe alleine“, antwortete er schließlich langsam. „Wieso denkst du, dass ich mit jemandem zusammenleben könnte?“

Verlegen räusperte sich Mariella. „Es war nur so ein Gedanke. Die Wohnung ist ziemlich groß für eine Person.“

Hunter ließ einige Sekunden verstreichen, dann ging er auf Mariella zu. Direkt vor ihr blieb er stehen. „Dieser Kuss vorhin mag keine Verpflichtung mit sich gebracht haben, aber du kannst dir sicher sein, Mia, dass ich dich niemals geküsst hätte, wenn ich anderweitig gebunden wäre. Das würde ich meiner Partnerin niemals antun.“

Befangen nickte Mariella. Im Grunde hatte sie nichts anderes erwartet. Sie hatte nur sichergehen wollen, dass sie sich nicht irrte. Doch nun war es ihr unangenehm, dass sie auch nur für einen Moment daran gezweifelt hatte.

Hunter löste die angespannte Atmosphäre auf, indem er lächelnd ihre Hand nahm und sie zu einer Tür führte. „Komm, ich zeige dir, wo du später schläfst. Mein Schlafzimmer hat auch ein angrenzendes Bad. Du könntest also eine entspannende Dusche nehmen, während ich uns etwas zu essen besorge. Was hältst du davon?“

„Du hast nur ein Schlafzimmer?“ Argwöhnisch blickte sie zu ihm auf.

„Ja. Die Wohnung ist zwar groß, aber sie hat nur den Wohn- und Kochbereich, den Du gesehen hast, eine Gästetoilette sowie dieses Zimmer mit Bad. Da all meine Freunde in Boston wohnen, brauche ich kein zweites Schlafzimmer. Aber keine Sorge, meine Couch ist sehr bequem. Du hast dieses Zimmer also ganz für dich allein.“

Mariella errötete. „Du willst wegen mir auf der Couch schlafen? Ich kann auch in ein Hotel ...“

„Nein“, unterbrach Hunter bestimmt, wobei ihm sein harscher Ton sofort leidtat. Augenblicklich sänftigte er seine Stimme. „Bis dieser Irre gefasst ist, solltest du dich nirgendwo alleine aufhalten. Wegen meiner Couch musst du auch wirklich kein schlechtes Gewissen haben. Ich habe schon eine Menge Nächte darauf verbracht.“ *Wenn ich vor dem Fernseher eingeschlafen bin, weil ich es umgehen wollte, von entsetzlichen Albträumen in meinem Bett aufzuwachen,* ergänzte Hunter für sich.

„Bist du sicher, dass es dir nichts ausmacht?“

„Hundert Prozent! In dem großen Schrank im Bad findest du Handtücher und es sollte sich eigentlich auch noch ein Fön darin befinden, falls du einen brauchst. Ich bin in einer Viertelstunde zurück.“

„Du hast einen Fön?“ Schmunzelnd zog sie eine Braue in die Höhe.

„Ein guter Gastgeber hat alles im Angebot“, erwiderte er mit einem Augenzwinkern.

„Wie wahr“, reagierte Mariella, obwohl sie sich eigentlich nicht vorstellen wollte, dass Hunter schon andere Frauen in seine Wohnung gebracht hatte. Die überraschend einsetzende Eifersucht verwirrte sie, denn ihr Kopf wusste, dass dies ganz und gar irrational war. Hunter war zweiunddreißig Jahre alt und mit Sicherheit hatte er Freundinnen gehabt. Die Frauen mussten wahrscheinlich Schlange stehen, um ein Date mit ihm zu ergattern.

Unwillkürlich fragte sie sich, warum ein Mann wie Hunter Holmes noch nicht vergeben war. Er sah fantastisch aus, war charmant, intelligent, hatte ein gutes Auskommen, wenn die Wohnung ein Indikator dafür war, und konnte küssen wie ein Märchenprinz. Allein die Erinnerung an den Kuss zauberte

Mariella ein Lächeln auf das Gesicht.

Zur Sicherheit drehte sie sich um, doch glücklicherweise war Hunter gegangen und hatte die Schlafzimmertür hinter sich geschlossen. Sie war alleine. Erleichtert atmete sie auf. Es war besser, wenn sie nicht zu viel in diesen Kuss hineininterpretierte und es war auf jeden Fall besser, wenn Hunter Holmes nicht wusste, wie sehr er sie berührte.

„Ist das dein Vater?" Interessiert deutete Mariella auf ein Foto, während sie ihr Besteck auf den leeren Teller vor sich legte.

„Er ist auf jeden Fall mehr Vater, als es mein Erzeuger jemals gewesen ist", erwiderte Hunter, während er seinen Teller mit Mariellas zur Spülmaschine trug und die Weißweinflasche aus dem Kühlschrank mit zurück an den Esstisch brachte. „Möchtest du noch ein Glas?"

„Gerne." Mariella wartete, bis Hunter ihre Gläser zum zweiten Mal gefüllt und wieder ihr gegenüber Platz genommen hatte.

„Hat er H.E.L.P. gegründet?", brachte sie das Thema zurück zu dem Mann auf dem Foto.

Überrascht sah Hunter auf. „Wie kommst du darauf?"

„Eine Zeichnung seines Porträts hängt über eurem Empfang. Daher bin ich davon ausgegangen, dass er eine Verbindung zu dem Unternehmen hat."

„Du bist eine gute Beobachterin", stellte Hunter fest, während er sein Weinglas gedankenverloren zwischen den Fingern drehte. Als er seinen Blick wieder hob, wollte er eigentlich das Thema wechseln, doch dann entschied er sich spontan dazu, Mariella von Will zu erzählen.

„Sein Name ist Will Johnson. Er ist der Begründer der Idee von H.E.L.P. Es war seine Vision, ein Programm zu entwickeln, mit dem sich Serientäter schneller fassen lassen. Sein ganzes Leben hat er dahingehend geforscht und gewirkt. Leider ist er vor zwei Jahren an Krebs gestorben, doch er hat gewusst, dass Em, Lucas, Parker und ich an seiner Idee weiterarbeiten würden."

„Wie hast du ihn kennengelernt?"

Unwillkürlich kniff Hunter seine Lippen zusammen, doch löste er die Mimik auf, als sie ihm bewusst wurde. Sein darauf einsetzendes Lächeln wirkte traurig. „Er war mein Psychologe."

Mariellas Pupillen weiteten sich vor Erstaunen. „Du warst in psychologischer Behandlung? Wie lange?"

„Das ist eine Frage, die sich nicht so einfach beantworten lässt. Wahrscheinlich fünfundzwanzig Jahre lang, da John mich irgendwann adoptiert hat. Es ist schwierig zu sagen, wie viel seiner Erziehung er bewusst therapeutisch gesteuert hat."

Verwirrt schüttelte Mariella den Kopf. „Er war dein Kinderpsychologe und hat dich adoptiert?"

„Nach drei Jahren, ja."

Plötzlich kniff sie die Augen zusammen. „Hast du Emily, Lucas und Parker während des Studiums kennengelernt?"

„Nein", antwortete Hunter bedächtig und machte eine Pause, bevor er ergänzte: „Wir sind zusammen aufgewachsen."

„Bei Will Johnson?"

Hunter nickte. „Will hat uns alle adoptiert."

„Sind sie ebenfalls seine Patienten gewesen?"

„Jeder von uns hat seine eigene Geschichte, Mia. Ich kann dir nur meine erzählen."

„Aber ihr habt euch alle für H.E.L.P. entschieden?"

„So ist es."

„Freiwillig?" Mariella klang skeptisch.

Offen sah Hunter ihr in die Augen. „Ja, freiwillig. Will hat uns nie zu etwas gezwungen, aber es ist durchaus möglich, dass er uns vier adoptiert hat, weil er in jedem von uns frühzeitig eine Leidenschaft erkannt hat, die er in seinen anderen kleinen Patienten nicht entdeckt hatte. Aber ich bin mir sicher, dass er niemals etwas gesagt hätte, wenn sich einer von uns anders entwickelt hätte."

Nachdenklich nahm Mariella einen Schluck aus ihrem Glas. „Darf ich dich fragen, warum du bei ihm in Behandlung gewesen bist?"

Tief atmete Hunter ein. Es gab nicht viele, die seinen familiären Hintergrund kannten. Bisher hatte er auch noch nie das Bedürfnis gehabt, jemandem davon zu erzählen. Doch gegenüber Mariella wollte er offen sein. Vielleicht war es verrückt zu hoffen, dass mehr zwischen ihnen sein konnte, aber auf keinen Fall wollte er sich eine Chance verbauen. Es war besser, wenn sie von Anfang an wusste, warum er sich H.E.L.P. verschrieben hatte.

„Meine leiblichen Eltern sind Hannah und George Webber." Hunter wartete einen Moment, doch Mariella zeigte keine Reaktion. Die Namen sagten ihr anscheinend nichts und im Grunde hatte er damit auch nicht gerechnet. Schließlich war sie damals noch ein Baby gewesen. „Die Nachbarn haben sie als ein freundliches, ruhiges Paar beschrieben, das sich immer sehr in der christlichen Gemeinde engagiert hat. Ich erinnere mich, dass immer mal wieder ein junges Mädchen in unserer Küche gesessen hat, wenn ich aus dem Kindergarten nach Hause gekommen bin. Meine Mutter erklärte mir, dass es junge Frauen waren, die Probleme hatten und deren Eltern sie deshalb zu Hause rausgeworfen hatten. Sie sagte mir, dass wir ihnen helfen müssten. Es sei unsere Pflicht, Menschen in Not zu helfen.“

Hunters Blick verlor sich in der Ferne und es dauerte einen Moment, bis er Mariella wieder ansah. „Ich wollte ebenfalls helfen“, gestand er leise, während er tief einatmete. Das Essen von zuvor lag ihm auf einmal schwer im Magen.

„In welcher Form haben deine Eltern den Mädchen geholfen?“, erkundigte sich Mariella vorsichtig, als die Pause sich immer länger ausdehnte.

Hunter schluckte. Es war schwerer als er gedacht hatte, über seine Kindheit zu sprechen. Sein Mund war auf einmal so trocken, dass er kaum mehr schlucken konnte. Er hätte nicht anfangen sollen zu erzählen, erkannte er und wusste gleichzeitig, dass es zu spät war, abzubrechen. Er musste die Wahrheit aussprechen. Für einen kurzen Moment schloss er die Augen und atmete tief ein.

„Meine Eltern erklärten mir, dass sie den Frauen zunächst ein Dach über dem Kopf boten, damit sie sich in Ruhe überlegen konnten, was sie mit ihrem Leben machen wollten. Und da sie auch Geld brauchten, boten sie ihnen an, Modell für meinen Vater zu stehen. Die Mädchen waren ausnahmslos sehr hübsch gewesen. Sie verkörperten unterschiedliche Typen, aber sie waren alle sechzehn, siebzehn Jahre jung und sehr weiblich, auch wenn ich das damals als Kind nicht erkannt habe.“

„Dein Vater war Künstler?“

„Er sah sich so, ja.“ Es klang sarkastisch. „George Webber hatte sein sogenanntes Atelier in einem Raum unter der Garage und eines Abends, als ich wieder einmal fragte, ob ich nicht auch helfen könne, nachdem ich einen Gast meiner Mutter in unserer Küche stundenlang weinen gehört hatte, nahm er mich mit hinunter in seine Puppenwerkstatt. Stolz zeigte er mir seine Werke von acht lebensgroßen Puppen, die er an der hinteren Wand aufrecht befestigt hatte. Jede von ihnen glich einer der Frauen, die ich in den letzten Wochen irgendwann an unserem Esstisch sitzen gesehen hatte. Ich weiß noch, wie erstaunt ich gewesen bin, dass sie den

Frauen wirklich bis ins Detail glichen. Er war so stolz, dass ich dies bemerkte und deutete auf sein aktuelles, sich in Arbeit befindendes Werk."

Abermals schluckte Hunter angestrengt und sein Blick schweifte für einen Moment in die Ferne. „Es war ein Ebenbild der Frau, die ich erst am Nachmittag kennengelernt hatte. Ich fragte meinen Vater, wie es möglich sein konnte, dass er eine Puppe so schnell formen konnte. Mein Vater lachte und sagte, dass sei sein Firmengeheimnis, denn ebendarum sei er der beste Puppenmacher im ganzen Land."

Mariellas Augen weiteten sich, als sie begriff, was Hunter ihr gerade erzählte. Unwillkürlich lehnte sie sich in ihrem Stuhl zurück. Hunter entging die Pose nicht, mit der sie unbewusst den Abstand zu ihm vergrößerte, doch er versuchte sie zu ignorieren. Er hatte angefangen zu erzählen und nun würde er auch zu Ende erzählen. Interessanterweise fiel es ihm jetzt, wo Mariella wusste, worauf die Geschichte hinauslief, leichter, die entsprechenden Worte zu finden.

„Mein Vater tötete die Mädchen und konservierte ihre Körper anschließend in einem modernen Einbalsamierungsverfahren, bei dem das Blut über die Venen aus dem Körper herausgeleitet und eine Formaldehydlösung durch die Arterien hineingepumpt wird. Es ist ein Verfahren, dass auch heute noch im Bestattungswesen angewandt wird, beispielsweise wenn ein Leichnam aufgebahrt wird. Aber natürlich hat mein Vater keine modernen Dialysegeräte zur Verfügung gehabt. Du kannst dir denken, wie es dementsprechend in seiner Werkstatt aussah. Da ich zuvor darum fast gebettelt hatte, helfen zu dürfen, ließ mich mein Vater helfen, die Körper der Frauen zu säubern. Er gab mir einen Eimer Wasser und einen Schwamm, sodass ich sie waschen konnte. Er war enthusiastisch und vollkommen begeistert, seine Leidenschaft mit mir teilen zu können."

„Deshalb bist du heute Mittag so blass gewesen, als du aus der Pathologie gekommen bist", flüsterte Mariella. „Das muss ein Albtraum für dich gewesen sein."

„Es war nicht angenehm", nickte Hunter. „Das Hauptproblem war, dass Patricia James gerade von ihrem Blut gereinigt wurde, als ich hereingekommen bin, obwohl auch schon der Geruch alleine mit grauenvollen Erinnerungen verbunden ist." Erneut holte Hunter Luft, bevor er mit der Erzählung aus seiner Vergangenheit fortfuhr. „In diesem Kellerraum stank es entsetzlich und diese Puppen, wie mein Vater sie nannte, machten mir Angst. Ich konnte seine Begeisterung nicht verstehen. Die Figuren erinnerten mich an ein Gruselkabinett. Am liebsten wäre ich nie wieder dort hinuntergegangen, aber meine Eltern erklärten mir, dass es nicht immer einfach ist, Hilfe zu spenden und man dafür auch schon einmal über seinen eigenen Schatten springe müsse. Sie verwiesen auf die Verzweiflung der jungen Frauen, die ich mit eigenen Augen gesehen und eigenen Ohren gehört hatte und dass wir, nachdem ihre eigenen Familien sie im Stich gelassen hatten, ihre einzige Chance waren. Sie erklärten mir, dass die jungen Frauen das Geld bräuchten, was sie aus dem Erlös der Puppenverkäufe von uns erhalten würden."

Immer noch fassungslos über seine Tat, rieb sich Hunter mit beiden Händen durch sein Gesicht. Sein Teint glich mehr einem farblosen Grau als einem gesunden Rosa und seine Augen hatten jeglichen Glanz verloren. „Ich hätte damals sofort Hilfe holen müssen. Ich hätte jemandem davon erzählen müssen, aber ich habe nicht verstanden, dass es keine Puppen gewesen sind, die mein Vater kopiert hat. Ich habe damals einfach nicht begriffen, dass es die Körper der jungen Frauen gewesen sind, die er zuvor getötet hatte."

Unwillkürlich griff Mariella nach seiner Hand. „Natürlich hast du das nicht verstanden. Wie alt bist du damals gewesen?"

„Fünf."

„Du bist fünf Jahre alt gewesen?" Ungläubig starrte sie ihn an. „Deine Eltern haben dich mit fünf Jahren einen Leichnam abwaschen lassen?"

„Ich erinnere mich daran, wie furchtbar ich die Handlung fand, aber meine Mutter erklärte mir, es sei das Gleiche wie bei meinem Freund Hal, der seinem Vater jeden Samstag beim Autowaschen half." Hunter schüttelte sich. „Mein Bauchgefühl hat mir von Anfang an signalisiert, dass dieser Vergleich nicht der Wahrheit entsprach. Ich habe die ganze Zeit geahnt, dass etwas nicht stimmte, aber dennoch habe ich getan, worum meine Eltern mich gebeten hatten. Ich habe einen Teil dieser Mädchen auf dem Gewissen."

„Das ist Unsinn, Hunter!", widersprach Mariella vehement, wobei sie sich ihm über dem Tisch entgegenbeugte. „Was hättest du tun sollen, Hunter? Kinder glauben ihren Eltern alles. Sie vertrauen ihnen. Dieses Urvertrauen ist naturgegeben. Abgesehen davon ist der Vater eines jeden Kindes in dem Alter der größte Held unter der Sonne."

„Leider", bestätigte Hunter.

„Wie ist die Sache herausgekommen?"

„Aufgrund eines Heldenvergleichs."

Verständnislos sah Mariella ihn an und Hunter führte seine Antwort aus. „Ein anderer Junge im Kindergarten hat mit seinem Vater angegeben und ich glaubte, ihn mit meinem Vater übertrumpfen zu müssen. Ich erzählte ihm, dass er der beste Puppenmacher sei und dabei auch noch jungen Frauen in Not helfe. Irgendwie hat eine der Erzieherinnen unser Gespräch mitangehört und mir später mehr Fragen gestellt. Am Nachmittag hat dann die Polizei in Begleitung von Will an unsere Haustür geklopft."

„Oh, Hunter, das muss grauenvoll gewesen sein", rief Mariella aus.

„Es war furchtbar. In jenem Moment habe ich immer noch nicht verstanden, was meine Eltern und ich wirklich getan hatten."

„Du hast diese Mädchen nicht getötet, Hunter!", korrigierte Mariella.

„Nein, das habe ich nicht, aber ich habe ihren Tod auch nicht verhindert." Hunter seufzte. „Am Anfang hat mich sogar hauptsächlich der Trennungsverlust von meinen Eltern belastet. Mit meinen fünf Jahren hatte ich das ganze Ausmaß immer noch nicht verstanden und es war mir unbegreiflich, warum ich plötzlich bei fremden Leuten wohnen musste und einen neuen Nachnamen hatte. Als ich jedoch älter geworden bin und die wahren Ereignisse endlich begriff, hat mich der Schock mit einer unglaublichen Wucht getroffen. Will hat dies vorausgesehen. Er war ein phänomenaler Psychologe. Jahrelang hat er mit mir gearbeitet und ich verdanke es ihm alleine, dass ich die Pubertät ohne größere Dummheiten überstanden habe. "

Nachdenklich neigte Mariella ihren Kopf zu einer Seite.

„Du kannst ruhig fragen", forderte Hunter sie auf.

„Wie viele Mädchen hat dein Vater getötet?"

„Zweiundzwanzig."

Betroffen sog Mariella die Luft ein.

„Erschreckend, nicht wahr? Vor allem wenn man bedenkt, dass er nicht in aller Abgeschiedenheit gemordet hat."

„Hat er die Mädchen zuvor ..." Sie zögerte.

„... vergewaltigt?", half Hunter, woraufhin Mariella nickte.

„Nein", antwortete er. „Er hat sie mit einer Spritze getötet, denn er wollte ihre Schönheit uneingeschränkt erhalten. Nach dem Tod hat er sie einbalsamiert und ihre Körper somit für sechs bis acht Wochen haltbar gemacht. Während dieser Zeit hat er sie regelrecht verehrt. Erst als ich älter gewesen bin, habe ich erfahren, dass er sie angefasst hat und diese Berührungen ihm sexuelle Lustbefriedigung geschenkt haben."

Angewidert schüttelte er sich. „Wenn ihre Körper zu stark zu verwesen begannen, hat er sie hinter unserem Haus im Garten vergraben und meine Mutter hat für ein neues Modell gesorgt. Sie waren beide Monster."

„Hast du dich aus Schuldgefühlen heraus dem H.E.L.P.-Programm verschrieben?"

„Rational habe ich verstanden, dass ich keinen Grund habe, mich schuldig zu fühlen, dennoch lassen sich diese Dinge nicht einfach abstellen. Noch immer gibt es Tage und Nächte, in denen mich die Bilder von damals heimsuchen." Hunter überlegte einen Moment. „Ich denke, es ist schwierig zu sagen, was mich letztendlich dazu gebracht hat, meinen Beruf zu ergreifen, denn natürlich haben mich die Erlebnisse meiner frühen Kindheit geprägt. Sie haben ihre Spuren hinterlassen und ich kann nicht mit Sicherheit behaupten, dass ich heute Profile von Serientätern erstellen würde, wenn ich in einem anderen Umfeld aufgewachsen wäre. Tatsache ist aber, dass ich meine Arbeit gerne mache. Mit meinen Fähigkeiten möchte ich die Welt ein wenig besser machen, indem ich helfe, diese Ungeheuer aus der Gesellschaft zu entfernen, denn niemand sollte Angst haben müssen, das Opfer eines Gewaltverbrechens zu werden."

Nein, das sollte wirklich niemand, dachte Mariella, während ihr ein kalter Schauer über den Rücken lief, als sie an ihre eigene Angst dachte, die sie auf dem Tisch in der Hütte empfunden hatte.

Mit einem flauen Gefühl im Magen beobachtete Hunter sie. Schließlich fasste er sich ein Herz. „Nachdem du all diese Dinge über mich weißt, fühlst du dich in meiner Gegenwart vielleicht nicht mehr ganz so frei oder unbefangen."

Unwillkürlich runzelte Mariella die Stirn.

„Ich will dir nur sagen", fuhr Hunter unbeirrt fort, „ich würde verstehen, wenn du lieber Blake McGrey oder einen anderen FBI-

Agenten in deiner Nähe hättest."

„Warum sollte ich mich bei dir nicht wohlfühlen? Du bist immer noch der gleiche Mensch, der du vor einer halben Stunde gewesen bist."

Ihre Worte brachten den Glanz in Hunters Augen zurück. „Bist du sicher?"

„Selbstverständlich." Verständnislos schüttelte Mariella den Kopf, ehe sie ihn mit einem warmen Blick ansah. „Danke, dass du mir deine Vergangenheit anvertraut hast."

Überwältigt vor Erleichterung, dass sich seine Ängste nicht bestätigt hatten und Mariella weiterhin Zeit mit ihm verbringen wollte, lehnte sich Hunter erleichtert in seinem Stuhl zurück.

„Du hast nicht ernsthaft mit einer anderen Reaktion gerechnet?", erkundigte sich Mariella plötzlich fragend.

„Nun, um ehrlich zu sein ..." Verlegen hielt er inne. „Ich war nicht sicher, wie du ..."

„Hunter!", unterbrach sie ihn verärgert. „Das ist nicht dein Ernst?"

„Du hast gerade erst am eigenen Leib erfahren, was diese Frauen wahrscheinlich ebenfalls gespürt haben. Es wäre nur verständlich, wenn du mich dafür verurteilst, dass ich ihnen nicht geholfen habe."

„Mit fünf Jahren konntest du ihnen nicht helfen. Du hast selbst Hilfe gebraucht! Heute jedoch nimmst du genau die Rolle ein, die du damals eigentlich haben wolltest. Ich weiß nicht, was ich in den letzten Tagen getan hätte, wenn ich nicht mehr oder weniger zufällig auf eure Website gestoßen wäre. Sie hat mir von Anfang an Hoffnung gegeben. Ich habe zwar nach meinem ersten Besuch auf der Seite noch ein wenig Zeit gebraucht, um mir einen Plan zurechtzulegen, aber ich habe plötzlich wieder Licht gesehen. Ich habe die Hoffnung gespürt, dass es Menschen gibt, die mir helfen können, denn sowohl dieser Dr Willcocks als auch Jason und mein gesamtes Umfeld haben mich genau daran zweifeln lassen. Alles hat sich so furchtbar falsch angefühlt. Ich bin dir unendlich dankbar."

Dankbar, wiederholte Hunter in Gedanken, wobei er seine Frustration nach außen hin perfekt verbarg, denn ‚dankbar' war eigentlich nicht das Gefühl, das er von Mia Anderson empfangen wollte. Nach der Dusche trug sie wieder ihre Jeans vom Nachmittag. Doch darauf hatte sie eines seiner Shirts gezogen, das ihr zwar viel zu groß war, ihr aber dennoch hervorragend stand.

Nachdem Hunter seine Geschichte beendet und sich sein eigener emotionaler Stresslevel wieder gesenkt hatte, besaß sein Gehirn auch erneut freie Kapazitäten, um ebendies festzustellen. Auf einmal registrierte er auch ihre sinnlichen, kirschroten Lippen, die er vor nur wenigen Stunden geküsst hatte. Die Erinnerung daran, wie samtig weich sie sich der Bewegung seines Mundes angepasst hatten und welche Sternenfunken sie in ihm ausgelöst hatten, ließ seinen Körper reagieren. Er spürte die Gänsehaut, die sich plötzlich auf seinem Brustkorb bildete, und er merkte, wie sich ein eindeutiges Verlangen nach einer Wiederholung in ihm bildete. Sofort wusste er, dass er Abstand zwischen sich und Mariella bringen musste, denn das hier war ein Spiel mit dem Feuer und er konnte nicht garantieren, dass er gewinnen würde.

„Du musst müde sein“, vermutete er, während er aufstand. „Warum gehst du nicht schlafen? Ich schreibe noch das Protokoll von unserer Sitzung in der Hütte, dann werde ich mich auch hinlegen.“

„Soll ich nicht noch schnell aufräumen helfen?“

„Was gibt es aufzuräumen? Es müssen nur zwei Gläser und zwei Teller in die Spülmaschine gestellt werden. Das ist das Tolle, wenn man das Essen fertig im Restaurant abholt. Keine schmutzige Herdplatte, keine Töpfe, keine Messer.“

„Vielen Dank dafür. Ich muss zugeben, ich habe nicht gewusst, wie hungrig ich gewesen bin.“

„Das ging mir genauso“, gestand Hunter. „Parker hat mich versprechen lassen, dass ich was zum Abendessen besorge.“ Sein Telefon klingelte und er zwinkerte Mariella verschwörerisch zu. „Wahrscheinlich ist er das, um nachzuhören, dass ich mein Versprechen gehalten habe.“

„Dann sag ihm, dass ich ihm sehr dankbar dafür bin“, bat Mariella.

„Mach ich“, versprach Hunter, während er sein Telefon in die Hand nahm und Mariella nachblickte, die leise die Schlafzimmertür hinter sich schloss. Ein Blick auf das Display sagte Hunter jedoch, dass es sich bei dem Anrufer nicht um Parker, sondern McGrey handelte.

„Blake“, grüßte er den Mann erstaunt. „Was gibt es?“

„Ich habe soeben einen Anruf des Brandmeisters erhalten, der letzte Nacht das Feuer in Mariellas Haus gelöscht hat“, kam Blake sofort zur Sache. Seine Stimme klang müde und sofort stellten sich Hunters Nackenhaare auf.

„Und?“, hakte er nach.

„Es war Brandstiftung.“

Hunter ließ die Aussage einen Moment auf ihn wirken. „Ist jeder Irrtum ausgeschlossen?“

„Ja. Das Feuer ist im Dachgeschoss ausgebrochen. Ursache ist ein elektrischer Kurzschluss, der mittels einer Funkfernbedienung ausgelöst wurde.“ Der Agent seufzte. „Unser Freund hat offensichtlich auch eine Vorliebe für Feuer, was uns nach dem Molotow-Cocktail von heute Nachmittag eigentlich nicht weiter verwundern sollte.“

„Hmm“, murmelte Hunter nachdenklich.

„Ah, ich habe Ihnen übrigens noch die Akte der Toten aus Miami zugesandt. Erinnern Sie sich? Ich habe Ihnen heute Nachmittag kurz von Detective Gallagher erzählt. Der Mann stand mit Chief Hanson zusammen, als wir am Mittag das FBI-Gebäude betreten hatten.“

„Ich erinnere mich.“

„Der Pathologe in Florida hat heute Nachmittag das Gesicht der Toten aufgrund ihrer Schädelknochen digital rekonstruiert. Gallagher hat uns das Bild von seinem Handy auf unseren Server gespielt. Ich habe Ihnen dieses Ursprungsfoto geschickt sowie eine bearbeitete Version unserer Informatikjungs, die das Gesicht mit den schulterlangen braunen Haaren vervollständigt haben, die für den Opfertyp des Botoxmörders typisch sind. Gallagher hat uns auch den Abschlussbericht des Pathologen überlassen. Leider konnte er Botox nicht als Todesursache nachweisen, aber mir scheinen die Verletzungen, die er an einem Handgelenksknochen beschreibt, die gleichen zu sein wie bei den Opfern hier in Boston. Ich habe unseren Pathologen, Carter Ayres, gebeten, sich die Sache anzusehen, denn am Ende kann er das besser beurteilen als ich.“

„Die Frau in Florida ist aber noch nicht identifiziert, richtig?“

„Leider nicht, aber Gallaghers Kollegen sind dabei die Vermisstenanzeigen um den Todeszeitpunkt herum durchzugehen. Jetzt, wo sie ein Gesicht haben, besteht eine gute Chance, dass sie die Frau in einer Kartei finden.“

„Wie lange ist Gallagher noch da?“

„Er will morgen früh mit Mariella sprechen und dann zurück nach Hause fliegen.“

„Ich schätze, das klingt vernünftig. Hier kann er ohnehin nicht helfen."

„Glauben Sie, dass diese Frau in Florida das erste Opfer des Botoxmörders gewesen sein kann?"

„Schwer zu sagen, aber möglich ist es. In dem Fall wäre dieser erste Mord persönlich gewesen."

„Sie meinen damit, dass es eine Beziehung zwischen Täter und Opfer gegeben hat."

„Ja, denn der Täter hätte daraufhin nicht nur einen Bezirk oder eine Region verlassen, sondern hätte gleich seinen ganzen Lebensmittelpunkt um fünfzehnhundert Meilen verlegt. Das deutet definitiv darauf hin, dass sich die beiden gekannt haben."

„Denken Sie, die beiden waren ein Paar?"

„Diesen Schluss können wir nicht ziehen. Es ist möglich, aber ebenso könnte es sein, dass nur der Mörder ein sexuelles Interesse gehabt hat. Als die Frau ihn dann abgewiesen hat, ist er durchgedreht."

„Zwischen der ersten und der zweiten Tat hätten dann gut sechs Monate gelegen", überlegte Blake. „Das ist doppelt so lang wie alle anderen Abstände."

„Ein Umzug würde dies erklären."

„Wenn wir ein Melderegister wie andere Länder dieser Welt hätten, könnten wir die Zuzüge aus Florida zu jenem Zeitpunkt überprüfen. Aber so fällt diese Möglichkeit leider flach", seufzte Blake. „Wie dem auch sei. Ich fahre jetzt nach Hause. Dieser Tag hatte es wirklich in sich. Ich bin nur froh, dass Rejyna bald wieder fit sein wird."

„Das sind wir alle. Übrigens, vielen Dank dafür, dass Sie vor Chief Hanson hinter der Entscheidung standen, die Eheschließung von Mariella zu überprüfen. Das hätten Sie nicht tun müssen."

Es entstand eine kurze Pause, ehe Blakes ernste Stimme zu hören war. „Wir sind ein Team, Hunter. Und in einem Team fällt und trägt man Entscheidungen gemeinsam." Blakes einsetzendes Lächeln war während seiner nächsten Worte zu hören. „Außerdem muss ich gestehen, dass es mir gefallen würde, wenn wir den Fall mit Ihrer Hilfe lösen könnten. Es wird Zeit, dass wir modernen Ermittlungsmethoden gegenüber aufgeschlossener sind. Auch unsere Täter entwickeln sich weiter. Auf Dauer werden sie uns immer einen Schritt voraus sein, wenn wir nicht mit der Zeit gehen."

„Dann zeigen wir Chief Hanson, dass H.E.L.P. mehr ist als eine Roulettescheibe“, gab Hunter zufrieden zurück. Er mochte den Mann. „Wir sehen uns morgen, Blake.“

„Spätestens“, knurrte der FBI-Agent und beendete das Gespräch.

KAPITEL 19

Die nächsten drei Stunden arbeitete Hunter konzentriert an seinem Esstisch. Er las die Akten aller Opfer des Botoxmörders, verglich ihre Bilder und markierte die Fundorte der Leichen auf einer Karte. Anschließend las er noch einmal sein eigenes Protokoll, das er als Erstes erstellt hatte und stutzte.

Erstaunt richtete er sich in seinem Stuhl auf und las den einen Satz, über den er gestolpert war, noch einmal. Er verglich den Inhalt mit den pathologischen Berichten über die anderen Opfer. Dann nahm er sein Handy, mit dem er sein Gespräch mit Mariella in der Hütte aufgezeichnet hatte und spulte die Aufnahme zu der entsprechenden Stelle vor. Ruhig und klar drang seine Stimme aus dem kleinen Lautsprecher. Aufmerksam hörte Hunter zu und versuchte dabei, sich Mariellas Mimik noch einmal in jenem Moment vorzustellen.

Nein, er hatte keinen Fehler gemacht, entschied er schließlich überzeugt, als er die Wiedergabe stoppte. Der Mann hatte Mariella zuerst mit ihrem Blut eingerieben. Anschließend hatte er ihr das Botox gespritzt. Laut Carter Ayres' Obduktionsberichten war die Reihenfolge bei den vorherigen Opfern jedoch genau anders herum. Der Mörder hatte seinen Opfer zuerst das Botox gespritzt und anschließend das Blut auf den Körpern verteilt. Dies hatte der Pathologe auch heute Mittag bei seiner Untersuchung von Patricia James angegeben.

Ein leises Geräusch hinter ihm ließ Hunter herumfahren. Allein in seinem Shirt bekleidet, stand Mariella in der offenen Schlafzimmertür. „Ich wollte dich nicht stören. Ich habe nur noch Licht unter der Tür durchscheinen sehen und dachte ..." Sie zögerte. Ja, was hatte sie eigentlich gedacht? Unsicher fuhr sie fort. „Ich dachte, vielleicht könnten wir uns noch ein wenig unterhalten?" Ihre Stimme wurde wieder fester. „Aber wenn du zu tun hast oder ins Bett willst ..." Noch immer hielt sie sich an der Tür fest.

„Ich bin fertig und ich will auch noch nicht schlafen", versicherte ihr Hunter, obwohl Ersteres nicht ganz der Wahrheit entsprach. Fertig würde er erst sein, wenn der Botoxmörder sicher hinter Schloss und Riegel saß. Doch Mariella war im Augenblick wichtiger. Er schloss die Akten auf dem Tisch vor ihm, denn auf keinen Fall wollte er, dass sie die Fotos der anderen Opfer sah. Sie hatte mit ihren eigenen Bildern genug zu kämpfen.

„Komm, wir setzen uns aufs Sofa. Der Blick hinaus in die Nacht ist von hier oben besonders schön."

Barfuß tapste Mariella hinüber zur Couch. Sie zog beide Beine neben sich auf das Sofa und kreuzte die Arme auf ihrer Brust. Wärmend rieb sie mit ihren Händen über ihre Oberarme.

Fürsorglich legte ihr Hunter eine dunkelbraune Kaschmirdecke um die Schultern. „Besser?"

Mariella nickte, während sie die Decke um sich zog. Hunter erkannte jedoch, dass die äußere Wärme, die die Decke spendete, nicht das war, wonach sich Mariella in Wahrheit sehnte. Er zögerte einen Moment, doch dann entschied er, dass er nicht einfach tatenlos zusehen konnte, wie sie litt, wenn er ihr problemlos das geben konnte, was sie eigentlich brauchte: einen menschlichen Kontakt. Er war schließlich zweiunddreißig Jahre alt und sollte so viel Selbstdisziplin besitzen, seine rein männlichen Gefühle im Zaum halten zu können.

Entschlossen setzte er sich neben sie, wobei er ihr seinen Körper diagonal zudrehte. Er schloss seine Arme um ihren Oberkörper, sodass er ihre linke Schulter an seine Brust ziehen konnte. Sofort kuschelte sich Mariella an ihn.

Hunter schloss seine Augen und versuchte konzentriert alle Gefühle auszuschalten. Doch dies war keine einfache Aufgabe. Ständig atmete er den Duft seines Shampoos ein, das an Mariella so viel anregender roch als an ihm, und obwohl er sie in einer unschuldigen Umarmung hielt, war ihm ihr zarter Frauenkörper doch bewusst.

Schweigend blickte Mariella durch die acht Meter lange Glasfront hinaus auf Boston. Die Lichter der Stadt wirkten tatsächlich beruhigend und sie war froh, dem Schlafzimmer und damit ihren Gedanken entkommen zu sein. Sie hätte viel früher zurück ins

Wohnzimmer kehren sollen.

Vielleicht waren es auch weniger die Lichter als Hunter, der ihr das Gefühl von Sicherheit vermittelte, überlegte sie. Fest und gleichmäßig fühlte sie seinen Herzschlag an ihrem Rücken. Bum-dibum-dibum-dibum.

„Wann immer ich im Bett die Augen geschlossen habe, habe ich mich auf diesem Tisch liegen sehen", flüsterte sie. Mariella war selbst erstaunt, dass sie die Worte laut ausgesprochen hatte. Sie hatte eigentlich nicht darüber reden wollen, aber nun waren sie draußen und interessanterweise stellte sie ebenso überraschend fest, dass sie kein Problem damit hatte, ihre Emotionen mit Hunter zu teilen.

„Dein Gehirn hat die Erinnerungen bisher aus gutem Grund unter Verschluss gehalten. Wir haben uns über diese Entscheidung hinweggesetzt und leider lassen sie sich jetzt nicht einfach wieder in einer Box verstauen und wegstellen. Wir müssen sie akzeptieren und mit ihnen umgehen. Das Gute ist jedoch, dass wir mit ihnen arbeiten können. Wir können ihnen den Schrecken nehmen. Dafür gibt es allerdings keinen Hauptschalter, den man einfach umlegen kann. Vielmehr ist es ein Prozess, der ein wenig Zeit braucht."

„Wie lange wird es dauern?"

Hunter legte sein Kinn auf ihren Kopf. „Das kann ich dir nicht sagen, Sweetheart. Aber ich kann dir versprechen, dass es besser werden wird. Du wirst die Fortschritte spüren. Allerdings musst du dich dafür deinen Emotionen stellen. Sprich darüber, mal Bilder, spiel Klavier oder Schlagzeug. Es spielt keine Rolle, welchen Weg du gehst, aber du musst die Erinnerungen zulassen und rauslassen, wenn sie kommen. Unsere Psyche hat einen großen Selbstheilungsfaktor, wenn man sie in ihrem eigenen Tempo operieren lässt."

Während der nächsten Minute dachte Mariella intensiv über Hunters Worte nach. Sie war nicht der Typ, der seine Gefühle offen zur Schau stellte. Dies hatte sie nie gelernt. Doch sie konnte sich vorstellen, gegenüber Hunter offen zu sein. Obwohl sie ihn erst kurz kannte, vertraute sie ihm vorbehaltlos.

„Nie in meinem Leben habe ich eine solche Angst gespürt wie in den Stunden in der Hütte", gestand sie plötzlich leise. „Ich habe mir nie Gedanken um meinen Tod gemacht, doch ich wusste, dass ich noch nicht sterben wollte."

Ein Schauer lief durch ihren Körper und Hunter hielt sie ein wenig fester.

„Ich habe mir auch noch nie überlegt, wie mein Leben genau aussehen wird“, erzählte sie leise weiter. „All meine Ziele haben immer nur meinen Beruf betroffen. Ich wollte Jura an der Harvard Universität studieren, ich wollte als Beste meines Jahrgangs graduieren, ich wollte den nächsten Fall gewinnen und nicht zuletzt wollte ich die Kanzlei meines Vaters erfolgreich weiterführen.“ Sie pausierte und Hunter wartete geduldig, bis sie weitersprach.

„Während ich auf diesem Tisch lag und der Schwamm über meinen Körper gefahren ist, habe ich auf einmal festgestellt, dass ich so viele schöne Dinge verpasst habe oder nie wirklich über sie nachgedacht habe, weil ich automatisch davon ausgegangen bin, dass ich noch so viel Zeit habe.“

Ihr Oberkörper hob und senkte sich deutlich und Hunter vermutete, dass sie weinte, doch so gerne er ihr auch die Tränen aus dem Gesicht wischen und sie trösten wollte, so sehr wusste er auch, dass es seine momentane Aufgabe war, ihr zuzuhören. Auch wenn sich sein Herz dabei schmerzhaft zusammenzog.

„An welche Dinge hast du dabei gedacht, Mia? Was möchtest du machen?“, fragte er nach einiger Zeit leise nach.

„Ich möchte nach Paris reisen“, antwortete sie ebenso leise. „Ganz schön klischeehaft, oder?“

„Überhaupt nicht“, widersprach Hunter. „Wie kommst du auf Paris?“

„Ich weiß es nicht. Vielleicht kam mir die Stadt in den Sinn, weil ich festgestellt habe, dass ich noch nie einen Mann richtig geliebt habe. Ich meine, ich hatte Freundschaften, aber keine ist die große Liebe gewesen, glaube ich zumindest.“

Leise lachte Hunter. „Offensichtlich bist du ihr noch nicht begegnet, denn wenn du sie triffst, dann weißt du es mit Sicherheit.“ Er machte eine kurze Pause. „Du willst also irgendwann heiraten?“

„Ja, und ich glaube, ich möchte auch Kinder. Es ist wirklich verrückt. Bislang habe ich nicht einen Gedanken daran verschwendet, doch kaum denke ich, dass mein Leben zu Ende geht, sind dies die ersten Dinge, die mir einfallen.“

„Ich finde das nicht verrückt“, widersprach Hunter. „Es ist ein urgenetischer Code, dass wir Menschen uns vermehren. Erst seit der Pille und anderen Verhütungsmitteln sowie der Emanzipation der Frauen ist es eine bewusste Entscheidung, eine Familie zu gründen oder eben auch nicht."

Erneut dauerte es einige Minuten, bis Mariella das Gespräch wieder aufgriff. „Hunter?"

„Hm?"

Langsam drehte sie sich in seinen Armen um, sodass sie ihn ansehen konnte. „Kann ich dich etwas fragen?"

„Du kannst mich alles fragen, Sweetheart", wiederholte er seine Liebkosung von vorhin.

Bedächtig nickte sie, während sie ihren Blick senkte. „Nachdem ich im Krankenhaus aufgewacht bin ... also, nach ... nachdem mich der Botoxmörder eingerieben hat ..." Sie sah ihn wieder an. „Danach wollte ich nicht, dass mich jemand anfasst oder auch nur in den Arm nimmt. Ich meine, ich kann die Reaktion auf Jason Tanner verstehen, aber was ist mit meinem Bruder? Oder Mel? Ich hatte nie Probleme, sie zu umarmen."

„Ich nehme an, dass du das Blut an deinem Körper erst in der Klinik bewusst gesehen hast?" Hunter formulierte den Satz als Frage und Mariella nickte.

„Ich gehe auch davon aus, dass die Polizei zunächst eine Reihe von Fotos gemacht hat, bevor das Blut von einer Schwester abgewaschen wurde?"

Wieder nickte Mariella.

„Dabei hättest du nichts lieber getan, als dich alleine unter eine Dusche zu stellen. Du hast die Prozedur gehasst und sie war für dich fast ebenso schlimm wie das, was du unter den Händen des Täters erlitten hast."

„Ich verstehe, worauf du hinaus willst, aber warum macht es mir nichts aus, wenn du mich berührst?"

Vorsichtig lächelte Hunter. „Das kann ich dir nicht sicher sagen. Aber ich vermute, es liegt daran, dass du weißt, du musst dich vor mir nicht verstecken. Aus einem Grund, der sich nicht rational erklären lässt, vertraust du mir." Er stockte kurz. „Wenn wir gerade bei dem Blut auf deinem Körper sind, würde ich dich dazu gerne noch etwas fragen. Ist das in Ordnung?"

„Sicher."

„Als wir in der Hütte waren, habe ich verstanden, dass der Täter dich zuerst eingerieben und dir anschließend das Botox gespritzt hat. Bist du dir ganz sicher, dass dies die richtige Reihenfolge war oder könnte es auch umgekehrt gewesen sein?"

Konzentriert überlegte Mariella. „Nein, es stimmt, denn er hat mir die Fesseln durchgeschnitten, nachdem er die Spritzen gesetzt hat. Warum fragst du?“

„Ich wollte nur ganz sichergehen, dass ich nichts falsch aufgeschrieben habe. Diese Details können entscheidend sein“, erwiderte Hunter ausweichend und wechselte das Thema. „Was meinst du, kannst du jetzt schlafen?“

Mariella hatte diesen Moment gefürchtet, doch sie hatte gewusst, dass Hunter sie irgendwann zurück ins Bett schicken würde.

„Bestimmt“, antwortete sie. Die Wahrheit war jedoch, dass die Panik von zuvor mit Sicherheit erneut einsetzen würde, sobald sie alleine war.

„Dann lass uns gehen.“

„Du bringst mich ins Bett?“ Verwundert drehte sie sich zu ihm um.

„Ich gehe mit dir ins Bett, Sweetheart“, offenbarte Hunter. Ihre Angst vor dem Alleinsein war so deutlich in ihrer Stimme zu hören und in jeder Faser ihres Körpers zu spüren gewesen, dass er kurzerhand entschieden hatte, Mariella zu begleiten, denn sie brauchten dringend beide einige Stunden Schlaf.

Zielstrebig schritt er auf das Schlafzimmer zu und hielt die Tür für sie offen. „Hüpf ins Bett, ich komme gleich nach.“ Ohne sie eines weiteren Blickes zu würdigen, verschwand er im Bad.

Als er zehn Minuten später wiederkam, lag Mariella auf der linken Seite des Bettes. Die Decke hatte sie bis zur Nasenspitze hochgezogen. Automatisch schlupfte Hunter von der rechten Seite unter die 1,60 Meter breite Decke.

„Jetzt kann entweder jeder von uns auf einer Seite schlafen oder du kommst zu mir rüber.“ Einladend öffnete er seinen Arm, während er mit klopfendem Herzen auf ihre Reaktion wartete. „Entscheide dich für die Alternative, mit der du dich am besten fühlst, Mia. Denk nicht an Konventionen oder an mich. Lass einfach dein Gefühl entscheiden.“

Sofort rutschte Mariella zu ihm heran und legte ihren Kopf an seine Schulter. Behutsam schloss Hunter seinen Arm um ihren Körper, wobei er verwundert das Glücksgefühl registrierte, das ihn auf einmal erfüllte. Er hatte mit Erleichterung gerechnet, denn er hatte innerlich gehofft, dass sich Mariella für die Nähe zu ihm entscheiden würde, doch die Intensität dieser Emotion überraschte ihn dann doch.

Er spürte, wie sich Mariellas Körper anspannte und hörte, wie sich ihr Atem beschleunigte. Noch bevor sie sich näher an ihn drückte, ahnte Hunter jedoch, dass keine sexuelle Erregung hinter diesen Anzeichen steckte. Vielmehr kehrten in der horizontalen Position die grausamen Bilder zurück, die sie in eine hilflose Situation versetzten.

„Hast du dir schon überlegt, was du in Paris machen willst?“, fragte er, doch wartete er nicht auf ihre Antwort. Auf ruhige, gleichmäßige und vollkommen unaufgeregte Weise sprach er einfach weiter. „Du solltest unbedingt an der Seine entlangspazieren und durch den Park du Champs de Mars auf den Eiffelturm zulaufen.“

„Bist du schon dort gewesen?“

„Ich habe dort einmal ein dreimonatiges Praktikum gemacht.“

„Sprichst du französisch?“

„Nicht wirklich, aber es reicht, um nicht zu verhungern. Ich war in einer internationalen Klinik, in der hauptsächlich Englisch gesprochen wurde.“

„Ich möchte Paris von oben sehen“, gestand Mariella.

„Dann fährst du am besten auf den Tour Montparnasse. Von dort hast du die schönste Aussicht. Es gibt so viel zu sehen. Du wirst die Stadt lieben. Doch solltest du dir unbedingt Zeit nehmen, die Stadt auch zu erfühlen. Trink einen Milchkaffee im Quartier Latin, bummel durch das Marais-Viertel und stöbere in alten Antiquariaten.“ Hunter spürte, wie Mariellas Atemzüge tiefer und gleichmäßiger wurden. Sie war eingeschlafen. Das war gut. Nun konnte auch er ans Schlafen denken, aber mit dieser einzigartigen Frau in seinem Arm war das leichter gesagt als getan.

KAPITEL 20

Als Hunter und Mariella mit Parker am nächsten Morgen im FBI-Gebäude ankamen, waren sowohl Lucas und Emily als auch Blake bereits anwesend. Mit einer großen Kanne Kaffee saßen sie in einem Besprechungsraum, den Blake für sie reserviert hatte.

„Guten Morgen, zusammen", grüßte Hunter in die Runde.

Blake wartete, bis die Begrüßung abgeschlossen war, dann wandte er sich an Mariella. „Detective Gallagher sitzt drüben an meinem Schreibtisch. Würde es Ihnen etwas ausmachen, ihm noch einmal zu berichten, was in dieser Hütte geschehen ist? Ich weiß, dass es nicht einfach ist, doch ein persönliches Gespräch ist immer aufschlussreicher als das Lesen eines Protokolls. Laut der Pathologen liegt die Wahrscheinlichkeit, dass es sich in seinem Fall um den Botoxmörder handelt, bei fünfundachtzig Prozent und vielleicht gibt es irgendeine kleine Bemerkung in Ihrer Aussage, durch die Gallagher eine Beziehung zwischen Täter und Opfer herstellen kann, was uns wiederum ebenfalls helfen würde."

Ein wenig unsicher sah Mariella zu Hunter hinüber. Sie hatten zwar bereits auf dem Weg in die Stadt über dieses Thema gesprochen und es war für Mariella völlig klar, dass sie sich mit dem Mann unterhalten würde, aber sie konnte nicht behaupten, dass sie sich auf dieses Gespräch freute.

„Erzähl ihm einfach alles, an was du dich erinnerst und wenn du merkst, dass der Stress zu groß wird, dann begib dich in Gedanken an einen Ort, an dem du dich sicher fühlst. So wie wir es besprochen haben", fasste Hunter noch einmal zusammen, was er ihr am Morgen geraten hatte.

Es gibt nur einen Ort, an dem ich mich sicher fühle und der ist in deinen Armen, dachte Mariella, aber das sprach sie natürlich nicht aus. Tatsache war jedoch, dass sie seit neun Nächten die erste Nacht ruhig hatte durchschlafen können und sie wusste genau, woran das gelegen hatte. Sie war zwar nicht aufgewacht, aber sie hatte einige Male Hunters warmen Körper gespürt, der sie vertraulich wieder in einen tieferen, traumlosen Schlaf zurückgezogen hatte. Am liebsten wäre sie niemals wieder aus diesem Bett gekrabbelt, selbst wenn sie sich am Morgen so ausgeschlafen gefühlt hatte wie lange nicht mehr.

Sie seufzte leise und registrierte plötzlich die Stille um sich herum. Erwartungsvoll waren alle Augen auf sie gerichtet. Schamhaft errötete Mariella leicht. Sie hatte vollkommen vergessen, dass Agent McGrey noch auf eine Antwort von ihr wartete. Wenn sie die verständnisvollen Blicke der anderen jedoch richtig deutete, dachten sie zumindest, dass sie ihren Seufzer auf die vor ihr liegende Aufgabe bezogen hatte.

Ein Glück, dass sie nicht die wahre Bedeutung kennen, dachte sie, bevor sie sich Blake zuwandte. „Gehen wir. Je eher ich es hinter mir habe, desto besser."

„Mia!" Leise rief Hunter sie noch einmal zurück. „Lass dich nicht hetzen", ergänzte er, „weder von Detective Gallagher noch von dir selbst."

„Ich versuche mein Bestes", versprach sie.

Nachdenklich folgte ihr Hunters Blick durch die Glasscheibe. Er war sich sicher, dass Mariella das Gespräch souverän führen würde. Sie würde anschließend emotional erschöpft sein, aber am Ende würde die Unterhaltung nicht nur dem Detective aus Miami helfen, sondern auch ihr. Je öfter Mariella über das Erlebte sprach, desto mehr würde das Ereignis an aktuellem Schrecken verlieren. Als er sich umdrehte fand er die Augenpaare seiner drei Freunde auf ihn gerichtet.

„Was ist los?", wollte er wissen.

„Das wollen wir von dir wissen", entgegnete Lucas ruhig, aber mit wachem Blick.

Verständnislos sah Hunter ihn an.

„Mia?", half Emily ihm auf die Sprünge.

„Das ist ihr Rufname aus Kindertagen. Ich habe ihn gestern in der Hütte gebraucht", verteidigte sich Hunter.

„Wir sind nicht mehr in der Hütte."

„Das weiß ich, Parker", reagierte Hunter leicht verärgert über diese Befragung. „Der Name vermittelt ihr jedoch ein Gefühl von

Geborgenheit und ich denke, dass Mariella genau das im Augenblick am meisten braucht, oder ist jemand in diesem Punkt anderer Ansicht?“

Herausfordernd blickte sich Hunter in der Runde um. Als niemand widersprach, nickte er zufrieden. „Außerdem finde ich, dass der Name zu ihr passt.“

„Das ist alles?“, hakte Emily nach.

„Was soll sonst noch sein?“

„Ihr wirkt ziemlich vertraut miteinander“, äußerte Parker.

„Sie ist eine nette Frau, und sie hat Furchtbares durchgemacht.“

„Dem widerspricht niemand“, warf Lucas ein. „Ich kann sogar nachvollziehen, warum du dich zu ihr hingezogen fühlst. Sie ist schließlich nicht nur nett. Sie sieht auch ziemlich gut aus.“

„Lucas!“, mahnte Hunter, wobei seine Augen gefährlich funkelten.

„Ich sage nur, was ich sehe.“

„Was wir alle sehen“, ergänzte Emily. „Hunter, jeder von uns gönnt dir eine Beziehung, aber keiner von uns will, dass du verletzt wirst. Alles, was wir dir sagen wollen ist, dass du dich in Acht nehmen sollst. Mariella hat ein unverarbeitetes Trauma hinter sich und es ist schon unter normalen Umständen schwierig genug vorherzusehen, wie ein anderer mit einer Vergangenheit wie der unseren umgeht.“

„Sie hat sie akzeptiert“, erklärte Hunter und genoss die erstaunten Blicke seiner Freunde, die die sekundenlange Stille begleiteten.

„Du hast ihr von uns erzählt?“ Lucas Stimme klang ungläubig.

„Ich habe ihr meine Geschichte erzählt, ja.“

Leise pfiff Parker durch die Zähne. „Wer hätte das gedacht?“

„Wow!“, staunte auch Emily.

„Also, mir gefällt ‚Mia‘“, erklärte Lucas plötzlich locker und ergänzte grinsend: „Den Namen, meine ich.“

„Nun macht keinen Aufstand. Tatsache ist zwar, dass ich Mariella über ein berufliches Interesse hinaus anziehend finde, aber wie Em eben richtig festgestellt hat, macht sie gerade eine schwierige Zeit durch. Niemand kann sagen, ob und wenn überhaupt, was sich daraus entwickelt. Ich bin kein liebestoller Jugendlicher, der sich blind in ein Abenteuer stürzt. Ich habe die Sache im Griff.“ Hunters Stimme klang selbstsicher und überzeugt. Insgeheim war er sich an dieser Stelle allerdings nicht so sicher. Er befürchtete, dass seine Gefühle für Mia Anderson weitaus intensiver waren als er sich bislang eingestanden hatte und als er bereit war, zuzugeben. „Lasst uns besser anfangen zu arbeiten“, wechselte er daher rasch das Thema, bevor einer seiner Freunde auf die Idee kam, seine Position infrage zu stellen. „Schließlich wollen wir das Vertrauen von Direktorin Garner nicht enttäuschen.“

„Haben Sie schon begonnen?“, erkundigte sich Blake, der in diesem Moment den Raum wieder betrat und die Tür hinter sich schloss.

„Wir haben auf Sie gewartet“, verneinte Lucas.

„Danke!“

„Das ist selbstverständlich! Wir sind ja ein Team!“, wiederholte Hunter grinsend Blakes Worte vom gestrigen Abend.

„In einem Team ist man per ‚du‘ oder zumindest ist man das beim FBI“, klärte Blake ihn freundlich auf.

„Unter den Umständen sollten wir uns den Gepflogenheiten anpassen“, hielt Parker dagegen. Sowohl Lucas als auch Hunter stimmten ohne Umschweife zu.

Während Blake seinen Kopf langsam in Emilys Richtung drehte, um ihre Reaktion zu sehen, wappnete er sich innerlich gegen einen intensiven Blick aus ihren grünen Augen, der ihn jedes Mal regelrecht zu durchbohren schien. Auch dieses Mal war der Blick dieser Frau für ihn nicht zu deuten, doch zum Glück ließ sie ihn ihre Zustimmung durch ein Kopfnicken wissen.

„Prima!“, freute er sich, als er Platz nahm. „Wo fangen wir an?“

„Ich habe die Blutuntersuchungsergebnisse von Mia“, begann Parker.

„Mia?“, hakte Blake verwirrt ein.

„Mariella Anderson, kurz Mia“, erklärte Emily in einem Ton, als sei die Information das Selbstverständlichste der Welt.

„Ah!“, äußerte Blake.

„Die Frau mag es nicht wissen, aber sie braucht das Gefühl, das der Name in ihr auslöst“, klärte Emily ihn in kühlem Ton ergänzend auf, bevor sie das Wort an den medizinischen Psychologen zurückgab. „Was wolltest du sagen, Parker?“

Unwillkürlich fragte sich Blake, ob die Abkürzung ihres eigenen Namens auch auf einen solchen Grund zurückging. Doch statt sich in Gedanken darüber zu verlieren, wandte er seine Aufmerksamkeit wieder Parker zu.

„Auf Hunters Bitte habe ich Mias Blut noch einmal auf Kokainabbauprodukte hin getestet und tatsächlich war das Ergebnis positiv."

„Verstehe ich das richtig? Sie hat Kokain genommen? Ich dachte, der Drogentest sei negativ gewesen?", wandte Blake ein.

„Der Test war negativ, weil Mia die Droge zum ersten Mal konsumiert hat" führte Parker aus.

„Mit anderen Worten, das Aufschneiden ihrer Unterarme war kein Suizidversuch, sondern die Auswirkung einer Kokainpsychose, wie es der Notfallsanitäter vermutet hat", folgerte Hunter.

„So ist es. Aufgrund der Menge und der Halbwertzeit kann ich sagen, dass sie die Droge ungefähr zwischen drei und sechs an jenem Nachmittag konsumiert haben muss", führte Parker aus. „Und wenn wir ihr glauben, dass sie noch nie irgendwelche Drogen genommen hat, dann muss ihr jemand das Kokain ohne ihr Wissen verabreicht haben."

„Dafür bleibt dann nur der orale Weg", folgerte Blake.

„An dem Nachmittag sind vier Männer in dem Haus gewesen", erinnerte sich Emily. „Jason Tanner, Richard Freeman, dann ein weiterer Anwalt ..."

„Bernd Leeman", half ihr Blake.

„Richtig! Und ihr Bruder", fuhr Emily fort.

„Es kann also jeder der vier gewesen sein", stellte Lucas fest.

„Tatsache ist, dass jemand ein großes Interesse an Mias Ableben hat", bemerkte Blake.

„Wenn wir allerdings einmal unterstellen, dass keiner der erwähnten vier Personen der Botoxmörder ist, dann hängen die Mordversuche nicht zwangsweise zusammen", urteilte Emily.

„Das Einzige, was wir bislang sicher sagen können, ist doch, dass der Botoxmörder nicht für die Verabreichung der Droge verantwortlich ist", konkretisierte Blake.

„Das ist richtig. Allerdings sollten wir unter diesen Umständen auch die drei anderen Anschläge auf Mias Leben noch einmal unter die Lupe nehmen. Wir sollten untersuchen, ob sie auf das Psychogramm des Botoxmörders passen", schlug Hunter vor.

„Es wäre durchaus möglich, dass einer von den eben erwähnten Menschen in Mias Umfeld die Gelegenheit genutzt hat, um ihren Tod herbeizuführen und ihn entweder als Selbstmord oder als Rache des Botoxmörders hinzustellen", folgte Lucas dem Gedankengang.

„Es lässt sich nicht leugnen, dass Jason Tanner ein Motiv hätte. Als Witwer hätte er ihr gesamtes Vermögen geerbt“, kombinierte Hunter.

„Aber warum hätte er dann vor drei Tagen den Krankenwagen rufen sollen?“, gab Blake zu bedenken. „Wäre es dann nicht schlauer gewesen, das Essen mit den anderen ein wenig in die Länge zu ziehen oder sich ein anderes Alibi zu besorgen? Im Grunde hätte er auch nur fünf Minuten warten müssen, dann wäre Mariella ...“

Mit hochgezogenen Augenbrauen sah ihn Emily mahnend an.

„Mia“, korrigierte er sich selbst, bevor er fortfuhr. „Sie wäre verblutet. Dieses Szenario ergibt für mich keinen Sinn.“

„Du hast recht“, stimmte ihm Lucas zu. „Tanner kann es nicht gewesen sein.“

„Was nicht bedeutet, dass er als Schütze von gestern Morgen ausscheidet“, wandte Hunter ein.

„Gibt es außer Tanner noch jemanden, der ein Motiv hätte?“, stellte Parker in den Raum.

„Bisher deutet nichts darauf hin, allerdings haben wir auch niemanden unter diesem Fokus befragt“, antwortete Lucas.

„Ihr wahrscheinlich auch nicht, oder?“, wandte sich Parker an den FBI-Agenten.

„Nein, allerdings müssen wir diese Frage auch von den Ermittlungen des Botoxmörders lösen“, entschied Blake.

„Heißt das, du willst nicht herausfinden, wer ihr das Kokain untergejubelt hat?“ Herausfordernd sah Hunter ihn an.

„Selbstverständlich will ich das. Allerdings hätte ich gerne zuerst ein Psychogramm des Botoxkillers, das ihr für diese Sitzung angekündigt hattet, damit ich Chief Hanson irgendetwas geben kann, bevor er uns die Kooperation aufkündigt. Wir wissen alle, dass er modernem digitalen Profiling nicht positiv gegenübersteht und ich finde, wir müssen es dem Mann nicht allzu einfach machen, Gründe zu finden, um unser nettes, kleines Team sofort wieder auseinanderzureißen.“

„Das ist richtig“, bekräftige ihn Lucas. „Wir sollten zuerst unsere Profile miteinander ergänzen. Ich habe eines auf Basis seiner bisherigen Opfer erstellt. Deines, Hunter, gründet auf Mias Aussage, korrekt?“

„Korrekt“, bestätigte Hunter.

„Wer von euch fängt an?“, Fragend sah Blake zwischen den

beiden hin und her.

„Ich kann beginnen“, bot Hunter an. „Ich muss allerdings gleich sagen, dass es einen Punkt gibt, den Mia anders beschreibt, als es die Obduktionsberichte aller anderen Opfer wiedergeben. Aber dazu kommen wir vielleicht besser später. Der Täter ist ...“

Ein leises Klopfen unterbrach ihn und alle sahen hinüber zur Tür, die Mariella einen Spalt öffnete. „Störe ich?“

„Auf keinen Fall“, erwiderte Hunter, während er bereits aufstand und den Stuhl neben sich für sie zurückzog. „Setz dich.“

Sichtbar erleichtert öffnete sie die Tür und nahm Platz. Hinter ihr erschien der Detective aus Florida, der zunächst Blakes Blick suchte.

„Miss Anderson und ich sind fertig. Ich wollte mich noch einmal für die gute Zusammenarbeit bedanken.“

„Selbstverständlich“, entgegnete Blake. „Wann geht Ihr Flug?“

„In zwei Stunden.“

„Dann haben Sie noch ein wenig Zeit. Wir sind gerade dabei, ein Profil des Täters zusammenzustellen. Sie sagten zwar, dass Sie nicht an psychologisches Profiling glauben, aber wenn Sie möchten, können Sie sich gerne zu uns setzen. Vielleicht ist doch etwas Hilfreiches dabei.“

„Sie haben vollkommen recht. Am Ende ist jeder Weg, der zum Ziel führt, ein guter Weg. Ich nehme Ihr Angebot gerne an. Vielen Dank.“

Blake nickte und Detective Gallagher nahm den Stuhl, der ihm am nächsten war, während Hunter schließlich begann, sein Profil vorzustellen.

„Ich habe übrigens die Information der Spurensicherung von heute Morgen in Bezug auf die Fußabdrücke bereits eingearbeitet“, erklärte er. „Der Mann ist wahrscheinlich zwischen 1,80 Meter und 1,85 Meter groß, trägt Schuhgröße 44 und wiegt um die fünfundachtzig Kilo. Er ist selbstsicher, dominant, aber nicht intelligent. Sein Wissen begrenzt sich auf das, was für ihn wichtig ist oder genauer gesagt, auf das, was er für wichtig hält. Üblicherweise ist er es gewohnt, Anweisungen entgegenzunehmen und auszuführen. Er gehört der Arbeiterklasse an und hält sich wahrscheinlich mit Gelegenheitsjobs über Wasser. Er hat taktile Defizite und ist eher grobmotorisch.“ Während Hunter sprach, sah er in die Runde. Als sein Blick jedoch auf Lucas traf, stoppte er. „Du bist anderer Meinung“, stellte er erstaunt fest.

Stumm nickte Lucas. Er war offensichtlich ebenso schockiert über ihre unterschiedlichen Feststellungen wie Hunter. Dies war bisher noch nie vorgekommen. Sicher, sie hatten in der Vergangenheit schon einmal über den ein oder anderen Punkt eines Psychogramms diskutiert, aber es hatte sich dabei immer um Kleinigkeiten gehandelt.

„Was hast du herausgefunden?“, fragte Hunter den Freund, der ihn allein durch seinen Blick wissen ließ, dass sie ein richtig großes Problem hatten.

Dies war ihr erstes Projekt in Boston mit einem Chief, der nur darauf wartete, dass sie die Fehlerhaftigkeit ihres Programms offenbarten und wenn Hunter die Äußerung Blakes vorhin in Bezug auf Detective Gallagher richtig interpretiert hatte, war dieser Mann ihrer Methode gegenüber ebenfalls wenig aufgeschlossen. Es war keine Frage für Hunter, dass Blake den Kollegen aus Florida eingeladen hatte, an dem Meeting teilzunehmen, weil er Gallagher zeigen wollte, wie falsch er mit seiner Ansicht lag. Das Vertrauen Blakes in H.E.L.P. hatte deutlich auf seinem Gesicht gestanden. Um so schlimmer war es, wenn sie ihn enttäuschten. Doch es war zu spät, um zurückzurudern. Im Augenblick mussten sie das Beste aus der Situation machen, denn Inkompetenz war das letzte Bild, was sie vermitteln durften. In Zukunft würden sie ihre Psychogramme jedoch zuerst untereinander abstimmen, auch wenn jeder dadurch noch weniger Schlaf bekam. Offenkundig war aber ihre Einigkeit in der Vergangenheit kein Garant für alle Zukunft.

„Stell deine Analyse einfach vor, Lucas“, forderte Hunter den Freund ihm gegenüber auf. „Wir sind hier unter uns. In einem Team können Punkte diskutiert werden.“ Dabei sah er Blake offensiv an.

„Keine Sorge. Am Ende erstellen wir kein Gesprächs-, sondern ein Ergebnisprotokoll“, bekannte der Agent, der spürte, dass die Uneinigkeit zwischen Lucas und Hunter etwas Unbekanntes für die beiden Männer war.

Verlegen räusperte sich Lucas. „Ich habe alle Berichte der anderen Opfer analysiert. Leider haben wir für keine seiner Taten einen Tatort, sondern nur einen Fundort der Leichen. Aber alleine in Bezug darauf habe ich ein anderes Bild des Mannes gezeichnet. Seine Größe siedle ich bei 1,75 Meter an, plus/minus drei Zentimeter. Auf jeden Fall liegt er unter der durchschnittlichen nordamerikanischen Normgröße für Männer. Seine Statur ist unauffällig, und seine Muskelkraft ist begrenzt. Ich halte ihn für gebildet und bin mir sicher, dass er einen Universitätsabschluss hat. Auf jeden Fall ist er charmant. Er liebt das weibliche Geschlecht, ja, er vergöttert die Frauen geradezu. All seine Opfer stammen aus gutem Hause. Sie haben einen eher gehobenen Bildungsstandard und legen Wert auf ihr Äußeres. Sie achten auf ihren Körper, kleiden sich gut und lieben das Leben. Dennoch bin ich mir sicher, dass er diesen Frauen sowohl mental als auch finanziell überlegen ist. Sein Weltbild ist stark konservativ geprägt. In seinen Augen dient die Frau dem Mann zur Lustbefriedigung. Ich glaube nicht, dass er verheiratet ist, aber wenn er es wäre, würde er erwarten, dass seine Frau ihn gestylt, repräsentativ und zurechtgemacht empfängt, wenn er am Ende eines Arbeitstages nach Hause kommt. Er hasst jede Form von Unvollkommenheit und ist dementsprechend ein Perfektionist. Wenn er zu Hause ist, müsste die ganze Aufmerksamkeit seiner Frau auf ihm liegen. Selbstverständlich würde sie auch nicht arbeiten. Sie würde das Haus organisieren. Dies alles beschreibt sein Weltbild, nicht die Realität. Wie gesagt, ich glaube nicht, dass er verheiratet ist, denn die emanzipierte Frau von heute stellt ein Problem für ihn da."

Lucas warf einen kurzen Blick auf seine Notizen und ergänzte nachdenklich: „Möglicherweise ist er auch verheiratet gewesen und seiner Frau hat es eines Tages nicht mehr genügt, nur zu Hause zu sein und zu warten, bis ihr Mann am Abend nach einem abwechslungsreichen Arbeitstag zu ihr zurückkehrt. Wie dem auch sei, vermutlich stammt er aus einem Elternhaus der Oberschicht."

„Mit einer dominanten Vaterfigur?", erkundigte sich Blake.

„Es ist möglich, dass er das Familienbild seines Elternhauses übernommen hat", nickte Lucas. „Ebenso gut kann er jedoch auch das genaue Gegenteil erlebt haben. Wenn der Vater den weicheren Part innegehabt hätte, wäre die Mutter die Strenge gewesen, die das Leben der Familie gelenkt hat. Dabei hätte sie ihrem Sohn das Bild eines Mannes eingetrichtert, das aus einer Kombination der realen Figur ihres Ehemannes und einem Bild ihrer Fantasie entstanden wäre. In ihren Augen muss der Mann einen angesehenen Beruf haben, der ein hohes Einkommen verspricht und er muss der Frau das gesellschaftliche Leben zu Füßen legen. Für ihren Sohn hätte sie jedoch auf keinen Fall eine Frau gewollt, die ihn dominiert, denn das hätte ihre eigene Position in Gefahr gebracht. Sie hätte ihm also eingetrichtert, dass er als Mann unbedingt das Sagen haben muss."

„Du hast aus seiner Wahl der Opfer auf seine Erziehung geschlossen?", wunderte sich Blake. „Ich meine, wir wissen nicht einmal, wo er den Frauen begegnet ist."

„Aber wir kennen das Umfeld der Frauen, wir wissen, wie er sie positioniert. Aus den einzelnen Psychogrammen seiner Opfer ergibt sich automatisch ein Bild des Täters, denn viele Frauen haben schulterlange braune Haare. Dennoch hat er sich nicht für sie entschieden. Das Äußere spielt zweifellos eine Rolle für seine Wahl, aber ganz sicher nicht die Einzige. Außerdem wissen wir, wie er die Frauen behandelt. Die Art und Weise, wie er mit ihnen umgeht, sagt eine Menge darüber aus, wie er tickt."

„Gut und schön, aber woher weißt du die Dinge über seine Mutter?", hakte Blake nach.

„Zu einem Mörder kannst du durch einen bestimmten Anlass werden", klärte Parker ihn auf. „Ein Serienmörder jedoch reift über Jahre durch innere und externe Umstände, deren Anfänge in der Regel immer auf die Zeit zwischen früher Kindheit und Adoleszenz zurückgehen. Es gibt dabei unzählige Konstellationen, die zu unendlich vielen möglichen Auslösern führen können, aber die Basis lässt sich immer auf eine überschaubare Anzahl von Ausgangsgegebenheiten zurückführen. Es ist wie mit dem Schmecken. Es gibt nur fünf Geschmacksrichtungen, aber sie lassen sich in unendlich vielen Gerichten unterschiedlich kombinieren."

Fragend blickte Lucas zu Hunter hinüber, der ebenso überrascht wirkte wie er es zuvor gewesen war. Sollte er fortfahren?

„Hast du das Blut mit der Lähmung in Zusammenhang gebracht?", wollte Hunter wissen und signalisierte ihm damit gleichzeitig, dass er auch alle weiteren Erkenntnisse offenlegen sollte .

„Ja. Sein Sexualtrieb ist nicht durch eine hohe Quantität ausgezeichnet, aber dafür mit starker Intensität. Sex ist ihm wichtig, aber auch hier müssen sich die Dinge konservativ abspielen. Er ist der dominante Part, der sich nimmt, was er braucht. Ich denke, dass er seine Opfer aus zwei Gründen lähmt. Zum einen kann er nur so garantieren, dass er das erhält, was ihm wichtig ist, nämlich die unterwürfige Frau. Wahrscheinlich will er damit auch zeigen, dass die Männer das stärkere Geschlecht sind und die ganze Emanzipationsbewegung falsch ist. Zum anderen muss er seine

Opfer aber bewegungsunfähig machen, weil er Angst hat, dass er ihnen kräftemäßig unterlegen ist. Seine Muskelkraft würde unter Umständen nicht ausreichen, wenn sich eine Frau gegen ihn zur Wehr setzt, vor allem nicht, wenn sie ein Basiswissen in Selbstverteidigung hat. Da in der heutigen Zeit viele Frauen irgendwann einmal einen solchen Kurs besucht haben, muss er dies einkalkulieren."

Hunter spürte, wie sich Mariella neben ihm versteifte. Es verwunderte ihn nicht. Es musste sie schockieren zu hören, was sie erwartet hätte, wenn ihr nicht die Flucht gelungen wäre. Unwillkürlich presste er sein Bein unter dem Tisch an ihres.

„Das Blut gilt in vielen Kulturen als Energiespender", überlegte Emily laut. „Damit könnte er die Wirkung des Botox symbolisch aufheben wollen."

„In alten Völkern, wie beispielsweise bei den Azteken, wird Blut auch ein sexuell stimulierender Effekt unterstellt", ergänzte Parker.

„Wenn wir schon geschichtsträchtig sind, sollten wir nicht vergessen, dass alle Frauen um Mitternacht gestorben sind. Aufgefunden wurden sie an einem Ort, der von den ersten Sonnenstrahlen des Tages beschienen wird", warf Hunter ein.

„Du denkst, er wollte es wie ein Opfer an einen Sonnengott aussehen lassen?", präzisierte Parker.

„Daran habe ich auch gedacht", gestand Lucas. „Und ich glaube, genau das wollte er tun. Er wollte es willentlich so aussehen lassen, um die Ermittlungen auf eine falsche Fährte zu lenken, denn dann würden wir einen religiösen Geschichtsfanatiker suchen, was ihm in keiner Weise entspricht. Dieser Mann ist schlau und in der Lage, fünf Schachzüge im voraus zu denken."

Sich räuspernd schob Detective Gallagher langsam seinen Stuhl zurück. „So gerne ich auch noch länger zuhören würde, ich glaube, für mich wird es langsam Zeit aufzubrechen. Ich muss sagen, Ihre Unterhaltung war äußerst spannend, wenngleich nicht sehr hilfreich. Schließlich widersprechen sich ihre beiden Profile in so ziemlich allen Punkten, nicht wahr?"

Niemand antwortete ihm, während er aufstand. Was hätten Hunter, Lucas, Parker oder Emily auch sagen sollen? Es mochte ihnen nicht gefallen, aber der Mann hatte recht.

Auch Blake erhob sich von seinem Platz und reichte dem Kollegen die Hand. „Kommen Sie gut nach Hause."

„Vielen Dank."

„Sagen Sie dem Taxifahrer, er soll die Umgehungsstraße zum Flughafen nehmen", riet Blake. „Der Weg ist zwar ein wenig länger, aber um diese Zeit wesentlich schneller."

„Sie meinen, wegen dieses großen Kreisverkehrs auf der direkten Strecke?", hakte Gallagher nach.

„Ja, die Bauarbeiten führen regelmäßig zu Verkehrskatastrophen", bestätigte Blake.

„Interessant, dass Sie ‚Kreisverkehr' sagen", bemerkte Lucas. „Ich dachte immer, in Florida kennen Sie nur ‚Kreisel'."

Überrascht sah Gallagher ihn an, dann lachte er. „Wir Südstaatler können uns durchaus anpassen. Aber ich muss gestehen, dass mich der Taxifahrer gestern korrigiert hat, als ich das falsche Wort benutzt habe."

„Tja, wir Nordamerikaner können eigen sein", gab Blake zu. „Melden Sie sich, wenn Sie Ihre Jane Doe identifiziert haben und etwas herausfinden sollten, was uns hier weiterhilft."

„Das mache ich." Gallagher winkte in die Runde. „Viel Erfolg!"

„Danke", murmelten alle höflich zurück, obwohl keinem der Sarkasmus in der Stimme des Mannes entgangen war.

„Kein Verlust, dass er weg ist", kommentierte Blake, während er sich wieder setzte.

Grinsend sahen ihn Lucas, Hunter und Parker an.

„Was seht ihr mich so an?" Fragend sah sich Blake am Tisch um. „Ich habe nur das Offensichtliche ausgesprochen."

„Ich denke, ich beginne, dich wirklich zu mögen", meinte Parker.

„Na, wunderbar!", brummte Blake mit einem zweifelhaften Blick, der die gedrückte Stimmung am Tisch aufhob.

„Okay, Leute, lasst uns überlegen, wie es möglich ist, dass wir zwei unterschiedliche Profile erstellt haben", begann Hunter in einem motivierenden Ton. „Selbst wenn ich meines noch nicht vollständig präsentiert habe, kann ich euch sagen, dass nichts darin mit Lucas' übereinstimmt. Ich habe mir gestern Abend jedoch die Akten der anderen Opfer angesehen und im Rückblick darauf kann ich Lucas' Schlussfolgerungen nachvollziehen, auch wenn ich die Details nicht mehr alle im Kopf habe. Dennoch kann ich keine dieser Eigenschaften auf das Profil anwenden, das ich durch Mias Informationen gewonnen habe."

Unsicher sah sich Mariella im Raum um. „Ich ... ich habe nicht gelogen. Was ich gesagt habe, ist genau das, woran ich mich erinnere."

„Wir glauben nicht, dass du gelogen hast, Mia“, versicherte ihr Parker.

Unmerklich zuckte Mariella zusammen und sah verwundert zu Hunter, der ihr schmunzelnd zublinzelte. Es gefiel ihm, dass seine Freunde ganz selbstverständlich die Kurzform ihres Namens nutzten und wenn er ihren Blick richtig deutete, mochte sie dies ebenfalls.

Immer noch ein wenig irritiert, aber nicht unangenehm berührt, wandte sie sich wieder Parker zu. „Ihr glaubt, dass ich falsche Erinnerungen habe?“

Parker dachte einen kurzen Moment über die Frage nach, dann schüttelte er den Kopf. „Nein, ehrlich gesagt, glaube ich das auch nicht.“

„Aber wie passt dann alles zusammen?“, fragte sie verzweifelt.

„Hunter, du sagtest ganz am Anfang, dass ein Punkt in Mias Erzählung nicht mit den Fakten der Obduktionsberichte übereinstimmt“, erinnerte ihn Blake.

„Richtig. Mia berichtet, dass der Mann ihr das Botox gespritzt hat, nachdem er ihren Körper mit Blut eingerieben hat. Carter Ayres’ Untersuchungen hingegen ergeben, dass der Ablauf umgekehrt sein muss. Durch die minimale Hautöffnung, die die Nadel hinterlässt, ist Blut unter die oberste Epidermisschicht eingedrungen. Dies wäre nicht der Fall, wenn das Blut zuerst aufgetragen worden wäre, denn dann hätte es zum Zeitpunkt des Nadeleintritts mindestens an den oberen Extremitäten schon getrocknet sein müssen.“

Eine nachdenkliche Stille hing über dem Tisch, bis sich Emily plötzlich aufgeregt aufrichtete. „Was ist, wenn es sich bei Mias Entführungstäter gar nicht um den Botoxmörder handelt?“

Verwirrt zog sich Mariellas Gesicht zusammen, während alle anderen einen Augenblick reglos verharrten, ehe Bewegung in Hunter, Parker und Lucas kam.

„So ist es!“, rief Lucas aus. „Mann, warum sind wir nicht gleich darauf gekommen?“

„Das erklärt unsere beiden unterschiedliche Profile“, ergänzte Hunter nickend. „Du bist genial, Em.“

„Moment, Moment, Moment!“, unterbrach Blake die Euphorie. „Ihr meint, wir haben zwei Botoxmörder?“

„Nein“, widersprach Parker, „aber wir haben definitiv einen Copymörder.“

Fassungslos sah Blake ihn an. „Das soll jetzt nicht ernsthaft die Begründung dafür sein, dass ihr euch nicht einig seid, oder?"

„Ganz bestimmt nicht", stellte Hunter ernst klar. „Lasst uns noch einmal an den Anfang zurückgehen." Mitfühlend drehte er sich Mia zu. „Du weißt, dass Parker dein Blut untersucht hat."

Argwöhnisch sah sie zuerst ihn, dann Parker an. „Ich dachte, du hättest nichts Auffälliges darin gefunden."

„Die ersten Ergebnisse haben das gezeigt, was nach den Medikamenten, die du im Krankenhaus erhalten hast, zu erwarten gewesen war", bestätigte Parker. „Als ich mir auf Hunters Wunsch hin jedoch bestimmte Dinge mit einer zweiten Untersuchungsreihe genauer angesehen habe, bin ich auf Abbauprodukte von Kokain gestoßen."

Stumm öffneten sich Mias Lippen, während sie ungläubig in Zeitlupentempo den Kopf schüttelte. „Das ist unmöglich. Ich habe noch nie Kokain genommen", sagte sie entsetzt.

„Nicht wissentlich, aber jemand hat dir die Droge am Nachmittag vor deinem angeblichen Suizidversuch in einem Getränk verabreicht und du hast darauf mit einer sogenannten Kokainpsychose reagiert", klärte Parker sie auf. „Ob die Intention des Täters tatsächlich war, diese entsprechende Reaktion hervorzurufen oder dich einfach nur als suchtgefährdet darzustellen, wissen wir noch nicht. Hierzu können wir zum jetzigen Zeitpunkt nur Vermutungen anstellen."

„Aber ... wer ..." Mariella konnte nicht glauben, was sie hörte.

Mitfühlend legte Hunter seine Hand für einen kurzen Moment auf ihre. Dann konzentrierte er sich wieder auf Blake. „Gehen wir einmal davon aus, dass der wahre Botoxmörder überhaupt nichts mit Mias Fall zu tun hat, sondern ihn jemand als Alibi genutzt hat, um sie loszuwerden. Durch ihre Figur, und ihre damals noch langen dunklen Haare entsprach ihr Äußeres dem Opfertyp dieses Täters. In der Presse standen genug Informationen über die Opfer, um sich den Tathergang zusammenzureimen. Die Reihenfolge der Vorgänge ist allerdings nicht erwähnt worden, wodurch sich der Fehler erklären lässt, dass der Mann das Botox später gespritzt hat."

„Aber dann müsste ich den Täter kennen", warf Mariella ein. „Ich hätte seine Stimme erkannt."

„Nicht notwendigerweise. Wenn der Täter aus deinem Umfeld kommt, wird er die Entführung nicht selbst durchgeführt haben.

Er wird jemanden beauftragt haben, was wiederum zu Hunters Profil passen würde“, erklärte Lucas. „Sagtest du nicht, dass derjenige üblicherweise Anweisungen folgt?“

„Ja, er macht das, was man ihm sagt. Er plant keine Eventualitäten und es fällt ihm schwer, auf Überraschungen zu reagieren“, wiederholte Hunter.

„Der Tatort des Botoxmörders ist nicht bekannt“, dachte Lucas laut. „Dadurch hatte unser Copymörder freie Hand bei der Wahl, wo er Mia hinbringt.“

„Okay, noch einmal zurück“, bat Blake. „Angenommen, das Ganze war ein inszeniertes Spiel. Was bedeutet das dann für die anderen Mordversuche? Logischerweise müssten wir für diese den Botoxmörder als Verdächtigen dann ebenfalls streichen.“

„Korrekt“, bestätigte Hunter. „Weder die Schusswaffe noch der Brandsatz passen in das Profil, das Lucas von diesem Täter gezeichnet hat. Beides ist zu barbarisch für ihn. Der Dolch wäre vielleicht eine Waffe, die er wählen würde, aber niemals ein Gewehr.“

„In Bezug auf den Serienkiller sind wir also keinen Schritt weiter.“ Frustriert lehnte sich Blake in seinem Stuhl zurück.

„Im Gegenteil“, widersprach Emily. Mit einem intensiven Blick musterte sie den Agenten. „Durch Lucas’ Psychogramm haben wir jetzt ein recht gutes Profil, mit dem wir arbeiten können. Im Grunde beginnt der Einsatz von H.E.L.P. nun erst richtig, denn bislang haben wir nichts anderes gemacht als jeder andere kriminalpsychologische Profiler auch.“

„Nur besser“, feixte Lucas.

„Stimmt“, gab Emily mit dem Anflug eines Lächelns zurück, das Blake verwirrt erstarren ließ. Wie konnte ein Lächeln ein Gesicht derart verändern? Doch er hatte keine Zeit darüber nachzudenken, denn Emily sprach bereits weiter.

„Wir beginnen, das Netz nach Personen mit diesen Eigenschaften abzugleichen und sehen uns diese anschließend im sogenannten Real Life an. Am Ende haben wir dann noch das Vistatorium, um das Ganze mit hieb- und stichfesten wissenschaftlichen Beweisen zu untermauern.“

„Aber gibt es nicht Hunderte von Menschen in der Bostoner Gegend, auf die die von Lucas beschriebenen Eigenschaften zutreffen?“, fragte Mariella interessiert.

„Ich glaube nicht, dass es so viele sind“, antwortete Hunter.

„Das Psychogramm ist in einigen Detailpunkten schon ziemlich gut. In der Kombination wird der Computer nicht viele Treffer ausspucken. Ich tippe auf unter hundert, von denen wir mehr als zwei Drittel wahrscheinlich schon aussortieren können, wenn wir den digitalen Fußspuren dieser Leute folgen."

„Aber was ist, wenn derjenige nicht im Netz unterwegs ist?", wandte Mariella ein.

„Dann können wir ihn natürlich nicht finden, aber das ist bereits grundsätzlich sehr unwahrscheinlich und in diesem Fall sogar unmöglich. Dieser Mann wird sich alleine schon beruflich im Netz bewegen", führte Parker aus.

„Viele Serienkiller haben zwei Persönlichkeiten", gab Blake zu bedenken. „Nicht selten werden sie als unauffällig, ruhig, nett, manchmal sogar als liebende Familienväter beschrieben. Ist es nicht diese Seite, die sie der Welt auch auf Plattformen wie Facebook, Twitter oder Ähnlichem präsentieren?"

„Das tun sie", bestätigte Lucas. „Aber hier verhält es sich wie mit den Mikroausdrücken im Gesicht. Hin und wieder wählen sie eine bestimmte Formulierung, ein Wort, einen Satz, ein Bild, das sie verrät. Es sind winzige Details, die von der Umwelt nicht wahrgenommen werden, doch unser Programm findet sie, sodass wir die wahre Persönlichkeit entschlüsseln können."

„Serienkiller können ihre beiden Gesichter recht gut steuern, ansonsten hätte man sie bereits nach ihrer ersten Tat gefasst", erläuterte Parker. „Aber dennoch bilden sie gemeinsam die sogenannte Gesamtpersönlichkeit. Der Mensch ist in der Lage, Charaktereigenschaften zu unterdrücken, aber er kann sie nicht löschen. Man braucht allerdings die Fähigkeit hinter diese Fassade und in die Psyche des anderen zu schauen, um diese erkennen zu können."

„Das hilft uns jedoch nicht in Bezug auf Mia", erinnerte Hunter.

„Jason Tanner hätte definitiv ein Motiv, dich zu töten", mutmaßte Parker.

„Er liebt Mia", reflektierte Emily.

„Er bildet sich ein, sie zu lieben, weil er glaubt, durch ihren Namen an das Ziel seiner Träume zu gelangen", berichtigte Hunter. „Am Ende würde er alles tun, um die Scharade der Hochzeit aufrechtzuerhalten."

„Es ist möglich, dennoch glaube ich nicht, dass das Materielle für Jason Tanner im Vordergrund steht. Ich denke vielmehr, dass er wirklich von Mariella als Frau besessen ist. Erinnerst du dich an den Ausdruck auf seinem Gesicht, Hunter, als wir das erste Mal bei ihm waren und er keine Ahnung hatte, wo Mia ist?“, gab Emily zu bedenken.

„Das tue ich und genau das könnte auch der Grund sein, warum er den Mord in Auftrag gegeben hat. Er könnte sie niemals selbst töten. Aber er ist krank genug, um dafür zu bezahlen.“

„Möglich“, gab Emily nach einigen Sekunden zu. „Das würde auch erklären, warum er den Krankenwagen gerufen hat, als sie sich geschnitten hat. Ebenso gut könnte er aber auch nichts mit den Morden an ihr zu tun haben. Wenn wir ihn befragen, sollten wir unsere Fragen offenhalten.“

„Einverstanden“, lenkte Hunter ein.

„Unser Termin mit ihm ist in einer halben Stunde“, erklärte Blake nach einem Blick auf seine Armbanduhr.

„Kannst du unter diesen neuen Umständen nicht einen Hausdurchsuchungsbefehl bei ihm bekommen?“, wollte Hunter wissen. „Ich meine, ihr werdet auf jeden Fall Beweise finden, die seine Hochzeitsscharade betreffen. Schließlich hat Tanner Unterlagen an das Heiratsbüro in Vegas schicken müssen, und er wird auch im Vorfeld Kontakt zu dieser Frau gehabt haben, die Mariella als Braut gespielt hat.“

„Auf diese Weise könnten wir herausfinden, ob er auch hinter den Anschlägen steckt“, folgte Lucas dem Gedankengang.

„Ich kann es versuchen“, meinte Blake.

„Ist das Ganze jetzt ein Fall für die Polizei oder für das FBI?“, wollte Hunter wissen.

„Eigentlich ist die Polizei zuständig, aber da wir den Fall bislang betreut haben, können wir ihn weiterführen, wenn die Anklage von Heiratsbetrug auf Mord erhöht wird. Ich werde mit den Kollegen sprechen.“

„Ich fahre ins Büro und bespreche beide Profile mit Finn, damit er sich gleich an die Arbeit machen und alles in den Computer eingeben kann“, entschied Lucas.

„Gute Idee. Wenn Blake einen Hausdurchsuchungsbefehl bekommt, wäre es gut, wenn sich auch einer von uns seine Wohnung ansieht“, schlug Hunter vor.

„Das kann ich machen“, meldete sich Parker freiwillig. „Dann kann Em mit dir gemeinsam Jason Tanner verhören. Ihr müsst schließlich zu zweit sein, wenn es später beweiskräftig sein soll.

Außerdem habt ihr ihn beide schon erlebt. Damit habt ihr einen realen Vergleichswert seines Verhaltens.“

„Em?“, Fragend sah Hunter zu ihr hinüber.

„Klingt nach einem guten Plan“, meinte Emily.

KAPITEL 21

Während Blake sich um einen Hausdurchsuchungsbefehl kümmerte und Emily einige private Telefonate führte, fand sich Hunter plötzlich mit Mia alleine in dem Besprechungsraum. Fürsorglich nahm er ihre beiden Hände in seine und blickte sie aufmerksam an. „Wie fühlst du dich?“

„Es klingt alles ziemlich unwirklich“, gestand sie. „Das Erlebte in dieser Hütte war furchtbar, wobei das Schlimmste im Grunde genommen die Angst gewesen ist. Die Vorstellung, dass dies alles jedoch kein schicksalhaftes Ereignis war, weil mich irgendwo zufällig ein durchgeknallter Serienkiller gesehen und als sein nächstes Opfer ausgewählt hat, sondern es sich vielmehr um eine vorsätzlich geplante Tat eines Menschen handelt, der mir nahesteht, macht das Ganze irgendwie viel grausamer.“

Sanft glitten Hunters Daumen über ihre Handrücken.

„Ich kann einfach nicht glauben, dass einer meiner Freunde oder Kollegen zu so etwas fähig ist und ich verstehe auch nicht, was ich getan habe, damit jemand einen Mord an mir in Auftrag gibt.“

„Du hast nichts getan, was eine solche Tat rechtfertigt“, stellte Hunter ruhig klar.

„Ich habe jedem in meinem Umfeld vertraut. Natürlich nicht jedem in allen Bereichen, aber niemanden halte ich für einen Mörder. Nicht einmal Jason Tanner traue ich eine solche Tat zu.“ Sie machte eine kurze Pause, ehe sie zugab: „Allerdings hätte ich auch nicht gedacht, dass er dazu fähig ist, mich auszuknocken und mich mit einer Hochzeit zu täuschen.“

Tränen traten in Mariellas Augen und Hunter rührte ihre Anstrengung, sie zurückzudrängen. Unwillkürlich legte er eine Hand an ihre Wange. „Darf ich dich küssen, Mia?“

Hunter sah, wie sich ihre Pupillen vor Überraschung weiteten und er registrierte, wie sich ihre bisherigen Gedanken verloren.

Farbe kehrte in ihre Wangen zurück und ihre Augen begannen zu glänzen.

„Küsst du all eure Klienten?“, fragte sie leise.

„Nein“, antwortete er, ohne ihren Blick zu verlieren. „An den männlichen habe ich grundsätzlich kein Interesse.“ Seine Hand glitt an ihren Hinterkopf, während er auf dem Stuhl weiter nach vorne rückte und ergänzte: „An den weiblichen bisher auch nie.“

„Gut zu wissen“, entgegnete Mariella. Ihr Mund war plötzlich trocken.

„Du bist die Erste, Mia“, versicherte Hunter, auf einmal wieder ernst werdend. „Und nur fürs Protokoll: Ich küsse dich nicht, weil, sondern obwohl du eine Klientin bist.“

Langsam beugte er sich vor und dieses Mal setzte er seine Lippen nicht zärtlich auf ihre. Vielmehr nahm er sofort ihren ganzen Mund in Besitz. Seine Zunge suchte ihre, doch statt eines wilden Spiels wie beim letzten Mal, entschied sich Hunter für einen ruhigen, aber dafür intensiven Rhythmus. Jede Bewegung, jeder Rückzug, jede Drehung setzte er bewusst ein, um Mia zu zeigen, dass es sich um mehr als ein Spiel für ihn handelte. Sie mochte im Augenblick nicht so weit sein, die richtigen Worte von ihm zu hören, doch wollte er sie wissen lassen, dass er sie nicht küsste, um ihr Trost oder Zuversicht zu spenden. Für ihn waren echte Gefühle im Spiel. Gefühle, die er selbst noch nicht sortiert hatte, aber eines wusste er genau, diese Frau sprach ihn auf einer Ebene an, auf der er sich zuvor noch nie befunden hatte. Es war absolutes Neuland für ihn, aber es gefiel ihm.

Hunters Herz schlug sicher und fest, in seinem Bauch breitete sich eine angenehme Wärme aus und sein Kopf fühlte sich federleicht. Mit jedem Zungenschlag lösten sich immer mehr Probleme auf, bis alle Sorgen schließlich verschwunden waren. Wie aus weiter Ferne hörte er eine leise Stimme in seinem Kopf flüstern, dass er eventuell ein Problem bekommen könnte, denn er hatte weder ein Rückreiseticket, noch wusste er den Weg zurück aus diesem süßen Land, das ihn mit allen Sinnen lockte, aber Hunter hörte nicht auf die Warnung. Etwas so Schönes konnte nicht falsch sein.

Mariella spürte, wie die Verzweiflung aus ihr wich. Etwas Stärkeres zog sie aus ihren Gedanken und füllte den freigewordenen Platz. Dort, wo zuvor Kälte, Schwermut, Grauen und Enttäuschung gesessen hatten, breiteten sich nun Wärme, neuer Antrieb, Vertrauen und Hoffnung aus. Sie war nicht allein.

Hunter und alle anderen, die zuvor mit ihr in diesem Raum gesessen hatten, würden ihr helfen. Doch Hunter war der Wichtigste von ihnen. Hunter spielte eine eigene, eine besondere Rolle in ihrem Leben. Er schaffte etwas, das zuvor noch keinem anderen Menschen gelungen war. Er gab ihr das Gefühl, sie so zu akzeptieren wie sie war. Er erwartete keine Perfektion, keine Gegenleistung.

Er gab, was er zu geben bereit war und Mariella wusste, dass sie ihn nicht enttäuschen wollte. Sie fühlte eine einzigartige Bindung zu diesem Mann, und sie hoffte, dass sie ihn nicht verlieren würde, wenn der Fall abgeschlossen und ihr Leben wieder in normalen Bahnen lief.

Normale Bahnen … würde ihr Leben jemals wieder normal sein? Die Frage schoss durch Mariellas Kopf, doch sie war genau so schnell verschwunden wie sie aufgetaucht war, denn der Augenblick war viel zu schön, um ihn mit irgendwelchen unwichtigen Gedanken zu verderben.

Nur weil etwas schön ist, muss es noch lange nicht richtig sein, erinnerte Hunter eine nervige Stimme in seinem Kopf.

Sei still!, befahl er unwirsch und intensivierte den Kuss zum Trotz.

Denk an deine frühe Kindheit! Hattet ihr nicht ein schönes Haus mit einem idyllischen Garten? War es nicht schön, wenn dein Vater dir beim Fußballtraining zugeschaut und dich stolz in den Arm genommen hat, wenn du ein Tor geschossen hattest? Hat sich das etwa falsch angefühlt?

Die Wärme in Hunters Körper verschwand und mit einem Schlag war der Zauber des vielversprechenden, unbekannten Landes nicht mehr ganz so verlockend. Dennoch beendete er den Kuss langsam und sanft. Es war schließlich nicht Mariellas Schuld, dass seine Vergangenheit ihn eingeholt hatte.

Deine Eltern haben dich geliebt, Hunter, hörte er Will Johnsons Stimme in seinem Kopf. *Was sie diesen jungen Frauen angetan haben, war entsetzlich. Das steht außer Frage, aber es ist nicht deine Schuld. Genauso wenig musst du dich dafür schuldig fühlen, dass du deine Eltern geliebt hast und es gedauert hat, bis du dich auch emotional von ihnen distanzieren konntest. Kinder lieben ihre Eltern, egal, was sie tun. Die familiäre Bindung ist innerseelisch begründet und stärker als jede Vernunft. Elterliche Taten können noch so schlimm oder grausam sein und selbst wenn sie sich gegen das Kind selbst richten, wird dieses seine Eltern dennoch lieben und um ihre Anerkennung buhlen. Du musst verstehen, dass deine Gefühle niemals falsch waren und du ihnen auch zukünftig vertrauen kannst. Mit dir ist nichts verkehrt und die Liebe zu einer Frau wird etwas vollkommen anderes sein. Heute hast du die Möglichkeit zu reflektieren, was du mit fünf Jahren nicht konntest. Deine Eltern haben dein Vertrauen missbraucht, Hunter, aber das ist kein Grund, warum du dir nicht vertrauen kannst.*

Innerlich seufzte Hunter, während er seine Lippen sanft von Mariellas löste. Er kannte diese Worte von Will Johnson auswendig, denn er hatte sie mindestens hundert Mal von ihm gehört. Später hatte er diesen Sachverhalt auch in seinem Studium analysiert. Hunter wusste also, dass Will Johnson recht hatte. Dennoch riefen die Relikte alter Gefühle manchmal Erinnerungen wach.

Auch Mias aktuelle Erfahrungen würden Narben hinterlassen und je nachdem, wie nah ihr der Mörder stand, würde es ihr mehr oder weniger schwerfallen, selbst Menschen in ihrem direkten Umfeld zukünftig ihr absolutes Vertrauen zu schenken. Unwillkürlich fragte sich Hunter, ob sie beide wirklich eine reale Chance hatten, mehr als eine Affäre aus ihrer gegenseitigen Anziehungskraft wachsen zu lassen.

„Ist alles in Ordnung?" Ein wenig unsicher sah Mariella ihn an und augenblicklich vertrieb Hunter seine Gedanken. Wo waren nur seine Manieren geblieben?

Versichernd lächelte er. „Was könnte nicht in Ordnung sein, wenn ich die aufregendste Frau küsse?"

Statt auf eine Reaktion zu warten, zog Hunter Mariella mit ihm in die Höhe. „Das nächste Mal warte ich allerdings besser, bis wir irgendwo alleine sind und nicht jeden Moment jemand hereinplatzen kann, vorausgesetzt natürlich, es gibt ein nächstes Mal." Fragend sah er sie an.

„Ich schlage vor, du fragst mich das, wenn es so weit ist", gab Mariella verschmitzt zurück.

„Wie wäre es mit einem Hinweis auf meine Chancen, dass die Antwort positiv ausfällt?"

„Das ist eine interessante Frage. Ich hätte dich eigentlich nicht für einen Defensivspieler gehalten."

Hunter spielte Empörung. „Defensivspieler?"

„Wie würdest du es nennen?", lachte Mariella und zum ersten

Mal seit Hunter sie kannte, klang ihr Lachen ehrlich. Es gefiel ihm und er wollte nicht, dass der kurze Moment unbelasteter Fröhlichkeit schon vorbeiging. Er würde ohnehin nur von kurzer Dauer sein.

„Wie wäre es mit ‚Selbstbewusstseinsbooster?', schlug er daher vor, woraufhin Mariella noch herzlicher lachte.

„Ich glaube kaum, dass du so etwas brauchst."

„Was? Warum nicht? Glaubst du etwa nicht, dass ich ein schüchterner, zutiefst verletzbarer Mann sein kann?"

Unbeabsichtigt erinnerte sich Mariella an Hunters Geschichte, die er ihr am Abend zuvor anvertraut hatte. Automatisch wurde sie ernst. „Schüchtern, glaube ich eher nicht, aber verletzbar bist du ganz sicher."

Mit einem Schlag änderte sich die Atmosphäre im Raum. Hunter lief ein heißkalter Schauer über den Rücken, der feine Schweißperlen zurückließ. Niemals hatte er das Gefühl gehabt, dass eine Frau in sein Innerstes blicken konnte und die Erkenntnis, welche Macht diese Fähigkeit Mariella verlieh, machte ihm Angst.

Dieses Mal war es Mariella, die feinfühlig ihre Hand an Hunters Wange legte und ihm intensiv in die Augen blickte. „Ich werde dir niemals wehtun, Hunter."

Angestrengt schluckte Hunter bei diesem Versprechen. Gleichzeitig lösten sich alle Gedanken und Wörter mit einem Mal in Luft auf. Er rang noch immer nach einer passenden Reaktion, als ein einmaliges, lautes Klopfen die Spannung zwischen ihm und Mariella brach. Jeder von ihnen hatte gerade noch Zeit einen Schritt zurückzutreten, als Blake den Kopf zur Tür hereinsteckte.

„Der Durchsuchungsbefehl ist genehmigt. Parker ist schon auf dem Weg zu Tanners Adresse, wo er die Kollegen von der Polizei treffen wird. Jason Tanner ist übrigens auch gerade angekommen. Wenn ihr so weit seid, könnten wir runter in den Verhörraum gehen. Detective Preycourt, der den Fall mit seinem Partner übernommen hat, ist ebenfalls schon unten."

„Worauf warten wir dann noch?", brummte Hunter und hoffte, dass der Weg lang genug war, um seine Gedanken und Gefühle wieder auf konzentrierten Kurs zu bringen.

„Detective Preycourt, das sind Hunter Holmes und Emily Reed, zwei unabhängige psychologische Berater des FBI. Dies ist Mariella Anderson."

„Schön, Sie kennenzulernen." Der Händedruck des fünfzigjährigen Detectives war angenehm fest. „Mein Partner leitet die Hausdurchsuchung in der Wohnung von diesem Spinner. Sobald etwas gefunden wurde, gibt er Bescheid. Wenn ich es richtig verstanden habe, ist auch einer Ihrer Leute vor Ort. Sie sind von H.E.L.P., nicht wahr?"

„Das ist korrekt", antwortete Hunter ruhig. Bislang gab es nur zwei Gruppen von Personen, die ihre Namen automatisch mit dem Programm in Verbindung brachten: Diejenigen, die darin eine fortschrittliche Chance sahen und diejenigen, die das Ganze als Humbug abtaten. Hunter war gespannt, zu welcher Gruppe Detective Preycourt gehörte.

„Gratulation zu Ihrem Erfolg in New York. Das war eine wirklich coole Nummer. Ich hoffe, Sie werden auf Dauer neue Maßstäbe in der Ermittlungsarbeit setzen."

„Danke, Sir!", erwiderte Hunter, ehrlich erfreut. Auf Dauer war es anstrengend, sich immer gegen Widerstände der Partei durchsetzen zu müssen, die eigentlich auf der gleichen Seite stand wie man selbst.

„Wie gehen wir vor?", wollte Preycourt wissen.

„Wenn es für Sie in Ordnung ist, werden hauptsächlich Miss Reed und Mr Holmes den Mann befragen. Dabei muss jedoch ein offizieller Gesetzesvertreter anwesend sein, also entweder Sie oder ich. Der jeweils andere beobachtet das Ganze mit Miss Anderson durch die Scheibe im Nebenraum. Die Mikrofone werden ebenfalls angeschaltet sein", erläuterte Blake. „Wie Sie mitbekommen haben, ist der Hausdurchsuchungsbefehl genehmigt worden, weil wir Grund zu der Annahme haben, dass Jason Tanner nicht nur die Hochzeit fingiert hat, sondern auch für die Mordanschläge auf Miss Anderson verantwortlich ist."

„Dann schlage ich vor, Sie gehen mit rein", entschied Preycourt.

Blake nickte einmal kurz, dann schaltete er die Durchsicht der großen Glasscheibe ein, wodurch sich der dahinterliegende Raum zeigte. Nervös saß Jason Tanner auf einem Stuhl an einem Tisch.

„Fangen wir an." Einladend hielt Blake die Tür für Emily und Hunter offen.

Sofort sprang Tanner vom Stuhl auf. „Wo ist meine Frau?" Wild sah er zwischen den drei Menschen hin und her. „Ist Mariella etwas passiert? Bin ich deswegen hier?"

„Beruhigen Sie sich, Jason", bat Hunter. „Mariella geht es gut."

„Wo ist sie?“

„Setzen Sie sich zuerst. Dann können wir uns in Ruhe unterhalten“, schlug Hunter vor.

Widerwillig nahm Jason wieder Platz. Hunter und Blake wählten die beiden Stühle auf der ihm gegenüberliegenden Seite, Emily saß an einem Kopfende zwischen Blake und James.

„Mr Tanner“, begann Blake.

„Mein Name ist Anderson“, korrigierte ihn Jason.

Unbeirrt fuhr Blake fort. „Ich muss sie darauf aufmerksam machen, dass unsere Unterhaltung in einer Tonaufnahme festgehalten wird. Haben Sie das verstanden?“

Verwirrt runzelte Jason die Stirn. „Bin ich verhaftet?“

„Nein, aber unter Umständen wäre es ratsam, wenn Sie für Ihre Aussage einen Anwalt hinzuziehen würden“, riet Blake.

„Ich bin selbst Anwalt“, entgegnete Tanner verärgert. „Weswegen bin ich also hier? Und wo ist meine Frau? Ich habe ein Recht darauf zu erfahren, wie es ihr geht und wo sie ist.“

„Mariella ist nicht Ihre Frau, Jason“, mischte sich Hunter ein, dem die Pupillenerweiterung des Mannes nicht entging.

Sichtbar verärgert richtete sich Tanner in seinem Stuhl auf. „Was soll dieser Unfug? Ich habe verstanden, als Sie mir neulich sagten, es wäre für Mariella besser, wenn wir sie im Moment nicht zwingen, etwas zu sein, woran sie sich nicht erinnern kann, aber das heißt nicht, dass ich nicht ihr Mann bin. Die Trauung war real.“

„Das ist korrekt“, stimmte Hunter zu. „Sie haben in Las Vegas geheiratet, nur war es nicht Mariella Anderson, die Sie geehelicht haben, sondern eine Caroline Sanders.“

Tanner erstarrte für eine lange Sekunde. Dann sprang er auf. „Sie sind vollkommen verrückt!“

„Setzen Sie sich, Jason“, befahl Blake in einem autoritären Ton, während er sich ebenfalls erhob. Es dauerte eine weitere Sekunde, dann nahm Tanner wieder Platz und auch Blake setzte sich wieder.

„Ich kenne keine Caroline Sanders“, echauffierte sich Tanner.

„Ich glaube Ihnen gerne, dass Sie den Namen vergessen haben“, fuhr Blake fort. „Der Friedensrichter, der Sie getraut hat, hat die Frau jedoch in einer Fotokartei der Polizei wiedererkannt. Sie ist eine Möchtegern-Schauspielerin, die sich am Strip rumtreibt und hier und da eine kleine Nebenrolle übernimmt, so wie vor zwei Wochen die Ihrer Braut. There’s no business like show-business, nicht wahr?“

Hunters und Emilys Handys vibrierten stumm und beide warfen einen Blick darauf.

„Was unterstellen Sie mir hier eigentlich?" Tanner klang wieder gefasst. „Ich habe eine Trauungsurkunde ..."

„... mit einer gefälschten Unterschrift", führte Blake den Satz zu Ende. „Es ist eine sehr gute Fälschung, das muss man Caroline Sanders lassen. Aber ich bin sicher, ein Graphologe hat keine Probleme, sie von der korrekten Signatur zu unterscheiden."

„Sie haben wirklich eine blühende Fantasie, aber ich muss Sie enttäuschen. Ich bin den ganzen Tag mit Mariella zusammen gewesen, und wir haben geheiratet. Sie hat ihre Liebe zu mir auf dem Rückflug sogar endlich öffentlich gepostet."

„Das haben Sie selbst von Mariellas Handy aus getan", verbesserte Blake.

„Ich enttäusche Sie nur ungern, aber ich kenne den Entsperrungscode für Mariellas Mobiltelefon nicht. Sie sind dabei gewesen, als ihr Bruder Mark mich dieser Unwissenheit ertappt hat."

„Unwissenheit kann man vortäuschen", erklärte Blake gelassen. „Abgesehen davon lässt sich Mariellas Handy auch mit ihrem Fingerabdruck entsperren. Sie saß schließlich schlafend neben Ihnen im Flugzeug."

Überrascht spielend hob Tanner eine Augenbraue in die Höhe. „Schlafend? Wollen Sie damit andeuten, dass ich Mariella ein Schlafmittel gegeben habe, bevor ich diese - wie sagten Sie noch gleich, soll diese andere Frau heißen? Caroline Sanders? - während ich sie geheiratet habe?"

„Ich denke, dass es sich so zugetragen hat", bestätigte Hunter. „Gegen Ende des Geschäftsessens haben Sie Mariella ein Schlafmittel ins Getränk gegeben. Als sie auf dem Weg zum Flughafen eingeschlafen ist, haben Sie den Wagen an einer verlassenen Stelle im Schatten abgestellt, haben die Trauungszeremonie hinter sich gebracht und haben anschließend die Fahrt zum Flughafen fortgesetzt", legte Hunter seine Version der Geschichte offen.

Sarkastisch verzog Jason einen Mundwinkel nach oben. „Das ist wirklich ein nettes Szenario. Es hat nur einen klitzekleinen Fehler. In diesem Fall hätte ich eine schlafende Mariella durch den Flughafen an Bord der Maschine tragen müssen. Doch wie Sie wissen, ist Mariella auf ihren eigenen beiden Beinen gelaufen.

Wenn Sie mir nicht glauben, fordern Sie die Aufnahmen des Securitybereiches an."

„In Ihrer Wohnung wurde das Medikament ‚Ambien' gefunden", offenbarte Hunter.

Jasons Lider blinzelten, seine Beine schlugen sich übereinander. Dann stutzte er plötzlich. Für einen kurzen Moment erstarrte er, dann beugte er sich wütend auf dem Tisch nach vorne. „Woher wissen Sie, was sich in meiner Wohnung befindet? Sie haben kein Recht ..."

„Beruhigen Sie sich, Mr Tanner", ging Blake dazwischen und schob dem Mann den Durchschlag des Durchsuchungsbefehls über den Tisch. „Einige Kollegen sehen sich in diesem Moment bei Ihnen um."

„Ich kann nicht glauben, was ich hier höre."

„Wir konnten ebenfalls nicht glauben, dass ein intelligenter Mann wie Sie, der immerhin einen Jura-Abschluss der Yale-Universität hält, ernsthaft annehmen konnte, mit einer fingierten Heirat durchkommen zu können", gab Blake kühl zurück. „Diese verrückte Geschichte war von Anfang an zum Scheitern verurteilt."

„Ihre Fantasie geht mit Ihnen durch, Agent McGrey."

„Das glaube ich nicht", widersprach Hunter.

„Was hat es mit diesem Mittel Ambien auf sich", lenkte Blake das Gespräch zurück auf Parkers Nachricht.

„Ambien ist ein Schlafmittel mit zweierlei Wirkungen. Die erste Wirkung zeigt sich nach Einnahme sehr kurzfristig, in der Regel nach zwanzig bis vierzig Minuten. Man wird müde und schläft ein", erklärte Emily. „Das Medikament enthält jedoch auch noch einen zweiten Wirkstoff, der zeitverzögert und sehr viel langsamer abgegeben wird. Dieser sorgt dafür, dass der Patient am Schlafen bleibt und nicht durch Albträume oder Ähnliches vorzeitig geweckt wird. Ambien ist auf dem Markt recht umstritten, denn es hat einige gefährliche Nebenwirkungen. Unter anderem gibt es eine Vielzahl von Patienten, die während dieser Schlafphase ganz normal agieren. Sie unterhalten sich, kochen, haben Sex, fahren Auto, ohne sich anschließend daran erinnern zu können."

„Ich kenne diese Nebenwirkungen. Deswegen habe ich das Medikament nur zweimal genommen." Tanners Lider blinzelten, der rechte Zeigefinger zuckte.

„Sie haben das Medikament einmal genommen", berichtigte Hunter. „Dabei haben Sie die Dinge über die Nebenwirkungen herausgefunden. Sie haben ein wenig recherchiert und festgestellt, dass Sie keine Ausnahme darstellen, sondern wie achtzig Prozent aller Menschen reagieren und daraufhin haben Sie Ihren perfiden Plan erstellt."

„Und die zweite Tablette, die aus der Packung in Ihrem Badezimmer fehlt, haben Sie Mariella verabreicht", endete Emily.

„Das können Sie nicht beweisen", stammelte Jason.

„Doch das können wir", widersprach Hunter. „Es ist vorbei, Jason. Geben Sie auf. Sie wollten unbedingt den Namen ‚Anderson' tragen, der einen riesigen Karrieresprung für Sie bedeutet hätte."

„Nein!" Entschieden schüttelte Tanner den Kopf. „So ist es nicht gewesen."

„Doch Sie wussten, dass Mariella diese Ehe niemals anerkennen würde. Daher mussten Sie sie nach der Hochzeit schnellstmöglich aus dem Weg räumen", fuhr Hunter fort. „Sie haben sich einen Handlanger besorgt und ihm gesagt, er soll Mariella vor ihrem Haus entführen, mit ihr zu der Hütte hinausfahren und alles genau so aussehen lassen, als sei sie ein Opfer des Botoxmörders geworden. Das ist eiskalter, vorsätzlicher Mord, Jason. Als Anwalt wissen Sie, was das bedeutet."

„Was?" Entgeistert starrte der Mann Hunter an. „Nein!", flüsterte er. Plötzlich hatte er keine Farbe mehr im Gesicht.

„Als das nicht geklappt hat, weil Mariella fliehen konnte, brauchten Sie einen Plan B. Sie haben Dr Willcocks gebeten, Mariella Lithium zu verabreichen. Sie wussten, wie schnell eine Abhängigkeit entsteht und hatten vor, die Tabletten nach einigen Tagen gegen Placebos auszutauschen. Das plötzliche Absetzen von Lithium hätte zu schweren Depressionen geführt, die einen Suizid glaubwürdig hätten erscheinen lassen. Doch Mariella hat die Tabletten nicht genommen. Daher haben Sie ihr vor einigen Tagen Kokain ins Getränk gegeben. Zwischendrin haben Sie sich die Geschichte mit den Schlaftabletten ausgedacht, damit es so aussieht, als würde sie das Trauma der Entführung nicht verarbeiten können. Schließlich wollten Sie nicht, dass jemand zu viele Fragen stellte, wenn sie sich die Pulsadern aufschnitt."

„Nein, nein, nein!" Wild schüttelte sich Tanner. „Ich meine, ja, ich habe mir die Geschichte mit den Schlaftabletten ausgedacht. Ich wollte, dass sie versteht, dass sie mich braucht, aber ich könnte Mariella niemals etwas antun. Ich liebe sie! Wissen Sie, was das heißt?“ Weinend brach der Mann am Tisch zusammen. „Ich liebe sie! Sie braucht mich!“

„Nein, sie braucht Sie nicht“, widersprach Emily hart. „Jemanden glauben zu lassen, dass er einen geheiratet hätte, ist keine Liebe.“

„Sie haben keine Ahnung“, entgegnete Jason. „Wenn sie mich erst einmal in ihrer Nähe gehabt hätte, dann hätte sie mich geliebt. Alles, was ich brauchte, war ein Grund bei ihr sein zu dürfen. Der Rest hätte sich gefunden. Ich weiß es.“

„Mariella hätte sie nie geliebt und das wissen sie“, korrigierte Hunter. „Deswegen haben Sie den Brandsatz im Dachgeschoss ihres Hauses gelegt. Deswegen haben Sie auf sie geschossen und deswegen haben Sie ...“

„Ich habe nichts dergleichen getan! Wieso geht das nicht in Ihren verdammten Schädel?“, schrie Tanner.

„Sie haben einen Waffenschein“, erinnerte ihn Blake.

„Wie Millionen anderer US-Bürger auch“, bekannte Tanner. „Hören Sie, ich gebe zu, dass Mariella und ich nicht geheiratet haben, aber ich wollte sie niemals umbringen. Ich könnte ihr niemals etwas antun.“

„Aus diesem Grund haben Sie einen Auftragskiller engagiert“, erklärte Hunter gelassen.

„Nein. Ich wollte mit Mariella verheiratet sein, um sie zu lieben und mit ihr alt zu werden. Das ist mein einziges Verbrechen, dessen ich mich schuldig bekenne. Was soll überhaupt dieser ganze Wahnsinn? Wollen Sie sagen, dass es gar nicht der Botoxmörder war, der sie gefangen gehalten hat?“

„Nein. Er hat definitiv nichts mit dieser ganzen Sache zu tun“, informierte ihn Hunter.

„Und Sie sind derzeitig unser einziger Verdächtiger mit einem aus Ihrer Perspektive durchaus nachvollziehbaren Motiv“, klärte ihn Blake auf.

„Ich habe kein Motiv. Ich liebe Mariella“, wiederholte Tanner aufgebracht. „Im Gegensatz zu ihrem Nichtsnutz an Bruder. Warum befragen Sie ihn nicht zu dem Thema?“

„Sie meinen Mark Anderson?“, vergewisserte sich Blake.

„Soweit ich weiß, ist er der einzige Bruder, den Mariella hat“, gab Tanner zurück.

„Was ist mit ihm?“, hakte Hunter nach, plötzlich hellhörig geworden.

„Sehen Sie sich seine Finanzen an. Er ist so gut wie pleite. Mariella hat jedoch kein großes Barvermögen, das sie ihm geben kann. Mark wollte deshalb, dass sie ihr Haus verkauft, doch das hat sie abgelehnt. Fragen Sie sie."

„Das werden wir", versprach Blake. „Eine Insolvenz macht einen Mann jedoch nicht automatisch zum Mörder."

„Mariellas Tod brächte ihrem Bruder auf die Schnelle zwei Millionen US-Dollar, denn so viel ist die Kanzlei wert. In der Geschichte der Menschheit wurde schon für weitaus weniger Geld gemordet. Im Übrigen hätte auch Richard ein Motiv. Er hat immer damit gerechnet, wenn der alte Anderson abtritt, den Vorsitz der Kanzlei zu erhalten. Es war ein Schock für ihn, als er erfahren hat, dass Anderson diesen testamentarisch seiner Tochter vermacht hat."

„Das hat wahrscheinlich die meisten überrascht", überlegte Hunter. „Schließlich ist Mariella noch recht jung für eine solche Position."

„Korrekt, daher hat ihr der Alte auch Richard an die Seite gestellt, nur eben nicht als gleichberechtigter Partner und Richard ist kein Mann, der unter einer Frau arbeitet."

„Aber gehört Richard nicht praktisch zur Familie?", wunderte sich Blake. „Waren das nicht Ihre Worte?

„Privat ist für Richard etwas vollkommen anderes. Ich denke, er schätzt Mariella auch als Kollegin, denn sie ist eine fantastische Anwältin, aber als Chefin ist sie für ihn nicht denkbar."

„Warum hat er die Kanzlei dann nicht verlassen?" Aufmerksam musterte Emily den Mann.

„Oh, das hat er versucht." Tanner grinste schadenfroh. „Allerdings wollten ihm die Mandanten nicht folgen. Sie standen auf den Namen Anderson, der in der Wirtschaftswelt von Boston doch eine gewisse Bedeutung hat." Nachdenklich lehnte er sich auf seinem Stuhl zurück. „Sie sagen, Mariella hat die Droge ohne ihr Wissen genommen. Lassen Sie mich überlegen, wer an jenem Nachmittag noch im Haus war und damit Gelegenheit hatte, ihr die Droge unterzumischen. Mel hatte Mariella am Nachmittag besucht, aber sie ist gegangen als die anderen kamen. Ah ja, dann war noch Bernd Leeman anwesend. Er ist Richards Junioranwalt und macht alles, was Richard ihm sagt. Er ist noch nicht lange in der Kanzlei, vielleicht vier oder fünf Monate. Vermutlich könnte er ganz in Ordnung sein, wenn er nicht so wahnsinnig versessen auf seine

Karriere wäre. Wenn man sich mit ihm unterhält, ist Richard der Größte. Wenn Richard ihm befehlen würde, vom Dach der Kanzlei zu springen, dann würde er das wahrscheinlich auch machen."

„Sie glauben also, dass entweder Mark oder Richard, Mariella nach dem Leben trachten", fasste Blake noch einmal zusammen.

„Oder Leeman, der sich dadurch einen schnelleren Karrieresprung erhofft. Jeder weiß, dass Richard gerne an der Spitze stehen würde. Ich bin also auch nicht der Einzige, der ein Motiv hat und Sie haben nichts gegen mich in der Hand. Kann ich jetzt gehen?"

„Ins Gefängnis, ja", antwortete Hunter, während er sich erhob.

„Was? Wieso?"

„Heiratsbetrug, Urkundenfälschung, Verabreichung von Betäubungsmitteln ... Reicht das fürs Erste? Ich bin sicher, den Kollegen im Polizeidezernat wird noch das ein oder andere einfallen", führte Blake trocken aus.

„Das ist ..." Ungläubig sah Jason ihn an, dann seufzte er. „Ich habe nur das Beste für Mariella gewollt. Ich wäre ihr ein guter Ehemann gewesen." Verzweifelt sah er zu Hunter auf. „Kann ich sie wenigstens noch einmal sehen?"

„Nein", erwiderte Hunter ruhig, obwohl er innerlich kochte. „Aber wenn Sie möchten, richte ich ihr etwas von Ihnen aus."

„Dann sagen Sie ihr bitte, dass es mir leidtut. Ich habe immer nur das Beste für uns beide gewollt. Sagen Sie ihr das?"

Hunter nickte, dann verließ er mit Blake und Emily den Raum und ging in das Nebenzimmer zurück, in dem Preycourt und Mariella alles beobachtet hatten.

„Dieser Kerl hat nicht alle Tassen im Schrank", stellte Detective Preycourt fest. „Er kann nicht ernsthaft geglaubt haben, dass er sich auf eine solche Weise die Liebe einer Frau sichern kann. Meine Güte, der Typ hat ein Hochschulstudium."

„Er ist krank und Krankheiten machen bekanntlich keine Klassen- oder Intelligenzunterschiede", stellte Hunter fest. Wie bei anderen Wahnvorstellungen verliert der Kranke auch beim Liebeswahn jeden Bezug zur Realität. Je stärker er in seinem Wahn gefangen ist, desto weniger ist er mehr in der Lage die Wirklichkeit zu beurteilen. Das rationale Denken setzt an dieser Stelle aus. Stattdessen übernimmt das limbische System und dieses hält uneingeschränkt an seiner Meinung fest. Alles, was nicht in das Liebesbild passt, wird entweder so lange hin- und hergedreht, bis es sich in das selbstgestaltete Puzzle einfügt, oder es wird als nicht existent ausgeblendet."

„Interessanterweise spielt Sex dabei nur eine geringe bis keine Rolle", ergänzte Emily. „Der Liebeswahn gleicht also eher einer Vergötterung und sehr häufig richtet sich dieser an einen höhergestellten Menschen. Dies kann sich entweder in einer höheren gesellschaftlichen oder einer besseren beruflichen Position ausdrücken, aber auch in einem höheren Alter oder größerem Besitztum."

„Das passt ja", brummte Blake.

„Was passiert jetzt mit ihm?", wollte Mariella wissen.

„Wenn er einen guten Anwalt hat, wird er dafür plädieren, dass Tanner seine Strafe in einer geschlossenen psychiatrischen Klinik absitzen kann, wo er entsprechend therapiert werden kann."

„Ist ein solches Verhalten grundsätzlich heilbar?" Preycourt blickte skeptisch.

„Grundsätzlich, ja. Allerdings ist krankhafter Liebeswahn nicht selten mit anderen seelischen Krankheiten, wie beispielsweise Schizophrenie kombiniert. Am Ende hängt es von der Gesamtdiagnose ab. Vermutlich wird Tanner aber sein Leben lang Medikamente brauchen", erklärte Hunter.

„Glaubt ihr ihm, dass er mit den Mordanschlägen nichts zu tun hat?", erkundigte sich Blake.

„Ja", antwortete Emily. „Tanner hätte im Augenblick nichts getan, was Mariella schadet."

„Im Augenblick?", hakte Blake nach.

„Wir können nicht vorhersagen, was passiert wäre, wenn er Mariella mit einem anderen Mann gesehen hätte. Das ist bei dieser Krankheit häufig ein Auslöser für Aggressionen", erklärte sie. „Hat die Hausdurchsuchung etwas ergeben?"

„Nichts, was auf die Mordanschläge hindeutet", verneinte Preycourt. „Dann werde ich den Typen mal mitnehmen, oder brauchen Sie ihn noch?"

„Nein, das ist jetzt eindeutig Ihr Fall", übergab Blake die Verantwortung an den Detective.

„Dann viel Erfolg auf der Suche nach dem anderen Bastard!", wünschte Preycourt.

„Danke!", erwiderte Blake.

„Was ist mit Ihrem Bruder, Mia? Hat Tanner recht mit dem, was er gesagt hat?", wechselte Emily das Thema.

„Mark hat einen finanziellen Engpass. Das ist richtig. Aber er würde mich deswegen nicht umbringen."

Hunter entschied, die Aussage zunächst unkommentiert im Raum stehenzulassen. „Wie sieht es mit Richard aus?"

Nachdenklich steckte sich Mariella eine Haarsträhne hinter ihr Ohr. „Er hat mich nie spüren lassen, dass er die Entscheidung meines Vaters nicht respektiert. Ich meine, ich habe mir gedacht, dass er gerne den Vorsitz der Kanzlei gehabt hätte, aber ich habe alle Entscheidungen mit ihm gemeinsam getroffen. Ich bin ihn nie übergangen, sondern habe ihn eher einmal zu oft um seine Meinung gebeten, selbst wenn ich sie nicht gebraucht hätte."

„Haben Sie gewusst, dass er die Kanzlei verlassen wollte?", hakte Emily nach.

„Nein!"

„Wir werden uns mit beiden Männern unterhalten müssen", entschied Blake.

„Wir sollten das Vistatorium dafür nutzen", überlegte Hunter. „Selbst wenn wir kein Geständnis erhalten, können wir auf diesem Weg vielleicht erfahren, auf wen wir uns konzentrieren sollten."

„Einverstanden", nickte Blake. „Ich nehme nicht an, dass wir den Täterkreis aufgrund eines Profils einschränken können?"

Bedauernd schüttelte Hunter den Kopf. „Dafür haben wir zu wenig."

„In diesem Fall müssen wir umgekehrt arbeiten", erläuterte Emily. „Wir versuchen, möglichst viel über die Verdächtigen herauszufinden, erstellen ein Psychogramm von ihnen und schauen, ob etwas darin darauf hindeutet, was sie dazu befähigt, einen Mord in Auftrag zu geben. Wir sehen uns also ihre Konfliktlösungsfähigkeit an, ihre emotionale Bindungsfähigkeit, ihr Gewissen und nicht zuletzt ihre Intelligenz."

„Das wollt ihr alles in einem Gespräch herausfinden? Wie lange soll das dauern?", fragte Blake verdutzt.

„Das schaffen wir tatsächlich nicht in einer einzigen Unterhaltung, vor allem nicht, wenn wir uns an ein Thema halten müssen", stimmte Emily zu. „Aber auch hier können wir H.E.L.P. nutzen, indem wir uns die Internetaktionen derjenigen ansehen. Hier werden wir mehr über Richard und Mark erfahren als sie uns jemals selbst freiwillig erzählen würden. Was ist übrigens mit Melanie Freeman? Wenn sie an jenem Nachmittag im Haus gewesen ist, hatte sie ebenfalls Gelegenheit, Mia das Kokain unterzumischen."

„Mel? Das kann nicht sein. Warum sollte sie das tun?" Entsetzt weiteten sich Mariellas Augen.

Mitfühlend sah Hunter sie an. „Wenn wir ehrlich sind, kannst du dir weder bei Mark, noch bei Richard oder Melanie vorstellen, dass sie dazu fähig sind, dir etwas anzutun, richtig?"

Schluckend nickte Mariella.

„Glaube mir, jeder hier versteht, dass dies nicht einfach für dich ist, aber wir müssen der Tatsache ins Auge sehen, dass einer von ihnen der Täter sein muss." Für einen kurzen Moment legte er ihr die Hand auf die Schulter, dann wandte er sich Blake zu. „Wir können Leeman unter die Lupe nehmen, aber ich glaube eher nicht, dass er etwas mit der Sache zu tun hat. Er hat kein Motiv und unser Drahtzieher hat keinen Grund einen zweiten Handlanger für seine Dienste anzuheuern."

„Da gebe ich dir recht."

„Anders verhält sich die Sache mit Melanie", erklärte Hunter mit einem Blick auf Mariella. „Tut mir leid, Mia."

„Schon gut", erwiderte sie tonlos.

Nein, es war nicht gut, wusste Hunter, aber es gab auch nichts, was er dagegen tun konnte.

„Richard und Mel sind heute in New York. Sie kommen erst am späten Abend zurück", informierte sie Mariella.

„Okay, dann bereiten wir das Gespräch mit den Freemans für morgen vor und unterhalten uns heute mit Mark", entschied Blake. „Ich rufe ihn an und bitte ihn, uns bei euch im Büro zu treffen. Gibt es irgendwelche Uhrzeitpräferenzen?"

„So schnell wie möglich", meinte Hunter, woraufhin Emily nickte.

KAPITEL 22

„Was wird das hier? Ein Verhör?“ Misstrauisch sah sich Mark um, als er mit Hunter und Blake an dem Tisch in dem schallisolierten Raum Platz nahm.

„Ich würde es eine ‚offizielle Unterhaltung' nennen“, konkretisierte Blake. „Mit Ihrer Erlaubnis nehmen wir das Gespräch in Ton und Bild auf.“

„Warum? Worum geht es?“

„Es geht um die Entführung Ihrer Schwester, Mr Anderson“, klärte Blake ihn auf. „Sie sind doch sicher ebenso daran interessiert, dass wir schnellstmöglich herausfinden, wer hinter dieser Sache steckt.“

„Sicher, aber ich dachte, es sei klar, dass der Botoxmörder ...“ Er stockte, als Hunter den Kopf schüttelte.

„Der Botoxmörder hat nichts damit zu tun.“ In wenigen Sätzen klärte Hunter ihn auf.

„Und nun glauben Sie, ich hätte ...“ Wieder ließ Mark den Rest des Satzes in der Luft hängen. „Das ist verrückt.“

„Wir glauben noch gar nichts“, stellte Blake klar. „Deshalb möchten wir uns mit Ihnen unterhalten. Sie handeln mit Aktien, ist das korrekt?“

„Ja.“

„Sie haben sich vor einem Jahr selbstständig gemacht?“

„Auch das stimmt.“

„Aber Ihre Firma hat finanzielle Probleme“, stellte Blake fest.

„Der Aktienmarkt schwächelt allgemein.“

„Für jemanden, der neu ist, ist das sicherlich eine schwierige Zeit?“

„Ich arbeite bereits seit Jahren in der Branche“, korrigierte Mark.

„Seit vier Jahren“, stimmte Blake zu. „Während dieser Zeitspanne haben Sie für fünf verschiedene Unternehmen gearbeitet. Das ist ein ziemlich häufiger Wechsel, finden Sie nicht?"

„Dafür gibt es verschiedene Gründe." Mark griff an seinen Krawattenknoten und zog ihn ein Stück vom Hals weg.

„Welche?"

Verärgert richtete sich Mark auf. „Was hat das alles mit meiner Schwester zu tun?"

„Dazu komme ich gleich. Bitte beantworten Sie meine Frage, Mr Anderson. Warum haben Sie so oft den Arbeitgeber gewechselt", entgegnete Blake.

„Einmal haben die Bedingungen nicht gepasst, ein anderes Mal habe ich eine Dummheit begangen. Der Hauptgrund war jedoch, dass mein Ziel von Anfang an die Selbstständigkeit war, ich aber zuvor in möglichst viele unterschiedliche Arbeitsweisen einen Einblick gewinnen wollte", antwortete Mark und nahm einen Schluck Wasser aus dem Glas, das vor ihm stand.

„Was war das für eine Dummheit?", wollte Hunter wissen.

Kalt sah Mark ihn an. „Ich habe mit der Tochter des Chefs geschlafen."

„Was war der Grund?", fragte Hunter interessiert.

Irritiert runzelte Mark die Stirn. „Was ist das für eine Frage? Warum schläft man mit einer Frau?"

„Dafür gibt es viele Motive. Von Liebe über Sex bis hin zur Berechnung, weil man sich einen Vorteil davon verspricht, ist alles drin", gab Hunter ruhig zurück.

Ungläubig schüttelte Mark den Kopf. „Für mich gibt es nur einen Grund, mit einer Frau das Bett zu teilen und der ist Sex. Wenn Sie es also genau wissen wollen, Carina und ich hatten Sex."

„Einvernehmlich?", hakte Blake ein.

Wütend begannen Marks Augen zu funkeln. „Selbstverständlich."

„Aber Papa hat das nicht gefallen", stellte Hunter fest.

„Offenbar nicht", brummte Mark und nahm einen weiteren Schluck Wasser.

„Bei ‚Gilbert, Joker & Partner', Ihrem letzten Arbeitgeber, sind Sie entlassen worden. Haben Sie dort ebenfalls mit einer Tochter geschlafen?", hakte Hunter provozierend nach.

„Nein. Ein Klient war unzufrieden mit seiner Anlage. Leider gehörte er zu den drei wichtigsten Kunden der Firma."

„Er ist immer noch wütend über die Entlassung", äußerte Lucas, der dem Gespräch mit Finn, Emily und Mariella im Technikraum folgte.

„Ja, er presst die Zehenballen in den Boden", bestätigte Emily. „Und ich glaube, er wollte seine Hand zur Faust ballen. Finn, kannst du die Stelle noch einmal in Zeitlupe abspielen? ... Da! Seht ihr! Sein Daumenstrecker zuckt."

„Er hält alle Entlassungen für ungerecht", stellte Lucas fest. „Sein Stresslevel steigt ebenfalls."

„Woran seht ihr das?", wollte Mariella wissen.

„Er hat seine Krawatte gelockert und er trinkt häufig. Bei Nervosität wird der Mund trocken, und es entsteht ein Engegefühl in der Kehle", erklärte Lucas.

„An den Vorwürfen, dass Sie Geld unterschlagen haben, ist also nichts dran?" Blakes Stimme klang neutral.

„Nein!" Marks Stimme klang fest.

„Nach der Beendigung des letzten Arbeitsverhältnisses haben Sie Ihre eigene Firma gegründet", wechselte Hunter das Thema.

„Ja. Mein Vater war einige Wochen zuvor gestorben und mit dem ausgezahlten Erbe war die Gelegenheit günstig."

„Die Unterschlagungsvorwürfe haben Mark getroffen. Ich glaube, die Enttäuschung darüber, dass ihm jemand eine solche Tat überhaupt zutraut, hat ihn in die Selbstständigkeit getrieben", berichtete Mariella leise.

Automatisch warfen sich Lucas und Emily einen langen Blick zu.

„Was ist?", fragte Mariella irritiert, der der lange Blickwechsel nicht entgangen war.

Verlegen räusperte sich Lucas und schließlich ergriff Emily das Wort. „Dein Bruder hat gelogen, Mia", klärte sie sie auf.

„Was? ... Nein! Er klang völlig überzeugt und er saß auch ganz gerade. Sind das nicht Anzeichen dafür, dass er die Wahrheit sagt?"

„Leider sind die Dinge nicht so einfach. Man darf Gesten und Mimik nie einzeln betrachten, sondern muss sie immer im Kontext mit anderen Bewegungen lesen. Marks Kinnmuskulatur ist beispielsweise zu stark angespannt. Es ist ein Zeichen dafür, dass er seine Körperhaltung bewusst einsetzt. Sie können wir also als Indikator nicht werten, aber seine Augen haben sich bewegt. Sie sind immer ein guter Anhaltspunkt, denn sie sind am schwersten zu kontrollieren. Siehst du den kleinen Monitor dort oben?" Sie deutete auf einen von zehn Bildschirmen, der alleine die Augen von Mark wiedergab. „Auf der rechten Seite siehst du drei Skalen. Die Linke schlägt aus, wenn sich die Augen seitwärts bewegen und die Kurve, die am unteren Bildschirmrand verläuft und einem EKG-Bild gleicht, zählt die Blinzelbewegungen der Lider. Es sind unnatürlich viele, bevor er antwortet."

„Aber Hunter hat ihm geglaubt. Ich dachte, ihr vertraut seinen Fähigkeiten", warf Mariella ein.

Traurig schüttelte Lucas den Kopf. „Hunter hat ihm nicht geglaubt, Mia. Er hat das Thema gewechselt, weil er die Information hatte, die er brauchte, um Marks zukünftige Antworten besser einordnen zu können. Wir brauchen einen Vergleichswert. Je mehr wir darüber wissen, wie Mark seine Körpersprache einsetzt, wenn er lügt, desto besser können wir ihn psychografieren."

„Mein Bruder ist also ein Dieb?" Es klang resigniert.

„Es tut uns leid, Mia", bedauerte Lucas.

„Um es noch einmal zusammenzufassen: Sie haben sich verspekuliert, doch da Sie sich keine negative Stimmen leisten konnten, haben Sie Ihren Kunden die eingesetzte Summe plus einen Gewinn zurückgezahlt", sprach Blake. „Die Folge war, dass Ihnen mehr Leute ihr Geld anvertraut haben, doch Ihre Pechsträhne hielt an und irgendwann war Ihr Erbe aufgebraucht. Sie brauchten Kapital, doch von den Banken haben Sie keines erhalten. Darum haben Sie Ihre Schwester angepumpt, doch Mariella wollte Sie finanziell nicht unterstützen."

„Mariella hat mir ihr gesamtes Barvermögen gegeben. Sie war praktisch meine erste Kundin."

„Doch ihr Geld haben Sie ebenfalls verspielt", stellte Blake fest. „Weiß sie es?"

„Sie weiß, dass Sie es zurückbekommen wird."

„Aber vorher sollte sie ihr Haus beleihen", erinnerte ihn Hunter.

„Der alte Kasten ist abbezahlt. Was ist also dabei, ihn mit einer Hypothek zu belegen?"

„Ihre Schwester liebt das Haus", stellte Hunter klar.

„Sie sollte es ja auch nicht verkaufen." Abermals zerrte Mark an seinem Kragen. „Abgesehen davon hat sie für mich dreihunderttausend Dollar darauf aufgenommen."

„Aber das Geld hat nicht gereicht. Sie brauchten mehr, was kein

Problem wäre, wenn Mariella sterben und Sie die Kanzlei erben würden."

Entgeistert starrte Mark Hunter an. „Sie wollen mir den ganzen Scheiß anhängen? Sie sind ja vollkommen irre!"

„Warum haben Sie Ihre Schwester an jenem Nachmittag vor vier Tagen besucht?", interessierte Blake.

„Ich wollte wissen, wie es ihr geht. Ist das jetzt schon ein Verbrechen?" Aggressiv sah Mark zwischen den beiden Männern hin und her.

Blake wollte reagieren, doch Hunter trat ihm unter dem Tisch auf den Fuß. Verdutzt sah der Agent ihn an, doch Hunter hielt seinen Blick fest auf Mark gerichtet.

„Worauf wartet Hunter?", erkundigte sich Mariella.

„Mark hat seinen Kopf leicht nach vorne geschoben. Er hat noch mehr zu sagen, hält sich aber noch zurück. Eine neue Frage würde ihn ablenken", erläuterte Emily.

„Er wartet also darauf, dass Marks Geduld platzt?"

„Er wartet darauf, dass er seine ehrliche Meinung preisgibt." Mit seiner Hand deutete Lucas auf den Hauptbildschirm, auf dem Mark plötzlich groß gestikulierte.

„Irgendjemand musste sich doch um Mariella kümmern, denn offensichtlich hat sie ihren Verstand schon vor der Entführung verloren. Anders ist zumindest eine Heirat mit diesem Nichtsnutz von Anwalt nicht zu erklären. Ich wollte sehen, ob es ihr endlich gut genug geht, um mit ihr über eine Annullierung dieser Ehe zu sprechen. Niemand kann mir vorwerfen, dass ich mich in den letzten zwei Wochen nicht um Mia gekümmert habe. Und das obwohl ich wirklich genug eigene Sorgen habe, wie Sie ja offenbar zu wissen scheinen."

„Die Hochzeit hat Ihre Pläne durchkreuzt, nicht wahr?", gab Hunter zu bedenken. „Im Todesfall hätten mit einem Mal nicht mehr Sie geerbt, sondern Jason Tanner."

Wütend starrte Mark ihn an. „Das ist wahr und wenn ich auf das Erbe aus gewesen wäre, hätte dies wohl ein Problem dargestellt. Aber zum einen ist dies nicht der Fall und zum anderen haben Sie sich selbst gerade um Ihr Motiv gebracht. Wenn ich nicht erbe, warum hätte ich Mariella dann entführen lassen sollen? Sie sollten besser Tanner überprüfen. Dieser kleine perverse Bastard ist nur auf ihr Vermögen aus."

„Jason Tanner können wir als Täter ausschließen. Sie hingegen nicht, denn als Mariella entführt wurde, haben Sie noch nichts von der Hochzeit gewusst. Anschließend haben sie auf eine Annullierung spekuliert, oder warum sind Sie gestern in Vegas gewesen?", griff Blake nun direkt an.

Sprachlos ließ Mark seine Hände auf den Tisch sinken.

„Wir wissen von Ihrem Ausflug", bekannte Hunter. „Ebenso wissen wir, dass Sie von Tanners Schwindel erfahren haben. Die Frage, die sich uns aufdrängt ist, warum Sie uns nichts davon erzählt haben. Haben Sie die Information absichtlich zurückgehalten, weil Sie wussten, dass Sie damit wieder ein Motiv hätten? Oder haben Sie in erster Linie nichts mit den Mordanschlägen zu tun, aber Sie dachten sich, dass die Gelegenheit günstig sei, zu warten, bis derjenige Erfolg hätte. Anschließend hätten Sie dann den Heiratsschwindel aufgedeckt und auf die Übertragung des Erbes auf Ihr Konto gewartet."

„Das ist alles kompletter Unsinn und reine Spekulation. Sie können nichts von alledem beweisen."

„Mark, warum sind Sie neulich Nachmittag wirklich bei Ihrer Schwester aufgetaucht?", wiederholte Blake die Frage noch einmal.

„Das sagte ich doch schon. Ich wollte sehen, wie es ihr geht", erwiderte Mark ungeduldig.

„Wirklich?" Kalt bohrte sich Hunters Blick in seine Augen. „Oder wollten sie ihr nicht vielmehr ein wenig Kokain in ihr Getränk mischen? Sie wussten, dass die verwendete Menge bei einem Körper, der nicht an Drogen gewohnt ist, eine Psychose auslösen würde. Deshalb sind Sie auch mit den anderen zum Essen gegangen, denn das war Ihr perfektes Alibi."

„Was?" Sprachlos starrte Mark ihn an. „Wovon sprechen Sie?"

„Das wissen Sie genau, Mark", ergriff Blake wieder das Wort. „Sie haben Ihre Schwester dazu getrieben, ein Messer gegen sich selbst einzusetzen."

„Ich liebe Mia. Ich würde ihr niemals wissentlich schaden."

„Jetzt seien Sie doch einmal in Ihrem Leben ehrlich, Mark", forderte Blake. „Sie wissen, dass Sie nicht der talentierte Broker sind, der Sie gerne wären und Sie wissen auch, wie unwahrscheinlich es ist, so viel Glück zu haben, dass Sie das Kapital Ihrer Schwester jemals zurückzahlen können. Trotzdem haben Sie sie dazu überredet, eine Hypothek auf ihr Haus aufzunehmen und Ihnen weiteres Geld zu leihen. Das ist für mich weniger ein Zeichen von Liebe als ein Zeichen von Verzweiflung. Um Ihren Ruf zu wahren, sind Sie bereit alles zu tun, Mark. Ist das nicht so?“

Beide Hände des Mannes krallten sich an die Tischplattenkante, während er tief ein- und ausatmete, bevor er antwortete. „Nein, Agent McGrey, das ist nicht so. Ich gebe zu, dass es nicht ehrenhaft war, meine Schwester um Geld zu bitten. Es mag auch durchaus sein, dass ich nicht der beste Börsenspekulant der westlichen Hemisphäre bin, aber ich bin definitiv auch nicht der schlechteste. Ob Sie es glauben oder nicht, ich hatte in den letzten Monaten tatsächlich ganz einfach Pech, und ich werde Mia das Geld zurückzahlen. Niemals würde ich ihr schaden. Und jetzt entschuldigen Sie mich, meine Herren. Ich habe heute Abend noch zu arbeiten und da Sie keine Ihrer Anschuldigungen auch nur im Ansatz beweisen können, werde ich jetzt gehen.“ Mit etwas steifen Gliedern erhob sich Mark.

„Bleiben Sie in der Stadt und seien Sie jederzeit für weitere Fragen erreichbar, Mr Anderson“, verabschiedete ihn Blake, wobei seine Stimme deutlich signalisierte, dass die Worte keine Bitte waren.

Stumm nickte Mark, dann verließ er das Büro, ohne sich noch einmal umzudrehen.

„Ich hasse es, dass wir ihn laufen lassen müssen“, gestand Blake. „Aber wir haben tatsächlich keinen einzigen Beweis gegen ihn in der Hand.“

Gemeinsam mit Mariella und Emily betrat Lucas den Raum. „Was meinst du, Hunter? Kann er es gewesen sein?“

Nachdenklich warf er einen Blick auf Mariella. Hunter wünschte, er könnte ihr das ersparen, aber man bekam im Leben nicht immer, was man wollte. „Auf jeden Fall können wir ihn noch nicht von der Liste der Verdächtigen streichen. Ich würde Mark nicht direkt als empathieunfähig einstufen, aber er hat definitiv egoistische Züge und sieht auch keine Notwendigkeit, eigene Bedürfnisse unterzuordnen. Habt ihr seinen Blick gesehen, als er von seiner Affäre mit der Tochter des Chefs gesprochen hat? Wenn er etwas haben will, nimmt er es sich.“

„Willst du damit andeuten, dass mein Bruder ein Vergewaltiger ist?“

„Nein“, wies Hunter Mariellas Anschuldigung sofort zurück. „Er sieht nur keinen Grund, sein sexuelles Bedürfnis, wenn es erwidert wird, zu unterdrücken, weil sich die Frau in einer gesellschaftlichen Position befindet, die den Beischlaf aus ethischen Gründen untersagt."

Ernsthaft dachte Mariella über die Worte nach. „Das würde bedeuten, dass er auch mit einer verheirateten Frau schlafen würde."

„Ich denke, das würde er", bejahte Hunter.

Seufzend sackten Mariellas Schultern nach vorne. „Sind das die Auswirkungen, weil er als Kind nicht die Aufmerksamkeit von unseren Eltern erhalten hat, die er gebraucht hätte?"

„Im Ganzen liegt die Sache komplizierter, aber wenn Mark gelernt hat, dass er nur etwas bekommt, wenn er es sich nimmt, dann ist das sehr wahrscheinlich die Ursache", bestätigte Lucas.

„Wenn er darüber hinaus erfahren hat, dass du dagegen viele Dinge völlig selbstverständlich und ohne weitere Gegenleistung erhalten hast, so hat er dies natürlich als Ungerechtigkeit abgespeichert", ergänzte Hunter.

„Ich kann mir nicht vorstellen, dass Mark ein Mörder ist." Energisch schüttelte Mariella den Kopf.

„Dieses Urteil ist auch noch nicht gefallen", relativierte Hunter. „Mark hat auf jeden Fall eine emotionale Beziehung zu dir, die stärker als zu allen anderen Menschen ist. Allerdings verbirgt er auch etwas vor uns und wir müssen herausfinden, was das ist."

Blakes Handy summte in seiner Tasche seines Jacketts. Rasch griff er danach und nahm den Anruf entgegen. „McGrey", meldete er sich.

„Hallo, Agent McGrey, hier ist John Gallagher", grüßte der Detective aus Miami.

„Hallo, Detective. Sind Sie wieder gut zu Hause gelandet?"

„Schon vor zwei Stunden. Ich wollte Sie wissen lassen, dass wir unseren Kerl haben. Mit der Gesichtsrekonstruktion konnten meine Kollegen die Frau am Vormittag identifizieren und von da an war alles ein Kinderspiel. Die Schwester des Opfers hat uns auf die Spur des Freundes gesetzt und dieser hat sofort gestanden. Offensichtlich war es das tragische Ende einer Eifersuchtsszene. Der Mann hat die Frau ergriffen, sie hat sich gewehrt, er hat losgelassen und sie ist unglücklich gestürzt."

„Hat er erklärt, warum sie das Botox bei sich trug?", hakte Blake neugierig nach.

„Ja, hat er. Laut seinen Angaben hatte die Frau ein Jahr zuvor einen Schlaganfall.“

„In so jungen Jahren?“, wunderte sich Blake.

„Es ist wohl ungewöhnlich, kommt aber vorher. Die Frau hatte sich davon sehr gut erholt, litt aber hin und wieder an Spastiken, die mit einer Botulinumtoxintherapie behandelt worden sind. Da sowohl ihre Eltern, als auch ein Großteil ihrer Freunde Mediziner waren, trug sie das Gift bei sich, damit es ihr jemand gegebenenfalls schnell verabreichen konnte.“

„Ich schätze, man lernt nie aus, aber es freut mich, dass Sie Ihren Fall so schnell lösen konnten. Vielen Dank für die Information. Dann können wir hier alle Gedanken an ein Initialopfer in Florida streichen.“

„Es tut mir leid, wenn ich Ihre Ermittlungen durcheinander gebracht habe.“

„Kein Problem. Es ist gut zu wissen, dass die Interaktion über die Bundesstaatsgrenzen hinaus funktioniert.“

„Das ist es und auch wenn mein Trip zu Ihnen in den Norden nicht nötig gewesen wäre, so war er für mich dennoch eine nette Abwechslung zum Alltag. Ich drücke Ihnen die Daumen, dass Sie Ihren Mann ebenfalls schnell finden. Haben Sie sich mittlerweile auf ein Profil geeinigt?“

„Das war nicht nötig, denn in Miss Andersons Fall handelt es sich um einen Copytäter.“ Blakes Stimme wurde ein wenig kühler. Er hatte nicht vergessen, wie der Mann über die Methoden von H.E.L.P. dachte.

„Na, wunderbar! Es lebe die Pressefreiheit, die solche Vorgänge überhaupt erst ermöglicht“, urteilte Gallagher verachtend. „Haben Sie schon einen Verdächtigen?“

„Wir haben es auf drei eingeschränkt: den Bruder, einen Seniorpartner und seine Frau. Einer von ihnen hat die Entführung in Auftrag gegeben. Ich habe einen Polizisten darauf angesetzt, den Handlanger ausfindig zu machen. Die Szene für solche Jobs ist in Boston glücklicherweise relativ klein.“

„Dann viel Erfolg, Agent McGrey, und wenn Sie jemals runter in den Süden kommen, melden Sie sich.“

„Das mache ich. Auf Wiedersehn!“

„War das der Detective aus Florida?“, erkundigte sich Lucas.

„Ja“, bestätigte Blake. „Er wollte uns wissen lassen, dass sie ein Geständnis haben und dass ihr Fall doch nichts mit unserem

Botoxmörder zu tun hat. Es war wohl der Freund des Opfers.“ Der Eingang einer SMS ließ Blake abermals auf sein Handy blicken. Konzentriert las er die Information, während er auf dem Bildschirm nach unten scrollte.

„Die Nachricht ist von einem Kollegen, den ich in Parkers Auftrag gebeten hatte, ein wenig im Leben dieses Psychiaters Dr Willcocks zu graben“, informierte er die anderen. „So wie es aussieht hatte Parker mit seinem Verdacht recht. Dr Willcocks hat tatsächlich etwas zu verbergen. Allerdings hat es nichts mit unserem Fall zu tun.“

„Was ist sein Geheimnis?“, wollte Hunter wissen.

„Offensichtlich hat er ein privates und recht lukratives Abkommen mit der Pharmafirma, die das Lithiumpräparat herstellt.“

Fassungslos schüttelte Lucas den Kopf. „Verdient man als Arzt heutzutage so schlecht, dass man sich von der Pharmaindustrie kaufen lassen muss?“

„Kaum. Aber für manche Menschen ist es nie genug“, urteilte Blake und warf einen Blick auf die Uhr. „Es ist spät geworden und ich will noch bei Rejyna vorbei. Wir treffen uns dann morgen früh wieder hier?“

„Richard und Melanie Freeman kommen um neun“, bemerkte Lucas. „Ich arbeite mit Finn noch an dem Psychogramm des Botoxmörders.“

„Das Profil von Mias Täter habe ich bereits rausgegeben und ein paar Kollegen werden sich heute Nacht ein wenig in der Szene umhören. Vielleicht zwitschert uns jemand einen brauchbaren Tipp“, informierte Blake die Gruppe.

„Vielleicht können wir morgen beide Fälle abschließen“, äußerte Lucas hoffnungsfroh.

„Immer optimistisch, unser Lucas!“, spottete Emily.

„Einer muss ja die Balance zu dir halten“, gab Lucas zurück und legte freundschaftlich einen Arm um ihre Schultern.

Hunter warf Mariella einen unsicheren Blick zu. „Ich würde gerne noch die Aufnahmen von unserem Gespräch mit Mark analysieren. Außerdem möchte ich auch noch jeweils ein Psychogramm von Melanie und Richard Freeman haben, bevor wir sie morgen treffen.“

„Die beiden können Em und ich erstellen“, erklärte Parker, der in diesem Moment hereinkam. „Du solltest besser mit Mia nach

Hause fahren."

„Ich kann mir wirklich ein Hotelzimmer ...", begann Mariella.

„Nein!", ertönten Hunters, Blakes und Parkers Stimmen gleichzeitig. Erschrocken fuhr Mariella zusammen.

Emily grinste. „Keine Sorge, sie tun einem nichts. Sie sind nur manchmal richtige Alpha-Männchen."

„Eine Frau, die sich in einer offensichtlich bedrohlichen Gefahrensituation befindet, nicht alleine zu lassen, ist kein Alpha-Verhalten, sondern eine vernünftige Entscheidung", korrigierte Parker.

„Du glaubst, ich sei ein Alpha-Mann?" Offen starrte Blake Emily an.

Du bist mit Sicherheit der größte Alpha von allen hier im Raum, dachte Emily, während sie seinen Blick hielt. Ihr Herz klopfte jedoch auf einmal so stark, dass sie nicht sicher sein konnte, ob ihre Stimme halten würde. Daher verzichtete sie auf eine Antwort und wandte sich an Hunter.

„Marks Gespräch kannst du dir auch auf deinem Monstrum an Fernseher zu Hause ansehen. Für eben solche Fälle hast du dir diesen Riesenbildschirm schließlich gekauft. Ich bereite Dir die Daten auf, bevor ich mich mit Parker an die Freemans setze, und schicke sie dir."

„Danke, Em! Du bist ein Schatz!" Hunter gab ihr einen freundschaftlichen Kuss auf die Schläfe, denn tatsächlich wollte er nichts lieber als ein wenig Zeit mit Mariella alleine. Ihre Wangen waren eingefallen und die Haut unter ihren Augen wirkte durchsichtig. Beides waren deutliche Zeichen dafür, dass sie müde war. Hunter vermutete, dass ein Großteil der Müdigkeit emotionale Gründe hatte. An ihrer Körperhaltung erkannte er, wie viel Kraft sie aufwandte, um ihre wahren Gefühle zu verbergen. Hunter wusste, dass auch den anderen nicht entgangen war, wie dringend Mariella einen Rückzugsort brauchte und sie deshalb sofort eingesprungen waren.

„Wenn ihr etwas Interessantes findet, ruft ihr mich an. Okay?", vergewisserte er sich noch einmal. Er war es nicht gewohnt, sich vorzeitig aus dem Büro zurückzuziehen.

„Machen wir", versprach Lucas. „Und nun hau endlich ab, damit wir anfangen können zu arbeiten."

„Ich würde nach meinem Besuch bei Rejyna wieder zurückkommen", erklärte Blake.

„Warum? Misstrauisch, dass wir unseren Job nicht machen können?“, platzte Emily heraus und biss sich anschließend sofort auf die Zunge, als sie seinen erstaunten Blick sah. Warum hatte sie nur nicht ihren Mund halten können? Die anderen vertrauten ihm. Wieso konnte sie das nicht?

Blake nahm sich Zeit mit seiner Antwort. *Wenn hier einer misstrauisch ist, dann du, Honey!,* dachte er.

„Im Gegenteil“, antwortete er schließlich. „Deshalb will ich sicherstellen, dass wir keine Zeit verlieren, wenn ihr auf etwas Entscheidendes stoßt. Mit meinen Zugängen zu den FBI-Servern bin ich eine zusätzliche Informationsressource für euch. Nutzt mich.“ Er sah die Überraschung in Emilys Augen, auch wenn sie sie schnell wieder verbarg. Innerlich grinste er jedoch. *Dieser Punkt ging an mich.* „Ich bin in einer Stunde zurück“, verkündete er zufrieden, bevor er sich umdrehte und ging.

KAPITEL 23

Ungeduldig wurde das Klingeln des Freizeichens mit dem Trommeln der Fingerspitzen auf der Tischplatte begleitet. Warum hob niemand ab? Wieso dauerte das so lange? Da! Endlich!

„Ja?"

„Kannst du reden?"

„Ja, ich bin alleine! Was gibt es?"

„Hast du das Kokain in Mariellas Getränk gegeben?"

„Mariella hatte Kokain im Getränk?"

„Du bist vor vier Tagen bei ihr gewesen. Hast du ihr das Kokain ins Glas getan?"

„Bist du verrückt? Natürlich nicht!"

„Wofür hast du das Kokain dann gebraucht, das ich für dich besorgt habe?"

„Ich habe dir gesagt, dass es für mich ist."

„Die Geschichte habe ich dir nie geglaubt."

„Tatsächlich? Und was hast du angenommen, wofür ich es haben wollte?"

„Auf jeden Fall nicht, um Mariella zu schaden."

„Ich habe dir schon gesagt, dass ich das nicht getan habe."

„Dann verrate mir, was du mit dem Pulver gemacht hast."

In der Telefonleitung wurde es still.

„Wenn du nicht redest, werde ich diesem FBI-Agenten erzählen, dass du im Besitz des Stoffes gewesen bist."

„Den Teufel wirst du tun, denn dann wird er erfahren, dass du ihn mir besorgt hast."

„Das macht mich nicht zu einem Mörder. Dafür wandere ich nicht einmal ins Gefängnis. Ich erhalte höchstens eine Bewährungsstrafe. Ich frage dich also noch einmal, wofür hast du das Kokain wirklich gewollt?"

„Ich habe es für mich selbst gebraucht. Du weißt, dass es eine schwierige Zeit für mich ist."

„Weil deine Ehe am Ende ist?"

Stille. „Meine Ehe ist nicht am Ende."

„Honey, wenn du mit mir ins Bett gehst, während dein Mann die halben Nächte im Büro verbringt, ist das eine ziemlich deutliche Aussage zu deinem Eheleben. Aber ehrlich gesagt, ist mir deine Ehe egal. Mich interessiert nur, ob du Mariella den Schnee verabreicht hast."

„Wie oft soll ich dir noch sagen, dass ich ihn selbst konsumiert habe?"

„Verarschen kann ich mich alleine. Du bist kein User, nicht einmal ein Gelegentlicher. Also, wofür hast du es gebraucht?"

„Ich brauchte es für eine Freundin, okay?"

„Eine Freundin?"

„Ja, genau!"

„Wie heißt sie?"

„Das geht dich nichts an!"

„Ich schwöre dir, Mel, wenn du irgendetwas damit zu tun hast, dass dieser Stoff in Mias Getränk gelandet ist, dann wünscht du dir, mich niemals kennengelernt zu haben."

„Fuck you, Mark!" Ein Klicken in der Leitung verriet, dass die Verbindung beendet war.

KAPITEL 24

Er saß an der Bar. Eine Baseballkappe tief ins Gesicht gezogen hielt er den Blick tief in sein Whiskeyglas gesenkt, das er zwischen seinen Händen hin- und herdrehte. Er wirkte gedankenverloren. In Wahrheit war er jedoch hochkonzentriert und lauschte dem Gespräch, das der Barkeeper nur zwei Plätze von ihm entfernt mit einem Kunden führte.

Der Kerl mit der Jeans und der abgetragenen Lederjacke war ein Cop. Das hatte er sofort erkannt. Er kannte Cops. Sie konnten ihre Kleidung noch so lässig halten, ihre Figur verriet sie. Keiner der Typen in dieser heruntergekommenen Spelunke hatte einen durchtrainierten Körper. Hier hingen nur Looser rum. Looser, die sich kein Fitnessstudio leisten konnten, aber für ein paar Dollar und einen Drink jeden Job machten.

„Komm schon, Johnny. Du musst was gehört haben“, drängte der Cop. „Der Typ ist um die 1,85 Meter groß, und er ist schwer. Dunkle Haare, kein Bart. Wahrscheinlich hat er vor zwei bis drei Wochen laut getönt, dass er in den nächsten Tagen ziemlich beschäftigt sei und er sich eine Weile nicht blicken lassen kann, aber dass er in der Zwischenzeit ’ne Menge Kohle machen wird. Ich wette, dass er versprochen hat, ’ne Runde zu schmeißen, sobald er zurück ist.“

„Die Beschreibung trifft auf die Hälfte der Kerle hier zu“, erwiderte der Barkeeper unbeeindruckt, während er ein Bierglas abtrocknete. „Und jeden zweiten Tag verkündet einer, dass er das große Los gezogen hat und bald eine Menge Asche machen wird.“ Prüfend blickte er sich an der Theke um, um sicherzugehen, dass ihnen niemand zuhörte, bevor er sich leicht nach vorne beugte. „Weshalb sucht ihr den Kerl?“, zischte er leise.

„Er hat versucht, eine Frau zu töten.“

„Versucht?“

Der Cop in Zivil nickte. „Sie konnte flüchten, aber wir wissen, dass der Kerl den Botoxmörder imitieren wollte."

Langsam schüttelte der Barkeeper den Kopf. „Dann kann ich euch dieses Mal wirklich nicht helfen. Der Typ, den ich im Kopf hatte, ist nicht schlau genug dafür."

Aufgeregt beugte sich der Polizist nach vorne. „An wen denkst du?"

„Ich kenne seinen Namen nicht, aber vor zwei Wochen war einer da, auf den die Beschreibung passt. Er hat damit geprahlt, dass er endlich aus seinem Loch rauskommt und er sich als Erstes ein Haus und ein Auto kauft, damit er nie wieder die Metro hören muss. Hat sich angehört, als würde er direkt neben einer Station wohnen."

„Und du hast wirklich keinen Namen?"

„Nein, ich schwöre. Der Typ taucht immer mal wieder auf, aber er hängt nie an der Bar rum. Meistens spielt er 'ne Runde Billard mit einem Kerl, der Peter heißt."

„Was macht dieser Peter?"

„Ich glaube, er arbeitet in der großen Elektrofabrik im Viertel. Er lötet dort irgendwelche Kabel zusammen, nichts Großes auf jeden Fall. Es ist einer dieser Wiedereingliederungsjobs, die Knackis helfen sollen, den richtigen Weg zurück in die Gesellschaft zu finden."

„Wofür hat er gesessen?"

„Er hat die Bude seiner Exfrau angezündet. Angeblich wusste er allerdings, dass sie in jener Nacht nicht zu Hause war, daher hat er nur drei oder vier Jahre bekommen. Einmal hat er gegenüber diesem anderen Typen davon geprahlt."

Der Polizist zog eine Augenbraue in die Höhe. „Ist dieser Peter hier?"

„Noch nicht. Er kommt meistens erst gegen elf, wenn seine Spätschicht zu Ende ist."

„Gib mir ein Zeichen, wenn er auftaucht", verlangte der Cop und trank sein Shotglas in einem Zug.

Es mochte nach Tequila ausgesehen haben, aber er hatte mitbekommen, wie der Barkeeper zuvor Wasser in das kleine Schnapsglas gefüllt hatte.

Gute Cops trinken nicht im Dienst, dachte er, schob eine Zehn-Dollarnote über den Tresen und verabschiedete sich mit einem

Nicken. Es gab keinen Grund, länger in dieser Spelunke zu hocken und den billigen Qualm einzuatmen. Er hasste diese Orte. Er hasste die Menschen, den Fusel, den Geruch. Er hasste einfach alles hier. Diese Kneipe, nein, die gesamte Gegend war unter seiner Würde. Niemals zuvor hatte er sich in die Mitte des Abschaums begeben. Doch er hatte keine Wahl gehabt. Jemand hatte in seinem Namen getötet. Oder zumindest war das der Plan gewesen. Auf jeden Fall war es eine grundsätzlich inakzeptable Handlung, die unter allen Umständen bestraft werden musste, denn er ließ sich nicht benutzen. Niemals.

Zumindest haben die Bullen mittlerweile erkannt, dass ich nichts mit diesem Fall zu tun habe. Es ist geradezu beleidigend, wie lange sie für diese Erkenntnis gebraucht haben, dachte er wütend. *Jeder Blinde hätte erkannt, dass nichts an dieser Geschichte meine Handschrift trägt. Nicht diese schäbige Hütte, nicht die Art, wie die Spritzen gesetzt waren und schon gar nicht, dass die Frau entkommen war.* Für seine Opfer gab es nur ein Ende: den Tod.

Es war wirklich kein Wunder, dass das FBI noch immer völlig im Dunkeln tappte, was seine Identität anbelangte, dachte Martin. Wenn sie seine Arbeit nicht einmal von anderen unterscheiden konnten, würden sie ihn niemals fassen. Aber hatte er nicht von Anfang an gewusst, dass er zu schlau für sie war?

Es verschaffte ihm eine innere Befriedigung, dass er sich auch in den nächsten Wochen ungestört ein Opfer aussuchen konnte. Doch zuvor würde er denjenigen finden, der glaubte, ungestraft in seinem Namen töten zu können. Mit etwas Glück würde er ihm schon bald gegenüberstehen.

Im Grunde hatte er heute Abend mehr Glück als Verstand gehabt. Die Recherche der letzten Woche über die Orte und Plätze, wo die niedere Unterwelt Bostons abhing, hatte sich bezahlt gemacht. In diesem Pub war er zur richtigen Zeit am richtigen Ort gewesen. Nun musste er nur noch warten, bis dieser Cop die entscheidenden Informationen von diesem Peter eingesammelt hatte und in der Zwischenzeit konnte er sich in aller Ruhe seinen nächsten Zug überlegen. Wollte er den Polizisten am Leben lassen?

Er hatte bereits einen offiziellen Gesetzeshüter getötet, doch die Tat hatte ihm keinen Spaß gemacht. Allerdings hatte er in der Situation keine andere Wahl gehabt. Die Mittel hatten sich dem Zweck unterordnen müssen. Heute Abend hingegen lagen die Dinge anders. Diesen Mann musste er nicht unbedingt töten.

Vorausgesetzt, er kam ihm nicht in die Quere.

Ich werde sehen, was passiert, dachte er und entschied, diese Entscheidung später spontan zu treffen.

KAPITEL 25

Unmotiviert stocherte Mariella in dem Essen auf ihrem Teller herum. Hin und wieder steckte sie die Gabel in den Mund, doch es war eine reine Alibigeste, denn es befanden sich kaum mehr als drei Reiskörner darauf.

„Ich dachte, du magst chinesisches Essen“, erkundigte sich Hunter, nachdem er Mariella eine Weile beobachtet hatte. „Wir hätten etwas anderes holen können, wenn du gesagt hättest, dass du keine Lust darauf hast.“

Seufzend legte Mariella die Gabel zur Seite. „Es hätte keinen Unterschied gemacht. Ich habe einfach keinen Hunger.“

„Möchtest du ein Glas Wein?“

„Nein, danke! Was macht deine Schulter?“

„Ihr geht es gut. Der Sanitäter hat maßlos übertrieben. Seitdem Parker die Wunde mit seiner Zaubersalbe versorgt hat, spüre ich sie überhaupt nicht mehr.“

„Das ist gut.“

Hunter ließ eine weitere Minute vergehen, dann stand er auf, ging um den Tisch herum und setzte sich neben Mariella. Erstaunt sah sie ihn an.

„Erzähl mir, was dich beschäftigt!“, bat er leise.

Stumm schüttelte sie den Kopf.

„Möchtest du mit jemand anderem darüber reden? Vielleicht mit Mel? Oder Mark?“

Wieder schüttelte sie den Kopf, doch senkte sie diesmal ihren Blick. Hunter hatte die Tränen in ihren Augen jedoch gesehen. Ein dünner Riss durchzog sein Herz. Er wollte ihr den Schmerz abnehmen. Aber das war nicht möglich. Er konnte ihn jedoch lindern, vorausgesetzt er brachte Mariella dazu, mit ihm zu reden, denn in dieser Situation war Reden nicht Silber, sondern Gold.

Sanft hob Hunter ihr Kinn mit einem Finger an. „Ich kann dich nicht verstehen, wenn du nach unten sprichst."

Müde hob sich ihr linker Mundwinkel. „Du weißt, dass ich nichts gesagt habe."

„Aber ich hoffe, dass du es tust", erwiderte er mit einem aufmunternden Lächeln.

„Es ist nichts, Hunter, wirklich nicht. Es ist einfach nur ein Gefühl. Nichts, was ich irgendwie in Worte fassen könnte. Es tut mir leid, wenn ich gerade keine gute Gesellschafterin bin."

„Ich brauche keine Gesellschafterin, Mia. Du hattest einen höllischen Tag und es ist normal, dass er Emotionen hinterlässt. Aber es ist verkehrt, sich von ihnen einnehmen zu lassen. Sag mir, was war das Anstrengendste, das du heute getan hast?"

Mariella überlegte einen Moment. „Das Anstrengendste war das Gespräch mit Detective Gallagher am Morgen. Ich hasse es, alles in Gedanken noch einmal durchgehen und dann in Worten ausdrücken zu müssen. Ich habe versucht, es aus einer Beobachterperspektive wiederzugeben, aber die Panik ist trotzdem zurückgekehrt."

„Ich verspreche dir, dass es mit der Zeit besser werden wird." Hunter ließ einige Sekunden verstreichen, ehe er die nächste Frage stellte. „Was war das Schlimmste des heutigen Tages?"

„Das Schlimmste ist, dass ich meinen Freunden und meinem Bruder nicht mehr vertrauen kann", antwortete sie sofort.

Bedächtig nickte Hunter. „Wie fühlt es sich an?"

„Als hätte mir jemand das Herz herausgerissen." Die Tränen liefen Mariella nun offen über die Wangen und Hunter hätte sie am liebsten in seine Arme geschlossen, aber er wusste, dass er ihr damit keinen Gefallen tun würde. Sie musste dem Gefühl zuerst Raum geben. Behutsam nahm er ihre Hand in seine und wartete bis sie weitersprach.

„In den Tagen nach der Entführung fühlte sich alles dumpf und taub an. Es war, als würde mich ein riesiger Watteteppich umgeben, der alle Empfindungen dämpfte. Gleichzeitig erschien er mir aber auch als Schutzwall, hinter den ich mich zurückziehen konnte, denn ich wollte am liebsten die ganze Zeit alleine sein. Vor allem wollte ich nicht, dass mich jemand berührte, aber das weißt du schon."

Sie machte eine kurze Pause. „Damals habe ich gedacht, diese Gefühllosigkeit sei entsetzlich. Ich wollte unbedingt etwas spüren. Manchmal habe ich nur stundenlang auf dem Bett gelegen und gewartet, dass ich irgendetwas fühlen kann. Jetzt wünsche ich mir diesen Zustand jedoch zurück, denn zumindest habe ich dabei keinen Schmerz empfunden."

Flehend und gleichzeitig vertrauensvoll sah sie ihn an. „Kannst du die Messer aus meiner Brust ziehen?"

Angestrengt schluckte Hunter. „Ich versuche es, Sweetheart", versprach er und zog sie auf seinen Schoß. Unmöglich konnte er den Abstand zwischen ihnen weiter aufrechterhalten.

Mariella lehnte ihren Kopf an Hunters Schulter und ließ ihren stummen Tränen freien Lauf. Noch vor wenigen Minuten waren sie ihr peinlich gewesen und sie hatte versucht, sie zurückhalten. Doch während sie mit Hunter über ihre Gefühle gesprochen hatte, war die Beschämung verflogen. Sie wusste plötzlich, dass er sie verstand und sie wusste, dass er Tränen nicht als Zeichen von Schwäche sehen würde.

Ihre Hand ruhte an seiner Brust. Sie fühlte die Stärke der darunterliegenden Muskeln, sie fühlte Hunters gleichmäßigen Herzschlag und sie hatte die Assoziation eines Felsens im Meer, gegen den die Wellen unaufhörlich schlugen, der aber dennoch nicht von der Stelle wich. Sie mochte Hunter erst seit wenigen Tagen kennen, trotzdem war er der Einzige, dem sie derzeit vertraute. Es mochte vollkommen klischeehaft sein, aber er war tatsächlich ihr Fels in der Brandung.

Langsam versiegten die Tränen und schließlich richtete sich Mariella auf. Mit beiden Händen wischte sie sich über die Wangen. „Es tut mir leid", entschuldigte sie sich.

„Du musst dich nicht für deine Stimmung entschuldigen. Vielmehr muss ich mich dafür bedanken, dass du sie in meinem Beisein zugelassen hast."

„Als ob ich eine Wahl gehabt hätte", bemerkte Mariella, wobei sie zart lächelte.

„Hattest du das nicht?"

„Du hast mich sehr geschickt zum Reden gebracht. Denke nicht, dass ich es nicht gemerkt hätte."

„Im Gegenteil. Ich hoffe, dass du es gemerkt hast, denn alles andere würde bedeuten, dass ich dich manipuliert hätte und das ist das Letzte, was ich möchte. Du solltest im Leben immer eine Wahl haben, Mia, so wie du sie auch eben gehabt hast. Du hättest nicht reden müssen, aber du hast dich dafür entschieden, was mich sehr freut. Allerdings“, sagte er, wobei seine Stimme leichter wurde, „würde ich unser Gespräch gerne noch zu Ende führen.“

Erstaunt sah sie ihn an. „Ich habe dir alles erzählt.“

„Ich weiß, aber ich würde dir gerne noch eine letzte Frage stellen.“

Mariellas Blick wurde skeptisch. „Okay“, stimmte sie schließlich zu. Es war ihr anzuhören, dass sie nicht wirklich begeistert von der Idee war.

Hunter schmunzelte. „Keine Sorge, es ist nichts Unangenehmes“, beruhigte er sie.

Ihr Blick wurde neugierig.

„Was war das Schönste des heutigen Tages?“ Interessiert beobachtete Hunter Mariellas Mimik: Erstaunen, ernste Überlegung, Verlegenheit, Unsicherheit. Ihr Gesicht war in diesem Moment ein erstklassiges Beispiel für die verschiedenen Ausdrücke, stellte er fest.

„Das ist schwer“, erklärte Mariella schließlich.

„Wirklich?“, erwiderte Hunter belustigt. „Ich glaube, du schwindelst. In Wahrheit hast du die Antwort schon gefunden. Aber es ist in Ordnung. Du musst sie nicht laut aussprechen. Es reicht, wenn du für dich etwas Positives im Kopf hast.“

Eine leicht verschämte Röte überzog ihr Gesicht. Sollte sie Hunter sagen, was das Schönste war? Noch immer lag ihre Hand auf seiner Brust, noch immer saß sie auf seinem Schoß. *Es ist nicht fair, ihm die Antwort schuldig zu bleiben,* entschied sie. Sie war schließlich kein Feigling. Mutig straffte sie die Schultern.

„Das Schönste war für mich der Moment, in dem du mich in deine Arme geschlossen hast“, gestand sie.

Tatsächlich? Hunter war verblüfft. Er hatte mit Vielem gerechnet, aber nicht damit.

Mariella sah das Erstaunen auf Hunters Gesicht und sie registrierte, wie sich der Ausdruck in seinen Augen änderte. Ihr Herz begann auf einmal zu rasen. Ihre Hand fuhr hinauf zu seiner Schulter, ihre Lippen öffneten sich leicht und sie beobachtete, wie Hunters Gesicht langsam näher kam.

Seine Hand glitt unter ihr Haar und unbewusst neigte sie ihren Kopf zur Seite. Die Zeit schien auf einmal stillzustehen. Aufgeregt hielt sie seinen Blick und dann fühlte sie endlich Hunters Lippen auf ihren.

Überwältigt von der zarten Berührung, die nicht genügte, schloss Mariella die Augen. Intuitiv legte sich ihr Arm um seinen Nacken und ihr Oberkörper presste sich an seinen, während sich sein Arm um ihre Taille schmiegte.

Alle Ängste, alle Schwermut und aller Schmerz lösten sich mit einem Mal auf. Plötzlich wurde Mariella von einer warmen Harmonie erfüllt, die sie spüren ließ, wie schön das Leben war. Dieses Gefühl wollte sie nie wieder gehen lassen. Dieses Gefühl wollte sie festhalten. Unwillkürlich intensivierte sie den Kuss.

Hunter stöhnte leise. Er fühlte, wonach er sich die ganze Zeit gesehnt hatte. Den ganzen Tag hatte er davon geträumt, Mariella in den Armen zu halten und diese wunderbaren Lippen ein weiteres Mal küssen zu können. Doch plötzlich war ihm dies nicht mehr genug. Er fühlte ihren Busen an seiner Brust. Verlockend spürte er die weichen Wölbungen, und er konnte an nichts anderes denken, als sie mit seinen Fingerspitzen zu umfahren. Gleichzeitig spürte er Mariellas Gewicht in seinem Schoß, gegen das sich sein Glied automatisch presste. Ausgelöst von seinem Begehren durchströmte ihn eine sengende Hitzewelle. Gleichzeitig durchfuhr seinen Körper ein Kälteschauer, der ihm helfen sollte, sich zurückzuhalten. Die Frau in seinen Armen brauchte seine professionelle Hilfe, nicht einen männlichen Heißsporn.

Als Mariellas Fingerspitzen jedoch durch sein Haar und die Nägel ihrer anderen Hand gleichzeitig über seinen Rücken fuhren, als sich dabei ihre Atemfrequenz erhöhte und er spürte, wie sich ihre Brüste härteten, während sie sich an ihm rieben, vergaß Hunter seine guten Vorsätze. Er zog sie enger zu sich heran und begann ihren Körper mit seinen eigenen Fingern zu erkunden. Ihre Kurven waren mörderisch.

Für ihre schmale Figur hatte Mariella relativ viel Busen, den seine Hand gerade noch fassen konnte. Es war, als wäre er passgenau für ihn gemacht. Seine Lippen sehnten sich danach, ihre Brustwarzen umschließen zu dürfen, doch Hunter ließ seinen Mund stattdessen an Mariellas Hals hinabgleiten. Seine Zunge tanzte dabei im Rhythmus ihres Pulses auf der Aorta. Leise seufzte Mariella und legte ihren Kopf in den Nacken.

Geschickt öffnete Hunter mit einer freien Hand die Knopfleiste ihrer Bluse. Erleichtert atmete er auf, als er feststellte, dass das Zittern seiner Hand die Fingerfertigkeit nicht beeinträchtigte.

Samtweiche Haut empfing ihn und schraubte sein Verlangen weiter in die Höhe. Zärtlich streiften seine Hände die Bluse über Mariellas Schultern ab. Ein cremefarbener Spitzen-BH kam zum Vorschein.

Während Hunter die darunterliegenden Wölbungen bewunderte, öffnete Mariella sein Hemd. Langsam zog sie anschließend sein T-Shirt nach oben. Automatisch zog Hunter es aus. Dabei suchte er ihren Blick. Als ihre Fingerspitzen über seine leicht gebräunte Haut fuhren, wusste er, dass seine Leidenschaft sichtbar in seinen Augen glühte. Er spürte die Gänsehaut, die die Spur ihrer Hände auf ihm hinterließ. Er fühlte die sehnsüchtige Erwartung der Berührung der angrenzenden Nervenenden und er wusste, dass er an die Grenze seiner Selbstbeherrschung geriet.

Angestrengt verbarg er seine Frustration. Dann nahm er ihre Hand und küsste zärtlich ihre Fingerspitzen. Mariellas kastanienbraune Augen färbten sich in ein tief-warmes Zartbitterschokoladenbraun. Sie begannen zu funkeln und Hunter fragte sich, wie sie glänzen würden, wenn Mariella in seinen Armen kam. Auf einmal schien ihm das die dringendste Frage zu sein. Sein Glied war mittlerweile so weit angeschwollen, dass es schmerzte. Deutlich brachte es sein Begehren zum Ausdruck. Dennoch hielt sich Hunter zurück.

„Mia“, stieß er mühevoll hervor, während er eine Haarsträhne hinter ihr Ohr steckte. Unbewusst öffneten sich ihre Lippen, doch bevor sie sich für einen weiteren Kuss vorbeugen konnte, stoppte Hunter sie, indem er einen Zeigefinger auf ihren Mund legte. Sofort ließ Mariella ihre Zunge darüber gleiten, bevor sie die Fingerspitze ganz mit ihren Lippen umschloss und daran saugte.

Die Empfindung war derart intensiv, dass Hunter die Augen schließen musste. Nur mit eiserner Disziplin konnte er verhindern, seiner immer stärker werdenden Lust nachzugeben.

„Mia“, versuchte er es noch einmal. „Ich weiß nicht, wie lange ich noch in der Lage sein werde, aufzuhören.“

Einen kurzen Moment sah Mariella ihn verwirrt an. Hunter wollte aufhören? Warum? Gefiel es ihm etwa nicht? Gefiel sie ihm nicht? Ein Blick in sein Gesicht verriet ihr allerdings, dass dies nicht der Fall war. Es gab keinen Zweifel daran, dass er sie begehrte. Die Erkenntnis fütterte Mariellas eigene Lust.

„Aufhören? Wer hat etwas von aufhören gesagt?“, fragte sie verführerisch und küsste ihn intensiv.

„Mia!“, stöhnte er verzweifelt, als er ihr Gesicht schließlich mit beiden Händen hielt. „Bist du sicher, dass du das hier willst? Du hattest einen harten Tag, du bist ...“

Dieses Mal war sie es, die ihren Zeigefinger auf seine Lippen legte. „Scht!“, unterbrach sie ihn. „Ich weiß genau, was ich will.“

„Und was ist das?“ Hunters Stimme klang rau, aber er musste sichergehen, dass er hier nichts falsch verstand.

„Ich will mich lebendig und gut fühlen. Ich will Normalität. Ich will dich, Hunter!“

Hart klopfte ihr Herz gegen ihre Rippen, während Hunter sie prüfend musterte. Inständig betete sie, dass er ihre Worte in ihrem Gesicht bestätigt fand, denn sie wollte ganz sicher nicht aufhören. Sie wollte seine Hände und seinen Mund auf ihrem Körper spüren. Sie wollte alles um sich herum vergessen. Alles, außer Hunter.

Aufmerksam sah Hunter sie an. Nein, es gab keinen Zweifel, dass Mariella ihn ebenso begehrte wie er sie. Allerdings hatte er ihre ersten Worte ebenfalls gehört und die Bedeutung dahinter war ihm bewusst.

Von Anfang an war ihm klar gewesen, dass Mariella die gegenseitige Anziehungskraft als Weg zurück in die Normalität sah. Es war ein Irrglauben, denn nichts konnte die Verarbeitung eines Traumas mehr beeinflussen als die aktive Auseinandersetzung mit dem Geschehenen. Die zeitweise mentale Flucht in das Vergessen war jedoch normal und verständlich. Sie konnte den Heilungsprozess sogar unterstützen, und für Mariella bedeutete es einen großen Fortschritt, wenn sie nach tagelanger Berührungsabwehr sich wieder vollständig öffnete. Es war gut. Es war sehr gut. Es hatte nur nichts mit tiefergehenden Gefühlen zu tun.

All das hatte Hunter von Anfang an gewusst, dennoch hatte ihn der Stich in seinem Herzen bei ihren Worten überrascht und er fragte sich, ob es wohl vernünftig war, die intime Grenze mit Mariella Anderson zu überschreiten, denn mit einem Mal erkannte Hunter, dass sie das Potenzial hatte, sein Herz zu brechen. Der Gedanke erschrak ihn, doch die Begehrlichkeit seines Körpers war stärker und übernahm die Steuerung.

Vernünftig kann ich sein, wenn ich alt bin, entschied Hunter, nahm Mariella auf seine Arme und schritt mit ihr auf die Schlafzimmertür zu. Selbst wenn es für Mariella nur Sex war, für ihn war es weitaus mehr, und er würde diese Frau nicht auf einem Stuhl nehmen.

KAPITEL 26

„Richard hat ein enormes Bedürfnis nach Erfolg“, offenbarte Parker, woraufhin Emily von ihrem Bildschirm aufsah.

„Tatsächlich?“

„Ja. Nach außen hin wirkt er äußerst selbstbewusst, doch sein sicheres Auftreten ist vielfach gespielt. Der Mann kommt aus einem einfachen Elternhaus. Die Mutter hat als Hilfsarbeiterin in einer Fabrik gearbeitet, der Vater war Sachbearbeiter. Offiziell meidet er jede Verbindung zu seinen Eltern.“

„Du meinst, er schämt sich für sie?“, vergewisserte sich Emily.

„Es sieht ganz danach aus. Sein Vater hat auf seiner Facebookseite einige abfotografierte Bilder von Richard aus dem Familienalbum gepostet. Das Letzte ist ein Foto von Richards Juragraduierung, das ihn mit seinen Eltern zeigt. Hier!“

„Mama und Papa strahlen vor Stolz.“

„Aber Richard distanziert sich deutlich. Es wirkt fast, als sei ihm das Bild unangenehm. Es gibt auch keine weiteren Bilder, auf denen er mit seinen Eltern zu sehen ist“, äußerte Parker. „Er selbst postet eine Menge Fotos von ihm mit Bostoner Wirtschaftsbossen, dem Bürgermeister und einer Reihe anderer Politiker.“

„Er muss also den beruflichen Erfolg aktiv nach außen demonstrieren, um allen zu zeigen, in welcher Liga er spielt “, folgerte Emily. „Er braucht diesen Beweis für seine eigene Anerkennung. Hast du eine Ursache für dieses enorme Geltungsbedürfnis gefunden?“

„Ja, ich denke schon. Richard hatte sowohl für die High-School als auch für das College ein Stipendium. Offenbar war er schon früh ein schlaues Kerlchen und die Stadt hat ihn entsprechend gefördert. Allerdings hat er sich auf diesen Schulen in einem Umfeld bewegt, in dem er finanziell nicht mithalten konnte. Während die anderen Kinder mit dem neuesten Mercedes in die

Schule gefahren wurden, musste er den Bus nehmen. Die anderen Kinder hatten maßgeschneiderte Uniformen, er trug die gebrauchte eines Schülers aus dem Jahr darüber. Lange Rede, kurzer Sinn: Die anderen Kinder haben ihn nicht in ihren Reihen aufgenommen und haben ihn mehr oder weniger die ganze Zeit gehänselt."

„Was ist mit seinen Studienzeiten?"

„Vermutlich ging es genauso weiter. Es gibt ein paar Bilder einer Studentenverbindung, auf denen Freeman offensichtlich das Opfer einiger übler Scherze gewesen ist."

„Das war sicherlich keine einfache Zeit. Allerdings hat er es beruflich geschafft. Er ist ein guter Anwalt geworden."

„Doch sein Erfolg reicht ihm nicht. Er wollte immer den Vorsitz der Andersonkanzlei führen. Als Mariella diesen übernommen hat, ist ein Traum kaputtgegangen. Offiziell gibt es von ihm dazu übrigens nur ein kurzes Statement auf der Facebookseite der Kanzlei mit Standardfloskeln wie, dass es die richtige Entscheidung war, dass alle Mitarbeiter der Kanzlei hinter Mariella stehen, blablabla. Privat hat er die Übernahme nicht einmal erwähnt."

„Er hat es also als persönliche Niederlage aufgefasst", überlegte Emily.

„Er wollte seinen Namen gleichberechtigt neben Andersons stehen sehen", folgerte Parker. „Erfolg braucht für ihn materielle Beweise in Form von Bildern und gesetzten goldenen Buchstaben."

„Richard entschied also, seine eigene Kanzlei zu eröffnen", überlegte Emily. „Doch als er einige Monate später verstand, dass ihm die Kunden nicht einfach in die Selbstständigkeit folgen würden, hat dies seinem Selbstbewusstsein einen enormen Schlag versetzt. Er hat sich wieder so klein und erniedrigt gefühlt wie als Kind. Das könnte ein Auslöser für den geplanten Mord an Mariella sein. Meinst du, er wäre grundsätzlich zu einem solchen Plan fähig?"

„Du fragst mich, ob er das Potenzial zu einem Mörder hat?"

Emily nickte.

„Es kommt darauf an, wie gut er seine Emotionen im Griff hat und wie fest er mit gesellschaftlichen Regeln verbunden ist. Ich schätze, das werden wir nur in einem persönlichen Gespräch herausfinden. Sein Wohlbefinden hängt jedenfalls einzig und allein von seinem Erfolg ab."

„Hast du es mit Lucas' Profil abgestimmt?"

„Ja, habe ich. Leider habe ich über seine Eltern nicht sehr viel erfahren, aber viele aufgelistete Eigenschaften vereinigt Richard. Denk nur einmal an seine Ehe. Melanie arbeitet nicht, sondern repräsentiert an seiner Seite. Auf allen veröffentlichten Bildern sonnt er sich mit der schönen jungen Frau an seinem Arm. Ich glaube auch nicht, dass er unglücklich über Mels Studienabbruch war. Im Gegenteil, denn das lässt ihm das Gefühl der geistigen Überlegenheit. Was hast du über Melanie Freeman herausgefunden?"

„Sie ist die Jüngste von drei Schwestern. Nach außen hin haben sie ein gutes Verhältnis."

„Nach außen hin?", hakte Blake ein, der in diesem Moment den Raum betrat.

Überrascht wandte sich Emily um. Sie hatte ihn nicht kommen gehört. Dann nickte sie bestätigend. „Melanie Freeman braucht den Erfolg, wobei sich dieser für sie nicht in Form einer beruflichen Karriere definiert, sondern in ihrem gesellschaftlichen Status. Sie muss das Gefühl haben, im Vergleich zu ihren Geschwistern besser dazustehen. Ihre älteste Schwester ist mit einem Schuldirektor verheiratet. Sie haben zwei Kinder und leben in einem soliden Haus am Stadtrand."

„Arbeitet die Schwester?", fragte Parker.

„Nein, sie kümmert sich um den Haushalt und die Kinder. Die mittlere Schwester ist ebenfalls nicht berufstätig. Sie ist mit einem Immobilienmakler verheiratet, fährt ein amerikanisches Cabriolet und verbringt die meiste Zeit auf dem Tennis- oder Golfplatz. Einen Monat nach dieser Hochzeit hat Melanie Richard kennengelernt und innerhalb von wenigen Wochen waren die beiden verheiratet."

„Woher weißt du, dass sie sich mit ihren beiden Schwestern vergleicht?", wollte Blake wissen.

„Es ist die Art und Weise wie sie auf Posts ihrer Schwestern reagiert. Bringt die eine ein Foto von sich in einem Abendkleid auf einem Golfball, reagiert Melanie mit einem Bild aus ihrem Mercedes Cabrio, begleitet von dem Text ‚auf dem Weg zum Mittagessen mit der Frau des Bürgermeisters'. Veröffentlicht die andere ein Bild von ihrer Tochter während einer Ballettaufführung kontert Melanie mit einem Bild von Richard und sich aus der Oper. Trägt die eine ein Kostüm von Michael Kors, kannst du sichergehen, dass Melanie den Kauf neuer Louboutins verkündet.

Sie definiert sich über ihren Lebensstil."

„... den ihr Mann ihr ermöglicht", ergänzte Parker.

„Richtig."

„Was führen die beiden für eine Ehe?", wollte Blake wissen.

„Hältst du uns für Hellseher?", scherzte Parker.

„Ah, ich bin sicher, dass ihr etwas darüber herausgefunden habt", gab Blake augenzwinkernd zurück.

„Ich kann nicht beurteilen, ob Liebe im Spiel gewesen ist, als Melanie ihren Mann geheiratet hat, aber ganz sicher spielen Geld und Ansehen für Melanie eine wichtige Rolle. Beides hat ihr die Ehe mit Richard beschert und sie wird diese so lange aufrechterhalten, wie er ihr das Leben unter den oberen Zehntausend ermöglicht. Das ist auch der Grund, warum sie trotz eines unzufriedenen und frustrierenden Sexuallebens immer noch bei ihm ist", informierte Emily in einem neutralen Ton.

Erstaunt zog Blake eine Augenbraue hoch. „Kannst du das näher ausführen?"

„Wenn es dich interessiert, sicher. Für Richard definiert sich guter Sex dadurch, wie schnell und wie oft er kann. Es dürfte kaum verwundern, dass Melanie darauf weniger steht", klärte sie ihn auf.

Blake schluckte. Er hatte mit einer eher allgemeineren Erklärung gerechnet, doch offensichtlich schien Emily das Thema nicht peinlich zu sein. „Woher nimmst du diese Erkenntnis?", fragte er daher nach.

Sie bedachte ihn mit einem sarkastischen Gesichtsausdruck und einem ironischen Unterton in ihrer Stimme. „Ich dachte, es hätte sich mittlerweile herumgesprochen, dass Frauen gutem Sex andere Kriterien zugrunde legen."

Offen hielt Blake Emilys Blick, obwohl er spürte, wie ihm bei diesem Thema ein kaltwarmer Schauer über den Rücken lief. „Ich meinte nicht, woher du weißt, dass Mrs Freeman dies nicht gefällt, sondern woher du die Erkenntnis über Richards Einstellung kennst. Ich kann mir nicht vorstellen, dass er als angesehener Anwalt diese Dinge postet."

„Das tut er auch nicht", bekannte Emily, wobei sie den Schatten von Blakes Barthaaren bemerkten, die sich langsam am Kinn zeigten.

Sexy, schoss es ihr durch Kopf. Entsetzt über ihren eigenen Gedanken, verschloss sie sofort ihren Blick und kehrte zum Thema zurück. „Es sind die Witze, die Melanie geteilt hat, die ihn verraten haben."

Blake hatte die äußerliche Veränderung in Emily wahrgenommen. Auch die plötzliche Kühle in ihrer Stimme war ihm nicht entgangen. Verdutzt suchte er in ihren Augen nach der Ursache, doch ihr Blick war für ihn wieder einmal undurchdringlich. Frustriert kehrte er zum Thema zurück. „Du schließt aus einem geteilten Link auf die Sexualität ihres Mannes?"

„Ja", antwortete Emily. Dann ergänzte sie: „Und aus einigen Likes, die sie gesetzt hat."

„Wie sicher ist diese Vorgehensweise?" Fragend sah er zwischen Parker und Emily hin und her.

„Hundert Prozent", antwortete Parker.

„Okay!" Nachdenklich fuhr sich Blake über sein Kinn. Die Haare kratzten über seinen Handrücken. Ein sicheres Zeichen, dass er bereits zu lange arbeitete, aber er wusste, dass diese Nacht noch länger werden würde. „Was sagt uns das jetzt in Bezug auf die Frau? Kann sie hinter den Anschlägen auf Mariella stecken?"

„In meinen Augen müsste dafür ihre gesellschaftliche Position in Gefahr sein", überlegte Parker.

Nachdenklich nickte Emily. „Vermutlich hat Melanie nur Jura studiert, um sich einen erfolgreichen Anwalt zu angeln. Dabei hatte sie niemals vor, ihr Studium zu beenden. Wahrscheinlich hätte sie ebenso Medizin studieren können, aber ihre fehlende Empathie wäre hier sehr schnell aufgefallen. Mit ihrem berechnenden Kalkül war sie also bei den Juristen besser aufgehoben. Dann lernte sie Mariella Anderson kennen und freundete sich mit ihr an. Anderson ist schließlich auch in Harvard ein Name."

„Die Freundschaft war also Berechnung?", hakte Blake nach.

„Am Anfang, ja. Doch ich glaube, dass daraus tatsächlich eine Freundschaft entstanden ist und am Ende ist ihr Plan auch aufgegangen. Durch Mia hat sie Richard kennengelernt und das Leben war zunächst perfekt. Richard mochte im Bett kein Traum sein, aber er erfüllte alle anderen Kriterien. Damit sie nach außen hin das perfekte Paar bilden, passt sie sich ihrem Mann an. Das ist auch der Moment, in dem sie beginnt, Mariella nur noch mit ihrem vollen Namen und nicht mehr mit Mia anzusprechen. Auf den ersten Blick ist es nur eine sprachliche Kleinigkeit. In Wahrheit ist es jedoch viel mehr, denn dadurch entsteht eine emotionale Distanz."

„Die beiden Frauen haben nun auch keine Gemeinsamkeiten

mehr", ergänzte Parker Emilys Ausführung. „Ihr Alltag unterscheidet sich grundlegend voneinander und die Freundschaft verliert an Intensität. Das Ganze ist so lange kein Problem, wie Richard Melanies Lebensstandard sichert. Falls sie allerdings ebenfalls davon ausgegangen sein sollte, dass ihr Mann den Vorsitz der Kanzlei führen wird und sie Mariella dafür verantwortlich macht, dass es dazu nicht gekommen ist ..." Parker ließ den Rest des Satzes in der Luft hängen.

„Aber würde sie dafür töten? Ich meine, Richards Gehalt kann nicht an diesem Titel hängen. Er hat den zweithöchsten Posten in der Kanzlei. Und Mariella war ihre beste Freundin", warf Blake zweifelnd ein.

„Wir dürfen nicht vergessen, dass es sich um einen Auftragsmord handelt. Melanie müsste niemals selbst Hand anlegen. Ein Pulver in ein Glas zu schütten, ist ebenso eine unpersönliche Handlung wie einen Zünder in einem Zimmer zu deponieren. Beides könnte sie für sich wegargumentieren, wenn sich ihr Gewissen melden würde. Schließlich wäre es am Ende Mariella selbst gewesen, die sich die Adern aufgeschnitten hätte und es wäre das Feuer gewesen, das den Tod herbeigeführt hätte."

„Das ist krank", urteilte Blake.

„Aber leider möglich", seufzte Parker. „Manche Menschen können sich die Welt so zurechtbiegen, wie sie es für sich brauchen und einige von ihnen sind dabei auch noch so gut, dass sie selbst von ihrer Argumentationslinie vollkommen überzeugt sind. Kein Lügendetektor dieser Welt würde bei ihnen anschlagen."

„Zum Glück werden nicht alle von ihnen zum Mörder", brummte Blake.

KAPITEL 27

Mariellas Herz schlug heftig in ihrer Brust. Nur mit Mühe unterdrückte sie den Schrei, der in ihrer Kehle saß.

Auf dem Weg ins Schlafzimmer hatten Hunter und sie sich erneut leidenschaftlich geküsst. Der Kuss hatte auch nicht geendet, als sie sich gegenseitig ausgezogen hatten und auch nicht, als sie sich schließlich kniend auf dem Bett gegenübergesessen hatten.

Fieberhaft hatten ihre Hände Hunters durchtrainierten Körper erforscht, bis er rückwärts auf die Matratze gefallen war und sie dabei mit sich gezogen hatte. Sofort hatte sich Mariellas Mund in Bewegung gesetzt. Ihre Zunge war über seinen Hals und seine Brust nach unten gewandert und als ihre Finger sein Glied umschlossen hatten, war Hunter vor Erregung erstarrt. Ein tiefes Stöhnen war seiner Kehle entrungen, während sich seine Augen geschlossen hatten. Mariella hatte den Laut geliebt. Hunters sichtbare Erregung hatte sie mit Freude und Stolz erfüllt und ihr Körper hatte in gleicher Weise reagiert.

Neugierig hatte sie begonnen, Hunter mit ihrer Zunge zu erforschen, bis ihre Lippen sich schließlich um seine Eichel gelegt hatten. Niemals hatte sie einen männlicheren Mann so hautnah erlebt. Mariella hatte gespürt, wie sie feucht geworden war und obwohl sie es kaum hatte erwarten können, ihn ganz in sich aufzunehmen, hatte sie nicht aufhören wollen, ihn zunächst weiterhin mit ihren Fingern und ihrem Mund zu fühlen. Jedes Zittern und Erschauern seines Körpers hatte sie selbst erregt. Doch plötzlich hatte Hunter nach ihrer Hand gegriffen und sie zu ihm nach oben gezogen.

„Du bringst mich schneller an meine Grenzen, als ich für möglich gehalten hätte“, hatte er mit rauer Stimme geflüstert.

„Dann lass mich dich hinüberbegleiten“, hatte Mariella erwidert.

„Wir gehen gemeinsam“, war Hunters Antwort gewesen, bevor

er sie hungrig geküsst hatte.

Mariellas Körper hatte mit manischem Verlangen reagiert. In Sekundenschnelle hatte sich ihr Herzschlag verdreifacht, der Sauerstoff in ihren Lungen hatte nicht mehr ausgereicht und das sehnsüchtige Ziehen in ihrem Unterleib war immer stärker geworden. Fest hatte sie ihre Hüften gegen Hunters harte Erektion gepresst, der sie daraufhin auf den Rücken gedreht hatte.

Voller Leidenschaft waren seine Hände über ihre Arme geglitten und Mariella hatte seinen warmen Atem an ihrem Ohr gespürt, als sein Mund den Übergang von ihrem Kopf zu ihrem Hals geküsst hatte. Im gleichen Moment hatte ihr Hals begonnen, sich langsam zusammenziehen. Noch immer wurde der Weg für ihre Luft enger und enger, und ein Schrei formte sich in ihrer Kehle.

Augenblicklich raste ihr Herzschlag nicht mehr vor Freude, sondern vor Panik. Ihre Atemlosigkeit war kein Zeichen sexueller Erregung mehr, sondern Ausdruck des Grauens, der ihr die Luft zum Atmen nahm. Mariellas Verstand begriff, dass es kein blutgetränkter Schwamm war, der über ihren Körper fuhr. Er begriff, dass es nicht der Atem eines brutalen Killers war, den sie spürte. Dennoch konnte Mariella die Reaktion ihres Körpers nicht unter Kontrolle bringen. Je stärker sie dagegen ankämpfte, umso tiefer schien sie in die Erinnerung abzudriften.

„Hey! Scht! Es ist alles gut!“, erreichte sie plötzlich Hunters beruhigende Stimme und Mariella registrierte, dass nicht mehr sie auf dem Rücken lag, sondern Hunter. Wie in der Nacht zuvor hielt er sie fest in seinem Arm. Seine Hände bewegten sich nicht mehr auf ihrem Körper. Stattdessen hielt er sie mit einem Arm umschlungen, während seine andere Hand kraulend durch ihr Haar fuhr. Auch die Decke hatte er fürsorglich über sie gezogen. Wieso hatte sie nichts von alledem mitbekommen?

„Es ist okay, Sweetheart. Du bist in Sicherheit. Niemand tut dir etwas. Ich verspreche es.“ In Hunters Stimme schwang so viel Verständnis und Liebe mit, dass Mariella die Tränen kamen. Doch sie wollte nicht schon wieder weinen. Sie hatte in den ganzen Tagen nach der Entführung nicht geweint. Wieso schien es nur auf einmal zu einem Dauerzustand zu werden?

„Tränen sind okay, Liebes“, versicherte Hunter und auf einmal konnte Mariella sie nicht länger zurückhalten. Sie konnte nicht sagen, ob die Liebkosung oder seine Empathie den Tränenstrom ausgelöst hatten, aber am Ende spielte es keine Rolle. Es waren keine stummen Tränen wie sie sie während des Essens geweint hatte. Vielmehr wurde ihr Körper von tiefen Schluchzern erfüllt, die Hunter das Herz zerrissen.

Wie hatte er nur so dumm sein und vergessen können, was sie ihm über die Stunden in der Hütte erzählt hatte, schimpfte Hunter mit sich. Doch er wusste, warum er nicht daran gedacht hatte. Zum einen war er zu sehr mit sich selbst und seiner sexuellen Lust beschäftigt gewesen und zum anderen hatte er die Situation schlichtweg unterschätzt.

Er war unendlich erleichtert gewesen, als er im Laufe der Ermittlungen gelernt hatte, dass Mariella hatte flüchten können, bevor der Täter sie vergewaltigt hatte, doch er hatte verkannt, welch starken Einfluss bereits die Berührungen auf die Psyche gehabt hatten. Dabei hätte er es wissen müssen. Verdammt, er war Psychologe! Er hatte gelernt, dass nicht der letztendliche Vollzug des Verkehrs gegeben sein muss, damit sich Hilflosigkeit und Demütigung in die Seele einbrennen. Er hätte vorhersehen müssen, dass die Verbindung von Körperposition mit der Berührung ihrer nackten Haut Erinnerungen hervorrufen würden.

„Alles wird gut“, wiederholte er leise und wartete geduldig, bis sich Mariella in seinen Armen beruhigte.

„Es tut mir leid“, flüsterte sie.

„Hey!“ Liebevoll hob er ihr Kinn an, sodass er ihr in die Augen sehen konnte. „Haben wir nicht schon früher am Abend geklärt, dass es keinen Grund gibt, sich für Tränen zu entschuldigen?“

„Ja, haben wir“, bestätigte sie leise. „Aber es ist trotzdem peinlich.“

„Es ist nicht peinlich“, widersprach Hunter entschieden.

„Ich ...“ Sie stockte und atmete noch einmal tief ein. „Können wir da weitermachen, wo wir aufgehört haben?“

Aufmerksam betrachtete Hunter sie.

„Ich will nicht, dass es so endet. Ich will nicht, dass diese Geschichte auf ewig mein Leben bestimmt“, ergänzte Mariella.

„Das wird sie nicht“, meinte Hunter. „Du kannst nur nicht alles auf einmal erwarten. Manche Dinge brauchen Geduld. Der Mount Everest wird auch nicht an einem Tag bestiegen.“

„Geduld ist nicht unbedingt meine Stärke“, klärte Mariella auf.

„Tatsächlich nicht?“, feixte Hunter.

„Nein.“ Sie seufzte leise, dann sah sie ihn wieder an. „Ich habe dich begehrt. Ich wollte dich spüren. Und das will ich immer noch. Ich fühle mich sicher bei dir.“

„Das kannst du auch, Mia! Ich werde nicht zulassen, dass dir etwas passiert!“ Hunter zog ihren Kopf wieder an seine Schulter und eine Weile lagen sie ruhig nebeneinander. Zärtlich bewegten sich Hunters Fingerspitzen über ihre Schulter. Doch dann begann sich auch Mariellas Hand zu bewegen.

Zunächst glitt sie ein wenig schüchtern über Hunters Brust, doch als Mariella spürte, wie sich seine Muskeln härteten, wurde sie forscher. Selbstbewusster suchten ihre Finger den Weg nach unten, während Mariella auch eines ihrer Beine zwischen seine schob.

Unweigerlich beschleunigte sich Hunters Atem. Bevor er jedoch selbst aktiv wurde, versicherte er sich mit einem Blick, dass Mariella das Spiel wirklich wieder aufnehmen wollte. Tatsächlich deutete nichts in ihrem Gesicht darauf hin, dass sie etwas aus einem falschen Pflichtgefühl heraus tat. Im Gegenteil. Ihre Augen glänzten feurig und ihre Lippen öffneten sich erwartungsvoll. Nur allzu gerne nahm Hunter die Einladung an, doch zuvor ermahnte er sich, daran zu denken, seinen Kopf nicht vollständig auszuschalten.

Sanft küsste er ihre Schläfe und ihre Wange, ehe er seinen Mund leicht auf ihren aufsetzte. Mit langsamen Bewegungen ließ er seine Zunge das Spiel beginnen. Auch seine Hände ließ er einfühlsam über ihre Brust kreisen. Er fühlte, wie sich ihm Mariellas Brustwarze neugierig entgegenstreckte. Hunter neckte sie noch ein wenig mit seiner Fingerkuppe, dann umschloss er sie mit seinen Lippen. Gleichzeitig konzentrierte er sich auf Mariellas Atem, ihren Puls und mit einem Blick in ihr Gesicht versicherte er sich zwischendurch immer wieder, dass sie bei ihm war. Dadurch entging ihm nicht die Farbe, mit der sich ihre Wangen überzogen. Er registrierte auch die kleinen Bewegungen ihres Mundes, die ihm signalisierten, dass ihre Erregung und ihre Ungeduld in gleichem Maße stiegen und er sah, wie sich der Schleier der Lust über ihre Augen legte. Augenblicklich richtete sich sein Penis zu seiner vollen Männlichkeit auf. Hatte er jemals eine sinnlichere Frau gesehen?

Vorsichtig wanderte seine Hand über Mariellas flachen Bauch nach unten. Noch bevor er ihre intime Öffnung erreichte, spürte er die Hitze und die Feuchte. Sie war definitiv bereit für ihn. Doch Hunter wollte das Spiel noch ein wenig ausreizen. Er wollte, dass Mariella alles vergaß. Für einen kurzen Moment sollten nur noch sie beide existieren. Sein Daumen tanzte auf ihrer Klitoris, während seine Finger sanft in sie eindrangen.

Tief sog Mariella die Luft ein, und ihr Blick verklärte sich. Automatisch presste sie ihre Hüfte gegen Hunters Hand. Dabei nahm sie seinen Rhythmus auf. Das durch sie hindurchströmende Gefühl war wunderbar. Es versprach eine wunderbare Fahrt in ein exotisch-paradiesisches Land, in dem nichts außer reinster Schönheit existierte. Keine Gefahr lauerte hinter dieser Grenze, nur Sicherheit. Und die Natur sollte prächtigste bunte Farben widerspiegeln. Kein Schwarz würde es dort geben. Die Aussicht war verlockend. Dort wollte Mariella hin.

Sie schloss die Augen, damit es ihr nicht schwindelig wurde, denn die Fahrt war rasant. Immer stärker wirbelte der Sog in ihrem Innern, doch er machte ihr keine Angst. Sie wusste, dass Hunter bei ihr war und sie auffangen würde.

Ihr Atem kam schneller, ihr Herz raste und ihre Finger versuchten sich krampfhaft festzuhalten, doch die Fliehkraft war zu stark. Sie konnte sich nicht halten. In ihrem Kopf drehte sich eine bunte Spirale, während die Schmetterlinge in ihrem Bauch in der entgegengesetzten Richtung kreisten. Unbewusst drehte sich Mariella auf den Rücken. Sie hatte keine Angst. Die Verlockung war zu stark, die Sehnsucht überwältigend. Beides drohte sie innerlich zu zerreißen. Wie lange würde die Fahrt noch dauern? Die Kraft ging ihr langsam aus.

„Hunter?“, stieß sie mühsam hervor. Er würde wissen, was zu tun war. Schließlich war er ihr Fels in der Brandung.

Hunter kämpfte gegen seine Selbstbeherrschung. Er war berauscht von Mariellas Körper, von ihren Reaktionen, von dem Spiel auf ihrem Gesicht. Schmerzhaft pochte es in seinem Glied, das nichts lieber wollte als in diese erotische Frau einzudringen. Aber Hunter zwang sich zu Geduld. Dieses erste Mal gehörte Mariella allein, und er wollte jeden Moment davon genießen, ohne dabei von seinen eigenen Gefühlen abgelenkt zu sein. Er wusste nicht, ob es ein nächstes Mal geben würde, aber er würde sicherstellen, dass sie dies hier nie vergaß.

Sein Herz hüpfte vor Freude, als sich Mariella auf den Rücken drehte, denn es bedeutete, dass sie sich tatsächlich in einem Raum ohne Vergangenheit und ohne Zukunft befand. Sie existierte alleine in dem Moment. Das damit einhergehende Vertrauen erfüllte ihn mit einem nie gekannten Glücksgefühl. Es war tiefer und intensiver als jede Freude, die er jemals zuvor verspürt hatte.

„Hunter?“, riss ihn ihre Stimme aus seinem Erstaunen. Ihr Ton verriet ihm, wie nah Mariella dem Höhepunkt war und er wusste, dass es Zeit war, sie zu erlösen. In erwartungsvoller Aufregung beugte er sich zu ihrer intimsten Stelle hinunter. Mariellas betörender Duft umfing seine Nase und Hunter hielt die Luft an, um nicht auf der Stelle selbst zu kommen. Die Zähne fest zusammenbeißend wartete er eine Sekunde, bis er sicher war, sich im Griff zu haben, dann ließ er seine Zungenspitze über ihre Klitoris fliegen.

Leise schrie Mariella lustvoll auf. Ihre Hände krallten sich in das Bettlaken und als Hunter seine Lippen vollständig auf diesen erogenen Punkt aufsetzte, während seine Finger gleichzeitig tief in sie eindrangen, bäumte sich ihr Körper auf. Ihre inneren Muskeln kontrahierten und in einem erlösenden Schrei fiel jede Spannung von ihr ab.

Hingerissen von dem jungen, unschuldigen Ausdruck auf ihrem Gesicht beobachtete Hunter, wie ihre Augen zu glänzen begannen. Es war wie der Blick in einen klaren Nachthimmel, an dem gerade Tausende von Sternen aufgingen. Nie hatte er etwas Schöneres gesehen. Ergriffen rutschte er an ihrer Seite nach oben und küsste sie zärtlich.

Ich liebe dich, dachte er, doch er behielt die Worte für sich. Er war selbst erstaunt, dass sie ihm in diesem Moment in den Kopf gekommen waren. Das war das erste Mal!

Doch konnte man jemanden nach nur wenigen Tagen lieben? Nein, das glaubte Hunter nicht. Es war eher eine Verliebtheit, die man nach so kurzer Zeit empfand. Aber es war ein Gefühl, das die Möglichkeit hatte zu wachsen, wenn man es zuließ.

„Hast du ein Kondom?“, unterbrach Mariella seine Gedanken leise.

Kondom? Verwirrt schluckte Hunter, doch dann spürte er plötzlich seine harte Erektion und er wusste, warum Mariella gefragt hatte.

„Ja“, presste er rau hervor, denn mit einem Mal befand er sich zu dicht am Abgrund. Aus seiner Nachttischschublade nahm er das Präservativ und riss ungeduldig die Plastikfolie ab.

Mariella wollte es ihm aus der Hand nehmen, doch Hunter schüttelte den Kopf. „Wenn du mich anfasst, komme ich."

Fest presste er die Lippen aufeinander, als er das Gummi über seine Erektion stülpte. Feine Schweißperlen bildeten sich dabei auf seiner Stirn. Er konnte es jetzt nicht verlieren. Nicht von seiner eigenen Hand. Erleichtert atmete er auf, als das Kondom saß.

„Komm her!", bat er und zog Mariella auf sich. Tief sah er ihr in die Augen, während er langsam in sie eindrang. Er hatte sich vorgenommen, ihrem Körper Zeit zu geben, ihn aufzunehmen, denn er hatte gespürt, wie eng sie war. Seine Bewegungen waren leicht, dennoch raste sein Herz wie bei einem Zehntausend-Meter-Lauf. Er konnte die Ziellinie bereits sehen, doch er wusste, dass er noch nicht lossprinten durfte. Es war noch zu früh.

Doch plötzlich begann sich Mariella zu bewegen.

Vorsichtig nahm Hunter ihren Rhythmus auf, wobei er sie beobachtete. Konnte es sein, dass sie wirklich einem zweiten Höhepunkt entgegenritt? Er wartete kurz, um ganz sicher zu sein, doch im Grunde gab es keinen Zweifel. Die Anstrengung auf ihrem Gesicht, ihr stoßweiser Atem, ihre fordernde Hüftbewegung waren eindeutige Anzeichen.

Von neuem Ehrgeiz angefacht half Hunter ihr, den Berg zu besteigen und als Mariella dieses Mal die Grenze der Insel im paradiesischen Ozean überschritt, rief sie seinen Namen. Damit schnitt sie gleichzeitig den Faden seiner Selbstbeherrschung durch. Hart stieß er zweimal in sie hinein, dann überließ er sich mit einem tiefen Stöhnen der nicht mehr aufhaltbaren Explosion.

„Ist alles in Ordnung?", erkundigte sich Mariella einige Minuten später, als sie in Hunters Arm lag, nachdem er das Kondom entsorgt hatte.

„Es ist perfekt", äußerte Hunter. „Wie fühlt es sich für dich an?"

„Ebenso!" Sie schmiegte ihren Kopf an seine Schulter, doch Hunter hatte die Unsicherheit in ihrer Stimme gehört.

„Was beschäftigt dich, Sweetheart?"

Bedächtig richtete sie sich ein wenig auf, während sie verlegen ihre Lippen umeinander knetete. Unwillkürlich drehte sich auch Hunter auf die Seite und stützte seinen Kopf auf der rechten Hand auf. Abwartend sah er sie an.

„Ich wollte dir nur sagen, dass ich üblicherweise nicht mit einem Mann schlafe, den ich erst seit wenigen Tagen kenne", gestand

Mariella schließlich befangen.

„Das habe ich auch nicht angenommen“, erwiderte Hunter ernst. „Ich schlafe im Übrigen auch nicht schnell mit einer Frau.“

Wieder spielten Mariellas Lippen miteinander. Doch dann sah sie ihn plötzlich herausfordernd an. „Warum hast du es getan?“

Erstaunt zog Hunter seine Augenbrauen in die Höhe. „Du willst wissen, warum ich mit dir intim gewesen bin?“

Hastig nickte sie.

Amüsiert zuckte sein Mundwinkel. „Lass mich überlegen. Ein Grund könnte diese magische Anziehungskraft gewesen sein, die vom ersten Moment an zwischen uns zu spüren gewesen ist oder auch dieses erotische Knistern, das mich jedes Mal um den Verstand bringt, wenn ich in deine Augen sehe. Vielleicht war es aber auch das Bedürfnis, dich von Grund auf kennenzulernen, dir nahe sein zu wollen und eine ganz besondere, einzigartige Verbindung zu spüren.“

Hunter sah, dass die Antwort Mariella nicht zufriedenstellte, aber er wusste auch nicht, was sie von ihm hören wollte. Einfühlsam nahm er ihre Hand und küsste ihren Zeigefinger. „Warum fragst du, Mia?“, hakte er leise nach.

„Ich ... ich möchte einfach nicht, dass du es aus Mitleid getan hast. Ich habe dich praktisch dazu aufgefordert, mit mir zu schlafen.“

Ernst sah er sie an. „Erstens, Mia, bemitleide ich dich nicht. Es tut mir leid, dass du in den letzten Tagen eine solch furchtbare Erfahrung machen musstest und ich wünschte, ich hätte sie verhindern können, aber Mitleid ist zum einen keine Hilfe und zum anderen schon gar kein Grund, mit jemandem intim zu sein.“ Hunter machte eine kurze Pause, ehe er fortfuhr. „Und zweitens, glaubst du tatsächlich, dass jemand, dich eingeschlossen, mich dazu bringen könnte, mit ihm zu schlafen, wenn ich dies nicht aus freien Stücken wollte?“

Mariella schluckte. Das Thema war von Anfang unangenehm gewesen, doch jetzt war die Situation regelrecht peinlich. Warum hatte sie nicht einfach ihren Mund gehalten? Was hatte sie überhaupt von Hunter hören wollen? Dass er sie liebte? Nein, gewiss nicht. Na ja, wenn sie ehrlich war, eigentlich doch, aber es war ihr natürlich bewusst gewesen, dass dieser Wunsch nur ein Traum war. Aber sie hatte zumindest gehofft zu hören, dass sie ihm etwas bedeutete. In ihrem Leben schien es auf einmal nicht mehr viele Menschen zu geben, denen sie aus rein persönlichen Gründen wichtig war.

Behutsam strich Hunter ihr eine Strähne aus dem Gesicht, dann zwang er sie sanft dazu, ihren Blick wieder zu heben und ihn anzusehen. „Du bist die erste Frau, der ich von meinen leiblichen Eltern erzählt habe. Was sagt dir das, Mia?"

Erneut schluckte Mariella. Ihr Herz, das ihr zuvor sprichwörtlich in die Hose gerutscht war, begann mit aufkommender Hoffnung wieder stärker zu schlagen. Trotzdem traute sie sich nicht, Hunters Frage zu beantworten aus Angst, dass sie etwas falsch interpretierte.

„Uns verbindet mehr als nur gegenseitige Attraktivität", sprach Hunter leise. „Aber deine Welt ist im Augenblick durcheinander genug. Du brauchst keine weiteren Unruhen, sondern emotionale Stabilität. Unter den gegebenen Bedingungen verbindet sich das Bedürfnis nach Geborgenheit und Dankbarkeit gerne mit inniger Zuneigung. Die Zeit wird jedoch alles auseinanderdividieren."

Er sah die Unsicherheit in ihre Augen zurückkehren. Aufmunternd lächelte er sie an. „Ich verspreche dir, Mia, ich werde in der Zwischenzeit nicht weglaufen. Ich werde warten, bis du so weit bist herauszufinden, wie echt unsere Gefühle füreinander sind. Und was deine ursprüngliche Frage betrifft: Ich habe mit dir geschlafen, weil ich dir zeigen wollte, wie viel du mir bedeutest. Doch es gibt keine Verpflichtung, die damit einhergeht. Okay?"

Hastig nickte sie. Er sollte nicht sehen, dass sich ihre Augen schon wieder mit Wasser füllten.

„Gut!", schloss Hunter das Gespräch zufrieden ab. Er gab ihr einen leichten Kuss auf die Wange, dann zog er sie zurück in seine Arme. „Schlaf jetzt, Mia. Alles wird gut werden."

„Danke!", flüsterte Mariella, während sie sich an ihn schmiegte.

„Gern geschehen, Sweetheart!", gab Hunter zurück und hoffte, dass sich auch für ihn alles zum Guten wenden würde, denn seine Gefühle für Mariella hatten sich durch den gemeinsamen Sex um ein Vielfaches verstärkt.

Das war kein Sex. Das war Liebe, korrigierte eine wispernde Stimme in seinem Kopf und Hunter seufzte innerlich, denn er wusste, dass die Stimme recht hatte. Warum konnte das Leben nicht auch einmal einfach sein? Warum musste es immer kompliziert sein?

KAPITEL 28

Hunter war zunächst neben Mariella eingeschlafen, doch nach eineinhalb Stunden wachte er wieder auf. Behutsam zog er seinen Arm unter ihr hervor und schlich sich mit seiner Jeans und einem neuen T-Shirt in der Hand leise aus dem Schlafzimmer. Die kurze Zeit hatte ihm genügt, um seine Kraftreserven erneut zu füllen. Mariella jedoch brauchte mehr Schlaf.

Im Wohnzimmer schlüpfte Hunter in seine Sachen und während er die Reste seines Abendessens mit Mariella aufräumte, fuhr er seinen Computer hoch. Es gab schließlich mehr als genug Arbeit für ihn. Dabei betete er insgeheim, dass Mark nichts mit den Anschlägen auf Mariella zu tun hatte. Wenn ihr Bruder hinter allem steckte, würde es sie mit Sicherheit am härtesten treffen.

Hunter loggte sich in das Firmennetzwerk ein und öffnete die Datei, die das Gespräch mit Mark enthielt. Wie Emily versprochen hatte, hatte sie die Aufzeichnung bereits für eine Analyse vorbereitet. Fragen und Antwortpassagen waren herausgeschnitten und einzeln abgespeichert. Dabei gab es jeweils eine allgemeine Videospur sowie fünf weitere Filmsequenzen, die Makroaufnahmen von Marks Gesicht aus verschiedenen Perspektiven zeigten. Eine weitere Datei enthielt das Textprotokoll des Gesprächs. Dabei war neben jeder Frage die genaue Zeitangabe notiert, sodass Hunter gegebenenfalls direkt an jede gewünschte Stelle springen konnte. Er verband seinen Laptop mit seinem Neunzig-Zoll Fernseher, damit ihm nicht die kleinste Regung in Marks Zügen entging. Dann begann er zu arbeiten.

Bist du noch wach?, las Hunter drei Stunden später die auf seinem Handy eingehende Nachricht. Umgehend rief er Lucas zurück.

„Ich bin gerade mit Marks Analyse fertiggeworden“, berichtete er dem Freund.

„Was hast du herausgefunden? Kann er hinter den Anschlägen stecken?"

„Mark ist ein Mensch, der sich nimmt, was er braucht. Er hat früh gelernt, dass er ein ‚Nein' hört, wenn er fragt, also fragt er nicht mehr. Seiner Erfahrung nach wird sich am Ende immer der Stärkere durchsetzen und auf dem Weg zum Sieg schwächen Höflichkeit und Moral die eigene Position, zumal ein Großteil seines beruflichen Umfelds ebenso hart spielt wie er."

„Er ist also ein Amoralist", stellte Lucas fest.

„Ja, allerdings ist seine Position gegenüber seiner Schwester durchaus von Mitgefühl geprägt", schränkte Hunter ein. „Ich habe mir beispielsweise angeschaut, in welchen Situationen er ihren Namen benutzt. Wenn er ehrlich schockiert ist, verwendet er automatisch ihren Kosenamen. Es gibt also eine emotionale Verbindung zwischen ihm und Mia. Allerdings bedeutet dies nicht automatisch, dass er auch bereit ist, in diese Beziehung zu investieren. So ist beispielsweise sein erster Besuch im Krankenhaus keinem inneren Bedürfnis heraus entsprungen. Er hat Mariella besucht, weil es als einziger Familienangehöriger seine Pflicht gewesen ist. Als er dann von Jason erfahren hat, dass er seine Schwester geheiratet haben will, hat er seine Besuchsfrequenz erhöht, um herauszufinden, ob dies tatsächlich der Wahrheit entspricht. Dabei hatte er ebenfalls weniger Mias Wohlergehen als vielmehr seine eigenen finanziellen Bedürfnisse im Auge."

„Familie ist doch immer wieder etwas Schönes", äußerte Lucas ironisch.

„Ich schätze, es ist ein schönes Konzept, wenn es funktioniert."

„Nur funktioniert es meistens nur in der Theorie."

Hunter schwieg einen Moment. „Will hat aus uns eine Familie gemacht. Ich finde, das hat bislang ganz gut geklappt."

„Gemacht, Hunter! Gemacht, ist das Zauberwort!" Lucas seufzte. „Will hat uns bewusst ausgesucht. Er hat jeden von uns in- und auswendig gekannt, bevor er ihn bei sich aufgenommen und uns miteinander vereint hat. Kinder kannst du dir jedoch nicht aussuchen. Ebenso wenig deine Eltern oder Geschwister."

„Ich weiß", gab Hunter ihm recht. „Allerdings können wir den Partner wählen, mit dem wir eine Familie gründen, und gemeinsam kann man die Werte in der eigenen Familie bestimmen. Es mögen gewiss nicht alle, aber doch eine ganze Reihe von Dingen in unserer Hand liegen, die die Erziehung und die Wertevermittlung der eigenen Kinder betreffen."

Lucas schwieg einen Moment. „Mariella Anderson scheint dir ganz schön unter die Haut zu gehen."

Tief atmete Hunter ein. „Das stimmt", gab er schließlich zu. „Aber ich war schon immer der Auffassung, dass wir es besser machen können als unsere Eltern."

„Du weißt, dass Mariella deine Gefühle vielleicht nicht in der gleichen Form erwidert?", erkundigte sich Lucas vorsichtig.

„Keine Sorge, meine Augen sind weit offen."

„Hast du keine Angst davor, enttäuscht zu werden?"

„Höllische, Lucas", gestand Hunter mit hängenden Schultern und schloss für einen kurzen Moment die Augen und rieb sich mit seinem Zeige- und Mittelfinger über die Nasenwurzel. Dann richtete er sich wieder auf und kehrte zu ihrem eigentlichen Thema zurück.

„Mark Anderson sucht Fehler grundsätzlich bei anderen, denn er macht niemals etwas falsch. Schuld haben höchstens noch die Umstände. Daher hat er auch kein schlechtes Gewissen, Mariella um Geld zu bitten, selbst wenn sie den Betrag als Kredit aufnehmen muss. Mit seinem überzogenen Selbstbewusstsein geht er davon aus, dass er selbstverständlich erfolgreich sein und seine Schulden innerhalb kürzester Zeit zurückzahlen wird. Als Blake Marks Verhalten in Bezug auf seine finanzielle Lage moralisch infrage gestellt hat, hat er geantwortet, dass er Mariella niemals schaden würde."

„Er ist also auch ein ausgefeilter Selbstbetrüger."

„Das trifft den Nagel auf den Kopf."

„Aber ist er auch ein Mörder?"

„Das glaube ich ehrlicherweise nicht", verneinte Hunter. „Als wir ihm unterstellt haben, Mia das Kokain ins Getränk gegeben zu haben, hat er wörtlich gesagt: ‚Ich würde ihr niemals wissentlich schaden.' Ein wenig später, als es nicht mehr um das Kokain im Speziellen ging, hat er diese Aussage zur Verstärkung noch einmal wiederholt. Dabei hat er fast die gleichen Worte benutzt, allerdings ohne den kleinen einschränkenden Einschub."

„Du beziehst dich auf das ‚wissentlich'", wiederholte Lucas nachdenklich. „Gehst du also davon aus, dass er unschuldig ist?"

„Ich denke, dass er nicht gewusst hat, was Mariella dazu gebracht hat, sich ihre Arme aufzuschneiden. Allerdings bin ich mir ziemlich sicher, dass er über das Kokain Bescheid wusste. Ich habe mir daraufhin sein Netzwerk etwas genauer angesehen. Um es kurz zu machen, es gibt zwar keine Hinweise darauf, dass er jemals selbst in irgendeiner Form Drogen genommen hätte, allerdings gab es eine Zeit, in der er aktive Internetfreundschaften mit Leuten gepflegt hat, die ihrerseits wiederum mit einigen Dealern in Kontakt standen. Im Laufe der letzten drei Jahre gab es immer mal wieder einen kurzen Austausch, aber nichts, was man als rege beschreiben würde. Allerdings ist die Kommunikation auch nie vollständig abgebrochen."

„Wann war der letzte Kontakt?"

„Vor einer Woche hat er einen Witz gelikt, den eine seiner Bekanntschaften mit ihm geteilt hat. Dieser hat ein Datum und eine Uhrzeit enthalten. Im Übrigen ist Marks Stresslevel explosionsartig gestiegen, als Blake das Kokain erwähnt hat."

„Meinst du, er hat es besorgt?"

„Ich weiß nicht, ob er das Gramm besorgt hat, was letztendlich in Mias Drink gelandet ist, aber er ist auf jeden Fall in letzter Zeit aktiv mit dem Thema Kokain in Berührung gekommen. Apropos Berührung, ich habe noch etwas Interessantes gefunden."

„Und das wäre?"

„Der gute Mark hat ein Verhältnis mit Melanie Freeman."

„Bist du sicher?", fragte Lucas ungläubig nach.

„Ziemlich. Seit sechs Wochen tankt Melanie regelmäßig an der Tankstelle, die zwischen Marks Wohnung und der nächsten Autobahnabfahrt liegt. Auf ihrem Instagram-Account postet sie zum gleichen Zeitpunkt jedes Mal ein Bild. Mal befindet sie sich angeblich in einem Restaurant, mal ist sie bei einer Massage oder in einer Boutique. Selbstverständlich liegen alle Örtlichkeiten am anderen Ende der Stadt."

Leise pfiff Lucas durch die Zähne. „Was macht Mark währenddessen?"

„Er postet nicht immer ein Foto, aber wenn, dann zeigt es ihn vor der Kulisse New Yorks, obwohl er bereits seit einigen Stunden zurück in Boston ist, oder er veröffentlicht ein Bild, an dem er immer noch am Arbeiten ist."

„Mark Anderson und Melanie Freeman, das ist wirklich spannend. Interessant wäre es, jetzt noch zu wissen, ob Richard darüber Bescheid weiß. Sein Selbstbewusstsein ist reine Show. In der Tiefe seiner Seele ist er zutiefst unsicher. Wenn er also herausgefunden haben sollte, dass ihn seine Frau betrügt, dann könnte ihn das in Kombination mit dem Verlust des Kanzleivorsitzes durchaus emotional in den Abgrund gestoßen haben, zumal ihm Mark weder finanziell noch erfolgsseitig das Wasser reichen kann. Das wäre gleich ein doppelter Tiefschlag für ihn."

„Wie sieht sein Profil aus, das Em und Parker erstellt haben?", erkundigte sich Hunter.

„Ich sage Em, sie soll es dir zusammen mit Melanies Psychogramm rüberschicken. Ich kann dir jedoch schon jetzt verraten, dass am Ende jeder von den beiden Mariellas Ermordung in Auftrag gegeben haben könnte. Es ist nur eine Frage des Motivs."

„Dann werden wir beide morgen Vormittag so lange in die Zange nehmen, bis wir wissen, wer von ihnen der Täter ist. Wie weit sind wir mit der Identität des Botoxmörders?"

„Der erste Pool bestand aus siebenundachtzig möglichen Kandidaten. Mittlerweile sind Finn und ich bei neunundfünfzig, Tendenz abnehmend."

„Das ist für die Kürze der Zeit sehr gut. Wir werden den Kerl finden."

„Das werden wir", bestätigte Lucas.

„Ist Blake nach Hause gefahren?"

„Nein, er ist noch hier und lässt die einzelnen Männer parallel zu uns durch das FBI-System laufen, wie er versprochen hat. Der Prozess ist relativ langwierig, aber durchaus eine Hilfe. Es sieht so aus, als ob Blake wirklich in Ordnung ist."

„Den Eindruck habe ich auch."

„Gibt es etwas Neues von Rejyna?"

„Ihr geht es so weit gut. Sie wird morgen früh entlassen und kann schon bald ihren Dienst wieder aufnehmen."

„Das klingt gut. Also dann arbeiten wir noch etwas weiter, bis später, Lucas."

„Bis später, Hunter!"

KAPITEL 29

Unauffällig folgte Martin dem zivilen Wagen des Cops in einigem Abstand. Sein Walkie-Talkie hatte er auf die Frequenz der Polizei eingestellt, sodass er den Funkverkehr mithören konnte. Die Adresse, die der Bulle vor ihm an seine Zentrale durchgegeben hatte, lag nur wenige Kilometer entfernt. Der Mann hatte also tatsächlich einen Namen und eine Adresse von diesem Peter erhalten. Zumindest ein Cop schien seinen Job zu verstehen. Beruhigend.

Harry Dunster, wiederholte er den Namen, den er soeben erfahren hatte, wobei er spürte, wie sich die Wut in ihm aufschäumte. Harry Dunster. Eine Ratte. Ein Versager. Ein Niemand. Wie hatte es dieser ungebildete Blindgänger nur wagen können, sich für den Botoxmörder auszugeben?

Doch dieser Verlierer hatte die Sache nicht alleine durchgezogen. Er hatte im Auftrag von jemandem gehandelt. Ein weiterer Schlappschwanz, der nicht in der Lage war, sich die Position seines Lebens selbst zu erarbeiten. Er hatte nur Verachtung für solche Nullen, die andere benutzten, um die eigenen Ziele zu erreichen.

Angewidert schüttelte Martin den Kopf. Mord zur materiellen Selbstbereicherung war von Haus aus verabscheuungswürdig. Die Krönung war jedoch, seine Methode für ein solch niederes Motiv zu missbrauchen. Es erinnerte ihn an all die Hohlköpfe, die während seiner Schulzeit zu faul gewesen waren, selbst zu lernen und stattdessen lieber bei den Sitznachbarn abgeschrieben hatten. Doch er hatte sich schon damals nicht ausnutzen lassen, und er würde das auch heute nicht zulassen. Er würde eine nette kleine Unterhaltung mit diesem Harry Dunster führen und sobald er wusste, wer den Mann beauftragt hatte, würde er dieser Person zeigen, was er von Parasiten hielt.

Er wartete, bis sie nur noch drei Blocks von der Zieladresse entfernt waren, dann wählte er den Notruf. Mit schwacher Stimme krächzte er: „Hilfe! Ich brauche Hilfe! Ich wurde überfallen. Ein Mann mit einem Messer hat mich niedergestochen!"

„Wo sind Sie, Sir?"

„In einer Seitenstraße der Columbia Road. Der Mann ist nach Westen gelaufen. Hier ist überall so viel ... Blut."

„Ich schicke einen Wagen. Wie ist Ihr Name, Sir?"

„James. James Clark."

„Lassen Sie Ihr Handy an, James. Dann orte ich Sie."

„Ich be...kom...me keine L...luft mehr." Martin röchelte noch einmal, dann beendete er die Verbindung und entfernte die Simkarte aus dem Telefon.

„An alle Einheiten. Bewaffneter Überfall in Dorchester, Täter flüchtet Richtung Franklin Zoo, genaue Adresse unbekannt."

„Ich bin in der Nähe. Ich fahre vorbei. Wagen 361." Das zivile Polizeifahrzeug, das drei Autos vor Martin fuhr, bog ab.

„Verstanden, Wagen 361."

Das hätte nicht besser laufen können, dachte Martin und gab Gas. Die Aktion hatte ihm zehn, vielleicht auch fünfzehn Minuten verschafft. Das war keine Ewigkeit, musste aber reichen. Er überlegte, ob der Cop später die richtigen Schlüsse ziehen und wissen würde, dass ihm der fingierte Notruf das Leben gerettet hatte, dann lenkte er seine Konzentration auf die vor ihm liegende Aufgabe.

Seine rechte Hand griff in die Tasche, die er auf dem Beifahrersitz abgestellt hatte. Als er das Etui mit der Betäubungsspritze fühlte, war er beruhigt. Harry Dunster war mit Sicherheit größer und stärker als er. Wenn er Informationen von dem Mann haben wollte, musste er ihn zuerst außer Gefecht setzen. Das Mittel in der Spritze war ein Schlangengift, das in geringen Dosen hauptsächlich bei dermatologischen Autoimmunkrankheiten angewandt wurde. Aber auch die kosmetische Medizin kannte das Serum. Stark verdünnt verlieh es der weiblichen Haut eine Reinheit und Glätte, die die Natur nicht von alleine hervorbrachte. In konzentrierter Form jedoch war das Gift tödlich.

Die Menge, die sich in der Spritze befand, würde ausreichen, um Harrys Bewegungsfähigkeit deutlich einzuschränken. Unmittelbar nach der Injektion würde sein Körper mit starken Kreislaufproblemen kämpfen. Er würde zusammenbrechen und krampfartige Schmerzen würden einsetzen. Großzügig würde er Harry anbieten, ihm ein Gegengift zu injizieren. Gegen entsprechende Informationen, natürlich. Es war ein Angebot, das Harry nicht ausschlagen konnte. Es war lediglich eine Frage von zwei bis drei Minuten, wie schnell der Mann dies begreifen würde.Wenn er sich sofort kooperativ verhielt, würde Martin dafür sorgen, dass der Mann seinen Tod nicht bemerkte. Er war schließlich kein Unmensch. Würde Harry jedoch Schwierigkeiten machen ... nun, dann würde der Tod etwas langsamer kommen.

Martin parkte den Wagen auf der Hauptstraße und zog seine dünnen schwarzen Lederhandschuhe an. Dann bog er zu Fuß in die Seitengasse ab. Die Häuser waren schäbig und heruntergekommen, der Müll vor den Türen stank bestialisch. Angeekelt beschleunigte Martin seinen Schritt. Das fünfte Haus auf der linken Seite war sein Ziel. Er trat gerade an die Haustür, als diese sich öffnete und ein zugedröhnter Junkie hinausstolperte.

„Weißt du, wo ich Harry finde?“, haute Martin den Mann an.

„Hä?“ Irritiert blieb der Kerl stehen, wobei er Schwierigkeiten hatte, sein Gleichgewicht zu halten.

„Harry Dunster? Weißt du, wo er wohnt?“

„Ha...Harry Dunsssster, erssssster St...ock, drrritte Tür links“, lallte er und torkelte weiter.

Erster Stock, dritte Tür links, wiederholte Martin in Gedanken, während er die knarrenden Stufen hinaufschritt. Schützend hielt er seinen linken Unterarm vor die Nase. Allein vom Einatmen des süßen Geruchs konnte man schon high werden. Was war das hier? Ein Gewächshaus für Marihuana? Und was war das für schräge Musik? Das ganze Haus bebte von den tiefen Bässen. Aber vielleicht sollte er dankbar für die Geräuschkulisse sein. So würde wenigstens niemand etwas hören.

Die dritte Tür links war nur angelehnt. Martin verharrte einen Moment davor, dann zuckte er mit der Schulter. Die Spritze mit dem Gift in der rechten Hand haltend stieß er die Tür ein Stück mit dem Fuß auf.

„Hallo?“, rief er aus.

Vorsichtig öffnete er die Tür etwas weiter und trat ein. Das Zimmer vor ihm war ein Dreckstall, aber was hatte er anderes erwartet. Kleidung lag auf dem Boden, Essensreste standen auf dem Tisch, Überbleibsel gerauchter Joints lagen auf einem Teller und schmutziges Geschirr stapelte sich auf der Spüle links von ihm.

Neben der Spüle stand ein Herd mit zwei Kochplatten, dahinter befand sich ein Schrank. Durch das geschlossene Fenster dröhnte der Verkehr der Hauptstraße und die Metro ratterte so laut vorbei, dass sie selbst die Musik aus dem Apartment nebenan übertönte.

Martins Blick fiel auf einen Vorhang in der hinteren linken Ecke. Wahrscheinlich stand das Bett dahinter. Wenn der Typ schon schlief, war es noch einfacher, ihm die Spritze zu setzen, dachte er erfreut.

Auf leisen Sohlen durchquerte er den Raum und zog den Vorhang leise zur Seite. Er wollte die Nadel gerade in die Schulter des Mannes stechen, als ihm die unnatürliche Blässe des Mannes auffiel. Unwillkürlich runzelte Martin die Stirn. Dann schlug er die Bettdecke zurück. Ein dickes Loch klaffte in der Brust des Kerls. Jemand hatte Harry Dunster im Schlaf eine Kugel ins Herz gejagt.

Verdammt! So ein Mist!, fluchte Martin. Wie sollte er jetzt erfahren, wer der eigentliche Drahtzieher war? Er hatte sich so viel Mühe gegeben, diesen Scheißkerl zu finden. Es hatte ihn Tage gekostet und einen Flug nach Miami.

Sogar zwei, korrigierte er in Gedanken. Dann hatte er auch noch in dieser feuchtheißen Moorlandschaft Jenny hervorholen müssen. Dabei hasste er den Schlamm. Er hatte ihn schon immer gehasst. Doch es war für ihn der einzig spielbare Zug gewesen, um herauszufinden, wer ihn für seine Zwecke missbrauchte.

Im Grunde ist es auch an der Zeit gewesen, dass Jenny gefunden wurde, dachte Martin. Er hatte sie mit diesem anonymen Grab lange genug bestraft. Sie war schließlich die Liebe seines Lebens gewesen. Er hatte ihr sein Herz offenbart, doch sie hatte es mit Füßen getreten. Dabei hatte sie ihm alles zu verdanken gehabt. Er hatte ihr ihre Schönheit und damit ihre Position im Leben überhaupt erst geschenkt.

Bereits als er Jenny das erste Mal gesehen hatte, hatte er ihren exklusiven Knochenbau erkannt. Sie hatte die richtigen Anlagen besessen, doch er war es gewesen, der ihr die Augen vergrößert, die Nase begradigt und den Busen geformt hatte. Er hatte die kleinen Fältchen, die sich schon mit fünfundzwanzig um ihre Lippen und auf ihrer Stirn gezeigt hatten, mit gezielten Botoxinjektionen geglättet. Sie war sein Meisterwerk gewesen. Jedes Mal, wenn sie in seiner Praxis gewesen war, hatte sie mit ihm geflirtet, doch als er mit ihr ausgehen wollte, hatte sie ihn abgewiesen. Sie hatte ihm geradezu ins Gesicht gelacht. Wie er sich das vorstelle, hatte sie ihn gefragt? Sie könne sich schließlich nicht mit einem Schönheitschirurgen sehen lassen. Dann würden doch alle Leute sofort glauben, dass sie mit ihrem Aussehen nachgeholfen habe.

Noch heute beschleunigte sich bei der Erinnerung Martins Atem, und er schloss die Augen. Achtzehn Monate hatte er davon geträumt, Jenny Nielson zu lieben. Er hatte sie heiraten wollen. Er hatte sie verehrt. Doch was hatte sie getan? Sie hatte ihn nur benutzt. Es war, als hätte sie ihm einen Dolch mitten ins Herz gestoßen. Als Martin damals begriff, dass sein Wunsch niemals wahr werden würde, hatte plötzlich eine Eiseskälte den Schmerz in seiner Brust betäubt. Sein Kopf, der zuvor geglaubt hatte, im Chaos zu versinken, war mit einem Mal hellklar gewesen. Er hatte erkannt, dass die Gelegenheit niemals günstiger sein würde als in jenem Moment.

Am Mittag hatte Jenny ihn auf seiner privaten Handynummer angerufen und um einen Termin am gleichen Tag gebeten. Er hatte nichts mehr freigehabt, doch für Jenny war er bereit gewesen, länger zu bleiben. Er hatte sie für den Abend bestellt, nachdem sowohl der letzte Patient als auch seine Sprechstundenhilfe die Praxis schon lange verlassen hatten. Niemand hatte gewusst, dass Jenny bei ihm war. Niemand hatte sie kommen sehen und niemand würde sie gehen sehen.

Messerscharf hatte sein Verstand gearbeitet, während sich der Plan wie von selbst geformt hatte. Vollkommen ruhig, als hätte sie nicht soeben seinen gesamten Lebenstraum vernichtet, hatte er kurz darauf mit der Behandlung begonnen. Nur hatte er das Botox an jenem Tag nicht zur Faltenglättung gespritzt. Gezielt hatte er Jenny Nielson mit dem Nervengift gelähmt. Dann hatte er sie sich genommen. Es war ein berauschender Akt gewesen, den er noch zweimal wiederholt hatte. Sein Traum war Realität geworden.

Anschließend hatte er aufgeräumt. Die ganze Zeit hatte er dabei mit ihr gesprochen. Es hatte ihn zutiefst geschmerzt, sein Werk vernichten zu müssen. Doch er hatte gewusst, dass er keine andere Wahl hatte. Mit Tränen in den Augen hatte er Jenny schließlich die finale Injektion ins Herz gesetzt.

Martin schüttelte die Erinnerung ab. Es wurde Zeit, dass er Jenny Nielson vergaß. Es gab andere Frauen, beispielsweise Patricia James von letzter Nacht.

Ihr Aussehen war nicht so perfekt gewesen wie Jennys, aber im

Laufe der letzten Monate hatte er auch sich besser kennengelernt. Seine Ekstase wurde durch das Zusammenspiel von Unterwürfigkeit auf weiblicher und reiner männlicher Macht auf seiner Seite hervorgerufen. Er brauchte keine Perfektion, um sich fantastisch zu fühlen. Eine natürliche Schönheit genügte. Dunkle Haare, dunkle Augen, volle Lippen und eine schlanke, sportliche Figur. Den Rest konnte er sich vorstellen. Das war schließlich sein täglich Brot. Er erkannte bei jeder Kundin sofort das Potenzial, das in ihrer Anatomie steckte, und er sah das Ergebnis seiner Arbeit bereits in seinem Kopf, lange bevor er auch nur ein Skalpell angesetzt hatte.

Nein, das Kapitel Jenny Nielson war für ihn ein für allemal beendet. Sollte sie nur ihre ewige Ruhe in einem vernünftigen, sauberen Grab finden. Er hatte ebenfalls etwas, oder vielmehr jemanden, zu finden. Nur dumm, dass ihm Harry Dunster dabei keine Hilfe mehr war.

KAPITEL 30

Frustriert löschte Blake einen weiteren Namen auf der Liste. „Kyle Minor können wir streichen. Er ist zu der Todeszeit von zwei Opfern nicht im Land gewesen. Einmal hat er eine Konferenz in Südostasien besucht, das andere Mal war er in Europa."

„Sieh es positiv. Jetzt sind es nur noch dreiundvierzig Namen, die wir überprüfen müssen", munterte ihn Lucas auf.

„Ich hoffe nur, dass einer dieser dreiundvierzig Männer auch unser Botoxmörder ist."

„Das hoffe ich auch", gestand Lucas.

„Was passiert, wenn das in die Software eingegebene Psychogramm in einem Detail falsch ist?", erkundigte sich Blake.

„Die siebenundachtzig angezeigten Treffer haben die höchste Übereinstimmung. Wenn wir den Mann hierunter nicht finden, müssen wir uns den Pool ansehen, in den das Programm alle Identitäten gespeichert hat, die sich bis zu fünfundachtzig Prozent mit dem Ausgangsprofil überschneiden."

„Von wie vielen Leuten sprechen wir dann?"

„Siebenhundertsechsundachtzig."

Die Zahl traf Blake wie eine kalte Dusche, aber er hielt seine Mimik neutral. „Dann hätte Emily mit ihrer Annahme recht gehabt, dass es zu optimistisch ist, zu glauben, den Kerl heute fassen zu können."

„Emily wird nicht recht behalten", stellte Lucas klar.

„Womit werde ich nicht recht behalten?" Fragend sah Emily ihn an, die in diesem Moment mit Parker den Raum betrat.

„Damit, dass es nicht möglich ist, den Botoxkiller heute zu identifizieren", klärte Blake sie auf.

„Ich habe nie gesagt, dass es nicht möglich ist. Ich habe lediglich darauf hingewiesen, dass noch eine Menge Arbeit vor uns liegt und es keinen Grund gibt, zu optimistisch zu sein."

„Em ist eine geniale Profilerin“, erklärte Lucas, „aber Optimismus gehört definitiv nicht zu ihren Stärken.“

„Ich bin ...“, begann sie, doch Blakes Klingelton unterbrach ihren Satz.

„McGrey“, meldete er sich und hörte dann eine ganze Weile nur zu. „Okay. Ich bin in zwanzig Minuten da. Sperren Sie alles ab.“ Müde fuhr er sich über die Stirn, bevor er aufstand und sein Handy einsteckte.

„Was ist passiert?“, fragte Parker.

„Das war die Polizei. Ein Undercover-Cop hat wahrscheinlich den Mann gefunden, der Mia Anderson entführt hat und für die Anschläge verantwortlich ist.“

„Das ist doch eigentlich eine gute Nachricht“, warf Emily ein, als er nicht weitersprach.

„Das wäre es“, bestätigte Blake, „wenn der Mann noch leben würde.“

„Er ist tot?“ Entsetzt weiteten sich Emilys Augen.

„Der Kollege hat ihn mit einer Kugel in der Brust in seinem Bett aufgefunden“, informierte sie Blake.

„Mist!“, fluchte Parker.

„Ich fahre hin und sehe mir die Sache an. Vielleicht finden wir einen Hinweis darauf, mit wem er heute Abend Kontakt hatte. Wir müssen Hunter wegen dieser Information nicht wecken, aber wir sollten ihm zumindest eine SMS senden.“

„Hunter ist noch wach“, meinte Lucas. „Wir haben vor einer dreiviertel Stunde telefoniert.“

„Dann rufe ich ihn vom Auto aus an“, entschied Blake.

„Einer von uns sollte mitfahren. Wenn wir ein Profil von dem Mann erstellen, können wir mit H.E.L.P. unter Umständen schneller herausfinden, ob der Kerl mit Melanie, Richard oder Mark Kontakt gehabt hat, als über herkömmliche Ermittlungsarbeit“, überlegte Lucas.

„Gute Idee“, stimmte Blake zu. „Wer kommt mit?“

„Ich stecke gerade mitten in den Profilen“, bekannte Lucas.

„Ich kann mitfahren“, bot Parker an.

„Prima, dann helfe ich Lucas. Bringt Frühstück mit, wenn ihr zurückkommt“, kommentierte Emily, während sie neben Lucas Platz nahm und den nächsten Namen zur Überprüfung in den Computer eingab.

Vorsichtig bewegte Hunter seinen Nacken von einer Schulter zur anderen. Er war auf seiner Couch eingeschlafen und auch wenn es nicht länger als eine halbe Stunde gewesen war, schmerzte seine Hals- und Schultermuskulatur. Sein Körper fühlte sich an, als sei er von einem Traktor überfahren worden, aber Hunter wusste, dass es keinen Sinn hatte, sich jetzt noch einmal ins Bett zu legen. Eine Dusche und ein sich anschließender starker Kaffee würden ihn wiederbeleben.

Während das Wasser hart auf seine Schultern prasselte und Hunter sich das Shampoo aus den Haaren wusch, verschwand das dumpfe Gefühl von zu wenig Schlaf aus seinem Körper. Allerdings wurde er gleichzeitig von einer leichten Nervosität befallen. Frustriert drehte er das Wasser ab und griff nach dem Handtuch.

Die ganze Zeit war er vollkommen ruhig gewesen. Nicht eine Sekunde hatte er in den letzten Tagen daran gezweifelt, dass es der richtige Schritt gewesen war, dem FBI im Fall des Botoxmörders offiziell ihre Dienste anzubieten. Gestern hatten sie mit Lucas' erstelltem Profil nun endlich den entscheidenden Durchbruch erzielt, um H.E.L.P. zu starten und Hunter war sich die ganze Zeit sicher gewesen, dass der Täter unter den Treffern war, die das Programm als Ergebnis präsentiert hatte. Warum nur war er dennoch plötzlich so unruhig? Hatte er Angst, dass Lucas, Parker und Em bei der manuellen Detailanalyse etwas übersahen?

Während Hunter in eine dunkle Anzughose stieg und in ein weißes Hemd schlüpfte, schüttelte er innerlich den Kopf. Er vertraute den dreien zu einhundert Prozent. Sie brauchten ihn nicht, um den Mörder zu identifizieren. Sie würden nichts übersehen. Wahrscheinlich lag das Problem bei ihm. Vielleicht sollte er noch einmal Marks Profil durchgehen. Möglicherweise war ihm etwas Entscheidendes entgangen. Außerdem sollte er sich noch einmal Richards' und Melanies' Psychogramm widmen und seine Verhörstrategie ausarbeiten. Bislang hatte er sich bei solchen Gesprächen immer auf seine Intuition verlassen.

Allerdings hat auch noch nie so viel auf dem Spiel gestanden wie dieses Mal, dachte Hunter, als er das Bad verließ und sein Blick auf Mariella fiel. Mit einem Lächeln auf den Lippen schlief sie tief und fest in seinem Bett. Der Anblick gefiel ihm. Wenn es nach ihm ginge, würde sie auch die nächste, die übernächste und eine ganze Reihe an weiteren Nächten dort verbringen.

Lautlos ging Hunter vor Mariella in die Hocke und betrachtete ihr Profil. Ihre Züge waren vollkommen entspannt. Selten hatte er sie derart gelöst gesehen. Hunter konnte der Versuchung nicht widerstehen und strich zärtlich mit dem Rücken seiner Finger über ihre Wange. Sofort verstärkte sich ihr Lächeln und ihr Gesicht schmiegte sich gegen seine Hand. Für einen kurzen Moment legte sich auch über ihn eine himmlische Ruhe. Die Versuchung, sich wieder auszuziehen und sich zu Mariella unter die Decke zu legen, war groß. Doch Hunter wusste, dass er ihr über kurz oder lang nicht würde widerstehen können. Er würde sie streicheln und küssen. Sie würde aufwachen und weiter wollte er gar nicht denken, denn dann bräuchte er eine weitere Dusche. Eine eiskalte Dusche.

Unwillig, aber der vernünftigen Stimme in seinem Kopf folgend, verließ er das Schlafzimmer und stellte die Kaffeemaschine an. Noch bevor jedoch die erste Tasse gebrüht war, kehrte seine innere Unruhe zurück.

Während der nächsten zwanzig Minuten las er noch einmal seine Unterlagen durch, doch seine Nervosität wuchs von Minute zu Minute und plötzlich bemerkte Hunter, dass er den Sinn der Wörter nicht aufnahm, obwohl er bereits jeden Satz zweimal las. Seufzend schloss er seinen Laptop und warf einen Blick auf die Uhr. Halb sechs. Es war noch früh, dennoch wollte er ins Büro. Nein, er musste ins Büro.

Hastig überlegte er, ob er Mariella wecken sollte, um sie mitzunehmen, doch er entschied sich dagegen. Sie schlief tief und fest, und sie brauchte ihren Schlaf. Nein, es war besser, wenn er alleine fuhr. Er würde ihr einfach eine Nachricht hinterlassen und sie bitten, ihn anzurufen, sobald sie wach war.

„Was machst du schon so früh hier?“ Verwundert sah Lucas von seinem Schreibtisch auf.

„Ich dachte, wir sind schneller, wenn ein weiteres Augenpaar durch die Unterlagen schaut“, erwiderte Hunter und reichte ihm eine Tasse heißen Kaffee.

„Danke!“ Prüfend musterte Lucas den Freund. „Hast du geschlafen?“

„Eineinhalb Stunden gestern Abend und eine halbe Stunde auf der Couch. Das ist vermutlich mehr als du hattest.“

Lucas seufzte. „Warum kann nie der erste Name auf der Liste ein Treffer sein, kannst du mir das mal erklären?“

Bedauernd grinste Hunter. „Wahrscheinlich wäre das Leben

dann zu einfach. Wie viele sind noch übrig?“

„Vierunddreißig. Einen habe ich zur Seite gelegt. Den Typen sollten wir uns später persönlich ansehen, aber mein Bauch sagt mir, dass er auch nicht unser Mann ist. Ich wollte dennoch nicht riskieren, ihn zu früh auszusortieren. Er heißt Thomas Hoeckman und ist Pharmareferent.“

Lucas schob ihm einige zusammengeheftete Blätter zu. „Schau einmal durch, was ich über ihn zusammengestellt habe und sag mir deine Meinung.“

„Mach ich. Wo ist Em?“

„Sie arbeitet mit Finn drüben im Technikraum an der Liste der Verdächtigen. Zwischendurch haben sie Harry Dunster durch das Programm laufen lassen.“

„Ist das der tote Entführer?“, vergewisserte sich Hunter.

Bestätigend nickte Lucas. „Blake und Parker sind auf dem Rückweg, aber Parker hat vor einer Stunde angerufen und uns das an Informationen gegeben, was sie bis dahin herausgefunden hatten. In seiner Wohnung haben sie einen Notizzettel gefunden, auf dem die Bestandteile eines Brandwurfsatzes aufgelistet waren sowie einen Fernzünder, der auf die gleiche Frequenz eingestellt war wie der Funkempfänger in Mias Dachgeschoss, der das Feuer ausgelöst hat. Der Typ passt im Übrigen auch haargenau auf dein Profil. Gute Arbeit!“

Abwehrend winkte Hunter ab. „Dann kann Blake direkt anfangen, nach Verbindungen von dem Kerl zu Melanie, Richard oder Mark zu suchen.“

„Er ist schon dabei. Em hat sich auch noch einmal ihre beiden Profile angesehen. Bislang hat derjenige einen Mord ja nur in Auftrag gegeben. Dieses Mal hingegen hat er selbst abgedrückt. Das ist ein Unterschied.“

„Und? Was hat sie herausgefunden?“

„Nichts, was eindeutig auf einen von beiden hinweist. Beide sind äußerst zielstrebig, wenn sie etwas erreichen wollen. Es ist jedoch die Frage, wer von beiden bereit ist, dafür selbst zur Waffe zu greifen.“

„Der Typ ist erschossen worden, richtig?“

„Im Bett“, präzisierte Lucas.

Nachdenklich kratzte sich Hunter am Kinn. „Das spricht eher für einen weiblichen Täter.“

„Das war auch mein erster Gedanke. Wenn man nicht krank ist, kann ich mir irgendwie keine Situation vorstellen, in der man einen männlichen Besucher im Bett empfangen würde."

„Ich auch nicht. Es sei denn, der Kerl wurde im Schlaf überrascht."

„Dann hätten wir Spuren am Schloss finden müssen", klärte Blake ihn auf, der in diesem Augenblick zur Tür hereinkam. „Seid ihr weitergekommen?"

„Lucas ist auf einen Kandidaten gestoßen, den er nicht sofort aussortiert hat, aber wahrscheinlich ist er nicht unser Mann", berichtete Hunter. „Allerdings gibt es einige passende Kleinigkeiten unabhängig von der psychologischen Seite seines Profils, beispielsweise arbeitet er für ein Pharmaunternehmen."

„Hat er Beziehungen zu Florida?", hakte Parker nach.

„Es gibt ein paar Urlaubsfotos von ihm aus dem Sonnenstaat. Sie sind zweieinhalb Jahre alt, aber das Thema Florida ist abgehakt", erinnerte ihn Lucas.

„Abgehakt? Wieso?" Verständnislos sah Parker ihn an.

„Hat es dir niemand gesagt? Gallagher hat Blake gestern Abend darüber informiert, dass sie ihren Fall gelöst haben. Sie haben die Frau identifiziert und sind dann sehr schnell auf den Freund als Täter gekommen", klärte Hunter ihn auf.

„Es war wohl eine typische Szene: Er ist eifersüchtig, es kommt zum Streit, er schlägt zu, sie stürzt und alles endet tragisch", ergänzte Blake.

„Hm" Grübelnd ließ sich Parker auf einen Stuhl sinken. „Der Obduktionsbericht las sich irgendwie anders. Aber wenn der Kerl gestanden hat ..."

„Ich habe nicht genauer nachgefragt", entgegnete Blake. „Gallagher meinte, die Tote hätte nichts mit unserem Botoxmörder zu tun und daraufhin habe ich nicht weiter nachgefragt."

„Du denkst nicht, dass es ein Unfall war, Parker", hakte Hunter noch einmal nach.

„Sagen wir, dass ich aus dem Obduktionsbericht, der mir vorgelegen hat, nicht die gleichen Schlussfolgerungen gezogen hätte, aber vielleicht hat der Pathologe noch weitere Untersuchungen durchgeführt." Gedankenverloren sah Parker aus dem Fenster, doch plötzlich richtete er sich auf. „Wisst ihr, dass mich jedes Mal etwas gestört hat, wenn ich das Bild dieses Opfers aus Miami angesehen habe? Ich konnte die ganze Zeit nicht fassen, was es ist, aber jetzt weiß ich es."

„Und was ist es?“, wollte Blake wissen.

„Erinnert ihr euch an die Botoxampulle, die die Frau an einer Kette um den Hals getragen hat?“

„Gallagher sagte, sie hätte das Gift zur Behandlung von Spastiken bekommen“, erinnerte sich Lucas.

„Das ist möglich“, nickte Parker. „Wenngleich es ungewöhnlich ist, dass die Patientin das Botox mit sich führt. Aber darauf will ich gar nicht hinaus. Mein Punkt ist vielmehr, dass diese kleine Ampulle überhaupt nicht verwittert war. Es ist vielleicht nicht verwunderlich, dass die Zeit und das Moor an der Glasampulle keine Spuren hinterlassen haben, aber die Lederkette hätte sich zersetzen müssen.“

„Das ist ein berechtigter Einwand“, erklärte Blake frustriert. „Es hätte mir sofort auffallen müssen, aber ich muss gestehen, dass ich mich nicht gründlich mit Gallaghers Opfer beschäftigt habe. Ich wollte zunächst die Bestätigung abwarten, dass die Fälle tatsächlich zusammenhängen.“

„Die Entscheidung ist nachvollziehbar. Hier haben sich die Ereignisse in den letzten beiden Tagen schließlich auch ziemlich überschlagen“, beschwichtigte Hunter, bevor er wieder Parker ansah. „Warum rufst du den Gerichtsmediziner des MPD nicht an und fragst nach, bevor du dich damit ewig herumquälst?“

„Gute Idee“, fand Parker und suchte bereits in seinem Handy die Nummer der Pathologie des Miami Police Department.

„Meinst du, da ist so früh schon jemand? Es ist erst kurz nach sieben“, gab Lucas zu bedenken, doch Parker nickte zuversichtlich.

„Bestimmt. Ansonsten kann ich immer noch eine Nachricht hinterlassen.“

„Wo ist Mia?“, wollte Blake wissen.

„Sie schläft noch bei mir zu Hause. Ich wollte sie nicht wecken. Schließlich kann sie uns hier nicht helfen, und sie braucht dringend erholsamen Schlaf.“

Bestätigend nickte Blake und lauschte dann Parkers Worten, der mittlerweile tatsächlich Simon Coulier in der Leitung hatte. Stumm gestikulierend bat Hunter den Freund, das Gespräch auf den Lautsprecher zu legen.

„Ja, natürlich erinnere ich mich.“ Die Stimme des Rechtsmediziners füllte den Raum. „Wir haben die Lederkette auch sofort ins Labor gegeben, aber die Ergebnisse werden direkt an die ermittelnden Detectives geschickt. Sie kommen nicht wieder zu uns zurück."

„Es ist reine Neugier, aber könnten Sie Agent Blake McGrey vielleicht Ihren zweiten Obduktionsbericht zusenden?", bat Parker höflich.

Es dauerte einige lange Sekunden, ehe der Mann auf der anderen Seite nachfragte. „Meinen zweiten Obduktionsbericht?"

In den Worten schwang Verständnislosigkeit mit, woraufhin sich Hunter und Parker fragend ansahen.

„Ja. Als Detective Gallagher uns hier in Boston besucht hat, hat ihm nur Ihr erstes Gutachten vorgelegen, und bitte verstehen Sie mich nicht falsch, ich will Ihre Schlussfolgerung in dem Fall wirklich nicht anzweifeln, Dr Coulier. Ich habe mich nur gefragt, was Sie bei einer zweiten Untersuchung gefunden haben, woraus Sie geschlossen haben, dass die Ursache für den Tod der Frau ein häuslicher Streit gewesen ist."

„Ein häuslicher Streit? Dr McNamara, ich fürchte, ich kann Ihnen nicht ganz folgen, denn es gibt keinen zweiten Obduktionsbericht und aus meinen Untersuchungen kann ich die Todesursache auch gewiss nicht auf einen häuslichen Streit zurückführen."

Verwundert sahen sich Lucas, Parker, Hunter und Blake an.

„Aber wie gesagt", hörten sie Couliers Stimme, „ich untersuche nur die Leichen und leite dann meine Ergebnisse weiter. Ich habe keinen Einfluss auf alle anderen Ermittlungen."

„Aber Sie können den Ermittlungsstand einsehen?", bemerkte Parker fragend.

Wieder gab es eine kurze Pause. „Ich kann bei den jeweiligen Detectives nachfragen. In der Regel erhalte ich von Gallagher und Vane allerdings immer früher oder später eine Rückmeldung, wenn ein Fall abgeschlossen ist. Soll ich die beiden bitten, Sie anzurufen, wenn ich einen von ihnen sehe?"

„Nein, danke, das ist nicht nötig", lehnte Parker ab. „Ich rufe Detective Gallagher lieber direkt an. Bitte entschuldigen Sie die Störung."

„Kein Problem."

„Merkwürdig", fand Lucas, nachdem Parker die Verbindung beendet hatte.

„Ich rufe ihn an", verkündete Blake, der sein Telefon bereits in der Hand hatte. Auch er schaltete den Lautsprecher ein und kurz darauf ertönte eine automatische Ansage. „Diese Nummer ist zurzeit nicht zu erreichen. Bitte hinterlassen Sie eine Nachricht."

Blake hinterließ Gallagher eine Nachricht, in der er ihn bat, ihn dringend zurückzurufen. Dann wählte er die Nummer der Polizeizentrale in Miami. Bereits beim zweiten Klingeln wurde das Gespräch angenommen.

„Detective Gallagher, bitte", bat Blake, nachdem er sich vorgestellt hatte.

„Detective Gallagher ist nicht im Haus, Sir. Ich kann Sie mit seinem Partner, Detective Vane verbinden."

„Ja, bitte."

„Einen Moment, Sir."

„Vane", meldete sich kurz darauf eine männliche Stimme.

„Hier ist Blake McGrey vom FBI in Boston. Ihr Kollege, John Gallagher, ist die letzten Tage wegen der Leiche, die Sie in den Everglades gefunden haben, bei uns gewesen. Sein Handy ist im Augenblick nicht erreichbar, aber sicher können Sie uns ebenso helfen. Wir ..."

„Moment", unterbrach Vane ihn scharf. „Was heißt, er ist bei Ihnen gewesen? Er ist immer noch in Boston, richtig?"

Erstaunt weiteten sich Blakes Augen. Seine nächsten Worte wählte er mit mehr Bedacht. „Soweit ich weiß, ist er gestern zurück nach Hause geflogen."

„Das kann nicht sein. Er hat mir gestern Nachmittag eine SMS geschickt, dass er noch ein oder zwei Tage länger bleibt."

Alarmiert richtete sich Blake plötzlich auf. „Wann haben Sie das letzte Mal mit Ihrem Partner gesprochen, Detective Vane?", wollte er wissen.

„Wir haben die meiste Zeit Kurznachrichten ausgetauscht. Wie Sie sich vorstellen können, geht es hier gerade ziemlich hektisch zu. Eine Leiche an einem der Toptouristenziele erhöht den Druck von oben massiv."

„Das kann ich mir denken. Sie haben Detective Gallagher in den letzten Tagen also nicht gesprochen?"

„Er rief mich an, bevor er nach Boston geflogen ist. Er war der Ansicht, dass unsere Jane Doe ein Opfer Ihres Botoxkillers sei und wollte so viel wie möglich über den Mann in Erfahrung bringen. Ich war zunächst nicht sicher, ob es dafür wirklich nötig war, zu Ihnen rauf zu fliegen, aber wenn die Fälle tatsächlich zusammenhängen ist ein direkter Austausch natürlich von Vorteil. Da hat John recht. Er wollte ursprünglich schon gestern zurückfliegen, aber dann schrieb er, dass Sie kurz davor seien, einen Verdächtigen zu verhaften und er hätte daher seinen Flug umgebucht, denn er wollte die Gelegenheit nutzen, den Kerl direkt zu unserer Jane Doe zu befragen, da alles wohl darauf hindeutet, dass sie sein erstes Opfer gewesen ist."

Verwirrt runzelte Blake die Stirn. „Ich dachte, Sie hätten die Frau identifiziert und den Fall abgeschlossen."

„Abgeschlossen? Wie kommen Sie darauf?" Der Mann klang verständnislos.

Foto, schrieb Hunter auf einen Zettel und schob diesen zu Blake hinüber, der sofort reagierte. „Detective Vane, können Sie mir bitte ein Foto Ihres Kollegen senden?"

„Warum?" Der Mann klang immer noch verwirrt.

„Bitte!", bat Blake eindringlich.

„Ja, warten Sie, ich habe eines auf meinem Handy."

„Sehen Sie meine Nummer?"

„Ja, ich habe sie im Display ... Warten Sie! ... So! Erledigt. Das Bild ist raus."

In derselben Sekunde pingte Blakes Handy. Ohne die Verbindung zu beenden, öffnete er den Nachrichtendienst auf seinem Telefon und lud das Foto herunter.

„Jungs, ihr glaubt nicht, was Finn und ich gerade entdeckt haben." Aufgeregt schoss Emily mit einem Ausdruck in der Hand in den Raum. Sie legte das Papier auf den Tisch und drehte das darauf kopierte Gesicht zu Hunter, Harry, Parker und Blake. „Ihr habt keine Ahnung, wer das ist."

„Jedenfalls nicht John Gallagher", stellte Blake fest, währenddessen er ihr den Bildschirm seines Handys entgegenhielt.

„Wer ist das?", fragte Emily verdutzt.

„Der echte John Gallagher", brummte Hunter und klärte sie über die neueste Entwicklung auf, während Blake Dustin Vane am Telefon in Kenntnis setzte.

„Das klingt nicht gut", murmelte Vane. Sein Entsetzen war ihm anzuhören.

„Nein, das tut es nicht", bestätigte Blake mitfühlend. Er konnte nachempfinden, was in dem Mann vor sich ging und als sich an die Geräusche eines zurückschiebenden Stuhls eilige Schritte anschlossen, wusste er, dass sich dieser bereits auf den Weg zum Haus seines Partners gemacht hatte. „Lassen Sie mich wissen, wenn Sie ihn gefunden haben“, bat er leise.

„Finden Sie dieses Schwein!“, war Vanes Reaktion und Blake konnte sie ihm nicht verdenken. Die Wahrscheinlichkeit, dass der echte John Gallagher noch am Leben war, lief gegen Null und allein die Vorstellung, seinen seit Tagen toten Partner in dessen Wohnung auffinden zu müssen, ließ ihn erschaudern. Unwillkürlich meldete ihm sein Gehirn den typischen Leichenverwesungsgeruch und er stützte instinktiv seine Ellenbogen auf der Tischplatte auf. Dann presste er seine Zeigefinger gegen seine Nasenflügel.

Aufmerksam hatte Emily Blakes Reaktion beobachtet. Feinfühlig schob sie ihm ein Glas Wasser zu.

„Danke!“, bemerkte Blake, während er sich wieder aufrichtete.

„Wenn du eine kurze Pause machen willst ...“, begann Hunter.

„Nein“, unterbrach Blake entschieden. „Das hilft Vane nicht und bringt Gallagher nicht zurück. Wir werden unseren Job machen und diesen arroganten Mistkerl schnappen. Die Vorstellung, dass er sich eineinhalb Tage direkt vor unserer Nase befunden hat, ist einfach ... Argh! ... hanebüchen! Wer ist der Typ?“ Wütend deutete er auf das Bild, das Emily mitgebracht hatte.

„Dr Martin Russell, Schönheitschirurg mit eigener Praxis in Downtown. Er hat in Stanford studiert und hat einige Jahre in namhaften Praxen an der Westküste gearbeitet. Anschließend hat er sich in Florida selbstständig gemacht, wo er seine Praxis vor zwei Jahren aufgegeben hat. Zeitlich müsste die Schließung ungefähr zwei bis drei Monate nach dem Tod von Jane Doe in Florida liegen“, resümierte Emily. „Seine Mutter war vor achtundvierzig Jahren Miss America und hat im gleichen Jahr eines der männlichen Jurymitglieder geheiratet. Der Vater gehörte zu den Wirtschaftsmogulen der Westküste. Er ist vor fünfzehn Jahren gestorben, hat aber ein beträchtliches Vermögen hinterlassen. Das Erbe war das Startkapital für Russels Praxis in Miami.“

„Mit dem Umzug nach Florida hat er die größtmögliche Entfernung zu seiner dominanten Mutter gewählt“, urteilte Lucas.

„Danach sieht es aus“, stimmte Emily zu. „Ich vermute, dass die unbekannte Tote tatsächlich sein erstes Opfer ist. Sie hatten eine Beziehung, es gab Streit und er hat sie umgebracht.“

„Oder er wollte eine Beziehung haben und sie hat seine Gefühle nicht erwidert“, strickte Hunter die Geschichte um. „Möglicherweise war sie eine Patientin.“

„Er hat sie in der Praxis getötet“, spann Lucas die Geschichte weiter. „Das würde den Umzug erklären. Die Räume haben ihn zu sehr an das Geschehene erinnert. Ebenso die Stadt. Er hatte Gewissensbisse."

„Vielleicht hatte er den Mord gar nicht geplant", überlegte Parker. „Etwas ist an jenem Abend zwischen den beiden schiefgelaufen und bei ihm ist eine Sicherung durchgebrannt. Das Botox war einfach gerade zur Hand."

„Nachdem er sich jedoch in Boston eingelebt hat und innerlich zur Ruhe gekommen ist, hat sich der ethische Aspekt seiner Tat immer mehr verloren", fuhr Emily fort. „Er hat sich für seine Tat gelobt. Schließlich musste jemand diese Frau bestrafen. Und plötzlich kam die Euphorie zurück, die er in jenen Minuten der innehabenden Macht empfunden haben musste. Er erkannte, welch perfekte Waffe das Botox für ihn war. Endlich konnte er die männliche Dominanz leben, die seine Mutter ihm eingetrichtert hatte, der sich aber kein weibliches Wesen der heutigen Zeit mehr fügen wollte."

„Er mordet also in regelmäßigen Abständen, um sich selbst gegenüber zu beweisen, welch toller Hecht er ist?", fragte Blake in die Runde.

„Vereinfacht ausgedrückt, ja", stimmte Parker der Annahme zu.

„Doch dann unterstellt ihm die Presse die Entführung von Mia Anderson, mit der er nichts zu tun hat", sprach Blake laut seinen nächsten Gedanken aus.

„Das ist für ihn ein Schlag ins Gesicht", kommentierte Emily. „In Russels Weltbild erhält jeder das Ergebnis seiner Leistung, wobei jeder für seine Leistung eigenverantwortlich ist. Aus diesem Grund unterstützt er auch keine einzige Hilfsorganisation, denn wenn du ordentlich arbeitest, brauchst du schließlich keine Hilfe. Jeder muss sein Leben aus eigener Kraft schaffen."

„Was genau war seine Leistung in Bezug auf das Erbe seines Vaters, das ihm die Selbstständigkeit ermöglicht hat?", murmelte Blake missfallend, doch er winkte ab, als Emily zu einer Antwort ansetzte. „Vergiss es, es ist nicht wichtig. Er ist also generell nicht bereit zu teilen."

„So ist es", bestätigte Emily.

„Er beginnt dementsprechend, den Täter auf eigene Faust zu suchen. Soweit verstehe ich das", bemerkte Blake. „Aber er ist ein ganz beträchtliches Risiko eingegangen, als er mit uns als John Gallagher in Kontakt getreten ist."

„Allein die Tatsache, dass ihn jemand kopiert, hat ihn wütend gemacht. Allerdings glaube ich nicht, dass dies genügt hätte, das von dir beschriebene Risiko auf sich zu nehmen", überlegte Lucas. „Zumindest nicht beim ersten Versuch."

„Das sehe ich genauso", meinte Emily. „Ich glaube, was ihn letztendlich dazu gebracht hat, sich auf die Suche nach dem Kerl zu begeben, ist Mariellas Flucht. Nicht genug, dass Dunster seine Methode benutzt hat, er hat dabei auch noch versagt und Versagen ist für Martin Russel das Allerschlimmste. Es ist erniedrigend."

„Ohne Anhaltspunkt hatte er allerdings keine Chance, den Mann zu finden", dachte Blake laut. „Also sorgt er dafür, dass sein erstes Opfer in Florida gefunden wird, findet heraus, wer den Fall bearbeitet und taucht hier im Namen des Detective auf."

„Zwischendurch ist er noch einmal nach Miami zurückgeflogen. Er hat Gallagher außer Gefecht gesetzt, wie immer er das auch angestellt hat, und hat den Mann seinen Partner anrufen lassen, um ihm mitzuteilen, dass er nach Boston fliegt. Wahrscheinlich hat er dabei auch sowohl den Entsperrungscode für Gallaghers Handy als auch den Code für dessen polizeilichen Aktenzugang erfahren", fuhr Lucas fort.

Ein dunkler Summton verkündete die Ankunft einer SMS auf Blakes Handy. „Die Nachricht ist von Vane", verkündete er, als er die Absendernummer sah. Er öffnete die Nachricht und schluckte einmal, ehe er das Display den anderen zeigte. Es war ein Bild des echten John Gallaghers. Er lag tot auf dem Fußboden seiner Küche. In seiner Brust steckte eine Spritze.

„Er hat ihn auf die gleiche Weise getötet wie seine anderen Opfer", flüsterte Blake, dann räusperte er sich. „Okay, Russel schleicht sich also bei uns ein. Er erfährt, dass es einen Täter und einen Auftraggeber gibt ..."

„... und erhält auch noch ein erstklassiges Profil des Täters", erinnerte Hunter stöhnend.

„Das ist nicht deine Schuld", bemerkte Blake sofort. „Ich habe Gallagher im System überprüft. Er war authentisch, wie auch seine Marke. Die Dienstnummer stimmte mit seiner Dienststelle überein und auch all die Dokumente, die er uns vorgelegt hat, wie beispielsweise den Obduktionsbericht, waren offiziell."

„Kein Wunder, wenn er alle Zugangscodes aus dem echten Gallagher herausgepresst hat", brummte Parker.

„Und wir haben ihm vollen Zugang zu unseren Akten gewährt",

stöhnte Blake.

„Verdammt! Wir hätten ihn fassen können!“ Frustriert raufte sich Lucas die Haare. „Wisst ihr noch, als der Typ sich verabschiedet hat und das Wort ‚Kreisverkehr‘ benutzte? Da er schon so lange in Boston wohnt, ist er über die Vokabel gestolpert. Der Patzer ist uns sogar aufgefallen. Dennoch haben wir nicht reagiert. Wir haben versagt.“

„Wir haben seine Erklärung akzeptiert, weil wir keinen Grund hatten, den Mann zu verdächtigen“, urteilte Parker.

„Zukünftig müssen wir noch gründlicher arbeiten“, folgerte Hunter und wandte sich dann wieder an Blake. „Wie hat Russel von Harry Dunster erfahren?“

„Nachdem ich ihm am Telefon berichtet habe, dass wir einen Kollegen darauf angesetzt haben, sich in der Szene umzuhören, hat er sich vermutlich auf die gleiche Suche begeben. Wahrscheinlich ist er in derselben Kneipe auf Dunster gestoßen wie unser Cop. Das erklärt auch den eingegangenen Notruf, dem der Polizist gefolgt ist, ohne eine Spur des gemeldeten Überfalls zu finden. Russel hat ihn fingiert.“

„Welcher Notruf?“, hakte Lucas nach und Blake klärte alle kurz darüber auf.

„... dann ist er ist zu der Adresse gefahren und hat Dunster umgebracht“, endete Blake.

Nachdenklich schüttelte Hunter den Kopf. „Das glaube ich nicht. Russel hätte ihn nicht erschossen. Er hätte auch hier die Spritze genutzt, denn er brauchte Informationen von Dunster, die dieser sicher nicht freiwillig herausgegeben hätte. Nein, Russel ist nicht der Mörder von Dunster. Wenn er es wäre, hättet ihr Folterspuren gefunden. Ich glaube vielmehr, dass Russel zu spät war. Dunster war schon tot, als er die Wohnung betreten hatte.“

„Dann müssen Mark, Melanie oder Richard Harry Dunster getötet haben“, überlegte Blake.

„Wahrscheinlich Melanie oder Richard“, schränkte Hunter ein.

„Mist!“, rief Blake plötzlich aus. „Ich habe Gallagher, also ich meine Russel, gestern am Telefon gesagt, dass wir entweder Mias Bruder, einen Seniorpartner oder dessen Frau als Drahtzieher verdächtigen. Da er zuvor vollen Zugang zu den Fallakten hatte, kann er daraus auf Mark, beziehungsweise die Freemans schließen. Ich werde sicherheitshalber einen Wagen zu beiden Adressen schicken, während ich selbst bei Martin Russel vorbeischauen werde.“

„Das wird eine Überraschung für den Kerl werden“, meinte Parker grinsend. „In seiner überheblichen Arroganz glaubt er, uns immer noch meilenweit voraus zu sein. Er rechnet nicht damit, dass wir ihn jemals entlarven.“

„Dann holen wir den Typen mal zurück auf den Boden der Tatsachen. Hat zufällig jemand Lust auf einen Besuch bei einem Schönheitschirurgen?“ Fragend sah Blake in die Runde.

„Ich wollte mir schon immer die Nase richten lassen“, erwiderte Emily grinsend.

„Deine Nase ist absolut fein“, entschied Lucas. „Aber mein Kinn könnte etwas kantiger sein.“

„Du hast recht. Du hast es nötiger als ich“, gab Emily nach.

„Was?“, reagierte Lucas entsetzt. „Was soll das heißen?“

„Warum kommt ihr nicht beide mit?“, bot Blake an.

„Einverstanden“, stimmte Lucas zu.

Emily zögerte kurz, doch dann erhob sie sich. „Einverstanden!“

KAPITEL 31

Mariella erwachte langsam aus einem schönen Traum. Selig kuschelte sie sich in die warme Decke. Sie spürte, dass sie alleine in dem großen Bett lag, aber sie fühlte sich so unbeschwert wie seit vielen Wochen nicht mehr und sie war noch nicht bereit, das Gefühl wieder herzugeben.

Sie wäre gerne in Hunters Armen aufgewacht, aber sie verstand, dass er vorher aufgestanden war. Schließlich hoffte er, heute den Botoxmörder zu identifizieren. Vor einer großen Gerichtsverhandlung verspürte sie auch immer eine positive Unruhe und sie stand früh auf, um noch einmal alle Unterlagen durchzugehen.

Seufzend richtete sie sich im Bett auf. Es wurde Zeit, dass sie ihre Arbeit wieder aufnahm. Sie vermisste die Kanzlei, die Mitarbeiter, die Kunden. Sie würde in Zukunft versuchen, ein besseres Verhältnis zwischen Beruf und Freizeit zu finden, aber Urlaub hatte sie erst einmal genug gemacht. Sie brauchte die fachliche Herausforderung.

Ob Hunter meine Freizeit teilen würde?, fragte sich Mariella unwillkürlich auf dem Weg ins Bad. Sie hoffte, dass seine Worte in der Nacht ehrlich gewesen waren und der intime Austausch für ihn wirklich mehr gewesen war als nur Sex, denn für sie war er auf jeden Fall von Bedeutung gewesen. Mochte Hunter ihr auch unterstellen, dass sie ihre Gefühle nicht klar unterscheiden konnte, so wusste sie doch, dass er an dieser Stelle falsch lag. Sie wusste, was sie empfand. Und sie empfand eine Menge für Hunter Holmes.

Mariella duschte und zog sich an. Dann verließ sie den privaten Teil der Wohnung. Sie hatte damit gerechnet, Hunter zu sehen, sobald sie die Schlafzimmertür öffnete, doch der große offene Wohnraum war leer. Verdutzt ging sie hinüber zu der offenen

Küche. Auf der Theke fand sie einen Zettel.

Hallo Sweetheart, ich bin schon mal ins Büro gefahren. Du hast so tief geschlafen, dass ich dich nicht wecken wollte. Aber ich hole dich ab, sobald du wach bist. Ruf mich einfach an. Ich freue mich auf dich. H.
P.S. Kaffeepulver steht neben der Maschine.

Lächelnd warf Mariella einen Blick auf die Uhr. Halb acht. Es war noch früh. Sie würde einen Kaffee aufsetzen, Hunter anrufen und dann würde sie sich in der Kanzlei melden. Es wurde Zeit, dass sie sich zumindest über den aktuellen Stand bei den wichtigsten Kunden informierte. Sie wollte ihren Plan gerade in die Tat umsetzen, als ihr Telefon klingelte.

Mel, erkannte Mariella mit einem Blick auf die Nummer. Sie zögerte kurz, doch dann nahm sie das Gespräch an. Sie konnte verstehen, dass ihre Freundin sauer war. Melanie hatte schon nicht verstanden, dass sie das Frühstück vorgestern Morgen abgesagt hatte, aber sie war regelrecht beleidigt gewesen, als Mariella später auch nicht bei ihr hatte übernachten wollen. Sie hatte ihr vorgeworfen, dass sie einem wildfremden Mann mehr vertraute als ihr und Mariella konnte nicht leugnen, dass dies der Wahrheit entsprochen hatte.

Sie war auch jetzt nicht sonderlich erpicht auf eine weitere Diskussion mit Melanie. Wahrscheinlich würde Mel ihr Vorwürfe machen, dass sie im Laufe des Vormittags von Agent McGrey und Hunter verhört werden würde. Doch Mariella konnte daran nichts ändern. Zwar konnte sie sich noch immer nicht vorstellen, dass ihre Freundin hinter der Entführung steckte, aber dennoch konnte sie die Schlüsse nachvollziehen, die die anderen gezogen hatten.

Um einen freundlichen Ton bemüht, nahm Mariella das Gespräch an. „Hi, Mel, wie geht es dir?"

„Mia? Mia!" Panisch schrie Melanie in den Hörer. „Oh Gott, ich habe mir solche Sorgen gemacht! Bist du noch bei diesem Hunter?"

Irritiert von der aufgewühlten Stimmung ihrer Freundin zog Mariella automatisch die Brauen über ihren Augen zusammen. Sie zögerte kurz, doch dann entschied sie, dass sie keinen Grund hatte zu lügen. „Ja, bin ich. Warum? Was ist los?"

„Du musst die Wohnung sofort verlassen. Ihr müsst sie beide sofort verlassen."

„Ich bin alleine hier. Hunter ist schon im Büro“, erklärte Mariella. „Was ist passiert?“

„Mia, ich glaube, Richard steckt hinter allem. Es ist so furchtbar.“

„Richard?“ Obwohl Mariella wusste, dass auch Hunter und Blake den Mann verdächtigten, fiel es ihr schwer zu glauben, was sie hörte. Sie kannte Richard ihr halbes Leben lang. Er war der engste Vertraute ihres Vaters gewesen. „Wie kommst du darauf?“

„Es ist eine lange Geschichte. Ich erzähle sie dir, wenn ich bei dir bin.“

„Du bist auf dem Weg hierher?“

„Was sonst? Du musst die Wohnung verlassen.“

Hunters Worte vom Vortag kamen Mariella ins Gedächtnis und auch wenn sie es hasste, Richard war nicht der einzige Verdächtige. „Mel, ich werde ganz sicher nicht irgendeine überstürzte Entscheidung treffen, solange ich nicht einmal weiß, worum es überhaupt geht.“

Melanie seufzte. „Wir haben gestritten.“

„Wer? Du und Richard?“

„Ja“, winselte Melanie.

„Jedes Paar streitet hin und wieder.“

„Ja, aber nicht so. Richard war wütend. Richtig wütend. Er ist mit einem Golfschläger auf mich losgegangen. Er wollte mich umbringen, Mia.“

Verständnislos runzelte Mariella die Stirn. „Richard hat dich angegriffen?“

Laut schluchzte Melanie auf. „Es ist so furchtbar! Es ist alles meine Schuld. “

„Was genau ist deine Schuld? “

„Richard hat immer damit gerechnet, dass dein Vater dir eines Tages die Kanzlei vermachen würde, aber er ist dabei immer davon ausgegangen, dass er den Vorsitz der Geschäftsführung übernehmen würde, zumindest für die nächsten zehn bis fünfzehn Jahre, bis du genügend Erfahrung gesammelt und vielleicht auch irgendwelche Kinder großgezogen hättest. Danach hätte er sich in Ruhe zurückgezogen. Aber plötzlich ist alles anders gekommen als er es sich ausgemalt hat und er glaubt, dass unsere Ehe nun kaputt ist, weil nicht die entsprechende Position unter seinem Namen auf der Visitenkarte steht. Dabei haben die beiden Dinge nicht das Geringste miteinander zu tun.“

„Eure Ehe ist kaputt?“ Mariella kam sich vor wie ein Papagei. „Seit wann?“

Einen kurzen Moment lang hörte Mariella nur die Verkehrsgeräusche im Hintergrund, doch dann kehrte Melanies Stimme zurück.

„Im Grunde hätte ich Richard nie heiraten dürfen. Erinnerst du dich noch, was du gesagt hast, als ich dir erzählt habe, dass ich mit ihm ausgehe?“

„Ich habe dich gefragt, ob der Altersunterschied kein Problem für dich sei, was du vehement verneint hast.“

„Richtig, aber ich habe mich geirrt. Fünfundzwanzig Jahre sind eine Menge. Ich habe mich blenden lassen von all seiner Erfahrung und natürlich auch von der gesetzten Position. Er konnte mir Sachen bieten, die sich jemand, der am Anfang seiner Karriere steht, erst über Jahre hinweg erarbeiten muss und du weißt, dass ich dieses luxuriöse Leben liebe.“

„Ja, das weiß ich. Das hat sich auch nicht geändert, oder?“

„Nein, das hat es nicht“, entgegnete Melanie traurig. „Nur habe ich auch noch andere Bedürfnisse.“

„Ich bin nicht ganz sicher, ob ich dich richtig verstehe, Mel. Willst du damit sagen, dass du Richard betrogen hast?“

„Ich ... ich habe ein Verhältnis mit Mark, Mia, und Richard hat es herausgefunden.“

„Du hast was?“, entsetzte sich Mariella.

„Ich weiß, ich hätte es dir sagen sollen, aber du bist in letzter Zeit so distanziert gewesen. Du hattest nie Zeit und ich hatte Angst, dass du mich dann endgültig verurteilst. Ich meine, seinen Mann zu betrügen ist schon schlimm genug, aber dann auch noch mit dem Bruder der besten Freundin ... das ist nicht gerade eine Glanzleistung. Aber Mark ist ... was soll ich sagen, du kennst ihn. Du weißt, was er für einen Körper hat.“

Mia schüttelte sich innerlich. Mark und Mel hatten eine Affäre? Seit wann? Warum hatte sie nie etwas gemerkt? War sie wirklich derart von ihrer Arbeit besessen gewesen, dass sie überhaupt nicht mehr mitbekommen hatte, was um sie herum geschah?

Offensichtlich, bekannte sie widerstrebend.

„Richard wird mich umbringen“, jammerte Melanie.

„Das wird er nicht. Er wird sich beruhigen, und ihr werdet die Sache wie zwei erwachsene Menschen miteinander klären.“

„Ich weißt nicht, ob das möglich sein wird“, bezweifelte Melanie.

„Ich brauche einen guten Scheidungsanwalt. Du wirst mich doch vertreten, oder?"

Mariella schluckte. Was war das alles für ein Chaos! Normalerweise würde sie ihre Freundin selbstverständlich beraten, aber Richard war ihr Partner. Sie musste jeden Tag mit ihm arbeiten. Das war keine gute Ausgangsposition für einen Rechtsstreit.

„Du solltest im Augenblick keine schnellen Entscheidungen treffen", antwortete sie vorsichtig. „Es ist in den nächsten Wochen genügend Zeit, um in Ruhe zu überlegen, was du möchtest."

„Aber du hilfst mir? Du wirst zu mir halten."

„Natürlich helfe ich dir, Mel. Wenn du dich allerdings tatsächlich von Richard trennen willst, dann brauchst du eine Scheidungsanwältin. Von Familienrecht habe ich nicht mehr Ahnung als du. Aber ich werde dir eine gute Adresse besorgen. Das verspreche ich. Einverstanden?"

„O-okay. Ich bin jetzt übrigens da. Komm runter und beeil dich, Mia, bevor die Wohnung in die Luft fliegt."

Mariellas Herz setzte für einen Schlag aus. „Wovon redest du?"

„Ich sagte dir doch, dass Richard hinter allem steckt", erwiderte Melanie nervös. „In seiner Wut hat er ein paar Sachen gesagt, die mich stutzig gemacht haben. Unter anderem meinte er, dass wir schon in ein paar Tagen seine Übernahme der Kanzlei verkünden könnten. Dann hätte ich keinen Grund mehr, mit einem Versager wie Mark ins Bett zu gehen. Er hat so schreckliche Dinge gesagt, Mia. Ich dachte immer, er würde Mark und dich respektieren, aber das Gegenteil ist der Fall. Er schimpfte, dass du anscheinend neun Leben hättest, aber erklärte gleichzeitig, dass sie heute ausgebraucht seien. Dieses Mal, meinte er, würde er persönlich dafür sorgen, dass du den Flammen nicht entkommst. Zeitlich hätte er auch alles so geplant, dass unser Gespräch heute früh bei H.E.L.P. ausfallen würde. Er hat noch einige andere Sachen gesagt, die ich nicht verstanden habe, aber ich bin mir ziemlich sicher, dass er die Gasleitung zu Hunters Apartment von jemandem hat manipulieren lassen. Er wird die Wohnung in die Luft jagen."

Mariella runzelte die Stirn. „Woher sollte Richard die Adresse haben?"

„Das weiß ich nicht, Mia, aber es ist anscheinend nicht allzu schwierig, eine Straße und eine Hausnummer in Erfahrung zu bringen. Ich habe sie schließlich auch", reagierte Melanie ungehalten.

„Das ist eine weitere gute Frage: Woher hast du sie?“

„Von Mark“, gestand Melanie. „Er hat sich Sorgen um dich gemacht. Ist das nicht verständlich? Ich meine, du kennst diesen Hunter Holmes kaum. Er könnte alles Mögliche sein.“

„Er ist ein angesehener Wissenschaftler, Mel“, entrüstete sich Mariella. „Und arbeitet für das FBI.“

„Deswegen könnte er deine Situation trotzdem ausnutzen. Könntest du jetzt bitte endlich da rauskommen? Unser Termin bei H.E.L.P. wäre in einer Stunde. Wenn Richard ihn verhindern will, könnte er schon auf dem Weg zu dir sein. Du kannst dich aber auch gerne von ihm in die Luft sprengen lassen.“ Melanie klang nun langsam verärgert.

„Nein, danke. Ich komme. Auf dem Weg nach unten rufe ich Hunter an und informiere ihn über Richard.“

„Mach das und frage ihn gleich, ob wir zu ihm oder lieber ins FBI-Büro fahren sollen.“

Nachdem Mariella die Verbindung getrennt hatte, wählte sie Hunters Nummer. Sofort beim ersten Klingeln, meldete er sich.

„Hallo, Sweetheart, hast du gut geschlafen?“

Hunters weiche Stimme sowie die Liebkosung wärmten Mariellas Herz sofort. „Wie ein Murmeltier“, erwiderte sie. „Seit wann bist du auf?“

„Schon eine ganze Weile“, gab er ausweichend zurück. Sie musste nicht wissen, dass er im Grunde nicht lange im Bett gewesen war. „Soll ich dich abholen oder musst du noch ins Bad?“

„Ich bin schon angezogen, aber Mel hat gerade angerufen. Sie sagt, dass Richard deine Gasleitung manipuliert habe, um eine Explosion in deiner Wohnung auszulösen. Damit will er gleichzeitig den Termin bei euch verhindern. Mel wartet unten. Ich gehe jetzt runter und dann fahren wir gemeinsam zu dir. Einverstanden?“

Hunters Gedanken überschlugen sich. Das Ganze gefiel ihm nicht. Er wollte nicht, dass Mariella alleine mit Melanie im Auto fuhr. Noch immer hielt er die Frau für gefährlich. Allerdings konnte er auch nicht ausschließen, dass tatsächlich ihr Mann hinter allem steckte und wenn Melanie recht hatte, dann war Mariella in seiner Wohnung in Gefahr.

„Hör zu, Mia, gegenüber gibt es ein nettes Café. Dort ist um diese Zeit immer recht viel los. Geh mit Melanie dort hinein und wartet auf mich. Ich brauche zehn Minuten."

„Du willst nicht, dass ich mit ihr fahre?"

„Nein, Liebes." Hunter seufzte. „Ich kann dir nicht sagen, ob von ihr eine Gefahr ausgeht, aber ich kann es auch nicht ausschließen. Mit dem richtigen Auslöser sind sowohl sie als auch Richard potenziell zu einem Verhalten fähig, wie es zu deinem Fall passt." Er zögerte kurz. „Weißt du, dass Melanie und Mark ein Verhältnis haben?"

„Sie hat es mir gerade gesagt. Richard hat es herausgefunden und ist deswegen heute Morgen ausgerastet. In seiner Wut hat er ihr von der Gasleitung erzählt."

„Okay, geht in das Café und wartet dort. Ich bin gleich da."

Als Mariella aus dem Gebäude trat, winkte Melanie ihr hektisch zu. Sie stand neben einem Auto, das direkt an der Bordsteinkante hielt. Mariella eilte auf sie zu und umarmte die Freundin kurz.

„Wessen Auto ist das?"

„Mein Wagen ist in der Werkstatt. Das ist ein Mietwagen. Lass uns fahren."

„Hunter sagt, wir sollen dort drüben in dem Café auf ihn warten. Er ist schon auf dem Weg hierher. Du kannst dort drüben auf den Besucherparkplätzen par..." Mariella hielt inne, als sich der Lauf einer Pistole hart gegen ihre Rippen presste. Entsetzt weiteten sich ihre Augen, als sie begriff, dass sie die falsche Entscheidung getroffen hatte.

Das Gesicht ihrer Freundin war noch immer das ihr bekannte. Die schulterlangen blonden Haare fielen Melanie in weichen Wellen um ein längliches, perfekt geschminktes Gesicht, das in einem spitzen Kinn zulief. Die Wangenknochen wurden von einem Hauch Rouge hervorgehoben und die Nase hatte immer noch den leichten Himmelfahrtsstupser wie eh und je. Dennoch hatte Mariella das Gefühl einer Fremden gegenüberzustehen. Melanies Gesichtsausdruck veränderte ihr Aussehen völlig. Die Augen waren kalt und voller Hass. Jeder einzelne Muskel schien bis zum Zerreißen angespannt und ihre ansonsten vollen Lippen erschienen auf einmal liniendünn.

„Nimm die Sim-Karte aus deinem Handy!", forderte sie.

Mit zitternden Händen entnahm Mariella die Karte und beobachtete kurz darauf, wie Melanie sowohl die Karte als auch das Telefon mit der Fußspitze durch den länglichen Schlitz in den Gulli schob.

„Steig ein und rutsch auf den Fahrersitz durch“, befahl Melanie anschließend. Auch ihre Stimme klang plötzlich anders: diktatorisch, hart, erbarmungslos. „Wenn du schreist, erschieße ich dich auf der Stelle.“

Mariella überlegte einen Moment, ob das nicht die beste Lösung wäre. Wenn sie in dieses Auto stieg, würde Hunter sie niemals finden. Er mochte die richtigen Schlüsse ziehen, wenn er sie mit Melanie nicht in dem Café antreffen würde, aber sie bezweifelte, dass selbst Richard, wenn er ihn überhaupt so schnell erreichte, das Kennzeichen dieses Wagens wusste. Bis sie es über die Werkstatt in Erfahrung gebracht hätten, war Melanie mit ihr längst aus dem lebendigen Stadtgebiet verschwunden. Niemals würde Hunter das Fahrzeug rechtzeitig finden. Doch halt! Es war ein teurer Werkstattwagen. Mit etwas Glück hatte er ein Trackingsystem installiert. Damit war noch nicht alle Hoffnung verloren.

„Steig endlich ein!“, herrschte Melanie und dieses Mal gehorchte Mariella.

„Wo fahren wir hin?“, wollte sie wissen.

„Lass dich überraschen! Bieg an der nächsten Kreuzung links ab.“

„Hunter? Telefon!“ Yvaine Fraser hielt ihm den Telefonhörer entgegen, während er am Empfang vorbeilief.

„Ich hab’ keine Zeit. Notier den Namen, ich rufe zurück. Oder leite das Gespräch an Parker weiter“, rief er ihr im Laufen zu. Er musste so schnell wie möglich zu Mariella.

„Warte, Hunter!“, hielt Yvaine ihn auf. „Ich denke, diesen Anruf solltest du selbst entgegennehmen.“

Etwas in ihrer Stimme ließ Hunter innehalten. Er musterte die Sekretärin einen kurzen Moment, dann kam er die wenigen Schritte zu ihr zurück.

„Holmes“, meldete er sich.

„Hier ist Richard Freeman. Mr Holmes, ist Mariella bei Ihnen?“

Augenblicklich stellten sich Hunters Nackenhaare auf. „Warum fragen Sie?“, gab er statt einer Antwort zurück.

Der Mann am anderen Ende seufzte tief. „Ich glaube, meine Frau ist durchgedreht“, gestand er verzweifelt.

Hunters Herz setzte für einen Schlag aus. Auf seinen Armen bildete sich eine Gänsehaut und er hatte Mühe, den nächsten

Atemzug zu tätigen. „Was heißt das?"

„Ich hoffe, dass ich mich irre, Mr Holmes, und glauben Sie mir, ich habe lange mit mir gerungen, Sie anzurufen, doch wenn ich richtig liege und nicht alles versucht habe, Mariella zu helfen, dann ..."

„Mr Freeman, können Sie bitte auf den Punkt kommen?", unterbrach Hunter den Mann ungeduldig.

„Zufällig habe ich heute Morgen in den Sachen meiner Frau ein Tütchen mit Kokainpulver gefunden." Richards Stimme klang plötzlich tonlos.

Das muss noch nichts heißen, versuchte sich Hunter zu beruhigen, doch die nächsten Worte des Mannes ließen ihn erstarren.

„In dem Kästchen lag auch ein Zettel, auf dem ein Name und eine Straße notiert waren. Zuerst dachte ich, dass Melanie mich betrügt, doch ich habe recherchiert. Die Straße liegt mitten in Dorchester. Das ist eines der schlimmsten Viertel der Stadt. Niemals würde sich Mel mit einem Mann von dort einlassen."

Nein, das würde sie nicht, gab Hunter ihm in Gedanken recht. „Wie lautete der Name?"

„Harry."

Hunter schloss für einen Momente die Augen. Verdammt!

„Das ist noch nicht alles", sprach Richard weiter. „Als wir in dieses Haus gezogen sind, habe ich darauf bestanden, dass Mel eine Waffe erhält. Fenster und Türen sind zwar alarmgesichert, aber in der heutigen Zeit kann man einfach nicht vorsichtig genug sein. Ich komme häufig erst spät nach Hause ..."

„Mr Freeman", mahnte Hunter drängend.

„Ja, ja, ich weiß. Ich hole zu weit aus. Was ich eigentlich sagen wollte, die Waffe ist verschwunden. Ich habe keine Ahnung, wohin meine Frau heute so früh verschwunden ist. Normalerweise steht sie nicht so früh auf und geht schon gar nicht um diese Uhrzeit aus dem Haus. Als ich sie fragte, wo sie hinwolle, meinte sie nur, sie müsse etwas erledigen, aber sie sei rechtzeitig zurück, um mit mir gemeinsam zu dem Termin mit Ihnen zu fahren. Sie bat mich einfach, zu Hause auf sie zu warten."

„Melanie ist bei Mariella", berichtete Hunter, während er gleichzeitig über sein Handy Mariellas Nummer wählte.

„Oh Gott, ich habe es geahnt, nachdem ich weder Mel noch Mariella auf ihren Handys erreicht habe. Warum habe ich nur nicht früher angerufen?"

„Sie hat Mariella gesagt, dass Sie hinter der Sache stecken und Sie heute früh meine Wohnung in Brand setzen wollen."

„Was?" Freeman klang entsetzt. „Wie kann das sein? Das ist krank! Wieso habe ich nicht gemerkt, was in ihr vorgeht?"

Diese Nummer ist zurzeit nicht erreichbar. Sie können gerne ... Leise drang die automatische Ansage aus Hunters Handy. Im Grunde hatte er damit gerechnet, dass Mariellas Telefon abgeschaltet war. Dennoch versetzte ihm die Information einen weiteren Schock. Angestrengt lenkte er seine Konzentration zurück zu seinem Gespräch mit Richard Freeman.

„Jetzt ist keine Zeit für Selbstvorwürfe. In welchem Auto ist ihre Frau unterwegs?"

„In ihrem Mercedes Cabriolet."

„Haben Sie das Kennzeichen im Kopf?"

„Selbstverständlich. Drei, sechs, vier, M, F, neun."

„Sie haben nicht zufällig eine Ahnung, wo Ihre Frau mit Mariella hinfahren könnte?"

„Leider nein. Aber wenn mir etwas einfällt, gebe ich sofort Bescheid."

Hunter beendete das Gespräch und lehnte sich haltsuchend gegen die Empfangstheke. Mit einem Mal fühlte er sich um Jahrzehnte gealtert.

„Probleme?", erkundigte sich Parker, der seinen Blick prüfend über Hunter gleiten ließ.

Mit wenigen Worten informierte Hunter ihn. „Ich glaube, ich fahre trotzdem zu dem zu dem Café. Ich muss mich mit eigenen Augen davon überzeugen, dass sie nicht dort ist."

Zustimmend nickte Parker. „Du kannst ohnehin nichts tun, außer Blake verständigen. Lass uns gehen!"

Verwundert sah Hunter den Freund an. „Du kommst mit?"

„Natürlich. Oder glaubst du, ich lasse dich in dem Zustand fahren? Du bist bleich wie eine Wand. Gib mir die Autoschlüssel."

„Ich gebe sofort eine Fahndung nach Melanies Wagen raus", entschied Blake ohne Zögern, als er von der aktuellen Situation hörte. Fest klang seine Stimme durch die Freisprechanlage von Hunters Wagen. „Habt ihr eine Idee, wo sie mit Mariella hingefahren sein könnte?"

„Keine", gestand Hunter tonlos.

„Vermutlich wird sie es nach Selbstmord aussehen lassen

wollen", überlegte Parker laut. „Drogen und Tabletten scheiden aus. Dafür hätte sie sie nicht entführen müssen."

„Die Waffe hat sie nur als Druckmittel dabei", schloss sich Hunter dem Gedanken an. „Sie weiß nicht, dass wir von dem Kokain und dem Kontakt zu Harry Dunster wissen und sie will es Richard anhängen. Er hat all seine Termine am Vormittag abgesagt und wollte in der Früh von zu Hause aus arbeiten. Er hätte für die Tatzeit also kein Alibi."

„Ein Sprung aus großer Höhe wäre ein gutes Szenario", folgerte Blake.

„Das habe ich auch gerade gedacht", meinte Hunter und auch Parker nickte.

„Das Problem ist nur, es gibt über vierhundert Brücken alleine in Boston", klärte Hunter die anderen auf.

„Woher weißt du das denn?", wollte Blake wissen.

„Ich habe in meiner Schulzeit mal ein Referat darüber halten müssen."

„Das war sicher spannend", urteilte Blake sarkastisch, bevor er wieder ernst wurde. „Vierhundert klingt erst einmal nach einer riesigen Menge. Allerdings wird sich ein Großteil von ihnen nicht eignen. Melanie braucht schließlich eine abgelegene Stelle."

„Wir können Finnlay darauf ansetzen", schlug Parker vor. „Ich wette, er kann schnell ein Programm zaubern, das alle Brücken zusammenfasst und sie nach Kriterien sortiert."

„Gute Idee. Ich rufe ihn gleich an", erklärte Hunter sofort. „Allerdings sollten wir nicht nur nach Brücken suchen. Was ist beispielsweise mit verlassenen Gebäuden?"

„Möglich", fand Blake. „Im Westen gibt es eine Reihe von Gebäuden, die abgerissen werden sollen und daher leer stehen. Ein Sprung vom Dach lässt sich perfekt inszenieren."

„Das sind unzählige Möglichkeiten", stellte Hunter fest.

„Wir müssen es dennoch versuchen", entgegnete Blake. „Wir finden sie, Hunter."

Die Frage ist nur, wann, dachte Hunter, aber er sprach die Worte nicht aus. Er wusste, dass Blake es gut meinte.

„Martin Russel hat seine Sprechstundenhilfe übrigens alle Termine für heute absagen lassen. Angeblich geht es ihm nicht gut", informierte Blake die anderen. „Er ist allerdings auch nicht zu Hause. Die Fahndung nach ihm läuft, aber noch habe ich nichts gehört."

„Seine Praxis eignet sich hervorragend als Tatort“, mischte sich Lucas nun ein, der auf Blakes Seite mithörte. „Sie befindet sich in einer freistehenden Villa mit einem direkten Zugang von der Garage zum Haus.“

„Gibt es noch mehr Mieter?“, erkundigte sich Parker.

„Keine Mieter. Russel ist der Besitzer.“

„Bevor ihr fragt, die Spurensicherung ist schon auf dem Weg“, erklärte Blake. „Wir fahren jetzt zur Praxis zurück und sehen uns dort ebenfalls um. Meldet euch, sobald ihr etwas von Mariella hört.“

„Das machen wir“, versprach Parker und hielt vor dem Café gegenüber von Hunters Wohnung. Gemeinsam gingen sie hinein, doch wie zu erwarten gewesen war, hatte niemand die beiden Frauen gesehen.

„Möchtest du in deiner Wohnung warten oder sollen wir zurück ins Büro fahren“, erkundigte sich Parker, nachdem Hunter unentschlossen neben dem Wagen stehengeblieben war.

„Vielleicht sollten wir zu den Freemans nach Hause fahren“, entschied Hunter und stieg ein. „Vielleicht finden wir in Melanies Computer einen Hinweis.“

Parker sah, wie sehr sich Hunter darum bemühte, normal zu reagieren. Es hatte eine Zeit in ihrer aller Leben gegeben, da hatte sich jeder von ihnen nach außen hin gegeben, als wäre alles in Ordnung, obwohl der seelische Schmerz einen innerlich fast aufgefressen hatte. Es tat ihm leid, Hunter heute wieder in dem gleichen Zustand zu erleben. Er suchte gerade nach passenden Worten, als Hunter leise in den Luftraum des Autos sprach.

„Ich liebe sie, Parker. Ich habe es ihr nicht gesagt, weil ich dachte, sie ist noch nicht so weit, es zu hören, aber nun habe ich vielleicht keine Gelegenheit mehr, ihr meine Gefühle offenzulegen.“

Parker schwieg, denn es gab keine tröstenden Worte, die seinem Freund geholfen hätten.

Hunter räusperte sich, dann richtete er sich auf und drehte seinen Kopf zu Parker. „Fahr los!“, bat er plötzlich energiegeladen. „Es wird Zeit, dass wir etwas Produktives unternehmen statt hier nur rumzusitzen. Selbstbemitleiden kann ich mich noch für den Rest meines Lebens, falls wir Mariella nicht rechtzeitig finden sollten.“

Erleichtert, dass sein Freund wieder Farbe im Gesicht hatte, startete Parker den Motor. „Dann auf!"

So schnell es die Straßenverkehrsordnung zuließ, fuhren die beiden zu dem Haus der Freemans. Sie bogen gerade in die Zielstraße des exklusiven Wohngebiets ein, als Hunters Handy abermals klingelte. Es war Yvaine, die einen Anruf von Richard Freeman weiterleitete.

„Mr Holmes, ich ... ich habe einen furchtbaren Fehler gemacht. Vor fünf Minuten hat die Werkstatt bei uns zu Hause angerufen, dass Mels Wagen fertig sei. Ich ... ich habe vergessen, dass sie ihr Cabriolet gestern früh zur Inspektion gebracht hat."

„Mit anderen Worten, sie ist gar nicht mit ihrem Auto unterwegs?" Fassungslos weiteten sich Hunters Augen.

„Nein. Sie hat einen Leihwagen."

„Haben Sie das Kennzeichen?", presste Hunter hervor. Er hatte Mühe, seine Wut zu unterdrücken. Aus der Mittelkonsole zog er einen Zettel und einen Bleistift hervor, auf dem er das Nummernschild notierte. Verdammt! Das hatte sie mindestens zwanzig wertvolle Minuten gekostet.

„Sie hatte mir letzte Woche gesagt, dass sie einen Termin vereinbart hat, aber ich habe vorhin einfach nicht daran gedacht, dass dies gestern gewesen ist. Allerdings ..." Richard zögerte.

Innerlich zerriss es Hunter vor Nervosität. Er wollte das Gespräch beenden, damit er Blake anrufen und den Fahndungsaufruf ändern konnte, doch etwas in der Stimme des Mannes hielt ihn zurück. „Ist Ihnen noch etwas eingefallen, Mr Freeman?", forderte er ihn ungeduldig zum Weiterreden auf.

„Also, ich weiß nicht, ob es wichtig ist und ob ich überhaupt in die richtige Richtung gedacht habe, aber ich habe den Werkstattmeister nach den letzten Adressen in Mels Navigationssystem gefragt."

Überrascht sahen sich Parker und Hunter an.

„Mel war vorgestern in einem stillgelegten Steinbruch. Ich habe keine Ahnung, was sie dort gewollt haben könnte, außer dass sie sich vielleicht den Ort angesehen hat, um mit Mariella dort rauszufahren. Wenn sie Mariella etwas antun will, wäre der Steinbruch ideal. Man stürzt über hundert Meter in die Tiefe. Wenn ich nur wüsste, was in Mels Kopf vorgeht. Sie war schon die ganzen letzten Wochen wesensverändert, aber ich dachte, es läge einfach daran, dass sie ihren Studienabbruch bereut. Wenn ich gewusst hätte, dass sie ihre eigene Unzufriedenheit auf Mariella überträgt und einen krankhaften Neid auf ihre beruflichen Erfolge entwickelt, hätte ich etwas unternommen."

„Selbstvorwürfe bringen uns im Moment nicht weiter. Haben Sie die Adresse des Steinbruchs?", erkundigte sich Hunter.

Hastig gab Richard Freeman die Angabe durch. „Ich habe mich gerade ins Auto gesetzt und bin jetzt auf dem Weg dorthin. Vielleicht ist es reine Zeitverschwendung, aber ich halte es zu Hause einfach nicht mehr aus."

„Frag ihn nach seinem Wagen", flüsterte Parker.

„Sind Sie mit Ihrem Auto unterwegs?", gehorchte Hunter.

„Ja."

„Was fahren Sie?"

„Einen dunkelblauen Jaguar XJ. Warum?"

„Wir fahren ebenfalls zu dem Steinbruch, aber Sie werden wahrscheinlich vor uns da sein. Es ist gut zu wissen, wessen Auto wir dann dort sehen werden."

„Ich verstehe. Dann treffen wir uns dort. Ich hoffe nur, dass wir die fünfzehn Meilen nicht vergebens rausfahren."

„Ein Steinbruch passt in unser Szenario", urteilte Parker, während er sich in den Verkehr auf der Hauptstraße einfädelte.

„Das stimmt, trotzdem gefällt mir etwas nicht an seiner Geschichte. Seine Worte waren alle richtig, aber die Besorgnis darin klang irgendwie aufgesetzt", stimmte Hunter zu. „Warum hast du nach seinem Wagen gefragt?"

„Er hat gesagt, dass die Werkstatt ihn vor fünf Minuten angerufen hat und er gerade losgefahren sei. Ich denke, wir können unter den gegebenen Umständen annehmen, dass Richard den direkten Weg von seinem Haus durch das Wohngebiet zur Hauptstraße genommen hätte, oder?"

Hunter verstand sofort, worauf der Freund hinauswollte. „Du meinst, er hätte uns entgegenkommen müssen."

Nachdenklich nickte Parker. „Die ganze Zeit haben wir versucht, die Tat entweder Richard oder Melanie zuzuschreiben. Doch was ist, wenn sie das Ganze zusammen durchgezogen haben? Du hast selbst gesagt, dass sich Melanies Selbstbewusstsein durch ihr abgebrochenes Studium im Keller befindet. Sie mag es ignorieren und durch ihren luxuriösen Alltag kompensieren, aber ohne Frage ist sie leicht manipulierbar, vor allem wenn man ihr den weiteren gesellschaftlichen Aufstieg in Aussicht stellt. Ich glaube nicht, dass

Richard Schwierigkeiten hätte, sie davon zu überzeugen, dass er die Karriereleiter noch einen weiteren Schritt steigen würde, wenn Mariella ihm nicht mehr länger im Weg stünde."

Konzentriert begann Hunters Gehirn zu arbeiten. Das war ein völlig neuer Aspekt, der auf den ersten Blick auch nicht abwegig erschien. Dann schüttelte Hunter jedoch den Kopf. „Das Ganze würde nur Sinn ergeben, wenn die beiden einen dritten Schuldigen hätten, dem sie die Sache anhängen können."

„Beispielsweise Mark Anderson", schlug Parker vor.

„Korrekt", stimmte Hunter nachdenklich zu.

„Melanie beginnt also eine Affäre mit dem Bruder, wodurch dieser kein Alibi für die Zeiten hat, in denen sie zusammen waren, solange sie dies nicht bestätigt."

„Ich habe nicht alle seine geposteten Bilder kontrolliert, aber zu der Zeit als beispielsweise das Feuer in Mias Haus ausgebrochen ist, war er angeblich beim Kartfahren", berichtete Hunter. „Allerdings hatte eben diese Bahn an jenem Tag wegen einer privaten Firmenbuchung gar nicht geöffnet. Das sähe also nicht gut für ihn aus."

„Das Gleiche gilt für seine Verbindung in die Drogenszene", führte Parker den Gedanken weiter. „Wenn Mariella aus dem Weg wäre und Mark wegen Drogenbesitz' und versuchten Mordes angeklagt würde, dann wäre der Name ‚Anderson' in der Jurawelt nicht mehr viel wert. Vor allem nicht, wenn Richard damit drohte, die Kanzlei zu verlassen. Natürlich könnte er auch, nobel wie er ist, anbieten, die Kanzlei vollständig zu übernehmen und damit den größten Schaden abwenden. Auf den durch die ganze Geschichte gesunkenen Marktwert der Kanzlei kann er sogar großzügig noch zehn Prozent oben drauflegen, dann würde er wahrscheinlich immer noch ein Schnäppchen machen."

Grübelnd fuhr sich Hunter durch die Haare. „So weit klingt alles logisch. Doch mit den letzten Ereignissen zerfällt die Theorie leider zu Sternenstaub."

„Du meinst, weil Richard den ganzen Verdacht auf seine Frau gelenkt hat?"

„Ja. Warum würde er berichten, dass er das Kokain bei ihr gefunden hat, wenn sie gemeinsame Sache gemacht hätten? Und warum würde er uns dann jetzt zu diesem Steinbruch leiten?"

„Hm!", überlegte Parker. „Du hast recht. Vielleicht sollten wir noch eine andere Theorie im Kopf durchspielen. Das klingt jetzt vielleicht etwas verrückt, aber was ist, wenn Richard Melanie von Anfang an benutzt hat?"

„Du meinst, er hatte von Anfang an vor, seine Frau am Ende mit Mariella loszuwerden?"

Parker nickte. „Er wäre intelligent genug, um all das zu planen."

„Da bin ich hundertprozentig bei dir."

„Aber?", hakte Parker nach, als Hunter nicht weitersprach.

„Kein Aber. Ich denke über Richards Motiv in Bezug auf seine Frau nach. Wir wissen, warum er Mia loswerden möchte, aber warum Melanie?"

„Keine Ahnung. Vielleicht hat er eine andere Frau und sieht die Sache als gute Gelegenheit, zwei Fliegen mit einer Klappe zu schlagen."

„Möglich."

„Oder unser Programm hat ihn so nervös gemacht, dass er den Termin bei uns heute früh unter allen Umständen vermeiden wollte. Vielleicht hat er befürchtet, dass wir in einem Gespräch die Wahrheit herausfinden würden."

„Auch möglich", nickte Hunter. „Er schiebt die Schuld also auf seine Frau, indem er seinen Verdacht uns gegenüber zu einem Zeitpunkt ausspricht, an dem wir glauben, noch Einfluss nehmen zu können. Der erste Anruf kommt, als Mariella definitiv noch lebt, sich aber schon in Melanies Händen befindet. Jede Warnung kommt für sie also zu spät. Dann nennt er uns absichtlich das falsche Kennzeichen und informiert uns über den Steinbruch in dem Wissen, dass wir es niemals schaffen werden, rechtzeitig zu Mariellas Rettung dort zu sein."

„Er hingegen befindet sich schon vor Ort. Er wartet, bis Melanie Mia den Abgrund hinuntergestoßen hat, oder vielleicht hilft er auch selbst nach, und sorgt anschließend dafür, dass Melanie ihren Tod auf die gleiche Weise findet. Uns gegenüber stellt er alles als tragischen Unfall dar. Er hat versucht, seine Frau aufzuhalten, aber als sie ihn gesehen hat, hat sie sich gemeinsam mit Mia in die Tiefe gestürzt."

„Richard Freeman wird, getroffen von so viel Tragik, von der ganzen Bostoner Gesellschaft bedauert und unterstützt werden. Die Kanzlei geht an Mark, der aufgrund seiner finanziellen Schwierigkeiten einem Verkauf sofort zustimmt", schlussfolgerte Hunter. „Verdammt! Wieso sind wir darauf nicht früher gekommen? Gib Gas, Parker. Wir müssen zu diesem Steinbruch!"

Während Parker den Wagen auf dem Highway nach Süden beschleunigte, wählte Hunter abermals Blakes Nummer.

KAPITEL 32

Mariella stolperte über die Steine. Mit der Waffe in der Hand trieb Melanie sie über das Felsplateau des stillgelegten Steinbruchs, das sich weitläufig vor ihr erstreckte. Mit dem Wagen waren sie an den höchsten Punkt gefahren, dann hatte Melanie sie gezwungen, auszusteigen.

Hinter Mariella lag ein lichtes Waldgebiet, doch vor ihr ging es senkrecht hinunter in die Tiefe. Entsetzt starrte sie in den Abgrund. Sie verstand, was Melanie vorhatte. Panik überfiel sie, aber sie versuchte, die Angst zu unterdrücken. Sie musste denken können.

Zitternd drehte sie sich um. „Mel, warum tust du das?“

„Geh weiter!“

„Ich gehe nicht weiter!“, entschied Mariella mit einem Mal. „Du willst, dass ich dort hinunterspringe, aber das werde ich nicht tun. Wenn du mich töten willst, dann musst du die Pistole in deiner Hand abfeuern.“

„Wenn du glaubst, dass ich das nicht tun werde, irrst du dich“, erwiderte Melanie kalt. Ihre Stimme klang jedoch nicht ganz so überzeugend wie zuvor.

„Wie willst du die Kugel in meinem Körper erklären? Wenn du mich erschießt, wird es kein Gerichtsmediziner als Suizid deklarieren.“

„Du unterstellst, dass man dich findet, doch das wird nicht passieren.“

Mariella entschied, umzuschwenken. „Mel, was habe ich dir getan? Was ist aus unserer Freundschaft geworden?“

„Du fragst mich ernsthaft, was aus unserer Freundschaft geworden ist? Seit ich Richard geheiratet habe, hast du dich mehr und mehr zurückgezogen. Du hast immer weniger Zeit für mich gehabt.“

„Ich habe gearbeitet, Mel. Das hatte nicht das Geringste mit dir zu tun."

„Ach ja? Und warum hast du dann immer wieder Richard gebeten, mich dazu zu überreden, meinen Abschluss nachzuholen? Warum hast du ihm gesagt, dass es auch für ihn besser wäre, eine Frau mit einem abgeschlossenen Studium an seiner Seite zu haben? Sagtest du nicht, es spiele keine Rolle, ob seine Frau arbeiten würde oder nicht, aber dass ein Abbruch des Studiums für ihn peinlich sei?"

„Mel, das habe ich nie behauptet", widersprach Mariella erstaunt. „Ich habe deine Entscheidung immer akzeptiert."

„Komm schon, du musst nicht lügen. Du hast selbst zu mir gesagt, dass ich zuerst mein Examen machen soll."

„Ich habe dich gebeten, darüber nachzudenken, ob du wirklich ein halbes Jahr vor dem Ende deines Studiums alles hinwerfen willst, aber nicht, weil es peinlich sein könnte, sondern weil ich einfach nicht wollte, dass du es irgendwann bereust."

„Richtig, für dich war es immer wichtig, gut zu sein und zu gewinnen und genau da sind wir beim zweiten Punkt. Obwohl du so gut wie keine Berufserfahrung hattest, hast du den Vorsitz der Kanzlei an dich gerissen."

Erstaunt lauschte Mariella den Worten, die Melanie voller Hass ausrief. „Ich habe ihn nicht an mich gerissen", korrigierte sie. „Mein Vater hat dies testamentarisch festgelegt, aber es war immer sein Wille, dass Richard als Seniorpartner neben mir steht. Nicht einmal habe ich eine Entscheidung gegen seinen Willen getroffen. Im Gegenteil. Ich habe ihn immer um seine Meinung gebeten und bin ihr letztendlich auch gefolgt, selbst wenn ich ursprünglich geplant hatte, eine andere Entscheidung zu treffen."

„Du hast ihn benutzt, weil du zu jung bist", gab Melanie hasserfüllt zurück. „Und als er gehen und sich selbstständig machen wollte, hast du ihm so viele Steine in den Weg gelegt, dass ihm nichts anderes übrigblieb, als seine Pläne zu begraben. Ich hätte dies niemals von dir erwartet. Du hast immer so getan, als ob dir Geld und Prestige nicht wichtig seien, aber als du plötzlich die Möglichkeit hattest, darüber zu verfügen, hast du beides mit vollen Händen ergriffen. Du hast Richard seines Jahresbonus' beraubt und dir selbst den Vorsitz geschnappt, der dir Zugang zu den großen Societyevents des Jahres gewährt. Du hast mich die ganze Zeit hinters Licht geführt."

„Ich habe Richard keinen Bonus gestrichen." Fassungslos starrte

Mariella die Frau ihr gegenüber an, von der sie gedacht hätte, sie sei ihre Freundin. „Und Richard hat die gleichen Einladungen erhalten wie ich."

„Du lügst!"

„Mel, ich schwöre dir, ich ..."

„Hier seid ihr!", tönte plötzlich eine männliche Stimme durch die Luft.

„Richard!" Erleichtert atmete Mariella auf. Wenn jemand Melanie zur Vernunft bringen konnte, dann er. Doch dann sah sie die Pistole in Richards Hand und sein nächster Satz ließ sie erschreckt zusammenfahren.

„Mel, wieso bist du noch nicht fertig?", wandte sich Richard an seine Frau.

„Sie will nicht springen!"

„Meine Güte, dann erschieß sie. Wer hat hier die Waffe in der Hand? Du oder sie?"

„Sie sagt, dass sie dir kein Gehalt gekürzt hat und ..."

Ungläubig verfolgte Mariella die Unterhaltung. Dann begann ihr Herz wild zu hämmern. Wie lange wollte sie hier noch untätig stehenbleiben? Sie hatte vorletzte Woche nicht in dieser elenden Hütte sterben wollen, und ganz sicher wollte sie auch heute nicht in diesem Steinbruch sterben. Unauffällig ging sie langsam in kleinen Schritten rückwärts. Fieberhaft überlegte sie, ob sie den Autoschlüssel an Melanie übergeben hatte. Nein, sie hatte ihn im Zündschloss steckenlassen. Würde sie es bis zum Wagen schaffen? Die wenigen Bäume gaben kaum Deckung. Die Chancen standen nicht sehr gut, aber sie musste es trotzdem versuchen. Die Alternative war definitiv schlechter.

„Natürlich sagt sie das", unterbrach Richard seine Frau wütend. Dabei blickte er zu Mariella hinüber. Sofort blieb sie stehen. „Nun schieß endlich, Mel."

„Mel, bitte! Mach es nicht!", flehte Mariella. „Überleg doch mal, warum er unbedingt will, dass du abdrückst."

„Das ist eine berechtigte Frage. Wieso schießt du nicht?", forderte Melanie ihren Mann heraus.

„Weil du Harry Dunsters Waffe hast", erklärte Richard hörbar genervt. „Ich habe den Typen im Auto. Sobald wir hier fertig sind, bringe ich ihn her. Wir drücken ihm die Waffe in die Hand und-Peng! Die Polizei hat ihren Mörder, der sich anschließend selbst in den Brustkorb geschossen hat. Fall geklärt, Akte geschlossen."

„Ich dachte, du wolltest ihn gestern Nacht umbringen“, wandte Melanie ein.

„Ich habe ihn betäubt, Mel. Wie um alles in der Welt sollen wir ihm den Mord an Mariella anhängen, wenn er schon seit Stunden tot wäre? Jetzt beeil dich. Dieser Holmes ist schließlich schon auf dem Weg hierher.“

Mit zitternder Hand richtete Melanie die Waffe auf Mariella.

„Mel, bitte. Ich weiß nicht, warum Richard dir all diese Dinge über mich erzählt hat, aber ich schwöre dir, dass sie nicht der Wahrheit entsprechen. Ich kann es dir beweisen. Lass uns zusammen zurück in die Stadt fahren.“

Unsicher sah Melanie zu ihrem Mann hinüber.

„Oh, verdammt!“, fluchte Richard, dann verhärteten sich seine Gesichtszüge. Blitzschnell richtete er den Lauf seiner Pistole auf Melanie, dann zog er den Abzugshahn durch.

Melanies Augen weiteten sich, als Richards Kugel sie traf. Mit ungläubigem Blick hinunter auf ihre Brust ging sie zu Boden. Dabei löste sich ein Schuss aus ihrer Waffe, mit der sie noch immer auf Mariella zielte. Ohrenbetäubend mischte sich der Knall mit dem Hall des ersten und schluckte Mariellas Aufschrei, als das Projektil unterhalb ihrer rechten Schulter eindrang.

Die Wucht des Aufpralls brachte Mariella aus dem Gleichgewicht. Sie stolperte nach hinten, wobei sie gegen einen Felsbrocken stieß und hinfiel. Spitz bohrten sich die auf dem Boden liegenden Steine in ihren Körper, doch noch immer versuchte sie zu verstehen, was passiert war.

Schweratmend fiel ihr Blick auf Richard, der in diesem Moment neben der toten Melanie in die Hocke ging und ihre Waffe aufnahm. Mit einem siegesgewissen Lächeln richtete er den Blick auf sie, während er langsamen Schrittes auf sie zukam.

Panisch versuchte sich Mariella aufzurichten. Sie spürte keinen Schmerz. Nur ein Gedanke beherrschte sie. Sie musste weg. Sie musste das Auto erreichen. Angestrengt suchten ihre Füße Halt auf dem unebenen Boden. Endlich! Endlich konnte sie aufstehen. Mit zitternden Knien erhob sie sich und stolperte einige Schritte nach hinten.

Ich muss schneller laufen, durchfuhr es sie. Sie durfte nicht aufgeben. Sie hatte es schließlich schon einmal geschafft. Sie war schon einmal einem Killer entkommen. Doch insgeheim wusste sie, dass es dieses Mal anders war. Dieses Mal befand sie sich nicht in einem dichtbewachsenen Waldgebiet und dieses Mal hatte sie einen Gegner, der sich nicht einfach überraschen ließ.

Ein weiterer Stein ließ sie straucheln und sie wusste, dass sie keine Chance gegen Richard hatte. Plötzlich fühlte Mariella auch den brennenden Schmerz unterhalb ihrer Schulter. Im ersten Moment raubte er ihr die Luft zum Atmen. Mit geschlossenen Augen sank sie zu Boden. Als sie sie wieder öffnete, stand Resignation in ihrem Bick.

„Warum?“, hauchte sie, während sie ihre linke Hand auf die Wunde presste.

„Ich denke, das hat Melanie ganz gut zusammengefasst. Du hättest den Vorsitz der Kanzlei ablehnen müssen. Ich habe mich jahrelang in die Kanzlei eingebracht, als wäre sie meine eigene. Nach dem Tod deines Vaters hatte ich seine Position verdient gehabt. Ich hätte die Kanzlei fünfzehn oder zwanzig Jahre ruhmreich führen können, und dann wäre es für dich immer noch früh genug gewesen, die Verantwortung zu übernehmen“, antwortete Richard achselzuckend. „Melanie hat ein wenig übertrieben, was das Geld und die Einladungen betrifft, aber das darfst du ihr nicht übel nehmen. Sie hat es nicht besser gewusst. Es war für mich die einzige Möglichkeit, sie gegen dich aufzubringen.“

„Warum hast du sie getötet?“, presste Mariella hervor.

„Jahrelang bin ich ernsthaften Beziehungen aus dem Weg gegangen. Ich wusste, dass die Frauen immer mehr an meinem Geld und meiner Position interessiert gewesen sind als an mir persönlich. Doch dann hast du mir Melanie vorgestellt und zum ersten Mal konnte ich keine emotionale Distanz halten. Es war, als hätte sie mich verzaubert. Ich brauchte sie wie die Luft zum Atmen und als sie meinen Heiratsantrag angenommen hatte, hielt ich mich für den glücklichsten Mann der Welt. Ich habe sie geliebt!“

Gedankenverloren blickte Richard in die Ferne. „Was glaubst du, wie ich mich gefühlt habe, als ich herausgefunden habe, dass sie mich betrügt?“

„Mark war nichts Ernstes“, wandte Mariella ein.

„Mark? Mark hat damit nichts zu tun. Dein Bruder war nur ein Ablenkungsmanöver für Melanie, damit sie meinen wahren Plan nicht durchschaut. Ich habe sie zu dem Verhältnis gedrängt. Schließlich mussten wir in ihren Augen der Polizei einen Schuldigen präsentieren und wer lag da näher als Mark mit seinen finanziellen Problemen? Es war Mels Aufgabe dafür zu sorgen, dass er für die Zeiten der Anschläge auf dich kein Alibi hat." Richard lachte selbstironisch. „Nein, Mark war nicht das Problem. Die anderen, mit denen Mel im Laufe der Monate ins Bett gestiegen ist, hingegen schon. Sie hat mich nur benutzt, Mariella. Von Anfang an wollte sie nur mein Geld. Ich bin ein solcher Narr gewesen!"

„Richard, ich verstehe, dass dich das verletzt hat. Wenn ich es gewusst hätte ... Bitte nimm die Waffe runter. Wir werden eine Lösung finden."

Abermals lachte der Mann auf. „Du willst mir eine Lösung anbieten? Mariella, ich habe eine Lösung. In wenigen Minuten werden Hunter Holmes und wahrscheinlich auch dieser FBI-Agent McGrey hier auftauchen. Ich werden ihnen sagen, dass ich versucht habe, Melanie aufzuhalten. Doch zu meinem Leidwesen bin ich leider zu spät gekommen. Sie werden Mels Waffe neben ihrer Leiche finden. Die Kugeln in deinem Körper stammen aus ihrer Waffe, sie wird Schmauchspuren an ihren Händen haben und ich, ich habe leider meine eigene Frau in Notwehr erschossen, als sie die Waffe auf mich gerichtet hat."

Richard steckte seine eigene Pistole in seinen Hosenbund und richtete die Waffe auf Mariellas Oberkörper. „Es tut mir leid, dass es so weit kommen musste."

Mariellas Herzschlag beschleunigte sich erneut. Sie wollte nicht sterben. Ihr Körper mochte ihr nicht in dem Tempo gehorchen wie er müsste, wenn sie eine echte Chance haben wollte, aber sie wusste, dass sie sich auch nicht wehrlos ergeben konnte. Vor ihrem geistigen Auge erschien Hunters Gesicht.

Ich werde warten, bis du so weit bist herauszufinden, wie echt unsere Gefühle füreinander sind, hatte er in der Nacht zu ihr gesagt. Nun, sie mochte nicht wissen, was er für sie empfand, aber ihre Gefühle für ihn waren zweifellos echt. Im Angesicht des Todes gab es keine Möglichkeit, an dieser Stelle etwas falsch zu interpretieren. Mariellas Herz weitete sich bei der schmerzhaften Vorstellung, Hunter niemals wiederzusehen, niemals wieder seinen heißen Blick über ihren Körper wandern zu fühlen, niemals wieder die Geborgenheit in seinen Armen zu spüren oder seine weiche Stimme ihren Namen aussprechen zu hören.

„Verabschiede dich, Mariella!", kommandierte Richard. Er zielte, er drückte ab und Mariella rollte sich um die eigene Achse. Sie schrie auf, als sie die Steine fühlte, aber vielleicht kam der Schmerz auch von der Kugel, die ihre Seite gestreift hatte.

Ein weiterer Schuss fiel, und sie rollte weiter. Plötzlich fiel ihr jedoch auf, dass sie die Fortbewegung nicht mehr aktiv steuerte. Vielmehr bewegte sich ihr Körper von selbst. Mit dem Geräusch schlitternden Gerölls rutschte sie bergab. Es war kein senkrechter Absturz, wie im Norden des Plateaus, aber die Böschung hatte hier im Westen einen recht hohen Neigungsgrad.

Verzweifelt versuchte Mariella ihren Sturz aufzuhalten, aber ihre Hände fanden keinen Halt. Schließlich gab sie auf und versuchte stattdessen lieber mit den Armen ihren Kopf zu schützen. Allerdings konnte sie nur den linken Arm über die Schulter heben. Gerade als sie fürchtete, den Fall nicht aufhalten zu können, prallte ihr Körper hart gegen ein Hindernis.

Mariella hörte das Knacken ihrer Rippen, dennoch war sie erleichtert, dass sie nicht weiter fiel. Wo war sie gelandet? Vorsichtig bewegte sie ihren Kopf und sah einen Strauch mit einigen dicken festen Stämmen, der rettend aus dem Kies hervorragte.

Das Gefühl der Rettung war jedoch nur von kurzer Dauer, denn als Mariella nach oben sah, blickte sie abermals in den Lauf von Richards Waffe, die er mit einem überheblichen Grinsen auf sie richtete. Mariella schloss die Augen. Es war vorbei. Richard hatte endgültig gewonnen. Mit einem Mal wich alle Energie aus ihr. Sie spürte jeden Knochen, jeden Muskel, jeden Quadratzentimeter ihres Körpers. Nicht einmal atmen konnte sie, ohne dass ihr vor Schmerz schlecht wurde.

„Freeman!“ Eine männliche Stimme ertönte durch den Steinbruch.

Unwillkürlich horchte Mariella auf. Wessen Stimme war das? Es war nicht Hunters, aber sie hatte sie schon einmal gehört. Sie kannte sie, dennoch konnte sie sie im Moment nicht zuordnen. Aber wenn sie Richard aufhielt, war sie ihr willkommen. Hunter war unterwegs. Das hatte Richard gesagt. Sie musste also nur noch ein paar Minuten länger leben.

Erschöpfung drohte sie zu überkommen, doch Mariella versuchte krampfhaft ihre Augen offen zu halten. Sie wollte mitbekommen, was sich über ihr abspielte. Angestrengt sah sie nach oben, doch Richard war aus ihrem Blickfeld verschwunden.

Überrascht drehte sich Richard um. Wer war der Mann, der

geradewegs auf ihn zukam? Er hatte ihn noch nie gesehen, doch er schien ihn zu kennen. War er vom FBI? Ein Kollege McGreys? Er wirkte nicht wie ein Agent. Er war klein, geradezu schmächtig. Aber woher kannte er dann seinen Namen?

Es spielt keine Rolle, entschied Richard. Der Mann funkte ihm gefährlich dazwischen und drohte seinen ganzen sorgfältig geschmiedeten Plan zunichte zu machen. Das war inakzeptabel.

Richard hob die Pistole, doch dieses Mal war er zu langsam. Der Dolch, der plötzlich in der Sonne aufblitzte, sauste bereits durch die Luft. Scharf bohrte sich die Spitze in Richards Schulter. Seine Hand öffnete sich in einem Reflex, den er nicht steuern konnte und seine Waffe fiel zu Boden.

Ehe er jedoch vollständig begriff, was geschehen war, bohrte sich eine zweite Stichwaffe in Richards Oberschenkel. Eine dritte versank in seinem Bauch. Stöhnend ging Richard in die Knie, als er den Dolch aus seinem Bein zog.

Mit einem verständnislosen Blick sah er zu dem Fremden auf, der mit einem Mal vor ihm stand. Der Mann, den Richard zuvor noch um gute zwölf Zentimeter überragt hatte, wirkte auf einmal riesig groß.

„Wer ... sind ... Sie?“, presste Richard hervor, wobei die Sicht vor seinen Augen zu verschwimmen begann. Das Blut strömte aus der Arterie seines Beines.

Wortlos legte der Mann ihm eine Hand auf die Schulter, bevor er die beiden anderen Dolche aus Richards Körper zog. Mit zur Schulter geneigtem Kopf beobachtete Martin Russel, wie sein Opfer zur Seite fiel.

Das Leben wich bereits aus Richards Augen, doch mit letzter Kraft unternahm er einen weiteren Versuch zu sprechen. „W...warum ...“

Martin Russel ging neben ihm in die Hocke. „Weil niemand ungestraft in meinem Namen tötet. Sie haben Glück, dass die Zeit drängt.“

„S...sie ... sind ... d...der Botox...mörder“, begriff Richard plötzlich.

„Sie hätten mich niemals in Ihr perfides Spiel mit hineinziehen dürfen.“ Kalt blickten Russels Augen auf den Anwalt, und sie hielten seinen Blick, als er einen der Dolche in Richards Herz stieß.

Welch ein Feigling, dachte Martin Russel verabscheuend, bevor er sich abwandte und einige Schritte nach vorne trat, um den

Kiesberg hinunterzuspähen. Sein Blick begegnete dem Mariellas.

Unwillkürlich entspannten sich ihre Gesichtszüge, als sie den Mann erkannte.

Detective Gallagher, durchfuhr es sie voller Erleichterung. Sie verstand zwar nicht, wie er hier herkam, denn sie dachte, er sei längst zurück nach Florida geflogen, aber welche Rolle spielte das schon? Hauptsache, der Gesetzeshüter war da. Sie war gerettet. Beruhigt schloss sie die Augen.

Russel seufzte. Er hatte sich Mariella Anderson nicht ausgesucht und seitdem sie ihre Haare geändert hatte, entsprach sie nicht einmal mehr äußerlich seinem Typ.

Er hasste es, sie töten zu müssen, doch welche Wahl hatte er? Sie hatte ihn gehört. Sie hatte ihn gesehen. Sie konnte ihn identifizieren, und das durfte er auf keinen Fall zulassen. Hinter ihm hörte er, wie sich zwei Autos über den Schotterweg näherten. Er musste sich beeilen. Mit einem letzten bedauernden Blick auf seine teuren Schuhe, begann er, den Hang hinabzusteigen.

„Dort vorne stehen der Leihwagen und Richards Jaguar", bemerkte Parker. Der Kies spritzte auf, als er hinter den beiden Wagen zum Stehen kam. Neben ihm hielt Blake, der zeitgleich mit ihnen ankam.

„Mia?", rief Hunter laut, der als Erstes aus dem Wagen gesprungen war. „Mia?"

„Dort vorne!" Blake deutete mit seiner Waffe nach rechts, wo ein Körper auf dem Boden lag.

Entsetzt sog Hunter die Luft durch die Zähne ein. War das Mariella? Waren sie zu spät gekommen. Nein, das durfte nicht sein. Mit Parker und Blake an seiner Seite rannte er los.

„Das ist Melanie", stellte er atemlos fest, als er neben der Frau ankam.

„Sie ist tot", stellte Parker fest.

Aufmerksam sah sich Blake um, bis sein Blick an einem zweiten männlichen Körper hängenblieb. Mit der Waffe im Anschlag ging er darauf zu.

„Das ist Richard", erklärte er, wobei er irritiert auf den Dolch in der Brust des Anwalts blickte.

„Martin Russel ist hier", folgerte Parker. „Wahrscheinlich ist er

Freeman gefolgt und hat ihn bestraft, nachdem er verstanden hat, wie die Sache gelaufen ist."

„Aber wo ist Mia?" Hunter wurde langsam verrückt vor Sorge. Leise hörte er die Bewegung von Steinen. „Was war das?"

„Es kam von dort drüben", lokalisierte Blake und lief bereits in die entsprechende Richtung. Entsetzt blickte er nach unten, als er Mariella in dem Busch hängen und Russel mit einem Dolch in der Hand über ihr stehen sah.

„Martin Russel!", rief er den Mann laut an, wobei er seine Pistole auf ihn ausrichtete.

Überrascht, seinen richtigen Namen zu hören, drehte sich der Arzt um. Dann sprang er an Mariella vorbei und rutschte halb stehend, halb sitzend den weiteren Abhang hinunter. Augenblicklich wollte ihm Blake folgen.

„Geh weiter rechts runter", befahl Parker, wobei er auf Mariella deutete und Blake verstand. Er musste verhindern, dass sie von weiteren Gesteinsbrocken, die seine Füße automatisch lostreten würden, getroffen wurde. Wortlos nickte er einmal. Dann nahm er die Verfolgung des Botoxmörders auf.

Hunter glaubte, sein Blut würde ihm in den Adern gefrieren, als er Mariella bewegungslos in dem windigen Busch hängen sah. Erstaunlicherweise stellte er jedoch fest, dass sein Gehirn einwandfrei funktionierte.

„Wir brauchen ein Seil, mit dem wir sie sichern können", stellte er fest. „Außerdem kommen auch wir ansonsten später den Berg nicht wieder herauf."

„Ich hole es aus dem Auto", erklärte Parker.

„Alarmiere auch einen Rettungshubschrauber. Abhängig von Mias Verletzungen ist es einfacher, sie direkt senkrecht nach oben zu evakuieren", bat er, wobei er inständig betete, dass es noch nicht zu spät war.

„Mach ich", versprach Parker und setzte sich in Bewegung.

Hunter lief drei Meter nach links und begann dort seinen Abstieg. Es interessierte ihn nicht, dass die Steine seine Hose aufrissen und er sich seine Hände, Knie und Ellenbogen aufschabte. Er wollte nur so schnell wie möglich zu Mariella. Niemals im Leben hatte sein Herz so hart gegen seine Rippen geschlagen, doch Hunter schaltete alles in und um sich herum aus. Nur Mariella zählte im Augenblick. Als er schließlich neben ihr kniete, lähmte ihn sein Entsetzen für einige Sekunden.

Blut lief aus einer offensichtlichen Schusswunde unterhalb ihrer Schulter, das T-Shirt war aufgerissen und gab damit den Blick auf eine großflächige Wunde an ihrer Seite frei, aus der eine Rippe sichtbar herausstach. Weitere Schürfwunden bedeckten ihren Körper. Hunter schluckte. Der Anblick war schlimmer als er erwartete hatte. Doch dann riss er sich zusammen. Vorsichtig strich er Mariella die Haare aus dem Gesicht.

„Mia, Liebes!“, sprach er leise zu ihr. „Sieh mich an!“

Unwillkürlich begannen ihre Lider zu flattern.

„Das ist gut. Komm, sieh mich an“, lobte er ihre Bemühung und motivierte sie, nicht aufzugeben. Schließlich blickte er in ihre braunen Augen, in denen sich für einen kurzen Moment ein glitzerndes Strahlen zeigte, als sie ihn erkannte. Es wurde jedoch sofort von einem schmerzvollen Blick überlagert.

„Jetzt wird alles gut“, versprach er.

„Me...lanie ...“, versuchte sie zu sprechen.

„Ich weiß, Sweetheart. Wir haben alles herausgefunden. Es tut mir leid, dass ich nicht schneller hier war.“

Mariella versuchte ihre Hand zu heben, doch der Schmerz raubte ihr den Atem.

Hunter hatte die Bewegung jedoch gesehen und nahm seine Hand in ihre. „Bleib ruhig liegen. Der Notarzt ist unterwegs.“

Ihre Atmung wurde flacher und auch ihre Augen verloren den Fokus.

„Mia!“ Hunters Stimme wurde strenger.

Sofort sah Mariella ihn wieder an. „Hunter ... ich ...“

Hunter sah, welch enorme Anstrengung sie das Sprechen kostete und legte ihr zärtlich einen Finger über die Lippen. „Scht, Sweetheart, du kannst es mir später sagen“

Doch Mariella wollte nicht warten. „Ich lie...“, begann sie ein weiteres Mal, doch ihre Stimme versagte und um sie herum wurde es schwarz.

„Mia?“, rief Hunter sie an. „Verdammt, Mia! Sieh mich an!“ Doch Mariella hatte das Bewusstsein verloren. Panisch sah Hunter zu Parker, der in diesem Moment neben ihm in die Hocke ging. Entsetzen spiegelte sich auf seinem Gesicht.

„Das sieht übel aus“, bemerkte Parker, als er sicher war, dass seine Stimme hielt.

„Kannst du was machen?“, wollte Hunter mit dem Blick auf den Erste-Hilfe-Kasten, den Parker mitgebracht hatte, wissen.

„Nicht viel mit dem Material, das wir zur Verfügung haben", verneinte Parker erwartungsgemäß, aber er war bereits dabei, den Kasten zu öffnen.

„Eine Elektrolytlösung." Hunter deutete auf einen Infusionsbeutel.

„Mit ihr können wir zumindest einen Teil des Blutverlusts ausgleichen", nickte Parker und suchte nach einer Infusionsnadel, die er geschickt in Mariellas Handvene einführte.

Nachdem er die Volumenersatzlösung angeschlossen hatte, stoppte er die Blutung der Schulter. „Da wir nicht wissen, ob irgendwelche Wirbel verletzt sind, möchte ich sie lieber nicht bewegen, aber dafür müssen wir sie genau beobachten. Falls sie sich übergibt, müssen wir sie schnell drehen."

In der Ferne hörten sie das Rattern eines Hubschraubers.

„Hilfe naht!", stellte Hunter aufatmend fest und betete, dass das Rettungsteam nicht zu spät war.

„Bleiben Sie stehen, Russel", rief Blake dem Mann unter ihm zu, doch dieser wandte sich nicht einmal um. Er erreichte in diesem Moment die flache Ebene und sprintete auf das angrenzende Waldgebiet zu.

Blake rutschte die letzten Meter des steilen Abhangs auf seinem Po hinunter und hechtete hinterher. Kurz bevor er die erste Baumreihe erreichte, sah er einen blitzenden Sonnenstrahl. Während sein Gehirn noch überlegte, was den Lichtreflex ausgelöst hatte, warf sich sein Körper bereits auf den Boden. Über seinen Kopf schwirrte ein leises Zischen hinweg. Verwundert drehte sich Blake um und sah einige Meter weiter einen Dolch in einem Baumstamm stecken. Wie viele Stichwaffen hatte der Typ bei sich?

Wütend sprang Blake auf und lief weiter. Allerdings bewegte er sich nun etwas vorsichtiger und nutzte die Bäume als Deckung. Der Wald wurde dichter, was allerdings im Augenblick auch Russel entgegenkam.

Zu Fuß würde ihm der Mann hier jedoch nicht entkommen können, dachte Blake. Spätestens sobald Verstärkung eingetroffen war, würden sie ihn einkreisen und aufspüren können. Russels einzige Chance bestand darin, vorher sein Auto zu erreichen.

Nachdenklich blieb Blake stehen. Wo konnte Russel geparkt haben? Sein Auto hatte nicht neben Richards und Melanies gestanden. Doch ganz sicher hatte er den Wagen nicht am Fuß des

Steinbruchs abgestellt.

Auf jeden Fall wird er den ganzen Berg wieder nach oben steigen müssen, folgerte Blake. Was war der schnellste Weg zurück nach oben? Während Blake den Abhang hinabgerutscht war, meinte er aus den Augenwinkeln rechts von ihm einen angelegten Serpentinenweg gesehen zu haben. Je länger er darüber nachdachte, desto sicherer war er, dass dies die beste Aufstiegsmöglichkeit war. Wenn er damit richtig lag, hatte Russel ihn nur glauben lassen wollen, dass er Richtung Norden floh, wohingegen er in Wahrheit einen einhundertachtzig Grad Bogen um ihn herumgeschlagen hatte und sich bereits hinter ihm befand.

Gezielt wandte sich Blake nach Südosten und schlug sich querfeldein durch die Bäume, bis sie sich schließlich wieder lichteten und er den steilen Kiesberg abermals vor sich sah. Auch der Weg nach oben lag nur fünfzig Meter von ihm entfernt. Blake sah hinauf und tatsächlich erblickte er Russels Kopf auf halber Höhe. Er nahm einen tiefen Luftzug, dann joggte er los.

Der Arzt hatte einen gehörigen Vorsprung, doch es sollte Blake wundern, wenn er ihn nicht bis zur Spitze einholen würde. Nichts an Russels Figur deutete darauf hin, dass der Mann regelmäßig trainierte. Er mochte hin und wieder ein Laufband besteigen oder sich an einem Rudergerät bedienen, aber keinesfalls würde er auf Blakes Trainingszeiten kommen, der jede Woche drei- bis viermal sechzig Minuten rannte und dabei eine Reihe von Steigungen einbaute.

Ein Rettungshubschrauber näherte sich und begann über dem Steinbruch zu kreisen. *Gut,* dachte Blake, ohne sein Tempo zu reduzieren. Das bedeutete, dass Mia noch lebte. Der Gedanke motivierte ihn und beschleunigte seinen Laufrhythmus. Als er um die letzte Kurve bog, hatten sich sowohl sein Pulsschlag als auch seine Atemfrequenz deutlich erhöht, aber weder das eine noch das andere brachte seine Hände zum Zittern, als er stehenblieb und die Waffe auf den Botoxmörder richtete, der plötzlich zwanzig Meter vor ihm aufgetaucht war.

„Martin Russel!“, rief er ihn laut an. „Bleiben Sie stehen und nehmen Sie die Hände hoch.“

Tatsächlich hielt der Mann im Laufen inne.

„Nehmen Sie die Hände so nach oben, dass ich sie sehen kann“, wiederholte Blake.

Langsam drehte sich Russel um.

„Lassen Sie die Waffe fallen“, befahl Blake, als er den Dolch in der Hand des Mannes sah.

„Sie haben mich gefunden, Agent McGrey“, stellte Russel fest. Sein Brustkorb hob und senkte sich von der sportlichen Anstrengung, doch seine Stimme klang erstaunlich sicher. „Was hat mich verraten?“

„Die Geschichte, dass es sich bei der Todesursache der Frau in Florida um einen Sturz handelte“, klärte Blake ihn auf. „Es passte nicht zu dem Obduktionsbericht.“

Bedacht nickte Russel. „Ich hätte den Fall nicht als geklärt präsentieren sollen.“

„Es hätte keinen Unterschied gemacht. Auch das H.E.L.P.-Programm hat Ihren Namen angegeben und nachdem wir Ihr Foto auf der Website Ihrer Praxis gesehen haben, war der Rest ein Kinderspiel. Wer war die Frau in Miami?“

„Ihr Name war Jenny Nielson.“

„War sie eine Patientin von Ihnen?“

„Sie war mehr als das. Sie war mein Meisterstück. Ich habe sie geformt.“

Fragend hob Blake eine Augenbraue in die Höhe. „Sie meinen, als Schönheitschirurg?“

Russel nickte. „Sie verdankte mir alles. Ich habe sie verehrt. Geliebt.“

„Aber sie hat diese Gefühle nicht erwidert“, folgerte Blake.

„Sie wollte nicht, dass auch nur jemals jemand von mir erfährt.“ Wütend spuckte Russel aus.

„Lassen Sie die Waffe fallen, Martin“, bat Blake ein weiteres Mal.

„Vergessen Sie es, McGrey! Ich gehe nicht ins Gefängnis“, erklärte Russel. Dann stieß er sich den Dolch ins Herz.

KAPITEL 33

Hunter setzte sich im Stuhl auf, als sich Mariella im Krankenhausbett rührte. In den letzten siebenundzwanzig Stunden hatte sie einige Male die Augen aufgeschlagen, aber Hunter bezweifelte, dass sie sich daran erinnern konnte.

Die Ärzte hatten nach der Operation entschieden, die Sedierung noch eine Weile aufrechtzuerhalten, um ihrem Körper größtmögliche Ruhe zu gönnen, und auch wenn Hunter sich nach nichts mehr sehnte als sich mit einem Blick in ihre Augen persönlich davon zu überzeugen, dass alles gut werden würde, so vertraute er doch den Worten des Arztes, der ihm versichert hatte, dass Mariella vollständig genesen würde.

Vorsichtig griff er nach ihrer Hand und ließ seinen Daumen darüberstreichen. Es war einer der wenigen unversehrten Hautpartien. Die letzten Male hatte sich Mariella bei seiner Berührung sofort beruhigt und war wieder in einen traumlosen Schlaf zurückgesunken. Dieses Mal jedoch schlug sie die Augen auf.

„Hey!“, grüßte Hunter liebevoll. „Willkommen zurück unter den Wachen!“

Mariella wollte sich aufrichten, doch bereits die erste kleine Bewegung ließ sie innehalten.

Ein mitfühlendes Lächeln überzog Hunters Gesicht. „Ja, ich fürchte, ich habe zwei Nachrichten für dich. Die Erste ist, es wird ein wenig dauern, bis du wieder ganz auf den Beinen bist, aber die Zweite lautet, dass du dich bis dahin wie eine Prinzessin verwöhnen lassen darfst. Möchtest du einen Schluck Wasser?“

Mariella nickte stumm und war dankbar für den Strohhalm, den Hunter ihr an die Lippen hielt, sodass sie nur saugen musste. Wie konnte eine solche Kleinigkeit nur schon so anstrengend sein? Aber ihr Hals fühlte sich danach gleich besser an.

Sie beobachtete, wie Hunter das Glas zurück auf den Nachttisch stellte. Dann traute sie sich ihre Stimme zu benutzen. „Was ist mit deinem Rasierer passiert?"

Hunter stutzte einen Moment. Dann fuhr er sich von einem Ohr zum anderen grinsend mit dem Handrücken über seine Wangen und sein Kinn. „Ich dachte, ich probiere einmal einen Piratenlook aus. Gefällt er dir nicht?"

Angestrengt lächelte Mariella. Doch, er gefiel ihr. Sehr sogar. Das Sprechen kostete jedoch jede Menge Kraft und es gab Dinge, die sie dringender wissen wollte. „Hat Detective Gallagher Richard verhaftet?"

„Richard ist tot", berichtete er, bevor er ihr in wenigen Sätzen erzählte, was passiert war.

„Und ich dachte, Gallagher würde mir helfen." Ein Schauer lief durch Mariellas Körper.

„Es ist vorbei, Sweetheart ", beruhigte Hunter sie.

„Ich weiß", seufzte Mariella. „Aber es wird eine Weile dauern, bis ich alles geordnet habe. Ich habe kein Haus mehr, keinen erfahrenen Seniorpartner an meiner Seite, keine Busenfreundin."

„Aber dafür hast du mich." Nervös hielt Hunter die Luft an. Würde Mariella ihre Beziehung vertiefen wollen? Oder würde sie lieber einen radikalen Schnitt unter die grausamste Zeit ihres Lebens setzen und nie wieder daran erinnert werden wollen?

„Ich schätze, man kann nicht alles haben", stellte sie fest.

Mit Anstrengung hielt Hunter seine Miene unter Kontrolle. Innerlich jedoch fragte er sich, wie er ihre Antwort interpretieren sollte. Er überlegte gerade, ob er nachhaken oder besser warten solle, bis es Mariella besser ging, als er das ulkende Funkeln ihrer Augen registrierte. Sofort fiel alle Schwere von ihm ab. „Manchmal muss man sich im Leben entscheiden", gab er mit einem Zwinkern zurück.

„Ich würde mich immer für dich entscheiden."

Glücklich drückte Hunter Mariellas Hand ein wenig fester und führte sie an seine Lippen. „Das freut mich."

Mariellas Augen fielen ihr zu, doch sie öffnete sie bereits nach wenigen Sekunden wieder. „Ich möchte nach Paris."

Unwillkürlich schmunzelte Hunter. „Heute?"

„Vielleicht nicht unbedingt heute, aber bald. Ich möchte nicht, dass es irgendwann zu spät ist."

Mit neunundzwanzig Jahren sollte man eigentlich noch keine direkte

Erfahrung gemacht haben, die einem die Vergänglichkeit des Lebens vor Augen führte, dachte Hunter traurig.

„Hunter?"

„Hm?" Erwartungsvoll sah er Mariella an und registrierte verwundert, wie sich Unsicherheit auf ihrem Gesicht zeigte. Was beschäftigte sie?

„Würdest du ... ich meine, hättest du Lust, mitzukommen?"

„Nach Paris?", vergewisserte sich Hunter.

Hastig nickte sie.

„Ich würde nichts lieber tun als mit dir in die Stadt der Liebe zu reisen, Mia!", antwortete Hunter ernst und beobachtete, wie ihre Augen zu leuchten begannen, bevor sie ihr vor Müdigkeit endgültig zufielen.

Langsam lehnte sich Hunter auf dem Krankenhausstuhl zurück und genoss die Wärme, die sich langsam in seinem Inneren ausbreitete. Es war ein intensives Gefühl von Glück, wie er es noch nie kennengelernt hatte, aber er verstand die Bedeutung auf Anhieb.

Jegliche Unsicherheit war mit einem Mal verflogen. Ohne jeden Zweifel wusste Hunter plötzlich, dass Mariella ihm gegenüber die gleichen Gefühle hegte wie er sie ihr entgegenbrachte und das Wissen, vertrauensvoll in die Zukunft blicken zu können, war wundervoll berauschend und beruhigend zugleich.

Zufrieden lächelte er in sich hinein. Es spielte keine Rolle, wie unbequem der Besucherstuhl in dem kleinen Krankenhauszimmer war. Für Mariella würde er ewig hier sitzen bleiben. Allerdings begann ihn langsam seine eigene Müdigkeit einzuholen.

Er musste eingeschlafen sein, denn auf einmal fühlte Hunter eine Hand auf seiner Schulter und er schreckte auf.

„Du solltest nach Hause gehen und dich ausschlafen, Hunter", riet Lucas mit einem besorgten Blick. „Wenn Mia aufwacht, bekommt sie ansonsten einen Riesenschock. Du siehst aus wie Captain Sparrow höchstpersönlich."

Unwillkürlich musste Hunter grinsen, als er an Mias Kommentar von zuvor dachte. „Ich schätze, es gibt schlimmere Vergleiche."

„Möglicherweise", gab Lucas leise lachend zurück. „Trotzdem gefällst du mir rasiert besser." Er wurde wieder ernst. „Mia ist über den Berg, Hunter. Es wird Zeit, dass du langsam auch an dich denkst."

Hunter nickte. „Wenn sie das nächste Mal aufwacht, werde ich gehen. Versprochen! Wie war es bei Direktorin Garner?“

Nachdem der Botoxmörder gefasst war, hatte die FBI-Direktorin am Morgen Chief Hanson, Agent McGrey und das H.E.L.P.-Team in ihr Büro eingeladen.

„Hanson hat zunächst versucht, unsere Arbeit zu schmälern und den maßgeblichen Erfolg seinen Leuten zuzuschreiben“, berichtete Lucas. „Doch Blake hat ihn sanft korrigiert. Er hat die Direktorin darüber aufgeklärt, dass es alleine unserem Programm zu verdanken ist, dass der Mann identifiziert werden konnte. Ich muss sagen, ich habe selten einen Menschen getroffen, der so diplomatisch ausdrücken kann, dass jemand blanken Unsinn erzählt wie Blake. Ich glaube, dass Hanson am Ende nicht einmal verstanden hat, dass Blake seine Worte Lügen gestraft hat.“

„McGrey ist in Ordnung.“

Lucas nickte bestätigend. „Für heute Nachmittag um vier ist eine offizielle Pressekonferenz angesetzt. Direktorin Garner will uns alle dabeihaben.“

„Ich schätze, da hat Hanson ganz schön die Zähne zusammengebissen.“ Hunter grinste schadenfroh, ehe sich Stolz auf seinem Gesicht zeigte. „Wir haben es geschafft, Lucas. Wir haben bewiesen, dass H.E.L.P. funktioniert.“

„Das haben wir. Und das Beste ist, Garner hat uns einen unbegrenzten Beratervertrag angeboten.“

„Im Ernst?“ Ungläubig starrte Hunter den Freund an.

„Ja. Für die Zusammenarbeit stellt sie zwei Agenten ab. Dreimal darfst du raten, wen sie vorgeschlagen hat.“

„Blake McGrey und Rejyna Seymour?“

„Treffer und versenkt.“

„Habt ihr zugesagt?“

„Ohne mit dir gesprochen zu haben?“ Fassungslos schüttelte Lucas den Kopf. „Wir haben lediglich Interesse signalisiert.“

„Verkauft euch nicht zu billig“, kam plötzlich Mias Stimme aus dem Bett. „Diese Behörden versuchen immer, alles möglichst günstig zu erhalten und nutzen euren Willen, unter allen Umständen helfen zu wollen, aus.“

„Da spricht die Anwältin aus dir“, erklärte Lucas schmunzelnd. „Wie geht es dir?“

„Ich hatte schon bessere Zeiten, aber es ist okay. Hunter hat gesagt, ich darf mich verwöhnen lassen wie eine Prinzessin. Das klingt für den Moment ganz gut."

„Das darfst du, Sweetheart", bestätigte Hunter. „Brauchst du etwas?"

„Ich nicht, aber du brauchst Schlaf. Und eine Rasur. So kannst du unmöglich vor die Presse treten."

„Kommst du alleine zurecht?", erkundigte sich Hunter. Er wusste, dass Mariella recht hatte, trotzdem widerstrebte es ihm, sie zu verlassen.

„Mach dir keine Gedanken. Ich bin hier gut aufgehoben. Aber noch einmal zurück zu dieser Vertragsgeschichte. Ich habe das eben wirklich ernst gemeint. Mein Vater hatte früher ein paar Mal mit der Rechtsabteilung des FBI zu tun und hat immer über sie geschimpft. Er sagte, die arbeiten mit allen Tricks und Methoden, um möglichst alle Verantwortung auf Externe abzuwälzen. Ich kann mir auch gut vorstellen, dass sie in eurem Fall irgendwelche Exklusivklauseln in juristischem Kauderwelsch verstecken, die euch daran hindern, für andere Behörden oder die Wirtschaft zu arbeiten. Ihr müsst verstehen, dass die Juristen anders denken als die ermittelnden Agenten, denen es genau wie euch, um die Sicherheit der Bevölkerung geht. Die Bürokraten jedoch, die im Hintergrund arbeiten und die Finanzen der Behörde verwalten, haben nur ihren eigenen Vorteil im Sinn. Und um diesen zu erreichen, haben sie keine Skrupel, euch übers Ohr zu hauen."

„Das klingt, als würden wir tatsächlich juristischen Rat brauchen", stellte Hunter betroffen fest. „So tiefgehend sind unsere wirtschaftlichen Rechtskenntnisse nicht."

„Keiner von euch hat ein abgeschlossenes Jurastudium und genau damit spielen diese Typen. Wahrscheinlich werden sie euch einen fertigen Vertrag präsentieren, den ihr sofort unterschreiben sollt. Bedankt euch dann freundlich und sagt ihnen, dass ihr das Papier zur Prüfung an eure Anwaltskanzlei Anderson & Anderson weiterleitet. Damit wissen sie schon einmal, was auf sie zukommt."

„Du würdest uns wirklich beraten?", versicherte sich Lucas. „Können wir uns das leisten?"

„Ich mache euch einen Freundschaftspreis", versprach Mia leise, deren Müdigkeit plötzlich zurückkehrt war. Mit geschlossenen Augen fügte sie hinzu: „Lasst einen symbolischen Dollar auf dem Nachttisch liegen und ihr habt eine Anwältin."

Hunter beugte sich über sie und gab ihr zum Abschied einen leichten Kuss auf die Wange. Dabei flüsterte er leise in ihr Ohr:

„Ich lege noch ein Ticket nach Paris drauf."

Mia lächelte, ohne die Augen zu öffnen. „Was ist mit einem Hotel?"

„Mit Übernachtung im Ritz und einem sorgfältig ausgewählten Programm", gab Hunter leise lachend zurück, während er stumm für sich ergänzte: *Und vielleicht einem Heiratsantrag auf dem Eiffelturm.*

****

BÜCHER VON JESSICA WESTIN

H.E.L.P

H.E.L.P.: **Entkommen**
H.E.L.**P.**: **Entwurzelt** (Oktober 2018)

DEVGRU – Seal Team 6

starting November 2018

Black Panther Operations

Black Panther Operations: **Skye**
Black Panther Operations: **Ash**
Black Panther Operations: **Blue**
Black Panther Operations: **Cal**
Black Panther Operations: **Pax**

FBI: Houston

FBI: Houston: **Wann immer**
FBI: Houston: **Wer immer**
FBI: Houston: **Wo immer**
FBI: Houston: **Wie immer**
FBI: Houston: **Was immer**

FBI: Chicago

Chicago Heat: **Spiel auf Herz und Tod**
Chicago Heat: **Kein Reiz ist ohne Risiko**
FBI: Chicago: **Liebe mit und ohne Leidenschaft**
FBI: Chicago: **Stumme Verbindungen**

Contact Jessica

jessica@jessicawestin.com
http://jessicawestin.de
https://www.facebook.com/jesswestin/

IMPRESSUM

Jessica Westin
c/o Scheer UB
Höhenweg 17a
66130 Saarbrücken

mailto: jessica@jessicawestin.com

Geboren in den USA, lebt **Jessica Westin** heute mit ihrem Mann und ihren beiden Söhnen im Südwesten Deutschlands. Neben ihrer Familie sind ihre beiden großen Leidenschaften Bücher und Reisen. Beides hat sie zu ihrem Beruf gemacht. Noch immer fliegt sie einmal im Monatfür eine große deutsche Airline als Flugbegleiterin um die Welt. An allen anderen Tagen erweckt sie in ihren romantischen K

rimis die wunderbaren Charaktere ihrer Fantasie für ihre Leser zum Leben.

Printed in Poland
by Amazon Fulfillment
Poland Sp. z o.o., Wrocław

50225299R00202